KB099253

DONGSUH MYSTERY BOOKS 89

SOMEONE LIKE YOU

당신을 닮은 사람

로얼드 달/윤종혁 옮김

동서문화사

옮긴이 윤종혁(尹鍾爀)

서울대 영문과, 동대학원을 거쳐 캐나다 요크대, 터론대 대학원 수학. 한양대·고려대·이화여대·서울대 강사를 거쳐 홍익대 교수 역임. 지은책 시집《산울림》《나그네의 새벽》옮긴책 C. 브론테《제인 에어》등이 있다.

DONGSUH MYSTERY BOOKS 89

당신을 닮은 사람

로얼드 달 지음/윤종혁 옮김

초판 발행/1977년 12월 1일

중판 1쇄 발행/2003년 6월 1일

중판 3쇄 발행/20137년 1월 10일

발행인 고정일/발행처 동서문화사

창업 1956. 12. 12. 등록 16-345(윤)

서울 강남구 도산대로 163(신사동, 1층)

☎ 546-0331~6 (FAX) 545-0331

www.dongsuhbook.com

*

이 책의 출판권은 동서문화사가 소유합니다.

의장권 제호권 편집권은 저작권 법에 의해 보호를 받는 출판물이므로
무단전재와 무단복제를 금합니다.

사업자등록번호 211-87-75330

ISBN 978-89-497-0174-5 04840

ISBN 978-89-497-0081-6 (세트)

당신을 닮은 사람
차례

Taste

맛

그날 밤, 런던의 스코필드 댁에서 열린 만찬회에 참석한 사람은 모두 여섯이었다. 마이크 스코필드 부부와 그의 딸, 나와 나의 아내, 그리고 리처드 플래트라는 사나이.

리처드 플래트는 유명한 미식가로서 '식도락 모임'이라는 작은 모임을 이끌어 나가고 있었으며, 매달 요리와 포도주의 팸플릿을 회원들에게 나눠 주고 또 고급 요리와 진기한 포도주가 나오는 만찬회를 열기도 했다. 그는 미각을 다칠까 두려워하여 담배도 피우지 않았으며, 포도주 이야기가 나오기만 하면 마치 사람에 대한 이야기를 하는 것처럼 기묘하게 말을 하여 듣는 사람들로 하여금 웃음을 자아내게 하는 버릇이 있었다.

"조심성 있는 술이로군. 체, 저렇게 겁을 잔뜩 먹고 있는 것 좀 봐. 꼭 미친 사람 같다니까"라고 말하는가 하면, "상냥하군, 이 와인은. 너그럽고 기분이 좋은 술이야. 조금 난잡스러운 듯싶기도 하지만 그런대로 싹싹한 녀석이야"라고 말하는 것이었다.

나는 마이크 집안의 만찬회에 참석한 리처드 플래트와 두 번 만난

일이 있는데, 그때마다 마이크 부부는 이 유명한 미식가를 위해 특별
요리를 잔뜩 만들어 내놓았다.

　이번 만찬회도 예외는 아니었다. 높은 촛대, 노란 장미, 번쩍이는
수많은 은그릇, 한 사람 앞에 세 개씩 놓인 와인 글라스, 특히 나의
구미를 돋우는 요리실에서 풍겨 나오는 고기 굽는 냄새.

　모두들 테이블 앞에 자리잡고 앉는 동안, 지난날 리처드 플래트가
두 번째로 방문하였을 때 마이크가 클라레(보르도 산의
붉은 포도주)를 놓고 그와 간단
한 내기를 벌였던 일이 머리에 떠올랐다. 그 포도주의 품종명과 수확
량을 알아맞히는 내기였던 것이다. 플래트는 그것이 풍작을 거둔 해
의 것이라면 그다지 어려운 문제가 아니라고 대답했다. 마이크는 그
가 도저히 알아맞힐 수 없을 듯싶은 것에 와인을 한 상자 걸었다. 그
러나 플래트는 그에 응하여 두 번이나 이겼던 것이다. 나는 오늘 밤
에도 틀림없이 그 조그만 놀이가 시작될 것이라고 생각했다. 어쨌든
마이크는 자기의 포도주가 식별될 만한 것임을 증명받기 위해서는 기
꺼이 내기에 져 주는 사나이였고, 또한 플래트 역시 자신의 지식을
나타내는 일에 남몰래 조용한 기쁨을 맛보는 것 같았다.

　식탁에는 버터로 바삭바삭하게 튀긴 뱅어 요리로부터 시작하여 그
것에 잘 어울리는 모젤(독일 모젤 산의
흰 포도주)이 함께 나왔다. 마이크는 자리에서
일어나 손수 포도주를 따르고 다시 자리에 앉았는데, 그때 리처드 플
래트를 쳐다보고 있다는 것을 나는 알아차렸다. 마이크는 내 앞에다
병을 놓았으므로 라벨이 눈에 띄었다. '가이엘스레이 오리크스베르크
산 1945년'. 그는 내 쪽으로 몸을 굽히고 속삭였다. 가이엘스레이는
독일 모젤 강변의 아주 조그만 마을로 거의 알려져 있지 않은 벽지인
데, 지금 마시고 있는 이 포도주는 굉장히 진기한 것으로 생산고가
아주 적어서 외국인은 좀처럼 손에 넣기 힘들었다. 지난해 여름, 그
는 구할 수 있는 최대한의 양인 몇 다스를 얻기 위해서 일부러 직접

가이엘스레이까지 찾아갔었다.

"지금 이 나라에서 이 포도주를 가지고 있는 사람은 아마 나밖에 없을 겁니다."

마이크는 이렇게 말하고 나서 리처드 플래트에게로 눈길을 던졌다.

"모젤은 클라레가 나오기 전에 내놓는 더할 나위 없이 훌륭한 포도주입니다. 대부분의 사람은 라인(독일의 라인
산 포도주)을 대신 내놓는데, 그것은 그보다 더 좋은 술이 있다는 것을 모르기 때문입니다. 라인의 포도주는 클라레의 미묘한 맛을 죽여 버립니다. 클라레가 나오기 전에 라인을 내놓다니 정말 어처구니가 없습니다. 바로 이 모젤을 먼저 내놓아야 하는 겁니다."

마이크 스코필드는 유순한 중년의 사나이로 주식 중개인, 정확히 말해서 거래소의 주식 매매상이었다. 그는 자신이 사소한 재치로 얼마쯤 돈을 모은 사실을 사람들이 알게 된 데 대해——사실상 이것은 그의 기질에 잘 맞는 일이긴 하지만——왠지 쑥스럽고 부끄럽게 생각하였다. 그는 자신이 말주변이 있고 아주 풍채가 좋지만, 정말은 절조가 없고 이익만을 염두에 두는 사람에 지나지 않는다는 사실을 알고 있었으며, 또 자기 친구들 또한 그러한 사실을 잘 알고 있다는 것도 알아차리고 있었다. 그래서 그는 문화인이 되기 위해 애를 쓰고 있었으며, 문학이나 예술의 취미를 살리고, 회화며 음악이며 책 같은 것들을 모으려 하고 있었다. 그러므로 라인 포도주와 모젤에 대한 이 의견은 그가 얻은 교양의 일부였던 것이다.

"아주 산뜻한 와인이지요, 어떻습니까?"라고 말하며 마이크는 리처드 플래트를 물끄러미 쳐다보았다. 뱅어 요리를 먹느라고 고개를 숙일 때에도 그는 테이블 위로 흘끔 눈길을 던지는 것이었다. 그는 플래트가 처음 한 모금 마신 순간을, 그리하여 그 기쁨과 뜻밖의 일을 맞이했을 때의 놀라운 미소와 더불어 경탄하는 마음까지 깃들여

안경 너머로 자신을 올려다보는 순간을 이제나저제나 기다리고 있다는 것을 나는 훤히 들여다볼 수 있었다. 그렇게 되면 그 음미가 시작될 것이고, 마이크는 플래트에게 가이엘스레이 마을에 대해서 이야기를 시작할 것이다.

그러나 리처드 플래트는 포도주 맛을 보지 않았다. 18살 된 마이크의 딸 루이스와 이야기하느라고 정신이 없었던 것이다. 그녀 쪽으로 거의 몸을 돌리다시피하여 미소 띤 얼굴로 계속 지껄이고 있었다. 아마도 파리의 레스토랑에 있는 요리장에 대해서 이야기하고 있는 것 같았다. 정신없이 지껄이고 있는 동안에 그는 루이스 곁으로 점점 다가가서 금방이라도 그녀와 부딪칠 것만 같았다. 이 가엾은 아가씨는 얌전하게 맞장구치고 있기는 했지만 그녀의 표정은 어쩐지 필사적인 느낌을 주었으며, 플래트가 입은 디너재킷의 첫 번째 단추에 눈길을 떨군 채 그의 얼굴을 보려고도 하지 않았을 뿐 아니라 되도록 그로부터 멀어지려고 애쓰고 있었다.

생선 요리가 끝나자 하녀가 빈 접시를 가져가려고 돌아다니고 있었다. 하녀가 플래트의 자리에 다가갔을 때 아직까지 그가 요리에 손도 대지 않은 것을 보고 머뭇거리고 있었다. 그러자 플래트도 눈치를 채고 손을 흔들면서 이야기를 딱 그치더니 갈색으로 바싹 튀긴 뱅어를 포크로 마구 찍어 입 속에 집어넣은 뒤 굉장히 빠른 속도로 씹기 시작했다. 그리고 눈 깜짝할 사이에 이 요리를 다 먹어치우고 나자 포도주 잔에 손을 뻗쳐 두 모금에 들이켜 버리고는 다시 이야기를 계속하기 위해서 루이스 스코필드 쪽으로 돌아앉았다.

마이크는 줄곧 이 광경을 지켜보고 있었다. 나는 그가 말없이 참아가며 손님을 지켜보고 있다는 것을 알 수 있었다. 그의 명랑하고 둥근 얼굴이 어쩐지 실망한 듯 기운이 없어보였으며, 한마디도 입 밖에 내지 않았다.

이윽고 하녀가 다음 요리를 날라왔다. 이번에는 큰 로스트비프였다. 그녀가 그것을 마이크 앞에 놓자 그는 자리에서 일어나 칼로 얇게 잘라 하녀가 모두에게 돌릴 수 있도록 천천히 접시 위에 담았다. 손님들에게 요리가 다 돌아가자 마이크는 큰 칼을 내려놓으며 테이블 끝을 두 손으로 짚더니 몸을 앞으로 굽힌 채 "자아" 하고 모두에게 이야기를 시작했는데, 그의 눈은 여전히 리처드 플래트를 쳐다보고 있었다.

"이번에는 이윽고 클라레입니다. 잠깐 실례하고 내가 직접 가져오려고 합니다."

"당신이 가져오신다고요? 어디에 있는데요?" 하고 내가 물었다.

"서재입니다. 마개를 빼어 숨을 쉬게 하고 있습니다."

"아니, 왜 서재에?"

"방의 온도와 같아지도록 하기 위해서지요. 24시간 동안 놓아 두었습니다."

"하지만 서재라니요?"

"이 집에서는 가장 좋은 장소지요. 요전에 리처드가 왔을 때 그곳을 택해 주었습니다."

자기 이름이 나왔으므로 플래트는 주위를 둘러보았다.

"안 그렇소?" 하고 마이크가 말했다.

"그렇지요." 플래트는 조용히 고개를 끄덕이며 말했다. "맞습니다."

"서재의 초록빛 책장 맨 위에 놓아 두었습니다. 우리가 택한 장소는 바로 그곳입니다. 일정한 온도를 유지하고 있는 방으로서 환기도 아주 잘 되지요. 그럼, 잠깐 실례하고 가져오도록 하겠습니다."

다른 포도주로 즐겨야겠다는 생각이 마이크에게 유머를 되찾게 해준 것 같았다. 그는 부지런히 방에서 나가더니 1분 뒤 두 손으로 검은 병이 들어 있는 와인 바구니를 들고 나갈 때보다 천천히, 그리고 조용히 걸어들어왔다. 라벨은 아래쪽에 있었으므로 보이지 않았다.

테이블을 향해 걸어오면서 마이크는 말했다.

"자, 리처드, 이것은 무슨 술일까? 자네도 알아맞히기 좀 힘들걸."

리처드 플래트는 천천히 돌아앉더니 마이크를 올려다보았다. 이윽고 그의 눈길은 버드나무로 만든 작은 바구니 속에 든 병 쪽으로 내려갔다. 그의 아주 거만해 보이는 활 모양의 눈썹이 살짝 치켜올라갔다. 갑자기 그가 보기 흉하고 방자한 젖은 아랫입술을 앞으로 내밀었다.

"자네는 절대로 모를 거야. 백년이 걸린다 해도 말일세." 마이크가 말했다.

"클라레지?" 리처드 플래트는 일부러 소극적인 태도로 물었다.

"물론이지."

"그럼, 비교적 작은 포도원의 것이겠군?"

"글쎄⋯⋯, 리처드, 하지만 그렇지 않을지도 모르네."

"풍작이 든 해의 것인가? 어때, 대풍작이 든 해의 것인가?"

"아, 그건 보증하네."

"그렇다면 그리 어렵지 않아."

리처드 플래트는 몹시 지리하고 귀찮은 듯 중얼거렸다.

이 귀찮아하는 표정이나 지리해 보이는 태도에는 어쩐지 앞뒤가 맞지 않는 듯한 느낌이 들었다. 그의 눈 언저리에는 악의적인 그림자가 어렸고 또한 그를 지켜보고 있는 동안 조금 불안을 느끼게 하는 뜨거운 무엇인가가 그 태도에서 엿보였다.

마이크가 말했다.

"이것은 정말 어려울걸. 이것만은 자네에게 내기를 하자고 권할 마음이 들지 않는군."

"이름을 대는 것쯤이야 대단한 일이 아니야."

"그럼, 내기를 해보겠다는 말인가?"

"해보세나." 리처드 플래트가 말했다.

"그래? 그럼, 여느 때처럼 이 포도주를 한 상자……."

"내가 맞히리라고 생각지도 않는군."

"사실 아무래도 무리한 일일걸세."

마이크는 되도록 부드럽게 대하려 하고 있었으나 플래트는 줄곧 업신여기는 듯한 태도를 굳이 감추려고 하지 않았다. 그럼에도 불구하고 그가 입 밖에 낸 말은 이상스럽게도 무의식중에 어떤 흥미를 나타내고 만 듯한 느낌이 들었다.

"더 많은 것을 걸지 않겠나?"

"아닐세, 리처드, 한 상자면 많지 않은가."

"50상자를 걸지 않겠나?"

"농담 말게."

마이크는 포도주 병이 든 버드나무 바구니를 조심스럽게 든 채 테이블 윗자리에 있는 자기 의자 뒤에 우두커니 서 있었다. 그의 콧구멍이 조금씩 벌름거리고 입이 굳게 다물어져 있었다.

플래트는 눈썹을 치켜올리고 반쯤 눈을 감은 채 입가에 미소를 지으며 의자에 힘없이 기대어 마이크를 올려다보고 있었다. 그리고 또나는 보았다. 아니, 보았다고 생각한 것인지도 모른다. 분명히 이 사나이의 얼굴을 흩뜨리게 하는 그 무엇인가를, 두 눈 언저리에 감도는 뜨거운 그림자를, 그리고 그 눈 속에, 바로 그 검은 눈동자 속에 숨겨진 희미한 반짝임을, 빈틈없는 반짝임을.

"그러니까 더 많이 걸고 싶지 않단 말인지?"

"나는 상관없네. 그럼 자네가 바라는 대로 걸기로 하지."

세 여자와 나는 이 두 사람을 잠자코 지켜보며 앉아 있었다. 마이크의 부인은 초조해 하고 있었다. 그녀의 입은 불쾌한 듯이 일그러졌으며, 금방이라도 말참견을 할 것 같은 표정이 떠올라 있었다. 접시 위의 로스트비프는 우리 앞에 놓인 채 김을 뿜어올리고 있었다.

"그럼 내가 좋아하는 것을 걸 수도 있다는 말이로군?"

"말한 대로일세. 무엇이든 자네가 좋아하는 것을 걸겠네. 꼭 그래야 하겠다면 말이야."

"1만 파운드라도 괜찮겠나?"

"그렇고말고, 자네가 바란다면……."

마이크는 아주 침착했다. 플래트가 말한 금액쯤이라면 문제없다는 듯한 표정이었다.

"그럼 무엇을 걸든지 내 마음대로라는 말이지?"

플래트가 거듭 물었다.

"말한 그대로일세."

플래트는 테이블을 한 바퀴 둘러보았다. 맨 먼저 나를 쳐다보고 나서 차례차례로 세 여자를 쳐다보았으나 아무도 입을 열지 않았다. 그는 우리가 내기에 입회하고 있다는 사실을 우리들에게 알려 주려는 것 같았다.

"마이크." 스코필드 부인이 말했다. "마이크, 그런 바보 같은 짓은 그만두고 어서 식사나 계속하세요. 다 식어 버리겠어요."

"부인, 이것은 바보 같은 짓이 아닙니다. 그저 조그만 내기이지요." 플래트가 침착하게 말했다.

그때 하녀가 야채 접시를 갖다 놓아야 할지 어떨지 몰라 망설이면서 테이블 옆에 우두커니 서 있었다.

"좋아, 그렇다면 내가 걸고 싶은 것을 말하지." 플래트가 말했다.

"그래, 아무것이라도 상관없어." 마이크가 대뜸 말을 받았다.

플래트는 고개를 끄덕이면서 또다시 입가에 미소를 띠더니 물끄러미 마이크를 바라보며 천천히 말을 꺼냈다.

"나는 자네 딸을 아내로 맞이하고 싶네."

루이스 스코필드가 깜짝 놀랐다.

"어머나, 기막혀라! 농담은 그만두세요."

"걱정 마라, 루이스, 공연히 우스갯소리로 그러는 거란다." 스코필드 부인이 말했다.

"나는 진심입니다." 리처드 플래트가 말했다.

"무슨 말인가!"

이제 그는 침착성을 잃고 있었다.

"내가 좋아하는 것이라면 무엇이든 걸겠다고 하지 않았나?"

"돈을 말하는 줄 알았지."

"나는 돈이라는 말은 하지 않았네."

"내가 말한 것은 돈을 뜻한 것일세."

"유감스럽지만 나는 그렇게 말하지 않았네. 그 말을 취소하겠다면 어쩔 수 없지만."

"그 말을 취소하겠다는 게 아닐세, 알겠나? 하지만 나로선 아무래도 내기를 걸 수 없네. 왜냐하면 자네가 내 딸만한 것을 내게 걸 수 없기 때문이네. 자네가 졌을 경우 내게 줄 딸이 자네는 없지 않은가. 또 딸이 있다 하더라도 나는 결혼할 마음이 없네."

"물론이지요, 마이크." 스코필드 부인이 말했다.

"나는 자네가 좋아하는 것이라면 무엇이든지 걸겠네. 이를테면 집, 어떤가, 나의 집." 플래트가 말했다.

"집이라니?" 마이크가 놀리듯이 물었다.

"별장 말일세."

"또 한 채의 집은 안 되나?"

"좋아, 자네가 바란다면 두 채 다 걸지."

한순간 마이크는 잠시 망설였다. 그는 한 발자국 앞으로 나오더니 바구니 속에 있는 병을 조용히 테이블 위에 올려놓았다. 그는 소금 그릇을 옆으로 밀어 넣고 나서 후추 그릇도 옆으로 밀었다. 이윽고 나이프를 집어들고 한동안 물끄러미 칼날을 바라보다가 다시 그것을 내려놓았다.

딸은 아버지를 말없이 쳐다보고 있더니 갑자기 외쳤다.

"아빠! 그런 바보 같은 짓은 하지 말아요! 정말 너무도 어이가 없는 일이에요. 이런 일을 가지고 나를 내기에 걸다니 정말 어리석은 짓이에요."

부인도 거들었다.

"정말 그래요. 제발 그만두세요, 마이크. 자리에 앉아서 어서 식사나 들도록 하세요."

마이크는 부인을 거들떠보지도 않았다. 그는 딸을 바라보며 미소지었다. 그것은 아주 조용하고 그야말로 아버지다운, 틀림없이 그녀의 몸을 지켜 줄 수 있을 것 같은 미소였다. 그의 눈에 갑자기 승리의 빛이 스쳐 지나갔다.

"알겠느냐?" 아버지는 빙긋이 웃으며 말했다. "루이스, 우리는 좀더 생각해 봐도 괜찮지 않겠니?"

"싫어요, 그만두세요, 아빠! 아빠가 그런 일을 하시다니, 나는 싫어요. 이렇게 바보 같은 이야기는 태어나서 처음 들어요!"

"아니, 진지한 이야기야. 잠깐 내 말을 들어 보려무나."

"싫어요, 그런 이야기는 듣고 싶지 않아요!"

"루이스, 내 말을 들어 봐. 리처드가 큰 내기를 걸었어. 내기를 하고 싶어하는 것은 그 사람이지 내가 아니야. 그래서 그가 지면 많은 재산을 내놓게 되어 있어, 알겠니? 잠깐만 기다려 봐, 아무 말하지 말고, 지금이 중요해. 아무래도 그는 이길 수 없어."

"플래트 씨는 자기가 이기리라고 여기고 있어요!"

"글쎄, 그렇지 않다니까. 나도 내가 무슨 짓을 하고 있는가 하는 것쯤은 알고 있어. 전문가는 클라레를 시음할 경우, 그것이 라피트나 라토울처럼 유명한 포도주가 아닌 이상 그 포도주의 이름을 맞히려면 정해진 방법을 취할 수밖에 없는 법이지. 물론 포도주 산지인 보르도 지방을 들 수는 있어. 예를 들어 생 에밀리옹, 포메로올, 글라브, 메도크 같은 지방을 말이야. 그러나 각 지방에는 몇 개의 조그만 자치구와 작은 주가 있고, 게다가 어느 주에나 헤아릴 수 없이 많은 작은 포도원이 있지. 그러므로 맛과 향기만으로 그 많은 포도주를 구별한다는 것은 거의 불가능한 일이야. 더욱이 이 포도주는 숱한 작은 포도원에 둘러싸인 더욱 조그만 포도원의 것이란다. 도저히 그로서는 맞힐 수 없어. 절대로 불가능해."

"하지만 그처럼 확실하게 말할 수만은 없잖아요." 딸이 말했다.

"아니, 확실하게 말할 수 있어. 이런 말을 하기는 조금 쑥스럽지만 나는 포도주에 대해서 얼마쯤 알고 있지. 어쨌든 하느님께 맹세코 너의 아버지인 내가 너를 속이려 한다고, 네가 싫어하는 일을 하려 한다고 생각해서는 안 돼. 다만 나는 너를 위해 돈을 벌어 주려고 하고 있을 뿐이야."

"마이크!" 부인이 외치듯 말했다. "제발 그만두세요, 여보."

그러나 이번에도 마이크는 아내를 거들떠보지도 않고 말했다.

"네가 이 내기를 승낙해 주기만 하면 10분도 안 되어 두 채의 큰 저택이 너의 것이 되는 거야."

"나는 그런 저택 같은 것 필요없어요, 아빠!"

"그럼, 그것을 팔지. 그 자리에서 그에게 파는 거야. 너를 위해서 나는 온갖 준비를 다 해주고 싶어. 그러니 잘 생각해 보려무나. 너는 부자가 될 수 있는 거야. 앞으로 독립해서 살아갈 수 있단 말이다."

"아, 아빠, 그런 것은 싫다니까요. 정말 어리석은 짓이에요."

"나도 그렇게 생각해요."

부인은 마치 암탉처럼 머리를 아래위로 세게 흔들어댔다.

"당신은 부끄럽지도 않으세요? 어쩌면 그런 말을 할 수가 있어요! 그것도 다름 아닌 자기 딸에게 말이에요."

마이크는 여전히 아내 쪽을 거들떠보지도 않고 물끄러미 딸을 쳐다보며 열심히 말했다.

"좋아, 절대로 지지 않는다고 약속하마."

"하지만 난 싫어요!"

"자, 이제 그만 그렇게 하겠다고 대답해 봐."

마이크는 열심히 딸에게 조르며 번쩍이는 눈을 딸에게서 떼지 않은 채 몸을 앞으로 내밀었다.

이렇게 되자 딸은 더 이상 거역할 수가 없는 것 같았다.

"하지만 아버지가 지면 어떻게 되지요?"

"아니, 너에게 약속했듯이 절대로 지지 않아. 틀림없이 약속하지."

"아빠, 제발 그만둘 수는 없어요?"

"너의 몫으로 재산을 만들어 주는 거야. 자, 지금이 바로 그 기회다. 어떠냐, 루이스? 괜찮지?"

마이크가 줄곧 다그치자 딸은 망설였다. 이윽고 그녀는 단념한 듯이 가볍게 어깨를 움츠리며 말했다.

"그렇다면 할 수 없군요. 절대로 지지 않는다고 아빠가 약속했으니……."

"훌륭하구나!" 마이크가 소리쳤다. "좋아. 자, 걸었네!"

"그래, 걸었네." 리처드 플래트는 루이스를 지켜보며 말했다.

마이크는 곧 포도주 병을 집어들어 첫 번째로 자기 잔에 조금 따르고 나서 흥분한 발걸음으로 테이블을 돌며 다른 사람들의 잔에도 따라 주었다. 바야흐로 모든 이들의 눈길이 리처드 플래트에게로 집중되었다. 그는 천천히 오른손을 뻗어 잔을 집어들더니 코로 가져갔다.

리처드 플래트는 50살쯤 되어 보이는 사나이로 인상이 좋은 얼굴은 아니었다. 그는 어딘지 모르게 얼굴에 입만 있는 것 같은 느낌을 주었다. 입과 입술, 두툼하고 번들거리는 미식가의 입술, 한가운데서 축 늘어져 있는 아랫입술, 헤벌린 채 다물어본 적이 없는 듯한 식식가의 입술. 지금 그 입술은 잔의 둘레와 한 입의 음식만을 위해 만들어진 것처럼 벌어져 있었다. 나는 그 입이 마치 열쇠 구멍 같다고 생각하며 물끄러미 바라보고 있었다. 마치 젖은 커다란 열쇠 구멍 같다고.

플래트는 천천히 잔을 코로 가져갔다. 코 끝이 잔에 닿아 세심하게 냄새를 맡으며 액체의 표면을 겉돌고 있었다. 방향(芳香)을 잡으려고 잔을 흔들며 조용히 포도주에 거품을 일게 하고 있었다. 그는 아주 조심스러운 태도로 주의를 집중시켰다. 눈을 감고 있었다. 바야흐로 그의 상반신——머리, 목, 가슴이 코에서 메시지를 받아 필터에 걸려 분석하는 거대하고 민감한 후각 기계로 바뀐 것 같았다.

주의깊게 살펴본바, 마이크는 의자에 기대앉아 겉으로는 아주 무관심한 척하고 있었지만, 사실은 모든 움직임을 자세히 눈여겨보고 있었다. 스코필드 부인은 얼굴에 역력한 비난의 빛을 띤 채 말없이 테이블 한쪽 끝에 앉아 있었다. 딸 루이스는 의자의 위치를 조금 바꾸어 미식가 옆에 앉아 아버지와 마찬가지로 그에게 눈길을 쏟고 있었다.

플래트는 적어도 1분 동안쯤 냄새를 맡고 있었다. 여전히 눈을 감은 채 머리를 조금도 움직이지 않고서 그는 잔을 입까지 가지고 내려

왔다. 그러더니 액체를 반쯤 입에 머금고 그 포도주를 맛보며 한동안 잠자코 있었다. 이윽고 그는 조금씩 액체를 목으로 넘겼다. 그의 결후(結喉)가 따라 움직이는 것이 보였다.

그러나 술의 대부분은 아직 입 속에 남아 있었다. 그는 그것을 마셔 버리지 않고 입술로 조금 공기를 들이마신 다음 입 속의 포도주 향기와 섞어 가지고 가슴속으로 보냈다. 그리고 나서 숨을 멈추고 코로 뿜어 냈다. 그리고 드디어 혀로 술을 굴려 그것을 씹었다. 마치 빵처럼 정말 이로 씹었다.

엄숙하고 인상적인 연기였다. 그는 그 모든 것을 아주 훌륭하게 해내었던 것이다.

"으음."

플래트는 빨간 혀로 입술을 핥으며 잔을 아래에다 내려놓았다.

"과연 이것은 아주 재미있고 귀여운 술이로군. 온순하고 얌전하며 뒷맛이 마치 여자 같은 데가 있어."

입 속에 침이 가득차 있었다. 그 때문에 말을 할 때마다 번쩍이는 침이 테이블 위로 튀었다.

"그럼, 이제 따지고 들어가 볼까. 정성껏 하도록 해주게나, 내기니까. 여느 때 같으면 하찮은 점을 가지고서도 대충 짐작하여 포도원의 이름을 댈 수도 있겠지. 그러나 이번만은, 이번만큼은 조심스럽게 해야 해. 안 그런가?"

플래트는 마이크의 얼굴을 올려다보고 빙긋 웃었다. 두툼하고도 그 끈적끈적한 입술로, 그러나 마이크는 웃지 않았다.

"먼저 이 포도주는 보르도의 어느 지방에서 만든 것이지? 그것을 알아맞히는 일은 그다지 어렵지 않아. 생 에밀리옹이나 글라브의 것으로는 맛이 좀 싱거운 듯싶으니 이건 분명히 메도크야. 그렇지 않고서는 이런 맛을 낼 수가 없어. 그렇다면 메도크의 어느 자치구의 것인가? 이것 역시 소거법(消去法)에 의해서 그다지 어렵지 않게 알아맞힐 수 있지. 마르고? 아니, 마르고는 아니야. 마르고 의 그 강렬한 향기가 없거든. 포이야크? 아니, 포이야크도 아니 야. 포이야크치고는 느낌이 너무 부드럽고 순해서 어딘가 외곬으로 나가는 점이 있어. 포이야크의 술이라면 조금 더 거만한 면이 있을 텐데 말이야. 게다가 이건 나의 느낌인데, 그 포이야크에는 뭔가 정력 같은 것이 있지. 포도가 그 지방의 땅에서 자란 기묘하고 때 를 벗지 못한 저력 있는 풍미를 지니고 있어. 그러니까 거기 것도 아닐 테지. 이 술은 약간 자란 과정이 좋아. 첫 맛에는 조용하고 내성적인 데가 있어. 얼마 동안 수줍어하고는 있지만 좀더 우아한 맛이 우러나와. 두 번째 맛은 얼마쯤 우습고 장난스러운 점이 나타 나서 혀를 그 얼마 안 되는 탄닌으로 놀려대기 시작하는군. 그래서 뒷맛은 애교스럽고 위안을 주기도 하며, 더욱이 여성적인 데다 생 줄리앙 자치구의 포도주를 생각게 하는 즐겁고 기분좋은 성질이 있 어. 이것은 생 줄리앙……. ”

플래트는 의자 뒤에 벌렁 기대어 두 손을 가슴까지 올리더니 손가 락 끝을 가지런히 펴서 가슴 위에 올려놓았다. 그는 우스우리만큼 거 드름을 피우고 있었다. 더욱이 그것은 다만 이 집 주인을 비웃기 위 해서 일부러 그러는 듯한 기분마저 들었다. 아무튼 나는 그가 그 다 음을 계속해 주기를 기다리고 있었다. 루이스가 담배에 불을 붙이려 고 했다. 성냥 긋는 소리가 들리자 플래트는 뒤돌아보더니 몹시 화를 내며 소리쳤다.

“꺼요! 꺼 버리란 말이오! 식탁에서 담배를 피우다니, 나쁜 습관 이군.”

루이스는 한쪽 손에 불이 당긴 성냥개비를 그대로 쥔 채 커다랗고 멍청한 눈동자를 플래트에게로 돌려 한동안 물끄러미 쳐다보고 있더니, 마침내 아주 경멸하듯이 천천히 눈길을 돌렸다. 그녀는 머리를 숙여 성냥불을 불어 껐다. 그러나 불을 붙이지 않은 담배가 여전히 손에 쥐어져 있었다.

"미안하오, 나는 식탁에서 담배를 피우지 않는 버릇이라서." 플래트가 말했다.

루이스는 두 번 다시 그의 얼굴을 쳐다보지 않았다.

"참, 어디까지 이야기했었지? 아, 그래, 이 술이 보르도의 메도크 지방 생 줄리앙 자치구에서 나온 것이라는 데까지 그럭저럭 순조롭게 풀렸는데, 드디어 어려운 고비에 다다른 셈이군. 포도원의 이름을 대야 할 테니까. 그건 좀 어렵겠는걸. 왜냐하면 생 줄리앙에는 참으로 많은 포도원이 있기 때문이지. 게다가 이 집 주인께서도 아까 말했듯이 A라는 포도원의 술과 C라는 포도원의 술을 구별할 수 없는 경우가 종종 있거든. 어쨌든 그것은 조금씩 알긴 알겠는데……."

플래트는 눈을 감고 또 시간을 끌었다.

"그럼, 우선 어떻게 '재배'되었느냐 하는 문제부터 시작해야겠군. 그것을 잘 알 수만 있다면 근사할 텐데. 어쨌든 이 술은 분명히 제1재배의 포도원에서 만들어진 게 아니야. 그리고 제2재배도 아니야. 최상작(最上作) 연대의 것도 아니야. 이 느낌하며 뭐라고 하면 좋을까, 빛과 힘 같은 것들이 결여되어 있어. 그러나 제3재배, 으음, 이것은 있을 수 있어. 그러나 아직도 좀 의심스럽군. 분명 풍작 연대의 것인 모양인데 이것은 아까 주인께서도 말한 바 있지만 조금 과장이 섞여 있어. 위험해, 이 점이 위험하단 말이야."

플래트는 잔을 들어 다시 한 모금 마셔 보았다.

"좋아." 이렇게 말하며 그는 입술을 핥았다. "역시 좋군. 그러나 이것은 제4재배야. 그것이 잠깐 동안 제3재배나 제2재배의 술맛처럼 느껴지기까지 했지만 말이야. 좋아! 점점 더 좋아지는군. 자, 조금만 더. 그럼, 생 줄리앙 자치구에 있는 제4재배의 포도원은 어딘가?"

플래트는 또다시 시간을 끌더니, 잔을 들어 축 늘어진 아랫입술에 잔 둘레를 갖다댔다. 그때 가느다란 분홍빛 혀가 날름 나와 그 혀 끝이 포도주 속으로 뛰어드는가 했더니 눈 깜짝할 사이에 다시 입 속으로 들어가는 것을 나는 보았다. 정말 보기 흉했다. 이윽고 그는 잔을 내려놓았는데, 여전히 눈을 감은 채 열심히 주의를 집중하고 있는 표정이었다. 입술만이 마치 두 장의 미끈미끈한 해면 모양을 한 고무처럼 움직이고 있을 뿐이었다.

"자, 계속합시다!" 그는 말을 계속했다. "맛을 보니 탄닌이 있어. 그렇군, 혀에 짜릿하게 오는 수렴성의 느낌. 알았어! 이 술은 베슈베이유 주위에 있는 작은 포도원의 것일세. 이제 생각이 나는군. 베슈베이유 지방, 지금은 술통 나르는 배도 이용하지 않는 진흙투성이의 강과 작은 항구. 베슈베이유……. 이것은 정말 베슈베이유 산일까? 아니, 그렇지 않아. 그러나 바로 그 옆이야. 샤토 타르보? 타르보일까? 그래, 그럴지도 모르겠군. 잠깐!"

플래트는 다시 포도주를 마셨다. 그는 살짝 마이크 스코필드를 살펴보았다. 마이크는 점점 테이블에 덮치듯 기대며 입을 조금 벌린 채 작은 눈을 리처드 플래트에게 집중하고 있었다.

"아니, 틀렸어. 타르보가 아니야. 타르보라면 이보다 좀더 짜릿한 맛이 있지. 이윽고 결론에 이르게 되었군. 이것이 1934년이라면, 이렇게 쏘고 있는데 타르보라 할 수는 없지. 잠깐만 기다리게. 베슈베이유도 아니고 타르보도 아니야. 그러나 으음, 이 두 지방에 가깝군. 그 근처야. 이 포도원은 두 지방의 중간쯤에 있을 거야. 틀림없어. 그럼, 어딘가?"

플래트는 망설였다. 나는 그의 얼굴을 쳐다보면서 기다리고 있었다. 너나할 것 없이 모두, 마이크 부인까지도 물끄러미 그를 지켜보고 있었다.

이 조용함을 깨지 않으려고 하녀가 내 뒤에 있는 그릇 선반에 야채 접시를 살그머니 놓는 소리가 들렸다.

"아아, 알았다! 이제야 알 것 같습니다."

이 한마디를 마지막으로 플래트는 포도주를 마셨다. 잔을 들어 입가에 대고 그는 마이크 쪽을 보더니 정중한 미소를 띠며 말했다.

"자네는 알고 있지. 이것은 샤토 브라네일 두크류일세."

마이크는 말없이 앉은 채 움직이지 않았다.

"연대는 1934년."

우리는 모두 마이크 쪽을 보았다. 바구니 속의 병을 꺼내 거기 붙은 라벨을 보여 주기를 기다리고 있었던 것이다.

"그것이 대답인가?" 마이크가 물었다.

"그렇겠지."

"'그렇겠지'라는 말은 곤란한데."

"대답일세."

"다시 한 번 이름을 말해 보게."

"샤토 브라네일 두크류. 아주 작은 포도원. 귀여운 옛 샤토, 잘 알고 있지. 어째서 얼른 알아차리지 못했을까?"

"아빠, 어서 병을 돌려서 보여 주세요. 나는 두 채의 집을 갖고 싶어요." 루이스가 말했다.

"잠깐, 잠깐만 기다려라, 루이스."

그리고 마이크는 어떻게 해야 할까 망설이는 태도로 우두커니 앉아 있기만 했다. 숨을 헐떡이며 앉아 있는 그의 얼굴이 몹시 파랬다. 마치 모든 힘이 몸에서 빠져나간 것처럼.

"마이크!" 테이블 구석 쪽에서 부인이 불렀다. "왜 그러세요!"

"부탁이니 잠깐만 있구려, 마거리트."

리처드 플래트는 입가에 미소를 띤 채 가늘게 뜬 눈을 번뜩이며 마이크를 지켜보고 있었다. 마이크는 누구의 얼굴도 보지 않았다.

"아빠!" 루이스가 필사적으로 소리쳤다. "아빠는 저분이 도저히 못 맞힐 거라고 하셨잖아요!"

"아니, 문제없어. 너는 아무것도 걱정할 게 없다." 그리고 나서 마이크는 리처드 플래트 쪽을 향해 덧붙였다. "자네에게 할 말이 있네, 리처드, 옆방으로 가서 잠깐 이야기하는 게 좋을 것 같은데."

아마도 가족들 앞에서 벗어나고 싶은 마음에서 그렇게 말했을 거라고 나는 생각했다.

"거절하겠네. 그보다도 병의 라벨을 어서 보고 싶군."

플래트가 재촉했다.

그는 이미 알고 있었다. 자기의 승리라는 것을. 따라서 그의 태도에는 승자의 침착한 거만함이 나타나 있었다. 그리고 뭔가 말썽이라도 생기게 되면 가만 있지 않겠다는 태도로 기다리고 있음을 알 수 있었다.

"무얼 꾸물거리고 있나!" 그는 마이크에게 말했다. "자, 병을 돌려서 보여 주게."

그런데 이때 난데없는 일이 생겼다. 검은색과 흰색의 제복을 입은 자그마한 몸집의 하녀가 꼿꼿이 선 채 한쪽 손으로 플래트에게 무엇을 내밀었던 것이다.

"이것은 당신 거지요?"

그녀가 내민 얇은 뿔테 안경에 플래트의 눈길이 닿았다. 그는 잠깐 망설이다가 입을 열었다.

"이거요? 그랬던가? 잘 모르겠는데."

"아닙니다, 당신 안경입니다."

그녀는 60살이라기보다 70살에 가까운 나이로, 마이크의 집에서 충실히 일해 온 하녀였다. 하녀는 안경을 테이블 위에 놓았다.

고맙다는 말도 없이 플래트는 그 안경을 집더니 윗주머니 속의 흰 손수건에 살짝 떨구어 넣었다.

그러나 하녀는 그 자리를 떠나지 않았다. 리처드 플래트의 바로 뒤에 우뚝 서 있었다. 그녀의 태도와 꼼짝도 않고 꼿꼿이 서 있는 모습에 뭔가 이상한 것이 느껴져 몹시 놀라 나도 모르게 그녀를 쳐다보고 있었다.

늙은 잿빛 얼굴에는 차갑고 확고한 빛이 나타나 있었다. 입술을 굳게 다문 채 작은 턱을 앞으로 내밀고, 양쪽 손을 앞에 모아 깍지를 끼듯 꼭 잡고 있었다. 묘한 모자와 제복에 달린 너풀너풀한 흰 장식이 마치 깃털을 세운 가슴이 흰 새처럼 보였다.

"스코필드님의 서재에 있었습니다." 이윽고 하녀가 입을 열었는데, 그 목소리에는 일부러 꾸민 듯한 정중함이 담겨 있었다. "초록빛 서류 선반 맨 위에 있었습니다. 아까 식사하기 전 당신이 서재에 오셨을 때 두고 가신 것입니다."

그녀가 한 말의 뜻을 알아차리기까지는 2, 3분이나 걸렸다. 계속되는 침묵 속에서 나는 마이크를 쳐다보았다. 그는 천천히 몸을 일으키더니 얼굴을 붉히며 눈을 크게 뜬 채 입을 일그러뜨렸다. 콧구멍 근처에 그 위험한 흰 반점이 돋기 시작했다.

"마이크!" 부인이 불렀다. "정신차려요, 마이크! 정신차려요!"

Lamb to the Slaughter
맛있는 흉기

방은 따뜻하고 깨끗했다. 커튼도 쳐져 있고, 두 개의 테이블 램프——그녀 옆에 있는 램프와 맞은쪽의 빈 의자 옆 램프——에도 밝게 불이 켜져 있었다. 그녀의 뒤쪽 그릇 선반에는 키 큰 잔 두 개와 탄산 소다와 위스키가 놓여 있고, 사모스 바켓(얼음조각을 넣어 두는 보냉 그릇)에는 새 얼음이 얌전히 담겨 있다.

메리 맬로니는 남편이 직장에서 돌아오기를 기다리고 있었다.

그녀는 가끔 얼굴을 들어 시계를 쳐다보았는데, 그것은 무슨 걱정이 있어서가 아니라 시간이 흐름에 따라 그만큼 남편의 귀가 시간이 머지않았다는 즐거운 마음에서였다. 따라서 그녀가 무슨 일을 하든 그 주위에는 뭔가 마음이 포근해지는 분위기가 감돌고 있었다. 시계를 보고 다시 바느질을 계속하기 위해 고개를 숙인 그녀의 머리 둘레에도 말할 수 없는 평화로움이 넘치고 있었다. 그녀의 살결은——이것은 임신 6개월이 되었기 때문이긴 하지만——투명할 정도로 희고 입매가 부드러워 보였으며, 지금 조용하게 빛나는 그녀의 눈은 전보다도 더 커져 깊은 빛을 띠고 있는 것 같았다.

시계가 5시 10분 전을 가리키자 그녀는 귀를 기울였다. 그리고 얼마 뒤에 여느 때와 다름없이 시계로 잰 듯 바깥 자갈길 위에 자동차 멎는 소리가 들리더니 차의 문이 쾅 닫히는 소리가 들려 왔다. 그리고 창문 밑을 걸어오는 발자국 소리. 현관문을 여는 열쇠 소리. 그녀는 바느질감을 옆으로 밀어 놓고 의자에서 일어나 돌아온 남편에게 키스를 하기 위해 마중을 나갔다.

"이제 오세요?"

"응."

그녀는 남편의 코트를 받아서 옷장 속에 걸었다. 그리고 방을 가로질러 가서 음료수를 마련했다. 강한 것은 남편을 위해, 약한 것은 자기를 위해. 잔을 건네주고 나서 그녀는 다시 바느질감을 집어들었다. 남편은 긴 잔을 두 손으로 감싸듯 들고 그녀의 맞은쪽 자리에 앉았다. 그 손 안에서 얼음이 잔에 부딪히는 달그락 소리가 들린다.

그녀에게 있어서 이때야말로 하루 가운데 가장 행복한 시간이었다. 그녀는 처음 한 잔을 마셔 버리기 전까지는 좀처럼 입을 열려고 하지 않는 남편의 버릇을 잘 알고 있었다. 그리고 하루 종일 혼자 집 안에 틀어박혀 있던 그녀로서도 남편이 바로 옆에 그냥 조용히 앉아 있다는 것만으로도 더 바랄 것이 없었다. 남편이 있다. 이렇게 멋진 일은 없을 것이다. 마치 일광욕을 하는 사람이 태양 빛이 몸에 닿을 때 느끼는 흐뭇함처럼, 둘만 있을 때에 남편 몸에서 듬직하고 포근한 감정을 느낄 수 있었다. 의자에 앉아 쉬고 있는 그, 문을 열고 방으로 들어오는 그, 큰 걸음걸이로 천천히 방 안을 걷고 있는 그, 그러한 그를 그녀는 몹시 좋아했다. 그리고 자기를 쳐다보는 그의 나른해 보이는 눈길, 좀 색다른 입술 모양, 특히 하루의 피로를 달래듯 말없이 앉아 위스키가 조금씩 몸에 퍼지기를 조용히 기다리고 있는 그의 모습. 이런 것들도 그녀가 사랑하지 않고는 못 견디는 점이었다.

"피곤하시지요?"

"응, 피곤해."

그러나 이렇게 대답하면서도 남편은 언제나 어울리지 않는 일을 했다.

그는 잔을 들어 아직 반은, 적어도 반은 남아 있는 위스키를 단숨에 마셔 버리는 것이다. 그렇다고 해서 그녀는 남편의 그러한 행동을 지켜보고 있었던 것은 아니다. 그러나 그녀는 잘 안다. 남편이 위스키를 단숨에 마시고 잔을 내려놓았을 때, 잔 바닥에서 얼음들이 서로 부딪는 소리가 나기 때문이다. 그는 한동안 의자 등에 기대어 우두커니 앉아 있었다. 이윽고 일어서더니 한 잔 더 마시기 위해 방을 가로질러 갔다.

"어머나, 내가 갖다 드릴 텐데!"

그녀는 당황하여 일어서며 소리쳤다.

"걱정 말고 앉아 있어요."

의자로 돌아온 그의 잔에는 새로 따른 하이볼이 거의 스트레이트에 가까운 호박색을 띠고 있었다.

"여보, 당신 슬리퍼를 갖다 드릴까요?"

"괜찮아."

강한 액체를 조금씩 마시기 시작한 남편을 그녀는 물끄러미 쳐다보았다. 잔 속의 하이볼은 스트레이트에 가까워서 마치 기름과도 같은 작은 소용돌이가 떠 있었다.

"정말 너무한 것 같아요. 당신 같은 고참 경관을 하루 종일 발이 닳도록 돌아다니게 하다니!"

그는 이 말에 대답하지 않았다. 할 수 없이 그녀는 몸을 굽혀 다시 바느질을 하기 시작했다. 남편이 잔을 입에 댈 때마다 얼음이 달그락거리는 소리가 들려 왔다.

"여보, 치즈 좀 드시지 않겠어요? 오늘은 목요일이지요? 그래서 식사 준비를 아무것도 못했어요."

"됐어."

"밖에서 드시는 게 귀찮으시다면, 아직 그렇게 늦지 않았으니까 이제부터라도 준비하겠어요. 냉동실에 고기와 여러 가지 것들이 많이 있을 거예요. 준비가 다 되거든 여기서 드세요. 이대로도 드실 수 있어요."

그녀의 눈은 기다리고 있었다. 남편의 상냥한 대답을, 빙긋이 웃는 미소를. 아니, 그냥 고개만 조금 끄덕여 주어도 좋겠다고 생각했다. 그러나 그는 무표정했다.

"어쨌든" 하고 그녀는 말을 계속했다. "치즈와 크래커라도 먼저 가져오겠어요."

"안 먹는다니까."

"안 돼요, 드셔야지! 어쨌든 만들어 오겠어요. 드시든 안 드시든 그것은 당신 마음대로지만."

그녀는 일어서서 테이블 램프 옆에 바느질감을 놓았다.

"앉아 있어. 내 걱정은 말고, 거기 앉아 있어요."

그제야 비로소 그녀는 뭔가 무서운 예감이 들었다.

"어서 앉아."

그녀는 다시 조용히 앉아 겁먹은 눈을 크게 뜨고 물끄러미 쳐다보았다.

그는 두 잔째를 다 마시자 눈살을 찌푸리며 빈 잔 속을 들여다보았다.

"내 말 좀 들어 보오. 당신한테 할 말이 있어."

"뭔데요? 왜 그래요, 당신?"

남편은 그냥 우두커니 앉아 있었다. 테이블 램프 불빛이 고개를 숙이고 있는 그의 이마 언저리를 지나며 턱에서 입가에 걸쳐 그림자를 드리우고 있었다. 그의 왼쪽 눈 가장자리가 약간 경련을 일으키는 것을 그녀는 보았다.

"이런 사실을 털어놓으면 당신은 퍽 놀라겠지. 그러나 이것은 잘 생각한 뒤에 결정한 일이고, 일찌감치 당신에게 모든 것을 이야기하는 편이 좋겠다고 생각했어. 그러니까 화내지 말고 들어 줬으면 좋겠어."

남편은 모든 것을 털어놓았다. 이야기는 오래 걸리지 않았다. 겨우 4, 5분밖에 안 걸렸다. 그녀는 끝까지 아무 말도 하지 않고 가만히 앉아 있었다. 그 한마디 한마디가 그녀에게서 남편을 먼 곳으로 끌고 가는 듯한 느낌을 주었으며, 어질어질 흔들리는 듯한 기분으로 그녀는 남편을 바라보고 있었다.

"그렇게 되었어. 이런 이야기를 하필이면 이렇게 좋지 않을 때 한다는 것은 나로서도 괴로운 일이지만, 그러나 이렇게 할 수밖에 다른 방법이 없었어. 물론 돈으로도 보상할 것이고, 앞으로의 당신 생활에 대해서도 충분한 조처를 취할 생각이야. 그러니까 뭐 소란 피울 것은 없어. 어쨌든 그런 일은 없었으면 좋겠어. 그렇지 않으면 내 일에 지장이 있을 테니까."

맨 처음 그녀를 엄습한 본능은 전적으로 믿지 않겠다는 것이었다. 모든 것을 거절해야 한다는 것이었다. 사실 남편은 아무 말도 하지 않았다. 지금 일어난 일은 모두 나의 망상이다. 이런 생각이 그녀의 머리를 스쳐 갔다. 아아, 이것은 꿈이다. 아무 말도 듣지 않은 것으로 하고, 전과 다름없이 있으면 언젠가는 잠이 깨어 정말 아무 일도 없었다는 것을 알게 되지 않을까?

가까스로 그녀는 가라앉은 목소리로 말했다.

"저, 식사 준비를 하겠어요."

이번에는 남편도 말리지 않았다.

그녀는 방을 가로질러 가는데 발이 땅에 닿지 않는 것 같은 느낌이 들었다. 그밖에는 아무것도 느낄 수 없었다. 다만 가슴이 메슥거려 토할 것만 같았다. 지금 그녀는 모든 일을 기계적으로 하고 있을 뿐이었다. 지하실에 내려간다. 전등 스위치를 켠다. 깊숙한 냉동기에 손을 넣는다. 맨 먼저 손에 닿는 것을 끄집어 내어 본다. 뭔가 종이에 싸 놓은 것이다. 종이를 벗기고 잘 본다. 꽁꽁 얼어붙은 양 뒷다리. 이것이면 됐다. 저녁은 양고기로 하자. 양 뒷다리를 두 손으로 들고 2층으로 올라갔다. 거실을 지나가려고 하자 남편이 등을 돌리고 창가에 서 있는 모습이 보인다. 그녀는 멈춰선다.

그 기척을 느끼고 남편은 돌아보지도 않고 말했다.

"나는 안 먹는다니까. 이제 나갈 거야."

그 말을 듣자 메리 맬로니는 성큼 그의 등 뒤로 다가섰다. 그리고 그대로 두 손에 들고 있던 꽁꽁 얼어붙은 굵은 양 다리를 들어올려 남편의 뒤통수를 향해 힘껏 내리쳤다.

철봉으로 내려친 것이나 마찬가지였다.

한 발자국 뒤로 물러났다. 우두커니 서서 기다렸다. 묘하게도 남편은 몇 초 동안 비틀거리며 그 자리에 서 있었다. 그러다가 이윽고 카펫 위에 털썩 쓰러졌다.

심한 폭력과 그 소리, 작은 테이블이 뒤집힌 모습에 그녀는 가까스로 제정신으로 돌아왔다. 이윽고 냉정함과 놀라움이 가슴에 퍼져 갔다. 한동안 그녀는 두 손에 이 어이없는 고깃덩어리를 든 채, 쓰러져 있는 남편을 들여다보며 그 자리에 우뚝 서 있었다. 그렇다, 나는 죽여 버렸다.

이러한 상황에서 갑자기 머릿속이 맑아진다는 것이 오히려 이상했다. 한꺼번에 여러 가지 생각이 떠올랐다. 형사의 아내로서 그녀는 이 죄가 얼마나 무거울 것인지 너무도 잘 알고 있었다. 그것으로 좋다. 그녀에게 있어 문제될 것은 없었다. 사실 그편이 도움이 될지도 몰랐다. 그러나 아이는 어떻게 되는 걸까? 임신 중의 살인범에 대해서는 어떤 법률이 있을까? 양쪽 다 사형——어머니도, 뱃속의 아기도? 아니면 낳을 때까지 기다려 주는 걸까? 어떻게 하는 것일까? 메리 맬로니는 알 수 없었다. 그러나 그들에게 붙잡혀서 그것을 알아볼 생각은 조금도 없었다.

양고기를 부엌으로 가지고 가서 철판 위에 올려놓고 오븐의 불을 세게 맞춘 다음 안으로 디밀었다. 그리고 손을 씻은 뒤 2층 침실로 뛰어올라갔다. 거울 앞에 앉아 머리를 빗고 입술에 루즈를 칠하고 얼굴을 매만졌다. 웃어 보았다.

그러나 웬일인지 어색했다. 다시 한 번 해본다.

"샘, 안녕하세요?" 목소리를 내어 밝게 불러보았다.

그 목소리도 역시 어딘가 어색했다.

"감자 조금 주시겠어요, 샘? 그리고 파란 콩 통조림 하나……."

이번에는 됐다. 미소도 목소리의 울림도 아까보다 좋아졌다. 몇 번이나 되풀이해서 연습했다. 그리고 아래층으로 뛰어내려가 코트를 벗고 뒷문으로 나가 마당을 지나서 거리로 나갔다. 아직 6시도 되지 않았는데 식료품 가게 앞에는 불이 켜져 있었다.

카운터 뒤에 있는 사나이에게 미소를 지으며 메리는 밝게 인사했다.

"샘, 안녕하세요?"

"어서 오십시오, 맬로니 부인."

"감자 조금 주시겠어요, 샘? 그리고 파란 콩 통조림 하나……."

사나이는 돌아서서 선반 위의 파란 콩 통조림을 집었다.

"패트릭은 피곤해서 오늘 밤에는 밖으로 식사하러 가지 않겠다는군요, 우리는 늘 목요일이면 밖에서 식사하기로 되어 있거든요, 그래서 야채를 준비해 놓지 않았지요."

"고기는 있습니까? 부인?"

"네, 고기는 있어요, 아주 좋은 양고기가 냉동실 안에 있어요."

"아, 그래요."

"냉동이 된 것을 그대로 요리하고 싶지는 않지만, 시간이 없으니 할 수 없지요, 어때요, 괜찮을까요?"

"괜찮을 것 같습니다, 내가 생각하기엔, 그다지 차이가 나지 않을 겁니다, 저 아이다호 감자라도 괜찮겠습니까?"

"네, 그것으로 됐어요, 두 개 주세요."

"그밖에 또?" 가게 주인은 고개를 갸웃거리며 상냥하게 그녀 쪽을 보았다. "식사한 뒤 드실 것은 필요치 않습니까? 식사한 뒤에 무엇이든 드실 게 아닙니까?"

"글쎄요, 무엇이 좋을까요, 샘?"

그는 가게 안을 죽 둘러보았다.

"두툼하게 썬 치즈 케익이 있는데, 분명히 좋아하셨던 것으로 생각합니다만."

"그래요, 굉장히 좋아해요."

산 물건을 싸 달라고 한 뒤 돈을 치르자 그녀는 있는 힘을 다해 아름답게 웃어 보였다.

"수고하셨어요, 샘. 그럼, 안녕히 계세요."

"안녕히 가십시오, 부인, 고맙습니다."

그리고 집을 향해 부지런히 걸어가며 그녀는 속으로 중얼거렸다.

'지금 나는 식사를 기다리고 있는 남편 곁으로 돌아가는 중이다. 어서 가서 그이를 위해 맛있는 요리를 만들어야지. 그이는 몹시 지쳐서 가엾어 보이니 되도록 솜씨를 다해 맛있는 요리를 만들어 드려

야지. 그리고 만일 내가 집에 들어갔을 때 뭔가 이상한 일, 아주 무서운 일이 일어난 것을 알게 되면, 그것은 나에게 있어 뜻하지 않은 충격이며 슬픔과 두려움으로 미칠 듯이 마음 아플 것은 뻔한 일이다. 그렇다고 해서 집에서 무슨 일이 일어났으리라고는 꿈에도 생각하지 않는다. 다만 나는 지금 야채를 사 가지고 집으로 돌아가는 길이다. 그렇다. 패트릭 맬로니 부인은 목요일 밤 남편의 식사 준비를 하기 위해 야채를 사 들고 집으로 돌아가는 길이다. 그뿐이다.'

그녀는 자기 자신에게 이렇게 타일렀다. 아주 자연스럽게 여느 때와 다름없이 행동하면 되는 것이다. 그냥 당연한 것처럼 모든 것을 내맡겨 두는 것이다. 새삼 묘한 연극을 할 필요는 없다. 그러므로 뒷문을 통해 부엌으로 들어간 그녀는 미소를 띠고 가벼운 마음으로 콧노래까지 부르고 있다.

"패트릭." 그녀는 큰 소리로 불러 보았다. "이제 돌아왔어요."

물건을 싼 꾸러미를 테이블 위에 놓자 그녀는 거실로 들어갔다. 거기서 그녀는 남편을 발견했다. 두 다리를 웅크리고 한 팔을 꺾어 등 밑에 깐 채 마룻바닥에 쓰러져 있는 남편을. 이때 그녀는 정말 충격을 받았다. 지금 그녀의 마음속에는 세월을 함께 한 남편에 대한 깊은 애정과 사모의 정이 갑자기 솟아올랐다. 그리하여 저도 모르게 남편 옆으로 달려가 무릎을 꿇고 찢어질 듯한 마음으로 울기 시작했다. 그렇게 하는 데는 조금도 힘들지 않았고 연극을 할 필요도 없었다.

잠시 뒤 그녀는 가까스로 일어나서 전화기 앞으로 갔다. 경찰의 전화번호는 잘 알고 있었다. 상대방의 말이 끝나자마자 그녀는 소리쳤다.

"부탁입니다, 빨리 와 주세요, 패트릭이 죽어 있어요!"

"당신은 누구십니까?"

"맬로니, 패트릭 맬로니 부인입니다."

"그럼, 패트릭 맬로니 씨가 죽어 있다는 말이로군요."

"네, 마룻바닥에 쓰러져 있는데 죽은 것 같아요." 그녀는 훌쩍훌쩍 울었다.

"곧 가겠습니다." 상대방은 대답했다.

정말 차가 곧 달려왔다. 그녀가 현관문을 열자 두 사람의 경찰관이 들어왔다. 둘 다 아는 사람이었다. 경찰서 사람들과는 거의 안면이 있었다. 그녀는 히스테리컬하게 울면서 잭 누넌의 품 안으로 쓰러졌다. 그는 부드럽게 그녀를 의자에 앉히고, 시체 옆에 쭈그리고 앉아 있는 동료 오말리 쪽으로 다가갔다.

"죽었어요?" 그녀는 울면서 물었다.

"정말 안됐습니다. 그런데 대체 어떻게 된 겁니까?"

그녀는 식료품 가게에 갔다 왔더니 남편이 쓰러져 있었다는 앞뒤 이야기를 간단히 설명했다. 그녀가 울면서 말하는 동안 누넌은 시체 뒤통수에 피가 엉겨붙어 있는 것을 발견했다. 그것을 오말리에게 보여 주자 그는 곧 일어나서 급히 전화를 걸러 갔다.

그러자 곧 다른 사람들이 이 집으로 우르르 몰려왔다. 맨 처음에는 경찰이, 그 뒤에는 형사가 둘 왔는데, 그중 한 사람은 그녀도 이름을 알고 있었다. 그 뒤 경찰의 사진 담당자가 와서 현장 사진을 찍고, 맨 나중에 지문 검출 담당자가 들어왔다. 시체 둘레에서 소곤소곤 협의가 계속되고, 형사들은 그녀에게 여러 가지 질문을 하였다. 형사들은 그녀를 아주 부드럽게 대하고 있었다. 그녀는 또 다시 이야기를 되풀이해서 들려 주었다. 패트릭이 집에 돌아왔을 때 바느질을 하고 있었던 일, 주인이 지쳐 있었던 일, 그리고 어째서 그녀가 고기를 오븐에 넣었는가 하는 것——"지금도 오븐에 들어 있어요."——식료품 가게에 야채를 사러 잠깐 나갔다 왔더니 주인이 마룻바닥 위에 쓰러져 있던 일 등을 상세히 이야기했다.

"어디 있는 식료품 가게입니까?" 한 형사가 물었다.

그녀가 질문에 대답하자 형사가 뒤돌아보고 다른 형사에게 뭐라고 귀엣말을 했다. 그러자 그 형사는 곧 밖으로 나갔다.

15분쯤 지나 아까 나갔던 형사가 수첩에 메모한 것을 가지고 돌아왔다. 또다시 아까보다도 더 열심히 귀엣말을 주고받았는데, 그 말 끝이 훌쩍이고 있는 그녀의 귀에 들려 왔다. "……그다지 이상한 점은 없었답니다……, 아주 명랑했고……, 요리를 만들어 줘야겠다면서……파란 콩……치즈 케익……도저히 저 여자가 그런……."

잠시 뒤 경찰의와 사진 담당기자가 돌아갔다. 그리고 두 사나이가 들것을 가지고 와서 시체를 날라갔다. 이윽고 지문 담당자도 자리를 떠났다. 두 형사와 두 경관이 뒤에 남았다. 이 사람들은 그녀에게 아주 친절했다. 잭 누넌은 그녀에게 어딘가 다른 곳에 가 있는 게 좋지 않겠느냐고 하며, 여동생 집이나 아니면 자기 집에 가서 집사람에게 시중들도록 하여 하룻밤 지내면 어떻겠느냐고 권해 주기까지 했다.

"아니에요." 그녀는 말했다. "지금은 이 자리를 떠나고 싶지 않아요. 좀더 마음이 가라앉은 뒤에 그렇게 하면 안 될까요?"

정말 그녀는 마음이 편치 못했다, 정말로.

"그러면 침대에 가서 누워 있는 게 좋지 않겠습니까?"

잭 누넌은 권했다.

"아니, 이 의자에 이대로 있겠어요. 잠시 뒤 마음이 가라앉으면 그렇게 하지요."

그리하여 그들은 그녀를 그대로 놓아 둔 채 가택 수사에 나섰다. 이따금 형사 한 사람이 와서 그녀에게 뭔가를 물었다. 잭 누넌도 그녀 옆을 지나갈 때마다 상냥하게 말을 걸었다. 그리고 당신 주인은 뭔가 무거운 쇠몽둥이 같은 것으로 뒤통수를 얻어맞은 것 같다고 일러 주었다. 그들은 흉기를 찾기 위해 집을 수색하고 있었다. 범인은 흉기를 가지고 도망쳤는지도 모르며, 그것을 버렸는지도 모른다. 아니면 이 집 어딘가에 감춰 두었는지도 모른다.

"옛부터 내려오는 말이 하나도 틀리지 않습니다. 우선 흉기를 찾아라, 그러면 범인은 잡힌 것이나 다름없다."

잠시 뒤 형사 한 사람이 와서 그녀 옆에 앉았다. 이 집 안에 흉기가 될 만한 것은 없었나, 짐작이 갈 만한 것은 없느냐고 물었다. 흉기가 될 만한 것으로 없어진 물건은 없는가. 이를테면 큰 스패너나 쇠붙이로 된 무거운 꽃병 같은 것…….

집에는 그런 쇠붙이 꽃병이 없다고 그녀는 대답했다.

"그럼, 큰 스패너는?"

큰 스패너도 없는 것 같지만, 어쩌면 차고 안에 있는지도 모른다고 대답했다.

수사는 계속되었다. 집 둘레, 마당 가운데까지 다른 경찰관들이 들어와 있는 것을 그녀는 알고 있었다. 바깥 자갈을 밟는 발자국 소리가 들려 오고, 가끔 커튼 사이로 손전등 불빛이 눈에 비쳤다. 꽤 늦어졌다. 난로 위의 시계가 이윽고 9시를 가리키려 하고 있었다. 실내 수사에 들어간 네 명의 경찰관도 꽤 지쳤는지 초조한 모습이었다.

"잭." 누넌이 다시 옆을 지나갈 때 그녀가 불러세웠다. "술 한 잔 주겠어요?"

"네, 좋습니다. 한 잔 따라 드리지요, 이 위스키지요?"

"네, 그거에요. 조금이면 돼요. 마시면 조금 기분이 나아질 것 같아요."

그는 그녀에게 잔을 건네주었다.

"당신도 한 잔 하세요. 아주 피로하실 텐데. 여러분이 나한테 너무 잘해 주셨어요."

"글쎄요, 사실은 안 됩니다만……. 그럼, 기운을 돋우기 위해 한 잔만 들까요."

한 사람씩 곁으로 다가와 위스키를 한 모금씩 마셨다. 어색하게 잔을 손에 들고 그녀 둘레에 서 있는 사나이들은 쑥스러운 듯이 저마다 상냥한 위로의 말을 했다.

부엌으로 들어간 누넌은 곧 나와서 그녀에게 말했다.

"부인, 오븐에 아직도 불이 켜져 있군요. 고기가 들어 있는 게 아닙니까?"

"어머나, 큰일났네요. 그래요, 고기가 들어 있어요." 그녀는 소리쳤다.

"꺼야 되지 않겠습니까? 내가 끌까요?"

"네, 부탁하겠어요. 정말 미안하군요."

누넌이 돌아오자 그녀는 눈물에 젖은 커다란 검은 눈으로 그를 쳐다보며 말했다.

"잭 누넌."

"왜 그러십니까?"

"당신과 그리고 여기 계신 분들에게 부탁이 있어요. 들어 주시겠어요?"

"할 수 있는 일이라면 하겠습니다, 부인."

"여러분, 여기 계신 분들은 패트릭의 좋은 친구분들이었지요. 그러므로 그이를 죽인 범인을 찾기 위해 모두 힘을 합치고 있는 거잖아요. 그런데 식사 시간이 지난 지가 오래 되어 아마 모두들 굉장히 시장하실 거예요. 여러분을 이대로 그냥 보내면 난 죽은 그이에게 할 말이 없어요. 아무 대접도 해 드리지 못했다는 것을 알게 되면 패트릭도 틀림없이 편히 눈을 감지 못할 거예요. 그래서 부탁인데, 저 오븐 속에 든 양고기라도 드시고 가셨으면 해요. 꼭 알맞게 구위겼을 거예요, 괜찮겠지요?"

"아니, 당치도 않은 말입니다." 누넌이 말했다.

"부탁이에요, 부디 드시고 가세요," 그녀는 간청하듯 말했다. "나는 도저히 먹을 수가 없어요, 그건 그이가 아직 살아 있을 때 집에 있었던 것이었어요, 하지만 당신들은 달라요, 깨끗이 드신다면 나는 정말 기쁘겠어요, 좀 쉬셨다가 일을 시작하면 되잖아요?"

네 명의 경찰관은 꽤 오랫동안 머뭇거리고 있었으나 마침 배가 몹시 고팠던 참이라 마침내 모두들 부엌으로 가기로 했다. 그녀는 앉아 있던 자리에서 움직이지 않았으나 열린 문을 통해 들려 오는 그들의 말소리에 귀를 기울이고 있었다. 여러 가지 목소리는 입 속에 고기를 물고 있어 어딘가 흐린 듯한 소곤거림으로 들렸다.

"더 먹지 그래, 찰리?"

"아니, 다 먹어 버리면 좀 뭣하지 않겠어."

"왜? 깨끗이 다 먹어 달라고 부탁했잖아. 그러면 고맙겠다고,"

"그래, 그럼, 좀더 먹을까?"

"그 녀석은 굉장히 큰 몽둥이로 패트릭을 때린 모양이야." 그중 한 사람이 말했다. "의사가 말하는데, 대장간의 망치로 맞은 것처럼 두개골이 박살나 버렸다는군."

"그러니까 흉기는 곧 눈에 띌 걸세."

"나도 그렇게 생각하고 있어."

"어떤 녀석이 했건, 일이 끝난 뒤에도 언제까지나 그런 걸 가지고 다닐 리 없으니까."

"아아, 틀림없이 우리들의 눈과 코 끝에 있을 거야. 안 그래, 잭?"

옆방에서 메리 맬로니는 소리죽여 웃었다.

Man from the South
남쪽에서 온 사나이

벌써 6시가 다 되었으므로 맥주라도 사들고 밖으로 나가 풀 가의 의자에 앉아 저녁 해를 안주삼아 마셔 볼까 하고 나는 생각했다.

바에서 산 맥주를 들고 나는 정원을 천천히 걸어서 풀 쪽으로 갔다.

푸른 잔디, 진달래, 그리고 키가 큰 야자나무가 있는 아주 아름다운 정원이었다. 바람이 야자나무 꼭대기를 세차게 흔들자 잎들은 마치 불이 붙은 듯 큰 소리를 냈다. 야자나무 잎 밑에 여러 개의 갈색 열매가 달려 있는 게 눈에 들어왔다.

풀 둘레에 의자가 꽤 많이 놓여 있고, 흰 테이블과 화려한 색깔의 큰 비치파라솔이 펼쳐져 있었으며, 햇볕에 탄 수영복 차림의 남녀가 여기저기 앉아 있었다.

풀 안에는 서너 명의 여자와 십여 명의 남자들이 물을 튀기고 소리를 지르며 커다란 고무 공을 던지고 있었다.

나는 서서 그 광경을 바라보고 있었다. 여자들은 호텔에 묵고 있는 영국인들이었다. 남자들은 잘 모르겠지만 그 발음으로 보아 오늘 아침 항구에 닿은 미해군 연습함(練習艦)의 사관후보생들인 것 같았다.

나는 의자가 네 개 놓여 있는 노란 파라솔 밑으로 걸어가 자리에 앉아 맥주를 컵에 따라 놓고, 담배를 입에 문 채 천천히 의자 등에 기대었다.

이렇게 술을 앞에 놓고 담배를 문 채 햇볕을 쬐며 앉아 있는 것도 그다지 나쁜 기분은 아니었다. 그리고 초록빛 물 속에서 수영을 하고 있는 사람들을 보고 있는 것도 기분좋은 일이었다.

미국의 해군 사관후보생들은 영국 아가씨들과 아주 재미있게 놀고 있지 않은가. 남자들은 물 속으로 들어가 아가씨들의 다리를 잡아당겨 쓰러뜨릴 정도로 친해졌다.

그때 나는 풀 끝쪽에서 기운차게 걸어오고 있는 자그마한 몸집의 노신사를 보았다. 그는 새하얀 양복을 단정하게 입고, 잰걸음으로 허리를 펴 가며 탄력 있게 한 발자국 한 발자국 이쪽을 향해 다가왔다. 커다란 크림색 파나마 모자를 쓰고, 주위 사람들과 줄지어 있는 의자들을 바라보며 풀 가를 뚜벅뚜벅 걸어오고 있었다.

그는 내가 있는 곳까지 오자, 약간 지저분하고 그다지 좋다고 할 수 없는 자잘한 이를 드러내며 나에게 웃어 보였다.

나도 웃어 주었다.

"실례합니다. 이 자리 비어 있습니까?"

"네, 앉으십시오."

그는 의자 뒤로 돌아가 상태를 확인한 다음 자리에 앉더니 다리를 포갰다. 흰 사슴 가죽 구두에는 통풍이 잘되게 하기 위해 구멍이 뚫려 있었다.

"아주 아름다운 황혼이군요. 이곳 자메이카는 언제나 황혼 무렵이 아름답습니다."

나는 이 사나이의 말투가 이탈리아 계통인지 스페인 계통인지 잘 구분할 수 없었지만, 남미의 어디라는 것만은 알 수 있었다. 게다가 이렇게 옆에서 자세히 보니 꽤 나이가 들어 보였다. 68살이나 70살 쯤 되어 보였다.

"그렇습니다. 굉장히 아름답습니다, 이곳은."

그 사나이는 풀에서 헤엄치고 있는 사람들을 가리키며 나에게 물었다.

"한 가지 여쭤 보겠는데, 저 풀에 있는 사람들은 어디 사는 누구입니까? 호텔 사람들은 아닌 모양인데……."

"미국의 해군 사관후보생들이 아닐까요. 훈련 중인 미국 사람들이겠지요."

"물론 미국인들입니다. 저렇게 떠들어대는 이들이 미국인이 아니라면 이 세계 어디에 또 저런 사람들이 있겠습니까? 당신은 미국인이 아니겠지요?"

"네, 아닙니다."

이 말이 끝나자 그 미국인 사관후보생들 중 한 사람이 우리 앞에 불쑥 나타나 버티고 섰다. 온몸이 물에 젖은 채, 영국인 아가씨와 함께였다. 그는 물었다.

"이 의자, 둘 다 임자가 있습니까?"

"비어 있습니다." 나는 대답했다.

"앉아도 될까요?"

"아, 앉으십시오."

"고맙습니다."

젊은이는 타월에 싼 것을 손에 든 채 자리에 앉더니, 그 속에서 담배와 라이터를 꺼냈다. 그는 같이 온 아가씨에게 담배를 권했으나, 그녀는 거절했다. 나에게도 권하기에 나는 한 개비 뽑았다.

몸집이 작은 노신사는 "고맙소만 나는 잎담배를 더 좋아하지요." 하면서 악어 가죽 케이스에서 잎담배를 꺼내더니 작은 가위가 달린 칼을 꺼내 그 끝을 조금 잘랐다.

"불을 붙여 드리지요."

젊은 미국인이 라이터를 집어들었다.

"바람이 있어 안 됩니다."

"아니, 문제 없습니다. 언제나 붙으니까요."

작은 노신사는 아직 불을 붙이지 않은 잎담배를 입에서 빼고 고개를 갸웃거리더니 젊은이를 쳐다보며 천천히 말했다.

"언제나라고요?"

"네, 안 붙는 일이 없습니다. 적어도 내가 할 때만은."

그는 여전히 고개를 갸웃거리며 젊은 사나이를 물끄러미 쳐다보았다.

"과연, 바로 이것이 반드시 불이 붙는다는 그 유명한 라이터로군요? 그렇지요?"

"네, 그렇습니다."

젊은이는 기껏해야 19살이나 20살밖에 안 되어 보였는데, 갸름한 얼굴에 주근깨가 있고 코는 새의 부리처럼 뾰족했다. 가슴은 그다지 볕에 타지 않았지만 역시 거기에도 주근깨가 나 있었으며 불그스름한 털이 덮여 있었다. 그는 오른손으로 라이터를 들더니 엄지손가락을 바퀴에 대고 금방이라도 불을 붙일 수 있는 자세를 취했다.

"절대로 실패하지 않습니다." 그는 일부러 허풍스럽게 자랑을 하고 나서 싱긋 웃어 보였다. "약속합니다. 절대로 실패하는 일이 없을 테니까요."

"잠깐만 기다리시오."

노신사는 잎담배를 든 손을 마치 자동차라도 세우듯 들어 올리고 손바닥을 청년 쪽으로 돌렸다.

"잠깐만 기다리시오."

노인의 목소리는 묘하게 낮고 아무 감정이 없었다. 그는 아까부터 줄곧 이 젊은이를 물끄러미 쳐다보고만 있었다.

"그럼, 한 가지 내기를 하지 않겠소?" 그는 젊은이에게 미소를 지었다. "당신의 라이터가 켜지느냐, 안 켜지느냐 하는 것으로 자그마한 내기를 할 수 있을 것 같은데."

"네, 좋겠지요, 내기를 해도 좋습니다. 하지만 왜 그러시지요?" 젊은이가 물었다.

"내기를 좋아하오?"

"네, 내기라면 언제든지."

노신사는 한동안 말없이 잎담배 끝을 보고 있었다.

나로서는 아무래도 이 노인의 태도가 그다지 마음에 들지 않았다. 그는 이 일로 무언가를 꾀하고 있는 것 같기도 했고, 미국인 젊은이를 못살게 굴려고 마음먹은 것 같기도 했으며, 또 그와 동시에 아무도 모르는 그 자신의 작은 비밀을 맛보며 즐기고 있는 것 같기도 했기 때문이다.

그는 다시 젊은이 쪽으로 눈길을 돌리더니 천천히 입을 열었다.

"나도 내기를 좋아하지. 우리 한 번 멋진 내기를 해보지 않겠소? 큰 내기를?"

젊은이가 말했다.

"아니, 잠깐만 기다려 주십시오. 나는 큰 내기는 할 수 없습니다, 한 25센트라면 걸 수 있어도, 아니, 1달러도 괜찮겠지요, 저어, 여기서는 돈의 단위가 뭡니까? 아마 실링이라고 하지요?"

노신사는 다시 손을 들어 그의 말을 가로막았다.

"이봐요, 젊은이, 내 말을 들어 보시오. 이제부터 재미있어질 테니까. 우리는 내기를 당신의 그 유명한 라이터로 계속 열 번을 켜서 한 번도 실수 없이 불을 켤 수 있느냐 없느냐, 그걸 시험해 보는 거요. 나는 할 수 없다는 쪽에 걸겠소."

"그럼, 나는 할 수 있다는 쪽에 걸지요."

"좋소. 그럼, 내기를 하는 거요. 됐지요?"

"좋습니다. 1달러 걸겠습니다."

"아니, 그게 아니라 나는 당신에게 아주 좋은 것을 내기에 걸겠소. 나는 부자요. 게다가 나는 꽤 말을 잘할 줄 아는 사람이오. 자아, 들어 보시오. 이 호텔 앞에 내 차를 세워 놓았소. 아주 훌륭한 자동차요. 당신 나라에서 온 차, 미국 차, 캐딜락."

"아, 잠깐!"

젊은이는 의자에 기대앉으며 웃었다.

"그렇게는 할 수 없습니다. 나는 그런 것은 가지고 있지 않거든요. 그리고 그건 말도 안 되는 짓입니다."

"아니, 말도 안 되는 짓이 아니오. 당신이 그 라이터로 열 번 계속해서 불을 켜는 데 성공하면 캐딜락은 당신 것이 되는 거요. 캐딜락을 갖고 싶지 않소?"

"그야 물론 갖고 싶습니다."

젊은이는 여전히 싱글싱글 웃으며 말했다.

"오케이, 좋소. 우리는 내기를 하는 거요. 그 내기에 나는 캐딜락을 걸겠소."

"그럼, 나는 무엇을 걸지요?"

작은 노인은 아직 불을 붙이지 않은 잎담배에서 조심스럽게 빨간 레테르의 밴드를 벗겨 냈다.

"나는 친구인 당신이 하지 못하는 일은 절대로 시키지 않소. 알겠소?"

"그럼, 나는 무엇을 걸면 되겠습니까?"

"당신에게는 아주 간단한 일이오."

"좋습니다. 그러면 손쉬운 것으로 해주십시오."

"당신도 선뜻 내놓을 수 있는 거요, 아주 하찮은 거니까. 그리고 당신이 그것을 잃게 되었다 하더라도 그다지 신경쓰이지는 않을 거요, 알겠소?"

"대체 무엇인데요?"

"바로 당신의 왼손 새끼손가락이오."

"나의 무엇이라고요?"

젊은 사나이의 그 싱글거리던 웃음이 어느새 사라져 버렸다.

"왼손 새끼손가락. 왜, 안 되겠소? 당신이 이기면 나의 차는 당신 것, 당신이 지면 나는 당신의 왼손 새끼손가락을 받는 거요."

"아무래도 이해가 안 가는데요. 손가락을 받겠다니, 대체 어떻게 하겠다는 겁니까?"

"내가 자를 거요."

"당치도 않은 소리! 그게 어디 정신이 온전한 사람의 짓입니까? 나는 역시 1달러를 걸고 싶습니다."

작은 노인은 몸을 뒤로 젖히더니 두 손을 야자나무 쪽으로 벌리고 자못 경멸하듯이 어깨를 움츠려 보였다.

"좋아요, 좋아. 그러나 나로서는 납득이 안 가는군. 틀림없이 불이 붙는다고 하면서도 내기를 하지 않으려 드니 말이오. 그럼, 우리 서로 잊어버립시다. 좋겠지요?"

젊은이는 우두커니 앉아 풀 안에서 헤엄치고 있는 사람들을 바라보고 있었다. 그러자 문득 아직 자기 담배에 불을 붙이지 않은 것이 생각난 모양이다. 담배를 입에 물고 나서 두 손으로 라이터를 가리고 라이터의 바퀴를 손가락으로 돌렸다. 심지에 불이 붙더니 노란 빛깔의 작은 불꽃이 곧바로 타올랐다. 두 손으로 가리고 있으므로 전혀 바람이 불꽃에 닿지 않았다.

"나에게도 불을 빌려 주지 않겠습니까?" 내가 말했다.

"아, 실례했습니다. 아직 불을 붙여 드리지 않았다는 걸 깜박 잊어 버리고 있었군요."

내가 손을 내밀어 라이터를 받으려고 하자 그는 일어나서 내가 있는 쪽으로 다가와 불을 붙여 주었다.

"고맙소."

내가 이렇게 말하자 그는 다시 자기 자리로 돌아갔다.

"어떻습니까, 이곳은 재미있습니까?"

"아주 멋있습니다. 정말 좋은 곳입니다." 젊은이가 대답했다.

그런 뒤 우리는 또 말없이 앉아 있었다. 아까의 그 어처구니없는 제안으로 이 젊은이의 기분을 완전히 망쳐 버려야겠다는 노신사의 계획대로 그가 구렁텅이 속에 빠져 버렸다는 것을 나는 알 수 있었다. 젊은이는 꼼짝도 않고 우두커니 앉아 있었다. 나는 그의 마음속 무엇인가가 차츰 긴장해 가고 있음을 환히 들여다볼 수 있었다. 이윽고 그는 의자에 앉은 채 몸을 들먹들먹하며 가슴을 쓰다듬기도 하고 뒤통수를 쓰다듬기도 하더니 두 손을 무릎 위에 올려놓고 손가락으로 무릎을 콕콕 찌르기 시작했다. 그러더니 이번에는 한쪽 발 끝으로 땅바닥을 탁탁 차기 시작했다. 이윽고 젊은이가 입을 열었다.

"당신의 그 내기 말인데, 다시 한 번 생각해 주시지 않겠습니까? 그러니까 당신 방으로 가서 내가 이 라이터로 열 번 계속해서 불을 붙이면 캐딜락을 주겠다고 했었지요? 그리고 한 번이라도 실수하면 나의 왼손 새끼손가락을 당신에게 주기로 되어 있었지요?"

"그렇소. 그것이 내기요. 하지만 무섭지 않소?"

"내가 지면 대체 어떻게 한다는 겁니까? 당신이 자를 수 있도록 나는 새끼손가락을 내밀고 가만히 있어야 합니까?"

"아니, 그러면 안 되오. 그렇게 하면 당신은 손가락을 내밀 마음이 없어질 거요. 그러니까 이렇게 하는 거요. 내기를 시작하기 전에 당신의 손을 테이블에 묶는 거요. 그리고 나는 칼을 들고 서 있다가 당신의 라이터가 실수를 하면 그 순간 나는 당신의 새끼손가락을 자르는 거요."

"캐딜락은 연식이 어떻게 됩니까?"

"잠깐 실례. 어떤 뜻이오, 그 말은?"

"몇 년 형, 몇 년도 차입니까?"

"아아, 몇 년에 나온 차냐, 그런 뜻이로군? 지난해요. 아주 새것이오. 그러나 당신은 내기를 할 줄 모르는 사람이군. 미국인은 다 그렇다니까."

젊은이는 한순간 망설였다. 그는 처음에는 영국인 아가씨의 얼굴을, 그 다음에는 나의 얼굴을 흘끗 쳐다보았다.

"좋소!" 이윽고 젊은이는 날카롭게 외쳤다. "내기를 하지요."

"좋소!" 작은 노신사는 두 손을 소리나지 않게 한 번 두드렸다.

"아주 좋소. 그럼, 지금 곧 합시다. 그리고……." 그는 내 쪽을 보고 말했다. "죄송하지만 당신이 그 뭐라고 하더라? 그래, 심판 노릇을 해주시지 않겠습니까?"

이 사나이의 눈에는 거의 무색이라고 해도 좋은 흰자위와 번쩍이는 작고 검은 눈동자가 있었다.

"아무래도 내가 보기엔 비정상적인 내기 같군요. 이런 일은 도저히 마음이 내키지 않는데요."

"나도 질색이에요." 영국인 아가씨가 이때 처음으로 말을 했다.

"정말 말도 안 되는 내기예요!"

"당신은 정말로 이 젊은이의 손가락을 자를 작정입니까, 내기에 지면？”

“그렇습니다. 그 대신 그가 이기면 캐딜락을 주지요. 자, 내 방으로 갑시다.”

작은 사나이는 의자에서 일어났다.

“무언가 더 입고 오겠소？”

“아니오, 이대로 가겠습니다.” 젊은이는 내 쪽으로 돌아서며 말했다.

“당신이 따라오셔서 심판을 봐 주신다면 굉장히 기쁘겠는데요.”

“좋습니다. 그럼, 함께 갑시다. 그러나 나는 내기 같은 건 싫어합니다.”

“같이 가지. 따라와서 한번 보란 말이야.”

젊은이는 여자에게 말했다.

작은 사나이는 앞장서서 정원을 지나 호텔로 가는 길을 걸어갔다. 그는 이제 완전히 활기를 되찾아 흥분해 있는 듯싶었다. 걸음걸이까지 아까보다 더 가벼워져 한 발자국 한 발자국 탄력 있게 걸어가며 안내를 했다.

“나의 방은 별관에 있소. 아니, 그보다 먼저 차를 보겠소？ 보시오, 저기 있소.”

그는 호텔 정면 주차장이 보이는 곳까지 우리를 데리고 가서 멈춰 서더니 바로 옆에 세워 놓은 반짝이는 연녹색 캐딜락을 가리켰다.

“저것이 나의 차요, 저 초록빛 나는 것이. 마음에 드오？”

“아, 정말 좋은 차군요.” 젊은이는 감탄의 소리를 질렀다.

“됐소. 그럼, 위로 올라가서 저 차가 당신 것이 될지 어떨지, 어디 해봅시다.”

우리는 그의 뒤를 따라 별관까지 가서 2층으로 올라갔다. 그가 잠긴 문을 열자 우리는 크고 아주 기분좋아 보이는 2인용 침실로 들어

갔다. 침대 한쪽 옆에는 부인용 가운이 아무렇게나 내던져져 있었다.

"우선 마티니를 한 잔씩 들기로 합시다." 작은 노인이 말했다.

방 한구석의 작은 테이블에는 여러 종류의 술이 놓여 있고, 그 옆에 세이커며 얼음, 여러 개의 술잔 등 준비가 완벽히 갖추어져 있었다. 그는 마티니를 만들기 시작했다. 그보다 앞서 벨을 눌러 두었으므로 문을 노크하는 소리가 나더니 흑인 하녀가 들어왔다.

"어서 오오." 작은 사나이는 손에 들고 있던 진 병을 아래 내려놓고 주머니에서 지갑을 꺼내 1파운드 지폐를 한 장 뽑으며 말했다.

"좀 부탁할 것이 있는데……." 그는 하녀에게 돈을 주었다. "이것 넣어 둬요. 이제부터 우리는 이 방에서 조그만 놀이를 하려고 하는데, 당신이 가서 두세 가지의 물건을 준비해 왔으면 하오. 못 몇 개와 망치, 묵직한 식칼이 필요한데, 식칼은 부엌에서 빌리면 되겠군. 가지고 올 수 있겠지요?"

"어머나, 식칼을요?" 하녀는 눈을 크게 뜨더니 두 손을 꼭 쥐었다. "저, 정말 식칼인가요?"

"아, 그렇다니까. 자, 어서 가지고 와요. 지금 말한 물건을 다 준비해 가지고 오시오."

"네, 가지고 오겠어요. 네, 그럼 그것을 다……."

하녀는 나가 버렸다.

작은 사나이는 우리에게 마티니를 돌렸다. 우리는 선 채로 그것을 조금씩 마셨다. 뾰족한 코와 주근깨투성이인 긴 얼굴의 젊은이는 빛이 바랜 갈색 수영복을 입고 있을 뿐이었다. 몸매가 좋은 금발의 영국인 아가씨는 연한 하늘빛 수영복을 입고 서서 마티니 잔 너머로 젊은이의 얼굴을 지켜보고 있었다. 새하얀 양복을 멋지게 차려입은 작은 사나이는 마티니를 마시며 그 무색에 가까운 눈으로 파란 수영복 차림의 아가씨를 흘금흘금 쳐다보고 있었다. 이 일이 대체 어떻게 될 것인지, 나로서는 전혀 짐작도 가지 않았다.

작은 사나이는 아무래도 이 내기를 진지한 마음으로 하는 것 같았고, 손가락을 자르겠다는 것도 장난이 아닌 모양이었다. 이것은 보통 일이 아니다. 젊은이가 지면 정말 어떻게 될 것인가? 그렇게 되면 우리는 젊은이가 차지하려다 못한 캐딜락에 그를 태우고 병원으로 달려가야 할 것이다. 정말 어이없는 일이다. 대체 이처럼 바보스럽고 불필요한 내기가 이 세상 어디에 있겠는가!

"젊은이, 이건 아무래도 전혀 쓸데없는 내기라고 생각되지 않소?" 내가 말했다.

"나는 멋진 내기라고 생각합니다." 젊은이는 대답했다. 그는 벌써 마티니를 한 잔 다 마셔 버렸다.

"정말 어리석은 짓이에요. 이보다 더 어리석은 짓이 어디 있겠어요. 지면 대체 어떻게 되겠어요?" 여자가 말했다.

"뭐, 대단할 건 없어. 잘 생각해 보니까 이 왼손 새끼손가락이 꼭 필요하게 쓰인 적은 여태까지 한 번도 없었어." 젊은이는 오른손으로 왼손 새끼손가락을 집어 보였다. "분명히 여기 붙어 있긴 해. 그러나 이것이 나를 위해 한 일이 뭐야? 그러니까 이것을 내기에 걸어도 군소리하지 못할 거야. 나는 멋진 내기라고 생각해."

작은 사나이는 미소를 짓더니 셰이커를 들어 우리들 잔에 또 술을 따랐다.

"내기를 하기 전에 심판에게 차의 열쇠를 맡기겠소." 그는 자동차 열쇠를 주머니에서 꺼내 나에게 주었다. "서류 소유증과 보증서는 차 안의 주머니 속에 들어 있지요."

아까 그 흑인 하녀가 들어왔다. 한쪽 손에 작은 칼을 들고 있었다. 푸줏간에서 뼈를 자를 때 쓰는 칼이었다. 그리고 또 한쪽 손에는 망치와 못이 든 주머니를 들고 있었다.

"좋소! 모두 다 가지고 왔군. 고맙소, 고마워. 이제 됐으니 나가 봐요."

하녀가 문을 닫을 때까지 그는 기다리고 있었다.

그는 소도구를 모두 침대 위에 놓으며 "자, 준비합시다" 하고 젊은 이를 향해 부탁했다. "좀 도와 주시오. 나와 둘이서 이 테이블을 듭시다."

그것은 어디에서나 볼 수 있는 호텔의 테이블로, 장식도 아무것도 없고 세로 4피트, 가로 3피트쯤 되는 네모난 것이었다. 그 위에는 압지와 잉크와 펜, 그리고 메모지 등이 놓여 있었다. 두 사람은 그 테이블을 벽 옆에서 방 한가운데로 옮겨 놓고, 그 위에 있는 것을 모두 치웠다.

"그럼, 이번에는" 하고 작은 사나이는 말했다. "의자를 하나……."

그는 의자를 가져와서 테이블 옆에 놓았다. 이 사나이는 굉장히 활발하고 민첩하게 움직였다. 마치 어린아이가 파티에서 게임 준비를 하고 있는 것 같았다.

"다음에는 못, 그렇지, 못이오. 못을 박아야 하오."

사나이는 못을 가져오더니 테이블 위에 쇠망치로 못을 박기 시작했다.

젊은이와 아가씨와 나, 우리 세 사람은 각자 손에 마티니를 든 채 거기에 서서 작은 사나이가 신이 나서 일하는 광경을 지켜보고 있었다. 그는 6인치쯤 사이를 두어 두 개의 못을 테이블에 박고 있었는데, 못대가리가 다 들어가도록 박지는 않았다. 사나이는 두 개의 못 대가리가 조금 위로 튀어나오게 박고 나서 손가락으로 못이 단단히 박혔는가를 확인해 보았다.

'이 엉뚱한 사나이는 틀림없이 전에도 이런 일을 한 경험이 있다.

그렇다.'

나는 속으로 이렇게 중얼거리고 있었다. 그는 조금도 머뭇거리지 않았다. 테이블, 못, 쇠망치, 식칼. 필요한 것이 무엇이며, 어떤 식으로 쓰는지, 그는 모든 것을 알아서 척척 했다.

"이제 끈만 있으면……."

그는 끈을 찾아 가지고 왔다.

"준비가 다 되었소. 자, 젊은이, 이 테이블 앞에 와서 앉으시오."

그는 젊은이를 불렀다.

젊은이는 잔을 옆에 놓더니 의자에 앉았다.

"그럼, 이 두 개의 못 사이에 당신의 왼손을 넣으시오. 못은 당신의 손을 잘 묶을 수 있도록 쳐 놓았소. 자, 이제 됐소. 잘 되었소. 그러면 당신의 손을 테이블에 단단히 잡아매고……이렇게……."

그는 끈으로 젊은이의 손목을 한 바퀴 감은 다음, 손바닥의 넓은 부분을 몇 번이나 감더니 못에 걸어 단단히 잡아맸다. 그의 솜씨는 참으로 훌륭했다. 그 일이 끝나자 젊은이가 손을 잡아뽑으려 해도 도저히 불가능했다. 그러나 손가락을 움직일 수는 있었다.

"그럼, 새끼손가락만 남기고 네 개의 손가락을 주먹처럼 꽉 쥐어 주시오. 그리고 책상 위에 새끼손가락을 꼭 붙여서 내밀어 주시오! 됐소, 됐어! 자, 준비가 다 되었소. 오른손으로 라이터에 불을 켜시오. 잠깐!"

사나이는 재빨리 침대 있는 곳으로 가더니 한쪽 손에 식칼을 들고 와 그 옆에 버티고 섰다.

"준비가 다 되었소. 자, 심판, '시작!'이라고 외쳐 주시오."

연푸른 수영복을 입은 영국인 아가씨는 젊은이의 의자 뒤에 서 있었다. 그렇다, 그녀는 그곳에 선 채 한마디도 입을 열지 않았다. 젊은이는 꼼짝도 하지 않고 의자에 앉아서 오른손에 라이터를 들더니 식칼에 시선을 쏟고 있었다. 작은 사나이는 나를 바라보고 있었다.

"이제 됐습니까?" 나는 젊은이에게 물었다.

"네, 문제없습니다."

"당신은?" 이번에는 작은 사나이에게 물었다.

"준비 완료!"

이렇게 말하더니 사나이는 식칼을 들어올려 젊은이의 새끼손가락 위 2피트쯤 되는 높이에서 언제고 재빨리 손가락을 잘라 낼 수 있도록 칼을 겨누었다. 젊은이는 그것을 지켜보고 있었으나 꿈쩍도 하지 않았으며 입가도 전혀 움직이지 않았다. 그는 눈썹을 조금 치켜올리고 얼굴을 찡그렸을 뿐이었다.

"그러면" 하고 나는 말했다. "시작!"

"내가 불을 켜는 횟수를 큰 소리로 세어 주시겠습니까?" 젊은이가 말했다.

"아, 그렇게 합시다."

젊은이는 엄지손가락으로 라이터 뚜껑을 밀어올렸다. 그리고 다시 엄지손가락으로 라이터의 바퀴를 힘차게 짤깍 하고 마찰시켰다. 돌에서 불꽃이 튀어 심지에 불이 붙자 노란 불꽃이 타올랐다.

"하나!" 나는 소리쳤다.

젊은이는 불꽃을 입으로 불어서 끄지 않았다. 라이터 뚜껑을 불꽃 위에 덮고 약 5초 동안 그것을 열지 않고 기다리고 있었다.

이윽고 그가 바퀴를 좀더 세게 마찰하자 다시 작은 불꽃이 심지에 붙어 타올랐다.

"둘!"

아무도 말이 없었다. 젊은이는 라이터에서 눈을 떼지 않았다. 작은 사나이는 식칼을 치켜든 채 역시 그 라이터에 눈길을 쏟고 있었다.

"셋!"

"넷!"

"다섯!"

"여섯!"

"일곱!"

분명히 이 라이터는 좋은 것인 듯했다. 돌은 큰 불꽃을 튀겼고, 심지도 알맞게 나와 있었다. 나는 불꽃 위에 딸깍 하고 뚜껑을 닫는 엄지손가락을 바라보고 있었다. 이때 잠깐 사이가 있었다. 잠시 뒤 다시 엄지손가락이 뚜껑을 밀어올렸다. 이것은 그야말로 엄지손가락만의 일이었다. 엄지손가락의 만능.

나는 "여덟!" 하고 세기 위해 숨을 크게 들이마셨다. 엄지손가락이 바퀴를 마찰시켰다. 돌에서 불꽃이 튀었다. 작은 불꽃이 보였다. 그러나 내가 "여덟!" 하고 소리침과 동시에 문이 활짝 열렸다.

우리는 모두 돌아다보았다. 한 부인이 문 앞에 서 있었다. 검은 머리의 자그마한 부인으로, 조금 늙어 보였다. 그녀는 2초쯤 그곳에 서 있더니 갑자기 소리를 지르며 달려왔다.

"카를로스! 카를로스!"

그녀는 작은 사나이의 손목을 잡고 식칼을 빼앗아 침대 위로 내던진 뒤에 그의 어깨를 움켜잡았다. 그리고는 그를 마구 흔들며 재빠른 스페인어 같은 말로 뭐라고 큰 소리를 퍼부었다. 너무도 세차게 흔들어대어 작은 사나이가 우리 눈에 보이지 않을 정도였다. 그의 모습이 흐릿해졌다, 마치 안개처럼. 그는 윤곽만을 남기고, 마치 회전하고 있는 차바퀴처럼 굉장히 빨리 움직이고 있었다.

이윽고 여자가 손을 늦추자 작은 사나이의 모습이 우리의 눈앞에 다시 보였다. 여자는 사나이를 방 저쪽으로 끌고 가더니 침대 위에 밀어붙였다. 작은 사나이는 침대 끝에 걸터앉아 눈을 깜빡여 보기도 하고, 아직도 머리가 도는가 확인해 보려는 듯 머리를 흔들어 보기도 했다.

"죄송합니다" 하고 여자가 입을 열었다. "이런 꼴을 보여 드려 정말 죄송합니다."

그녀의 영어는 거의 완벽했다.

"어쨌든 죄송합니다. 내 실수였으니까요. 나는 머리를 감으려고 10분쯤 저 양반을 혼자 남겨 두고 나갔었답니다. 그런데 돌아와 보니 또 그 버릇이 나와서……."

그녀는 하마터면 큰일날 뻔했다는 표정이었다. 그리고 진심으로 미안해 하고 있는 것 같았다.

젊은이는 테이블 위에 묶여 있는 자신의 손을 풀었다. 영국인 아가씨와 나는 그곳에 선 채 아무 말도 하지 않았다.

여자는 말했다.

"저 양반은 정말 말썽꾼이랍니다. 우리가 살고 있던 곳은 남쪽 나라였는데, 그곳에서 글쎄 손가락을 47개나 잘랐고, 차를 11대나 빼앗겼답니다. 마침내 사람들이 저 양반을 감금하겠다고 위협해서 할 수 없이 이곳으로 데리고 온 거예요."

"뭐야, 간단한 내기를 했을 뿐인데."

작은 사나이가 침대에 걸터앉은 채 투덜거렸다.

"저 양반이 당신에게 차를 걸었지요?" 여자가 물었다.

"네, 캐딜락을 걸었습니다." 젊은이가 대답했다.

"저 양반은 차 같은 건 가지고 있지 않아요. 그것은 내 거예요. 그러니까 더 엉뚱하지 뭐예요. 내기를 걸 만한 것이 아무것도 없으면서 당신에게 내기를 걸다니, 정말 부끄럽습니다. 뭐라고 사죄의 말씀을 해야 될지……."

그녀는 아주 사람이 좋아 보이는 부인이었다.

"그렇습니까? 그럼, 당신의 차 열쇠가 여기 있습니다."

나는 책상 위에 열쇠를 올려 놓았다.

"왜 그래, 간단한 내기를 했을 뿐인데."

작은 사나이가 다시 투덜거렸다.

"저 양반에게는 내기에 걸 것이 하나도 없답니다. 그래요, 진짜 무일푼으로 아무것도 없어요. 사실은요, 오래 전에 내가 저 양반에게서 모든 것을 빼앗아 버렸어요. 정말 그렇게 하는 데는 시간이 많이 걸렸지요. 말할 수 없을 정도로 오랜 시간이. 도저히 견뎌내기 힘들 정도의 오랜 시간이었어요. 정말 힘든 일이었습니다. 하지만 마침내 내가 모두 빼앗아 버렸지요."

그녀는 젊은이를 올려다보더니 미소를 지었다. 그것은 어딘지 모르게 무딘 느낌을 주는 슬픈 미소였다. 여자가 이쪽으로 다가와 테이블 위에 있는 열쇠를 집기 위해 한쪽 손을 내밀었다.

지금도 나는 그녀의 손이 뚜렷이 보인다. 그 손에는 엄지손가락 외에 단 한 개의 손가락이 붙어 있을 뿐이었다.

The Soldier
군인

장님의 마음이 어떠한지를 잘 알 수 있는 밤이었다. 어떤 그림자도 분간할 수 없었고, 하늘을 배경으로 서 있는 나무 그림자마저도 확실치 않았다.

그는 어둠 속에서 울타리의 바스락거리는 소리며, 들판 저쪽에 있는 말의 콧김이며, 말이 움직일 때의 그 부드러운 발굽 소리를 느꼈다. 꼭 한 번 그의 머리 위로 낮게 스치고 날아간 새의 날개 소리를 들었다.

"조크, 이제 그만 돌아가자."

그는 큰 목소리로 말하고 발길을 돌려서 비탈진 오솔길로 귀로에 올랐다.

개가 앞에서 길을 안내해 주었다. 머지않아 한밤중이 되겠다고 그는 생각했다. 그리고 얼마 뒤 내일이 될 것이다. 내일은 오늘보다 더 나쁘다. 내일이 오늘이 되는 만큼 나쁘다. 물론 지금은 오늘이지만.

그렇다. 오늘은 좋은 날이 아니었다. 특히 그 탄환의 파편 사건은 재미없었다.

그는 이제 그만 해 두라고 스스로에게 타일렀다. 그런 일을 생각해 보아야 소용없지 않은가. 첫째 누구에게 무슨 이득이 있단 말인가? 기분 전환을 위해 다른 일을 생각해 보자. 그러면 머릿속의 위험한 생각은 쫓아 버릴 수 있으니까. 되도록 먼 과거로 되돌아가 보는 것이 좋다. 그 즐거웠던 나날의 추억으로 돌아가자. 바닷가의 여름 휴가——젖은 모래, 빨간 물통, 잔새우를 잡는 그물, 해초가 나 있는 미끈미끈한 바위, 말미잘과 달팽이에 섞여서, 때로는 아름다운 녹색의 물 속 깊이 투명한 잿빛 잔새우가 떠 있다. 그 작고 맑은 만(灣).

그건 그렇고, 어떻게 그 파편이 발바닥에 박힌 것일까?

아니, 그런 것은 대수로운 일이 아니다. 옛날 물가에서 조개껍질을 찾아헤매던 일을 잊지 않았겠지? 하나하나가 너무도 아름다워 집으로 가는 길에 뭔가 값비싼 보석을 가지고 있는 듯한 기분이 들었던 조개껍질——작은 오렌지 빛깔의 가리비, 진주 같은 굴껍질, 푸른 비취 구슬, 살금살금 돌아다니는 게, 새조개, 새우의 등껍질, 그리고 조개류나 잔돌 속에 섞여 이가 달려 있으며 한 번 보면 도저히 잊을 수 없는 바닷물에 표백되어 바싹 마른 사람의 새하얀 턱뼈. 아아, 엄마, 내가 찾아냈어요, 와 보세요, 엄마, 와보시라니까요!

그러나 또 파편 생각으로 되돌아갔다. 그녀는 그 일로 언짢아했던 것이다.

"아니, 알아차리지 못했단 말이에요?"

그녀는 아주 우습다는 듯이 나에게 물었다.

"정말 몰랐어. 그뿐이야."

"그럼, 내가 당신 발에 핀을 꽂아도 아무것도 느끼지 못했다고 하겠네요?"

"그럴 리가 있나."

그러자 갑자기 그녀는 파편을 빼내는 데 사용하고 있던 핀을 그의 발목에 꽂았던 것이다. 그는 보고 있지 않았으므로 여자가 공포로 소리를 지를 때까지 알지 못했다. 보니 핀이 발뼈의 뒤에 꽂혀 반쯤 들어가 있었다.

"뽑아 줘." 그가 말했다. "이런 짓을 하면 못 써."

"아니, 정말 아무렇지도 않아요?"

"빨리 뽑지 못해!"

"아프지 않아요?"

"아파서 죽겠어. 빨리 뽑아 줘!"

"대체 어떻게 된 거예요?"

"아파 죽겠다잖아. 들리지 않아?"

하지만 어째서 모두들 그를 이렇게 못살게 구는 것일까? 그렇다. 그가 바닷가에 있을 때였다. 모래사장을 파 보자면서 모두들 그에게 나무삽을 주었다. 그가 판 구멍은 마치 컵처럼 움푹 파였으나 밀려오는 파도로 마침내 흔적도 없이 사라져 버렸다.

1년 전에 의사가 말했었다.

"자, 눈을 감고 자네가 발 끝을 들고 있는지 내리고 있는지 말해 보게."

"들고 있습니다."

"그럼, 이번에는?"

"내리고 있습니다. 아니, 그렇지 않군요, 들고 있습니다."

정신과 의사가 그의 발 끝을 만지고 싶어하다니, 정말 이상한 일이다.

"선생님, 맞았습니까?"

"잘 맞혔네."

그러나 이것은 1년 전의 일이다. 그 무렵은 컨디션이 좋았었다. 요즈음 같은 일은 전혀 일어나지 않았었다. 그렇다. 여기에 좋은 예가 있다. 욕실의 마개에 대한 일인데, 왜 오늘 아침에는 욕조의 마개가 반대쪽에 붙어 있었을까? 이런 일은 처음이었다.

그야 뭐 아무래도 상관없지만, 그 원인을 알아볼 필요는 있었다.

글쎄, 어떨까. 그 여자가 스패너와 파이프와 렌치를 가지고 밤중에 몰래 들어와 마개를 바꿔 달았을까?

어떻게, 생각하는가? 좋아, 정말 알고 싶어한다면 가르쳐 주지. 그렇다, 그 여자의 짓이다. 이 무렵의 그녀의 행동으로 미루어 보아 충분히 할 수 있는 일이니까.

그 여자는 어쨌든 유별난 데가 있어서 다루기 힘들다. 전에는 그렇게 심하지 않았는데, 지금은 다른 사람들이나 마찬가지로 이상해져서 다루기 힘들어졌다. 특히 밤에는.

그렇다, 밤에는 힘이 든다. 아니, 밤에 그렇다는 것이야말로 가장 나쁘다.

밤에는 침대에서 오른손을 내놓고 있는데, 웬일인지 손에 닿는 것이 전혀 손 끝에 느껴지지 않는 것이다. 어째서일까? 언젠가 스탠드를 쓰러뜨렸을 때 그녀가 깨어난 일이 있었다. 어둠 속에서 마룻바닥을 더듬고 있는데 그녀가 벌떡 일어났다.

"대체 무얼 하고 있는 거예요?"

"미안해, 스탠드를 쓰러뜨렸어."

"참, 기가 막히는군! 어젯밤에는 주전자를 쏟았잖아요, 왜 그래요?"

어느 날 의사가 손등을 깃털로 쓰다듬어 본 일이 있었는데, 전혀 감각이 없었다. 핀으로 긁었을 때는 알았지만.

"눈을 감고, 아니, 보면 안 되오, 꼭 감아요, 그리고 뜨거운지 차가운지 나에게 말해 주시오."

"뜨겁습니다."

"이번에는?"

"차갑습니다."

"이번에는?"

"차가워요, 아니, 뜨겁습니다. 그래요, 뜨거워요, 안 그렇습니까?"

"맞았소."

이것도 1년 전의 일이다.

그런데 요즈음에는 어떤가? 어둠 속에서 벽의 스위치를 더듬어 보니 웬일인지 전에 있던 장소에서 몇 인치나 떨어져 있었다.

이제 그런 일은 생각지 말자고 그는 스스로를 타일렀다. 그 일만은 생각지 말자.

말이 나온 김에 하는 얘기지만, 어째서 거실의 벽 빛깔이 이처럼 매일 조금씩 달라지는 것일까?

그린, 블루 그린, 블루로 변하거나, 때로는 화로의 열기를 통해서 바라보이는 것 같기도 하고, 마치 깃발이 흔들리는 것처럼 보이기도 했다.

색인 카드가 차례차례 기계에서 떨어져 내려오듯 세세한 의문들이 계속 튀어나왔다.

저녁 식사 때 저 창문으로 슬쩍 나온 것은 누구의 얼굴일까? 누구의 눈일까?

"뭘 그렇게 보고 있지요?"

"보고 있긴. 하지만 커튼을 치는 게 좋겠어, 어때?"

"로버트, 무엇을 보고 있었어요?"

"보고 있지 않았다니까."

"그럼, 왜 그렇게 창문을 보고 있어요?"

"커튼을 치는 편이 좋지 않을까, 어때?"

그는 마침 아까 말이 움직이는 소리가 들렸던 자리에 와 있었다. 그 소리가 또 들렸다. 콧김과 부드러운 말발굽 소리, 사람이 셀러리를 어석어석 씹는 것처럼 목초를 씹는 소리가 들려왔다.

"어이, 말!" 하고 그는 어둠 속을 향해 말했다. "어이, 거기 있는 말!"

등 뒤에서 갑자기 성큼성큼 걸어오는 발자국 소리가 들려 왔으므로 그는 그 자리에 섰다. 그러자 발자국 소리도 멈췄다. 그는 돌아서서 어둠 속을 들여다보았다.

그가 말했다. "안녕하시오? 또 뵙게 되었군요."

대답이 없었다. 귀에 들리는 것이라고는 대나무 잎을 사각사각 흔드는 바람 소리뿐이었다.

"나와 같은 길을 가십니까?" 그는 물었다.

이윽고 그는 다시 방향을 바꾸어 걸어갔다. 역시 개가 이끌어 주었다. 또 발자국 소리. 아까보다도 작은……, 그렇다, 마치 발 끝으로 걷고 있는 듯한 소리.

그는 걸음을 멈추고 다시 돌아보았다.

"저어 어두워서 잘 보이지 않는데, 내가 알고 있는 분입니까?"

이번에도 아무 대답이 없었다. 다만 서늘한 여름 바람이 볼을 선뜻하게 식혀 주고, 개가 가자고 줄을 잡아당길 뿐이었다.

그는 다시 말했다.

"아니, 상관없습니다. 마음이 내키지 않으면 대답하지 않아도 좋습니다. 하지만 이것만은 아셔야 합니다. 나는 당신이 그곳에 있다는 것을 알고 있습니다."

누군가가 그를 속이려고 하는 것이다.

서쪽을 향해 밤하늘을 높이 날고 있는 비행기의 폭음이 조그맣게 들렸다. 그는 걸음을 멈추고 얼굴을 들어 그 소리에 귀를 기울였다.

"몇 마일이나 떨어져 있군. 이쪽으로는 오지 않는데."

그러나 비행기가 집 바로 위를 지나가자, 그는 어째서 앉아 있거나서 있거나 자기 몸 안의 모든 기능이 정지해 버려 입도 손발도 말을듣지 않고 몸이 딱딱하게 굳은 채로 그 날카로운 폭음만을 기다리게되는지 모르겠다고 생각했다.

그렇다, 오늘 저녁 식사가 끝난 뒤의 일이었다.

"왜 당신은 그렇게 몸을 움츠리고 있지요?" 그녀가 물었다.

"움츠린다고?"

"왜 그렇게 움츠리고 있어요, 뭐가 무서워서요?"

"움츠렸다고? 무슨 소리야, 그게?"

"그것을 못 느끼겠다는 말이군요?"

그녀는 흰자위가 많아진 상큼한 눈초리로 그를 노려보았다. 남을경멸할 때면 늘 그렇듯이 눈까풀이 얼마쯤 처져 있었다. 이렇게 눈까풀이 처진 눈길은 약간 관능적이었다. 반쯤 감긴 눈. 그리고 눈까풀이 내려와 그녀의 경멸이 극도에 달하면 눈이 완전히 감기고 마는 것이다.

어제 아침 일찍 먼 골짜기 쪽에서 총소리가 났을 때, 그는 침대에누워서 마음을 가라앉히려고 왼손을 뻗쳐 여자의 몸을 만져 보았다.

"무슨 짓이에요?"

"아무것도 아니야."

"잠이 깼잖아요."

"미안해."

그 총소리가 나기 시작한 새벽녘에 그녀가 좀더 가까이 그를 눕혀주기만 했어도 좋았을 텐데. 오솔길의 마지막 모퉁이를 돌면 바로 그곳이 집이다. 거실의 커튼을 통해 핑크빛 불빛이 보일 것이다. 그는 부지런히 대문 쪽으로 다가가, 그곳을 통해 현관으로 이어지는 길을 걸어올라갔다. 개는 아직도 앞에서 그를 이끌어 주고 있었다.

그는 현관에서 걸음을 멈추자 어둠 속에서 문의 손잡이를 더듬었다.

나올 때는 손잡이가 오른쪽에 있었다. 30분 전에 문을 닫고 나왔을 때는 분명히 오른쪽에 있었다.

아니, 그녀가 또 손잡이의 위치를 바꿨다고 생각할 수 있는 일일까? 나를 속이기 위해? 내가 개를 데리고 산책나간 틈에 연장 상자를 꺼내 서둘러 위치를 바꿔 단 것일까? 그는 손을 왼쪽으로 움직였다. 문 손잡이에 손가락이 닿는 순간, 뭔가 작지만 격렬한 것이 머릿속에서 터졌다. 그와 동시에 광포한 감정과 심한 분노와 공포가 거센 파도처럼 그에게 덮쳐 왔다. 그는 문을 활짝 열고 손을 뒤로 돌려 재빨리 문을 닫고는 소리를 질렀다.

"이봐, 에드나!"

대답이 없어 다시 한 번 소리쳤다. 이번에는 들린 모양이었다.

"이 시간에 대체 무슨 일이지요? 잠이 깼잖아요."

"잠깐 내려오지 않겠어? 할 이야기가 있는데."

"아이 참, 농담이 아니에요, 조용히 하라니까요. 어서 올라와요."

"안 내려와! 이봐, 어서 내려와!"

"천만에요. 당신이 올라오세요."

그는 입을 다물고 말았다. 그리고 머리를 돌려 아래층에서 캄캄한 2층으로 이어지는 계단을 물끄러미 올려다보았다. 계단의 난간이 왼쪽으로 구부러진 곳이 보였다. 그 위쪽은 어두운 층계참을 이루어 보이지 않았다. 그 층계참을 지나 곧장 가면 침실로 갈 수 있겠지만, 그곳도 역시 캄캄할 것이다.

그는 소리쳤다.

"에드나! 이봐, 에드나!"

"정말 귀찮게 구는군요!"

그는 한 발자국 한 발자국을 난간에 의지하고 발소리를 죽여 가며 살살 올라가기 시작했다. 그리고 왼쪽으로 이어지는 커브를 따라 위쪽의 어둠 속으로 빨려들어갔다. 계단을 다 올라간 곳에서는 층계도 없는데 한 발자국 더 내디뎌 버리고 말았다. 그러나 그런 일에는 주의를 하고 있었으므로 소리를 내지는 않았다. 그는 잠깐 멈춰 서서 귀를 기울였다! 뚜렷이 들린다고는 할 수 없었지만, 멀리 떨어진 골짜기 쪽에서——거의 다 중화기의 사격음이지만——75밀리미터 포와 그 뒤쪽 어딘가에서 두 정의 기관총 소리가 들린 것 같았다.

그는 계단의 층계참을 지나 열려 있는 문으로 들어갔다. 구조를 잘 알고 있었으므로 어둠 속에서도 문제없었다. 보이지도 않았고 느낄 수도 없었으나 곧 그것임을 알 수 있는 연회색의 두툼하고 푹신한 침실 카펫 위를 밟았다.

그는 방 한가운데에 우뚝 서자 무슨 소리가 들리지 않나 하고 귀를 기울였다. 여자는 또 잠들어 버린 것이다. 숨을 내쉴 때마다 잇새로 새어나오는 그 휘파람 소리 같은 작은 소리를 섞어 가며 정신없이 자고 있었다. 활짝 열려 있는 창문에는 커튼이 흔들리고 있었고, 침대 옆에서 괘종시계가 똑딱거리고 있었다.

눈이 어둠에 익어 감에 따라 침대 끝쪽과 매트리스 아래쪽으로 접어 들어간 흰 담요와 이불 밑의 그녀의 허벅다리를 알아볼 수 있었다. 이윽고 그제야 인기척을 알아차린 듯이 여자가 몸을 움직였다. 두 번쯤 몸을 뒤척이는 것 같았다. 그러더니 숨소리가 딱 멎었다. 부시럭부시럭 몸을 움직이는 소리가 들리는가 했더니 어둠 속에서 침대의 스프링이 큰 소리를 내며 삐걱거렸다.

"어머나, 로버트?"

그는 꼼짝도 하지 않았다.

"로버트 맞지요?"

그것은 어딘가 귀에 익지 않은 듣기 싫은 목소리였다.

"로버트!" 여자는 완전히 잠에서 깨어났다. "어디에 있어요?"

어디선가 들은 적이 있는 목소리다. 그것은 마치 두 개의 높은 단음이 엉뚱하게 힘껏 충돌한 것 같은 불협화음의, 그냥 삐걱거리기만 하는 목소리였다. 게다가 로버트의 '로'자는 발음되지도 않았다. 그를 늘 '우버트'라고 부른 것이 누구였더라?

여자가 또 말했다.

"우버트, 무엇을 하고 있는 거예요?"

병원의 간호사였던가……, 키가 큰 금발의. 아니, 더 옛날이다. 이렇게 굉장한 소리니 생각날 것 같기도 한데. 조금만 더 생각할 여유가 있으면 기억날 텐데.

그 순간, 침대 옆 스탠드의 스위치를 켜는 소리가 들렸다. 빛이 흘렀다. 분홍색 잠옷 같은 것을 몸에 걸치고 침대에 반쯤 일어나 앉아 있는 여자의 모습이 그의 눈에 들어왔다. 눈을 크게 뜨고 놀란 표정. 여자의 빰과 턱은 콜드 크림으로 번쩍이고 있었다.

"그런 건 밑에 놓아 두는 게 좋아요, 다치기 전에."

"에드나는 어디 있소?"

그는 그녀를 뚫어지게 쳐다보았다.

침대에서 윗몸을 일으킨 여자는 조심스럽게 그를 지켜보고 있었다. 그는 침대 발치에 서 있었다. 짙은 갈색의 무거운 모직 옷을 입은 이 키 크고 어깨가 넓은 사나이는 뒤꿈치를 딱 붙이고 마치 '차려' 자세를 취하듯이 부동 자세로 서 있었다.

"자, 그런 것은 내려놓아요." 여자가 재촉했다.

"에드나는 어디 있소?"

"대체 왜 그래요, 우버트?"

"뭘 어쨌다는 거야! 마누라가 어디 있느냐고 묻고 있을 뿐이야."

여자는 조금씩 몸을 일으켜 단정히 앉더니 침대 끝쪽으로 발을 뻗었다.

"글쎄요." 여자는 가까스로 말했다. 그 목소리가 어느 틈엔가 달라졌다. 흰자위가 많아진 그 험악한 눈에는 어딘가 모르게 비밀스러운 일이라도 있는 것처럼 교활하게 빛났다. "정말 알고 싶다면 말씀드리지요. 에드나는 나가 버렸어요, 당신이 나간 뒤 바로."

"어디로 갔소?"

"아무 말도 없었어요."

"그럼, 당신은 누구요?"

"에드나의 친구!"

"그렇게 악을 쓰지 않아도 알아듣고 있소. 대체 왜 그렇게 흥분하오?"

"내가 에드나가 아니라는 것을 알아줬으면 해서요."

한순간 그는 생각에 잠겨 있더니 물었다.

"당신은 어떻게 내 이름을 아오?"

"에드나한테서 들었어요."

사나이는 또 입을 다물었다. 의아한 얼굴로 여자의 모습을 물끄러미 쳐다보고 있더니 마음이 좀 가라앉은 모양이었다. 그의 눈초리도 완전히 냉정해졌다. 아니, 오히려 여자를 바라보는 것이 즐거운 듯 보였다.

"나는 에드나 쪽이 좋소."

그리고 침묵이 흘렀다. 두 사람 다 꼼짝도 하지 않았다. 여자는 몹시 긴장해 있었다. 양팔에 힘을 주어 매트리스를 손바닥으로 짚고 팔꿈치를 조금 구부리듯하고서 똑바로 앉았다.

"나는 에드나를 좋아하오. 내가 사랑하고 있다는 말을 당신에게 하지 않던가요?"

여자는 대답하지 않았다.

"그녀는 닳고 닳은 여자요. 그런데도 좋으니 이상한 일이지요."

여자는 남자의 얼굴을 보고 있지 않았다. 그녀가 지켜보는 것은 남자의 오른손이었다.

"아주 굉장히 닳아빠진 여자요."

오랜 침묵이 흘렀다. 남자는 부동 자세로 서 있었다. 여자도 꼼짝 않고 침대에 앉아 있었다. 갑자기 조용해졌기 때문인지, 물레방아의 물이 댐을 넘어 농장으로 이어져 골짜기로 흘러가는 소리가 열린 창문으로 들려 왔다.

이윽고 사나이는 무표정한 얼굴로 침착하고 차분하게 말하기 시작했다.

"물론 에드나가 이제 나를 사랑하지 않는다는 것은 잘 알고 있소."

여자는 침대 끝쪽으로 몸을 조금 움직였다.

"어서 칼을 놓으세요. 당신이 다치기 전에."

"제발 부탁이니 그렇게 떠들지 말아요. 조용히 말할 수 없소?" 하고 갑자기 사나이는 몸을 앞으로 굽혔다. 그리고 여자의 얼굴을 뚫어지게 쳐다보더니 눈썹을 치켜올리며 말했다. "이상한데, 이건 이상해……."

사나이는 한 발자국 앞으로 다가섰다. 무릎이 침대에 닿았다.

"당신은 에드나와 좀 닮았군."

"에드나는 나가 버렸다고 했잖아요."

사나이는 계속 여자를 쳐다보고 있었다. 여자는 손바닥이 매트리스에 박힐 만큼 힘주어 침대를 누르고 앉아 숨을 죽이고 있었다.

"흐음, 이거 놀랐는걸."

"에드나는 나갔다고 말했잖아요. 나는 친구예요. 이름은 메리."

"마누라는 왼쪽 귀 뒤에 예쁜 갈색 사마귀가 있어. 당신에겐 없겠지요, 어떻소?"

"그런 것 없어요!"

"고개를 돌려 보여 주오."

"없다잖아요."

"아니, 확실히 봐야 해."

사나이는 침대를 빙 돌더니 차츰차츰 다가갔다.

"가만히 있어요, 움직이지 말고."

그는 여자에게서 눈을 떼지 않고 입가에 미소를 띤 채 천천히 다가갔다.

여자는 사나이가 자기 손이 닿는 곳까지 오기를 기다리고 있었다. 그러더니 눈에 보이지 않을 만큼 재빠르게 오른손으로 사나이의 얼굴 한복판을 후려쳤다. 사나이가 엉겁결에 침대에 엉덩방아를 찧고 소리를 지르기 시작했을 때 여자는 이미 남자의 손에서 칼을 빼앗아들고 홀을 향해 층계를 뛰어내려갔다.

홀에는 전화가 있었다.

My Lady Love, My Dove

나의 사랑스러운 아내여, 나의 비둘기여

점심 식사가 끝나면 낮잠을 자는 것이 오래된 나의 습관이었다. 거실에서 머리를 쿠션에 기대고, 가죽으로 된 네모진 작은 발판에 발을 올려놓은 다음, 의자에 누워 잠이 올 때까지 책을 읽는 것이다.

금요일 오후, 의자 위에서 책을——내가 오래 전부터 즐겨 읽어온 더블디와 웨스트우드의 공저인 《낮 인시류(鱗翅類)의 종류》를 들고 여느 때처럼 기분좋게 앉아 있는데, 맞은쪽 소파에 앉은 아내가 말을 걸어 왔다. 어쨌든 나의 아내는 조용히 있지 못하는 성질이다.

"그 두 사람은 몇 시쯤 올까요?"

내가 대답하지 않자 이번에는 좀더 큰 소리로 다시 한 번 물었다.

나는 모르겠다고 공손히 대답해 주었다.

"나는 그 사람들에게 그다지 호감이 가지 않아요, 특히 그 남자한테는."

"그래, 알았소."

"아녀, 나는 두 사람에게 호감이 가지 않는다고 말했어요."

나는 책을 내려놓고 아내 쪽을 쳐다보았다. 그녀는 다리를 높이 올려놓은 채 소파에 누워 패션 잡지를 획획 넘기고 있었다.

"하지만 우리는 아직 한 번밖에 그 사람들을 만나지 못했잖소."

"정말 지겨워요, 그 남자는. 쉴새없이 서투른 재담을 늘어놓지 않나, 수다를 떨지 않나."

"당신이라면 그 두 사람을 잘 다룰 수 있을 거요."

"그리고 그 여자도 보통이 아니에요. 당신은 그들이 몇 시쯤 올 것 같아요?"

아마 6시 전후가 아니겠느냐고 나는 적당히 대답해 두었다.

"당신은 그들이 보통 사람이 아니라고 생각지 않으세요?"

아내는 나를 향해 손가락질을 하면서 물었다.

"글쎄……."

"어쨌든 굉장한 사람들이에요. 정말이에요."

"파멜라, 이제는 도저히 거절할 수 없는 일이오."

"그 두 사람은 아무짝에도 못 써요."

"그럼, 왜 일부러 초대했지?"

되도록 아내를 자극하지 않으려고 애쓰고 있었는데, 나도 모르는 사이에 이런 말을 해버려 나는 속으로 아차 하는 생각이 들었다. 잠시 침묵이 흘렀다. 나는 대답을 기다리며 아내의 얼굴을 말없이 쳐다보고 있었다. 그 크고 흰 얼굴에는 어딘지 모르게 내 마음을 끄는 데가 있어, 한번 보면 눈을 돌릴 수 없는 경우가 가끔 있었다. 저녁때 수를 놓거나 그 복잡한 모양의 꽃 그림을 그리고 있는 아내의 얼굴은 엄숙히 긴장되어 말로는 표현할 수 없는 아름다움, 포착할 수 없는 내적인 힘이 넘쳐 빛나고 있는 것이다. 나는 곧잘 책을 읽는 척하면서 이러한 아내의 표정을 훔쳐보곤 했었다. 지금 이 순간에도 가만히 참고 있는 못마땅한 표정, 주름이 잡힌 이마, 마치 골난 듯 우뚝 솟은 코를 보고 있노라니, 이 여자에게는 뭔가 멋지고 장엄한 것 같은 그런 의젓하고 씩씩해 보이는 면이 있다고 생각되었다. 그녀는 키도 컸다. 51살인 그녀는 나보다 훨씬 컸다. 그렇다, 키가 큰 여자라고 하기보다는 거구라고 부르는 편이 옳을 것이다.

"왜 초대했는지 아직 모르시겠어요?" 아내는 쌀쌀하게 말했다.

"브리지, 그것 때문이잖아요. 그 이유밖에 없어요. 그들은 아주 즐겁게 게임을 하고, 내기도 잘하니까요." 아내는 얼굴을 들어 자기를 쳐다보고 있는 나의 시선을 알아차렸다. "그렇지요? 당신도 그렇게 생각하고 계시지요?"

"그야 물론 나도……."

"아녜, 얼버무리지 말아요."

"나도 한 번밖에 만나지 않았지만 그렇게 인상이 좋은 사람들은 아니었어."

"백정보다도 더 못한 사람들이에요."

"파멜라, 무슨 말을 그렇게 해. 제발 부탁이니, 당신……."

"여보!" 아내는 잡지를 무릎 위에 탁 놓더니 말했다. "당신도 그 두 사람이 어떤 이들인지 잘 아실 텐데요. 내가 보고 있는 것처럼 말이에요. 브리지만 잘하면 아무 데나 갈 수 있다고 생각하는 바보 같은 사람들이에요."

"당신 말이 옳다고는 생각하지만, 솔직히 말해 이해가 안 되는 것은 당신이 대체 왜 그러는지……."

"그야 물론 품위 있는 브리지를 할 수 있으니까 그렇지요. 서투른 사람들을 상대하는 일은 이제 싫증이 났어요. 하지만 왜 그런 사람들에게까지 와 달라고 해야 하는지 모르겠어요."

"물론 그렇소. 하지만 이제 와서 새삼 당신이 그러는 건 좀……."

"아녜!"

"왜 그래?"

"정말이지 당신은 왜 언제나 나와 의견이 맞지 않지요? 당신도 나처럼 그 사람들을 싫어하면서."

"여보, 그렇게 지나치게 생각하는 게 아니오, 어쨌든 마음이 좋아 보이는 점잖은 젊은 부부 같았으니까."

"아녀, 너무 과장된 말은 하지 마세요."

아내는 그 큰 잿빛 눈으로 나를 빤히 쳐다보았다.

이 눈을 보자 나는 웬일인지 초조해졌다. 나는 거기에서 벗어나기 위해 의자에서 일어나 마당 쪽으로 나 있는 프랑스식 창문 앞으로 걸어갔다.

집 앞의 평평하고 널따란 잔디밭은 새로 다듬어 짙고 연한 초록빛 줄무늬를 이루고 있었다. 거기서 저만큼 떨어진 곳에는 꽃이 한창 피어 있고 뒤쪽 거뭇거뭇한 나무들에 그 빛이 반사되어 긴 금빛의 사슬 꽃들이 마치 불꽃처럼 타오르고 있었다. 장미나무에도 붉은 베고니아에도, 긴 화단에 피어 있는 아름다운 잡종의 돌부채손, 매발톱꽃, 왕수염, 패랭이꽃, 델피늄, 그리고 향긋한 연한 빛깔의 커다란 연미붓꽃에도, 바야흐로 꽃들이 한창이었다. 점심 식사를 마친 정원사 한 사람이 현관을 지나 이쪽으로 걸어왔다. 나무 사이로 정원사 숙소의 지붕이 보이고, 저만큼 한쪽으로는 현관이 있으며, 철문을 지나 켄터베리 거리로 이어져 있었다.

아내의 집, 아내의 뜰, 모든 것이 참으로 아름답다! 그리고 어쩌면 이렇게도 평화로운가! 아내가 좀더 나를 내버려 둔다면, 나를 위한다면서 이 말 저 말 하는 대신 나의 진정한 즐거움이 무엇인지 조금만 생각해 준다면, 이곳은 정말 천국일 텐데. 그렇다고 해서 내가 아내를 사랑하지 않는다든가——아니, 나는 아내를 진심으로 사랑하고 있다——또는 아내의 손아귀에 쥐어 사는 못난 남편이라는 인상을 여러분에게 줄 생각은 조금도 없다. 내가 말하고 싶은 것은, 아내의 방법이 좀 귀찮을 때가 있다는 것뿐이다. 이를테면 그녀의 조그마한 버릇이지만——나는 이것만은 어떻게든 고쳐 줘야겠다고 생각하고 있다——특히 어떤 말을 강조하기 위해 나를 향해 손가락질하는 그 행위다. 내가 몸집이 자그마한 사나이라는 것을 잊지 말기 바란다. 아내와 같이 커다란 여자가 그런 행동을 함부로 하게 되면 협박당하고 있는 것 같은 기분이 드는 것이다. 이렇게 되면 나는 아내가 거만한 여자가 아니라는 사실을 자신에게 납득시키기가 어려워진다.

"아더! 이리 와 봐요."

"왜 그러오?"

"지금 아주 멋진 아이디어가 떠올랐어요. 이리로 와요."

나는 몸의 방향을 바꾸어 소파에 누워 있는 아내 옆으로 다가갔다. 그녀가 말했다.

"여보, 재미있는 일 하고 싶지 않아요?"

"뭔데, 그 재미있다는 일이?"

"스네이프 부부예요."

"스네이프가 누구지?"

"정신차리세요. 헨리와 샐리잖아요. 오늘 우리 집에 올 손님 말이에요."

"그래서?"

"자, 이런 거예요. 나는 지금 여기 누워서 얼마나 싫은 사람들일까 하는 생각을 하고 있었어요……. 그래요, 쉴새없이 농담을 퍼붓고 있는 남자와 암내 나는 참새 같은 여자……."

아내는 교활하게 웃더니 웬일인지 갑자기 머뭇거렸다.

뭔가 당치도 않는 심한 말을 하려나 보다 하고 나는 생각했다.

"그 두 사람이 내 눈앞에서 그런 꼴을 보이니, 대체 둘이만 있을 때는 어떨까요?"

"여보, 잠깐만 파멜라."

"바보로군요, 아더. 즐기는 거예요, 특별히 재미있는 일을 해봐요, 오늘 밤에는."

아내는 소파에서 윗몸을 일으켰다. 그 얼굴은 뭔가 갑자기 당치도 않은 일을 생각해 낸 것처럼 반짝였으며, 입이 살며시 벌어졌고, 부드러운 빛을 담은 두 개의 둥그런 잿빛 눈이 나를 쳐다보고 있었다.

"왜 안 돼요?"

"대체 당신은 무슨 짓을 하고 싶은 거지?"

"뻔한 일이잖아요, 모르시겠어요?"

"모르겠는데."

"두 사람의 방에 마이크로폰을 달기만 하면 되는 거예요."

아내가 뭔가 엉뚱한 제안을 할 줄은 알았지만, 나는 이 말을 듣는 순간 너무도 놀라서 뭐라고 대답해야 좋을지 알 수 없었다.

"우리가 하려는 것이 바로 그거예요."

"여보!" 나는 소리쳤다. "절대로 그런 일을 하면 안 돼!"

"왜요?"

"그런 천한 장난은 들어 본 일도 없소. 그건, 그건 열쇠 구멍으로 들여다보거나 다른 사람의 편지를 읽거나 하는 것과 마찬가지요. 아니, 그보다 더 나쁜 일이지. 당신 설마 제정신으로 하는 말은 아니겠지, 파멜라?"

"물론 제정신으로 하는 말이에요."

아내가 자기 의견에 반대하는 일을 무엇보다 싫어한다는 것을 잘 알고 있었지만, 어떤 일을 당하더라도 나의 주장을 관철시켜야 한다고 생각될 때가 있다.

나는 나무라듯 말했다.

"파멜라, 그런 짓을 하면 안 되오!"

그녀는 소파에서 발을 내려놓더니 몸을 똑바로 세우고 앉았다.

"대체 당신은 자신을 어떻게 보이고 싶으신 거지요? 아녀, 당신은 정말 알 수 없는 분이에요."

"그토록 어렵게 생각할 건 없소."

"바보! 나는 다 알고 있어요. 당신이라는 사람은 이런 일보다 더 심한 짓을 많이 했다는 것을!"

"무슨 엉뚱한 소리야!"

"아니에요, 나는 알고 있어요. 대체 어디를 눌러야 나보다 당신이 훨씬 훌륭하다는 증거가 나올까요?"

"나는 그런 짓을 한 일이 없어."

"그럼, 한 가지 물어 보겠어요." 그녀는 마치 권총을 들이대듯 나에게 손가락질을 해보이며 말을 이었다. "지난해 크리스마스 때 밀포드 씨 집에서 무슨 짓을 했지요? 잊어 버리지는 않으셨겠지요? 마치 머리가 날아갈 정도로 웃었으니까요. 그래서 나는 여러 사람에게 들리지 않게 하려고 내 손으로 당신의 입을 막아야 했어요. 그건 어떻게 된 거지요?"

"그건 다르지. 그건 내 집이 아니었잖소. 그리고 그 사람들은 우리 집 손님도 아니었고."

"무엇이 달라요!" 아내는 마치 허리에 막대기를 댄 것처럼 꼿꼿이 앉으며 동그란 잿빛 눈으로 나를 뚫어지게 쳐다보았다. 아주 경멸한다는 듯이 그녀의 머리가 점점 위를 향하여 쳐들리기 시작했다.

"뭐예요, 그렇게 허풍스럽게 위장하는 것은 그만두세요. 대체 뭐예요!"

"그건 정말 천한 일이오, 파멜라. 난 그렇게 생각해."

"그럼 들어 봐요, 아더. 나는 천한 사람이에요. 그리고 당신도 마찬가지고요. 다만 남에게 그 사실을 알리고 싶지 않을 뿐이지요.

그러니까 우리가 부부로서 함께 살고 있는 게 아니에요?"

"그런 시시한 말은 들어 본 일도 없어."

"만일 당신이 갑자기 자기 성격을 완전히 바꾸기로 결정했다면 이야기가 달라지겠지만요."

"그런 식으로 말하지 마오, 파멜라!"

"그래요. 당신이 정말로 자기 성격을 바꾸기로 결정했다면, 나는 어떻게 해야 좋지요?"

"당신은 지금 자기가 무슨 말을 하고 있는지 모르고 있소!"

"아녀, 당신처럼 품위 있는 분이 어째서 나 같은 천한 사람과 함께 살려고 결혼했을까요?"

나는 아내의 맞은편 의자에 천천히 앉았다. 그녀는 잠시도 나에게서 눈을 떼지 않았다.

──어떻습니까, 여러분. 내 아내는 커다란 흰 얼굴의 거대한 여자입니다. 그녀가 지금처럼 나를 노려보고 있으면, 뭐라고 할까요, 마치 아내가 크림이 잔뜩 들어 있는 위대한 통이고, 자그마한 나는 그 속에 빠져 허위적대는 것처럼 그녀의 볼륨에 완전히 둘러싸여 갇혀 버리고 맙니다.

"설마 진심으로 마이크로폰을 달고 싶다고 말하는 건 아니겠지, 당신?"

"아니요, 달 거예요. 자, 기다려지는 시간이에요. 달아주세요, 아녀. 그렇게 뚱하니 있지 말고요."

"파멜라, 그것은 옳은 일이 아니오."

"그거나 마찬가지로 옳은 일이에요." 또 그녀의 손가락이 올라갔다. "당신이 메리 플로버트의 지갑에서 편지를 빼내어 처음부터 끝까지 읽어본 것 말예요."

"우리는 그런 짓을 해서는 안 되었던 거요."

"우리라니요!"

"당신도 나중에 읽었잖소, 파멜라."

"하지만 누구 한 사람 다치게 한 일은 없었어요. 당신도 그때 자기 입으로 그렇게 말했잖아요. 이번에도 마찬가지예요."

"여보, 다른 사람이 당신에게 그런 짓을 한다면 어떻겠소?"

"내가 알 수 없다면 신경쓰려고 해도 쓸 수가 없을 테지요. 여보, 꾸물거리지 말고 어서요!"

"아니, 생각해 봐야겠소."

"위대한 라디오 기술자께서 스피커에 마이크를 다는 방법을 모른다고 말씀하시는 건가요?"

"그거야 아주 간단한 일이지."

"그럼 곧 달아 줘요."

"좀 생각해 보고 나서 알려 주지."

"하지만 그럴 시간이 없어요. 이제 거의 올 때가 되었어요."

"그럼 나는 그만두겠소. 현행범이 되고 싶지는 않으니까."

"일이 끝나기 전에 그 사람들이 오면 아랫방에 잡아 두는 일쯤은 간단히 할 수 있어요. 위험할 건 없어요. 아니, 지금 몇 시지요?"

3시가 다 되었다.

"두 사람은 런던에서 차를 타고 올 거예요. 아무래도 점심을 먹은 뒤에 올 테니까, 시간은 충분히 있어요."

"어느 방에 묵게 할 참인데?"

"복도 끝에 있는 큰 노란색 방이에요. 그렇게 멀지는 않지요?"

"할 수 있겠지."

"저, 스피커는 어디에 달까요?"

"아직 달겠다는 말은 하지 않았소!"

"당신도 참!" 아내는 소리쳤다. "누구 이 사람 좀 말려 줄 사람이 없을까! 당신 얼굴을 한 번 보세요, 벌써 기대로 빨갛게 상기되어 흥분하고 있잖아요, 스피커는 우리 침실에 다는 거예요, 상관없어요, 어서, 빨리요, 빨리!"

나는 망설였다. 상냥하게 부탁하는 대신 이렇게 강제적으로 명령받게 되면 웬일인지 나는 으레 이런 투로 말하곤 한다.

"싫은데, 나는."

아내는 그 뒤 한마디도 입을 열지 않았다. 그 긴 침묵 속에서 뭔가 체념하고 기다리고 있는 듯한 표정으로 그녀는 꼼짝도 않고 우두커니 앉아서 나를 쳐다보고 있었다.

지금까지의 경험으로 보아 이것이 위험 신호라는 것은 나도 알고 있었다. 핀을 뺀 시한 폭탄 같은 것으로, 평 하고 폭발하는 것은 그야말로 시간 문제였다. 아니, 사실 터지기도 잘했다. 이 기분 나쁜 침묵 속에서 나는 폭탄의 초침이 재깍재깍 소리를 내고 있는 듯이 느껴졌다.

마침내 나는 의자에서 소리없이 일어나 작업장으로 가서 마이크와 1백 50피트의 전깃줄을 가져왔다. 아내가 있는 곳에서 빠져나왔으니까 고백하겠는데, 사실 부끄러운 일이지만 나 자신도 온몸이 오싹해지기 시작한 것이다. 피부 밑 손가락 끝 언저리에서 쑤시는 듯한, 따끔따끔 찌르는 듯한 통증을 느꼈다. 다만 그뿐이다. 아니, 정말 그뿐이다. 솔직히 말해 아내가 비교적 많이 가지고 있는 두세 가지 주식의 전날 마지막 시세를 조사하기 위해 매일 아침 신문을 펼칠 때의 그 오싹한 느낌과 똑같은 것이었다. 사실 이렇게 하찮은 장난으로 나자신을 잊는 일은 없었지만, 또 그와 동시에 이 일이 재미있다는 것도 어쩔 수 없는 사실이었다.

나는 계단을 한꺼번에 두 칸씩 뛰어올라가 복도 끝에 있는 노란색 방으로 들어갔다. 그곳에는 한 쌍의 침대와 노란색의 새틴직 침대 시트, 그리고 연노란색의 벽과 황금빛 커튼이 있어 깔끔해 보였으며, 여느 때는 사용하지 않는 손님 방의 모습을 잘 갖추고 있었다. 나는 마이크를 숨겨 둘 곳으로 어디가 좋을까 하고 방 안을 둘러보았다. 뭐니뭐니 해도 이것이 가장 중요한 일이었다. 마이크가 눈에 띄게 되면 모든 일이 끝장나는 거니까. 처음에는 난로 옆에 있는 장작 바구니 속에 넣어 둘까 생각해 보았다. 장작 밑에 감추면 어떨까? 아니, 완전히 마음놓을 수 있는 곳이 아니다. 그럼 라디에이터 뒤는 어떨까? 아니면 옷장 위? 책상 밑? 어디를 생각해 보아도 전문가가 할 일이 아닌 것 같았다. 단추를 떨어뜨린다든가, 아니면 그와 비슷한 일로 발견될 단서를 남길지도 모른다. 그러나 이윽고 교활한 꾀를 짜낸 결과, 소파의 스프링 속에 감추기로 했다. 소파는 카펫 끝쪽에서 가까운 벽에 붙여 놓았으므로 전깃줄을 곧장 카펫 밑으로 빼어 문 앞까지 끌어낼 수 있는 것이다.

나는 소파를 뒤집어 놓고 밑부분을 세로로 찢었다. 그리고는 마이크로폰을 방 쪽으로 향하게 하여 스프링 속에 단단히 붙들어맸다. 그 일이 끝나자 전깃줄을 카펫 밑으로 넣어 문 앞까지 끌어냈다. 나는 아주 침착하게, 모든 일에 조심을 기울여 솜씨 있게 해냈다. 전깃줄이 카펫 밑을 지나 문 앞까지 가는 곳에는 바닥에 작은 홈을 파서 조금도 눈에 띄지 않도록 머리를 썼다.

물론 이만한 일을 하는 데는 상당한 시간이 걸렸다. 그러므로 밖에서 차를 돌리는 자갈 소리와 차바퀴 소리가 들리고 이어서 자동차문이 탕 닫히는 소리와 그들의 목소리가 귀에 들어왔을 때, 나는 아직도 복도의 아랫벽 쪽을 따라 전깃줄을 절반밖에 고정시키지 못했었다. 나는 손에 망치를 든 채 일어나서 허리를 폈다. 그리고 사실 좀 두려운 생각이 들었다. 무언가에 부딪히는 그 소리들이 얼마나 나의 기운을 빼놓았는지 여러분들은 아마 모를 것이다.

전쟁 중 어느 날 오후의 일이었다. 내가 서재에서 조용히 나비 표본을 정리하고 있는데 마을의 반대쪽에 폭탄이 떨어졌다. 간이 뚝 떨어질 듯한 그때의 공포, 그와 똑같은 공포를 나는 지금 다시 느낀 것이다.

뭐 그까짓 것, 걱정할 필요 없다. 나는 이렇게 스스로를 타일렀다. 파멜라가 그들을 아래층에 붙잡아 둘 테니까. 나는 빨리 일을 끝내려고 미친 듯이 서둘렀다. 덕분에 곧 전깃줄을 복도가에 고정시켜서 우리 침실까지 끌어들였다. 이 방까지만 끌어들이면 감추는 일은 별로 중요하지 않았지만, 하녀들이 있으므로 허술하게 할 수도 없었다. 전깃줄을 카펫 밑으로 넣어서 눈에 띄지 않도록 라디오 위에 꽂았다. 그것을 스피커에 연결하는 일은 초보적인 기술만 있으면 조금도 시간이 걸리지 않는다.

마침내 일이 끝났다. 나는 뒤쪽으로 물러서서 작은 라디오를 바라보았다. 이렇게 되자 여느 때와 같은 느낌이 들지 않았다. 이제 라디오는 소음을 내뱉는 귀찮은 상자가 아니라 몸의 일부를 남의 눈에 띄지 않게 먼 금단의 장소까지 뻗친 채 테이블 위에 웅크리고 앉아 있는 작은 악마였다. 나는 스위치를 넣어 보았다. 윙 하는 작은 소리가 들릴 뿐이었다. 나는 내 침대 옆에 있는 커다란 괘종시계를 노란 방으로 가져다 소파 옆 방바닥에 놓아 보았다. 내 방으로 돌아와 보니 라디오는 마치 그 시계가 이 방에 있는 것처럼, 아니 그보다 더 큰 소리로 똑딱거리고 있었다.

나는 그 시계를 다시 가져왔다. 그리고 욕실에 가서 깨끗이 씻은 다음, 도구를 작업장에 갖다 두고 손님을 만날 준비를 하였다. 그러나 우선 기분을 가라앉히기 위해——무엇보다도 죄의 냄새가 몸에 밴 채 손님 앞에 나서기 싫었고, 또한 손이 아직 젖어 있었으므로 나는 서재에서 5분쯤 나의 컬렉션을 만지작거리고 있었다. 아끼는 버넷

사 카르듀이——일명 '화장하는 부인'——의 표본 상자를 들여다보았다. 그리고 '색채의 패턴과 날개 골격 사이의 관계'라는 제목의 논문을 쓰기 위해 두세 가지 노트를 했다. 이것은 켄터베리에서 열리는 다음번 학회에서 발표할 예정이다. 그리고 나서야 겨우 나는 여느 때의 무게 있고 정중한 태도를 되찾을 수 있었다.

내가 거실로 들어가자 두 사람의 손님——웬일인지 이름이 생각나지 않았다——은 소파에 앉아 있었다. 아내는 마실 것을 만들고 있었다.

"어머나, 당신이었군요. 아더, 어디에 계셨어요?"

'아니, 이건 쓸데없는 대사가 아닌가' 하고 나는 마음속으로 생각했다.

"이거, 실례했습니다." 나는 악수를 하며 손님에게 말했다. "좀 바쁜 일이 있어서 시간을 잊어 버렸군요."

"우리는 당신이 무엇을 하고 계셨는지 다 알고 있어요." 아주 영리한 듯이 미소를 지으며 여자가 말했다. "하지만 용서해 드리겠어요."

"아, 네." 남편이 대답했다.

아, 나의 머릿속에는 아내가 배를 잡고 웃으며 내가 2층에서 한 일을 손짓발짓하며 낱낱이 이 두 사람에게 지껄이고 있는 소름끼치는 광경이 떠올랐다. 아내가 대체 그런 일을 할 수 있을까! 나는 아내쪽을 돌아다보았다. 그녀도 진의 양을 재면서 웃고 있었다.

"방해를 해서 죄송하군요." 여자가 말했다.

아까 그 말이 한낱 애교 있는 농담이라면, 이쪽에서도 곧 장단을 맞춰야겠다고 생각했으므로 어쨌든 억지로 웃는 표정을 보였다.

"우리들에게도 보여 주셔야 해요." 여자가 다시 말을 이었다.

"무엇을 말입니까?"

"당신의 컬렉션. 부인께서 아주 예쁘다고 말하시던걸요."

나는 천천히 의자에 앉아 자신도 모르게 안도의 숨을 내쉬었다. 공연히 그렇게 겁먹을 필요가 없었잖은가!

"나비에 흥미를 가지고 계십니까?" 나는 여자에게 물었다.

"네, 꼭 보고 싶어요, 보첨 씨."

마티니가 나오고, 우리는 저녁 식사가 시작될 때까지의 두 시간 동안 마시며 이야기를 나누었다. 이 두 사람은 꽤 매력적인 부부라는 인상이 나의 마음속에 싹트기 시작한 것은 그 뒤부터였다. 어쨌든 나의 아내는 귀족 출신으로, 자신의 계급과 성장 과정이 머리에 꽉 박혀 있어, 그녀에게 친근감을 보여 주는 다른 사람에게까지 성급한 판단을 내리는 일이 흔히 있었다. 특히 키 큰 사나이에 대해서 그러했다. 하기야 그 판단이 꽤 잘 들어맞는 수가 있지만, 이 두 사람의 손님에 대해서는 아무래도 잘못 판단한 게 아닌가 하는 생각이 들었다. 나도 키 큰 사나이는 대체적으로 마음에 들지 않았다. 그런 녀석은 거만하여 '나는 모든 것을 알고 있다'는 듯한 표정을 짓고 있기 때문이다. 그러나 이 헨리 스네이프는——아내가 살짝 이름을 가르쳐 주었다——자기 아내에 대한 일만으로 머릿속이 가득차 있는 것 같은 ——이것은 너무도 당연한 일이지만——예의바르고 호감이 가는 단순한 젊은이로 보였다. 그는 갸름한 얼굴의 미남자로 다소 말 같은 인상을 주었으며, 온순하고 아주 부드러워 보이는 짙은 갈색 눈을 지니고 있었다. 게다가 나는 그의 아름다운 검은 머리가 부러웠다. 저렇게 건강해 보이는 머리칼을 유지하려면 대체 어떤 로션을 쓰면 될까 하고 생각했을 정도였다. 그는 한두 마디 농담을 했는데, 그것이 모두 점잖은 표현이어서 아무도 군소리할 수 없었다.

"학교 시절에 모두들 나를 보고 셀빅스라고 불렀는데, 왜 그랬는지 아시겠습니까?"

"글쎄요, 전혀 모르겠는데요." 아내가 대답했다.

"셸빅스란 네이프(목덜미)라는 뜻의 라틴어지요."

이것은 너무도 핵심을 찌르는 말이라 금방 납득이 가지 않았다.

"학교는 어디 다니셨나요, 스네이프 씨?" 아내가 물었다.

"이튼 스쿨입니다."

그가 대답하자 아내는 '과연' 하는 투로 고개를 끄덕여 보였다.

이런 식으로 나가면 아내도 그와 이야기를 나눌 수 있으려니 하고 나는 전적으로 샐리 스네이프 쪽에 관심을 쏟았다. 그녀는 가슴이 풍만하고 매력적인 여성이었다. 이 여자를 15년 전에만 만났더라도 틀림없이 골치 아픈 일에 휘말렸을 것이다. 아무튼 내가 수집한 아름다운 나비에 대해 이야기를 나누며 즐거운 시간을 보냈다. 이렇게 이야기를 나누며 그녀를 자세히 관찰해 보니 처음에 본 인상과는 달리 결코 명랑하고 애교 있는 여자가 아닌 듯한 느낌이 들었다. 무언가 비밀을 숨기고 있는 듯한, 그리하여 자기 껍질 속에 틀어박혀 있는 듯한 느낌이 들었다. 파란 눈은 두리번두리번 방 안을 둘러보며 잠시도 한군데에 가만히 머물러 있지를 못했다. 게다가 그녀의 얼굴에는 이유를 알 수 없는 슬픔의 빛이 눈에 보이지 않는 주름처럼 새겨져 있었다.

"언제쯤 브리지를 하게 될까 하고 기다렸습니다." 나는 화제를 바꾸어서 말해 보았다.

"네, 우리도 그랬어요. 어쨌든 우리는 매일 밤 하다시피하는걸요. 굉장히 좋아해요."

"당신들은 전문가니까요. 어떻게 해서 그렇게 잘하게 되었습니까?"

"횟수가 문제지요. 많이 하는 방법밖에 없어요."

"시합에 나간 일이 있습니까?"

"아니오, 아직. 그러나 헨리는 몹시 나가고 싶어해요. 그 정도 되려면 보통 일이 아니지요, 정말 힘든 일이랍니다."

그녀의 이 말투에는 인종이라고 할까, 체념에 가까운 감정이 깃들어 있는 게 아닐까? 그렇다, 아마 그럴 것이다. 틀림없이 남편은 브리지에 너무 열중한 나머지 부인으로 하여금 지나치게 신경을 쓰게 한 것이다. 그래서 이 가엾은 여자는 모든 일에 지쳐버린 것이다.

8시가 되었다. 우리는 옷도 갈아입지 않고 식당으로 갔다. 저녁 식사는 헨리 스네이프의 아주 익살스러운 이야기를 들으며 순조롭게 진행되었다. 더욱이 그는 도저히 아마추어라고는 볼 수 없는 말투로 내가 아끼며 간직하고 있는 '리치브르그 34년'을 칭찬해 주었으므로 나는 기뻐서 어쩔 줄을 몰랐다. 커피가 나올 무렵에는 웬일인지 이 두 젊은 손님이 완전히 마음에 들게 되었다. 이렇게 되자 마이크로폰의 일이 마음에 걸렸다. 상대방이 밉살스러운 사람이라면 그런 일을 조금도 신경쓸 바가 아니겠지만 이렇게 기분 좋은 사람들에게 못된 장난을 하다니, 양심의 가책을 도저히 견디어 낼 수가 없었다. 그렇다고 해서 제발 오해하지는 말기 바란다. 뭐, 내가 겁에 질려 그런 것은 아니니까. 이제 새삼스럽게 그만둘 수도 없었지만, 그렇다고 해도 아내처럼 회심의 미소를 짓거나 윙크를 하거나 살짝 고개를 끄덕여 보이거나 하며 기대로 가슴을 두근거리는 짓 따위는 정말 싫었다.

9시 반쯤 되자 배도 부르고 기분도 상쾌했으므로 우리는 브리지를 하기 위해 큰 거실 쪽으로 자리를 옮겼다. 우리는 꽤 많은 돈을 걸고——그렇다, 100점에 10실링을 걸고 브리지를 했다. 부부끼리 짝이 되었으므로 게임을 하는 동안 내내 나는 아내와 한편이 되었다. 네 사람 다 열심이었다. 그렇다고 할 수밖에 없다. 모두들 말없이 묵묵히 게임에만 정신을 쏟았으며 판돈을 걸 때 말고는 거의 입을 열지 않았다. 그렇다고 해서 돈을 목적으로 브리지를 하고 있었던 것은 아니다. 아내가 부자라는 사실은 하느님도 아시는 일이고, 스네이프 부부 역시 잘 알고 있을 것이다. 너무 우습지 않을 정도의 판돈을 걸고 게임을 하는 것이 전문가에 대한 예의라고 생각했다.

그날 밤의 카드는 공평하게 골고루 나누었는데, 아내가 한 번 포커를 한 탓에 우리는 지고 말았다. 게다가 아내는 아무래도 게임에 주의를 집중하고 있지 않는 것 같았다. 밤이 깊어 감에 따라 그녀는 이제 게임에 전혀 주의를 기울이지 않게 되었다. 눈썹을 치켜올리고 콧구멍을 묘한 모습으로 벌름거리며 입가에는 아주 기분좋은 미소를 띤 채 커다란 잿빛 눈으로 나의 얼굴을 흘끔흘끔 쳐다보는 것이었다.

상대방은 참으로 잘했다. 처음부터 끝까지 꼭 한 번밖에 실수하지 않았는데, 그것은 그의 아내가 남편의 실력을 너무 믿고 스페이드의 6으로 걸었기 때문이었다. 나는 더블로 승부를 냈다. 그런데 상대방은 3점 적었으므로 점수가 곱절이 되어 800점, 완전히 당한 셈이었다. 눈 깜짝할 사이의 실수였다. 그러나 그 남편은 곧 용서하고 그까짓 일로 걱정할 필요 없다면서 테이블 너머로 그녀의 손에 격려의 키스를 해주었다. 그렇지만 샐리 스네이프가 아주 풀이 죽어 있던 것을 나는 지금도 기억하고 있다.

12시 반쯤 되자 아내가 졸립다고 말했다.

"앞으로 한 번만, 3회 승부를 합시다." 헨리 스네이프가 말했다.

"이제 됐어요, 스네이프 씨. 오늘 밤 나는 너무 지쳤어요. 아더도 그렇고요. 내가 잘 알아요. 자, 우리 그만 쉬기로 해요."

아내가 내몰듯 우리를 방에서 끌고 나오자 네 사람이 한데 어울려 계단을 올라갔다. 올라가는 도중, 아침 메뉴는 무엇이 좋을까, 하녀를 부르려면 어떻게 하는가 등등의 흔한 대화가 오고갔다.

"틀림없이 방이 마음에 드실 거예요. 골짜기가 내려다보이는 전망이 아주 훌륭하지요. 그리고 아침 나절에는 10시나 되어야 햇빛이 든답니다." 아내가 말했다.

네 사람은 우리 침실 앞까지 오자 걸음을 멈추었다. 바로 그때 나의 눈에는 오늘 오후 내 손으로 설치한 전깃줄이 두 손님의 방까지 복도 아랫벽을 따라 연결되어 있는 것이 뚜렷이 보였다. 그 아랫벽에 댄 판자 빛깔과 거의 같은 색이었지만 나는 확실히 알아볼 수가 있었다.

"그럼, 편히 쉬세요." 아내가 말했다.

"스네이프 부인, 안녕히 주무십시오. 스네이프 씨도."

나는 아내 뒤를 따라 방으로 들어가 문을 닫았다.

"자, 빨리!" 그녀가 소리쳤다. "스위치를 틀어요!"

나의 아내는 무슨 일이든 놓치기를 싫어하는 성질이라 늘 이런 식이다. 어쨌든 그녀는 사냥 나갈 때도——나는 절대로 그녀와는 함께 가지 않지만——사냥감을 놓치지 않으려고 자기와 말은 어떻게 되든 상관없이 사냥개 뒤를 따라 달리기로 이름이 나 있다. 이번 일에 대해서도 뻔히 알고 있으면서 그녀가 이 기회를 손가락 물고 기다리고 있을 리 없다는 것은 나도 잘 알고 있었다.

이 작은 라디오의 가열이 그런대로 효력을 발휘하여 문이 열리는 소리와 닫히는 소리가 잘 들렸다.

"봐요! 방으로 들어갔어요."

아내가 말했다.

그녀는 파란 드레스를 입은 채 방 한가운데에 버티고 서 있었다. 두 손을 모아쥐고 머리를 앞으로 숙인 채 온 신경을 귀에 집중하고 있었다. 그녀의 무섭게 큰 얼굴은 마치 포도주가 든 가죽자루처럼 뻣뻣하게 굳어진 듯 보였다.

이윽고 헨리 스네이프의 힘차고 뚜렷한 목소리가 라디오에서 튀어 나왔다.

"참, 당신이란 여자는 바보야!"

그 말소리가 지금까지 내가 들어 온 것과 전혀 달리 아주 냉정하게 들리는 불쾌한 목소리였으므로 나는 자신도 모르게 벌떡 일어섰다.

"쳇, 하룻밤 사이에 아주 형편없어졌잖아! 800점! 이봐, 4백 파운드가 날아간 거야!"

"혼동을 했어요. 다시는 그런 실수 하지 않을께요, 꼭."

나의 아내가 말했다.

"어머나, 대체 어떻게 되었다는 거지요?"

그녀는 멍하니 입을 벌리고 눈썹을 치켜올리는가 했더니 허둥지둥 라디오 옆으로 달려가 몸을 굽히고 스피커에 귀를 댔다. 나 자신도 이때에는 재미있다는 생각이 들어 가슴이 두근거렸다는 사실을 고백해 두겠다.

"약속하겠어요! 정말 약속하겠어요, 다시는 그런 실수 안해요." 여자가 계속 말했다.

"이봐, 기회는 남아도는 게 아니야! 자, 이제 곧 연습을 시작하자구." 사나이는 위협하듯 말했다.

"아, 제발 부탁이에요. 도저히 나는 견딜 수가 없어요!"

"이봐, 저 돈 많은 할멈에게서 목돈을 빼앗아 가려고 이런 시골 구석까지 찾아오지 않았어! 그런데 어쩌자고 그런 실수를 해서……"

이 말에 이번에는 다시 아내가 펄쩍 뛸 차례였다.

"이것으로 이번 주일에 벌써 두 번째야." 사나이는 말을 계속했다. "맹세하겠어요, 다시는 실수하지 않겠어요."

"됐으니 앉아. 내가 말을 하면 당신은 거기에 대답하는 거야."

"제발 용서해 줘요, 헨리. 부탁이에요! 5백 다는 도저히 안 돼요, 세 시간이나 걸리는걸요."

"좋아. 그럼, 손가락 위치의 연습만은 면하게 해주지. 그것은 익숙해졌을 테니까. 에이스, 킹, 퀸, 잭의 트릭을 가르치는 기본만 할 까."

"헨리, 지금부터 또 그것을 해야 되나요? 난 너무 지쳐서……."

"당신은 무슨 일이 있어도 이것만은 터득해야 해. 다음 주일에는 하루도 빼놓지 않고 게임이 있어. 거기서 실수하면 안 돼."

나의 아내가 낮은 목소리로 내게 속삭였다.

"정말이지 이게 뭐예요! 대체 이게 무슨 말이지요?"

"쉿! 조용히 해!"

"자, 처음부터 할 거야. 알았지?"

"헨리, 제발 부탁이니……."

여자는 금방이라도 울 것 같은 목소리로 말했다.

"여보, 샐리, 기운을 내오." 금방 말투가 바뀌어 아까 거실에서 들은 것과 같은 목소리가 들려왔다. "원 클럽." 처음의 '원'을 길게 끌며 묘한 가락으로 발음했다.

"클럽의 에이스와 퀸." 여자가 마지못해 그 말에 대답했다. "스페이드의 킹과 잭, 하트는 없고, 다이아의 에이스와 잭."

"그럼, 각 조에 카드가 몇 장 있지? 내 손가락의 위치를 잘 보오."

"그런 것은 실수하지 않는다고 말했잖아요."

"흥, 당신이 외고 있다고?"

"네, 그건 다 외고 있어요."

여기서 잠깐 말이 끊어졌으나 이윽고 "에이 클럽."이라는 목소리가 들렸다.

"클럽의 킹과 잭." 여자가 말했다. "스페이드의 에이스, 하트의 퀸과 잭, 다이아의 에이스와 퀸." 다시 조용해지는가 했더니 "원 클럽으로 가지."라는 말이 들렸다.

"클럽의 에이스와 킹……."

"이거 놀랐는걸!" 나도 모르게 소리쳤다. "내기의 신호야! 둘이서 가지고 있는 카드를 서로 알려 주는 거야!"

"아더, 그건 말도 안 되는 소리예요."

"그래, 맞아. 관객 속에 뛰어들어 손님에게서 물건을 빌려다가 무대 위에 눈을 가리고 있는 여자아이에게 몇 가지 질문을 하고 그 물건을 알아맞히게 하는 것과 똑같아. 그렇지, 말하는 방법 하나로 어느 역 발행의 차표라는 것까지 알아맞히게 하는 거야!"

"그런 건 도저히 있을 수 없는 일이에요!"

"천만에. 물론 이것을 마스터한다는 것은 보통 일이 아니겠지만, 자, 잘 들어보오."

"원 하트로 가자구." 남자의 목소리가 말했다.

"하트의 킹과 퀸과 10, 스페이드의 에이스와 잭, 다이아 없음. 클럽의 퀸과 잭……."

"이제 알겠소?" 내가 말했다. "남자의 손가락 위치로 각 조의 카드 번호를 여자에게 가르쳐 주는 거요."

"어떻게요?"

"그야 나도 모르는 일이지만, 잘 들어 봐요, 지금 하고 있잖아."

"어머나, 기가 막혀라! 아더, 그게 정말 틀림없는 말이지요?"

"틀림없소."

나는 아내가 담배를 가지러 부지런히 침대 쪽으로 가는 것을 바라보고 있었다. 그녀는 나에게 등을 돌린 채 불을 붙이더니 휙 돌아서서 천장을 향해 가느다란 연기를 내뿜었다. 이 사람들을 어떻게든 혼내 줘야 한다는 것은 나도 알고 있었지만, 우리의 정보망을 알리지 않은 상태에서 두 사람을 문책할 수도 없는 일이었으므로 어떻게 해야 좋을지 알 수가 없었다. 그래서 나는 아내가 어떻게 나올 것인지 기다리고 있었다.

"여보, 아더." 마침내 아내는 담배 연기를 천천히 뿜어내며 말했다. "분명히 이것은 기상천외한 아이디어예요. 우리도 배울 수 없을까요?"

"아니, 뭐라고?"

"물론 안 된다고 할 수는 없을 거예요."

"아니, 잠깐……, 파멜라……."

아내는 방을 가로질러 내가 서 있는 곳까지 다가왔다. 그리고 머리를 숙여 나를 보았다. 입가에는 미소라기보다는 웃음이 떠올라 있고, 코는 일그러졌으며, 커다란 잿빛 눈의 검게 번쩍이는 눈동자가 나를 내려다보았다. 그러자 검은 눈동자가 회색으로 바뀌고, 흰자위 부분에는 무수히 가느다란 혈관이 뚜렷하게 번져 갔다. 바로 눈과 코 앞에서 이렇게 노려보니 마치 물 속에라도 질질 끌려들어가는 듯한 기분이 들었다.

"왜 욀 수 없다는 거지요?"

"하지만 파멜라, 당신 어떻게 된 게 아니오?……그 결과는……."

"아더, 1년 내내 이처럼 나에게 트집 잡는 일만은 그만둬 줬으면 좋겠어요. 우리가 할 일은 정해졌어요. 자, 카드를 갖다 줘요. 곧 시작해야겠어요."

Dip in the Pool

바다 속으로

사흘째 되는 날 아침이 되어서야 바다는 겨우 가라앉았다. 출범한 뒤로 모두들 선실에 틀어박혀서 갑판에 모습을 나타내지 않았다. 그러나 이날 아침에는 무엇보다도 배가 질색이라는 사람들도 선실에서 갑판으로 올라왔다. 거기에서는 갑판 담당 급사가 의자를 내놓기도 하고, 두 발을 담요로 감싸 주기도 하며, 하얀 1월의 싸늘한 햇볕 속에 선객들을 죽 눕혀 놓았다. 처음 이틀 동안은 그다지 거친 파도라고는 할 수 없었지만 그래도 좀 센 파도가 인 뒤 갑작스럽게 잔잔해졌으므로 손님들은 가슴을 쓸어내렸다. 그 안도감 때문인지 지금까지 보지 못했던 화기애애한 분위기였다. 저녁이 가까워 오자 앞으로 12시간이나 계속될 좋은 날씨의 항해를 앞두고 손님들도 그럭저럭 마음이 가라앉은 것 같았다. 그리고 밤 8시가 되자 배 안의 대식당은 마치 바다에 잘 단련된 옛 무사처럼 자신만만하게 먹고 마시는 사람들로 가득차 있었다.

그런데 식사가 반도 끝나기 전에 몸과 의자 시트의 가벼운 마찰로 이 큰 배가 또다시 흔들리기 시작했다는 것을 승객들은 알게 되었다.

처음에는 아주 조용히 좌우로 흔들렸으나, 그것만으로도 식당의 공기가 급격히 바뀌어 잔물결 같은 동요를 일으키기에 충분했다. 승객 중에는 먹고 있던 요리에서 얼굴을 번쩍 들고 걱정스러운 미소를 띠면서도 슬그머니 불안한 눈길을 던지고, 주저하면서도 다음에 올 파도를 귀기울여 기다리는 사람들도 있었다. 또 꼼짝도 하지 않고 보란 듯이 이상하게 정색하고 있는 사람들도 있었다. 그런 이들 가운데 한 사람이 이미 기운을 못 차리는 몇몇 승객을 놀려 주려고 일부러 음식과 날씨에 대해 농담을 하고 있었다. 배는 점점 심하게 흔들리기 시작하여 처음 파도의 움직임을 느낀 뒤 5, 6분도 안 되어 좌우로 크게 흔들리고 있었다. 승객들은 몸을 의자에 기대고, 자동차 안에서 커브를 꺾을 때처럼 몸을 딱 버티고 있었다.

마침내 굉장한 것이 덮쳐 왔다. 사무장의 테이블에 앉아 있던 윌리엄 보티블 씨는 네덜란드제 소스를 끼얹은, 먹다 만 가자미 접시가 눈앞에서 갑자기 미끄러지기 시작한 것을 보았던 것이다. 와아 하고 소란이 일면서 모두들 자기 접시와 포도주 잔으로 손을 뻗었다. 사무장의 오른쪽에 앉아 있던 렌쇼 부인이 소리치며 사무장의 팔에 매달렸다.

"이거 정말 굉장한 밤이 되겠군요." 사무장이 렌쇼 부인에게로 얼굴을 돌리며 말했다. "오늘 밤에는 무서운 파도가 일 것 같습니다."

그 말투는 참으로 담담했다. 급사가 달려와 접시와 접시 사이의 테이블보에 물을 뿌렸다. 이윽고 흥분은 그럭저럭 가라앉았다. 대부분의 손님들이 식사를 계속하고 있었다. 렌쇼 부인을 포함한 몇몇 사람들이 비틀거리며 일어나 달려가고 싶은 것을 감추려는 듯한 발걸음으로 테이블 사이를 지나 문 쪽으로 걸어갔다.

"아니, 그 여자가 없어졌군" 하고 중얼거리며 사무장이 그곳에 머물러 있는 사람들을 둘러보았다.

그들은 '배에 강하다'는 인정을 받게 되면 여행자들이 누구나 나타내는 그 터무니없는 자랑스러운 빛을 뚜렷이 나타내며 아주 흐뭇한 표정으로 태연하게 의자에 앉아 있었다.

　식사가 끝나고 커피가 나오자, 배가 흔들린 뒤로 전에 없이 입을 다물고 생각에 잠겨 있던 보티블 씨가 갑자기 일어나서 커피 잔을 들고 사무장 옆 렌쇼 부인이 앉아 있던 의자로 다가왔다. 그는 부인의 의자에 앉자마자 몸을 앞으로 내밀고 아주 긴장된 말투로 사무장의 귀에 속삭였다.

　"잠깐 실례합니다. 알고 싶은 일이 있는데요."

　몸집이 작고 뚱뚱한 붉은 얼굴의 사무장은 목소리를 들으려고 윗몸을 내밀었다.

　"무슨 일이십니까, 보티블 씨?"

　"내가 알고 싶은 것은……."

　사나이의 얼굴에는 아주 걱정스러운 빛이 엿보였다. 사무장은 그 얼굴을 물끄러미 쳐다보았다.

　"선장이 항행 거리를 맞히는 현상 퀴즈를 위해 이미 항정을 산출해 냈느냐 하는 일입니다. 이렇게 바다가 거칠어지기 전에 말이지요."

　언제나 개인적인 신임을 얻으려고 하는 사무장은 미소를 지으며 잔뜩 부른 배를 편히 하려고 의자에 기대었다.

　"아마 그렇게 했겠지요."

　그는 목소리를 죽일 생각은 조금도 없었지만 상대방의 말투에 끌려들어 저절로 소리를 낮추었다.

　"선장이 언제쯤 산출해냈다고 생각하십니까?"

　"오늘 오후입니다. 선장은 언제나 오후에 일을 하니까요."

　"몇 시쯤이었을까요?"

　"글쎄요, 그것은 모르겠습니다. 4시쯤이 아닐까 싶습니다만."

"또 한 가지 여쭤 볼 게 있습니다. 선장은 어떤 식으로 그것을 산출합니까? 까다로운 방법을 씁니까?"

사무장은 아주 걱정스럽게 눈살을 찌푸린 보티블 씨의 얼굴을 보고 웃었다. 이 사나이가 무슨 속셈으로 묻고 있는지 그는 잘 알고 있었기 때문이다.

"그렇습니다. 선장은 항해사와 의논한 다음, 기상과 그밖의 여러 가지 조건을 고려하여 항정을 산출해 냅니다."

보티블 씨는 고개를 끄덕이며 잠깐 동안 사무장의 말을 음미하고 있더니 이윽고 말했다.

"오늘 이렇게 바다가 거칠어지리라는 것을 선장이 예상했다고 당신은 생각하십니까?"

"글쎄요……." 사무장은 상대방의 검은 눈을 들여다보았다. 그 눈 속에는 바야흐로 흥분의 불꽃이 번쩍이고 있었다. "정말 그것만은 뭐라고 말할 수가 없군요, 보티블 씨. 그런 일은 알려고 하지도 않았으니까요."

"기후가 더 나빠지면 낮은 넘버를 사는 편이 낫겠지요? 어떻게 생각하십니까?"

사나이의 속삭임은 한층 더 초조해져 더욱 근심스러운 표정을 지었다.

"아무래도 그렇겠지요," 사무장이 말했다. "우리 선장이 오늘 밤 바다가 거칠어질 것이라는 사실을 예상하고 있었는지 어떤지 그건 알 수 없는 일입니다. 아무튼 항정을 산출했던 오늘 오후에는 바다가 아주 잔잔했었으니까요."

테이블에 앉아 있던 다른 사람들은 완전히 입을 다물고, 경마장에서 조련사의 예상을 알아내려고 할 때처럼 무엇인가 알아내려고 온 신경을 집중하여 사무장을 주시하고 있었다. 조금 벌린 입, 치켜올라간 눈썹, 앞으로 몸을 내밀고 귀를 기울이고 있는 머리——경마광이 말〔馬〕의 입에서 금방 무슨 말〔言〕을 들으려고 할 때의 그 긴장되고 절반은 최면술에 걸린 듯한 얼굴 표정.

"당신이 넘버를 산다면, 오늘 같은 날에는 어떤 것을 택하겠습니까?" 보티블 씨가 낮은 목소리로 물었다.

"아직 그 범위는 모릅니다." 사무장은 끈기 있게 대답했다.

"저녁 식사 뒤 팔기 시작할 때까지는 범위를 발표하지 않지요, 사실 나는 아무것도 모릅니다. 한낱 사무장에 지나지 않으니까요."

그러자 보티블 씨는 의자에서 일어섰다.

"실례했습니다, 여러 가지로."

그는 테이블 사이를 지나 흔들리는 홀 바닥을 천천히 걸어갔다.

그는 두 번쯤 배의 흔들림에 대비하여 쓰러지지 않도록 의자 등받이를 붙잡아야 했다.

"갑판으로." 그는 엘리베이터 담당 급사에게 말했다.

갑판에 나가자마자 세찬 바람이 그의 얼굴에 정면으로 불어닥쳐 그는 자신도 모르게 비틀거리며 허둥지둥 두 손으로 난간을 꽉 붙잡았다. 그리고 그 자리에 선 채 저물어 가는 바다를 바라보았다. 큰 파도가 계속 바람을 타고 밀려와 흰 어금니를 드러내고 덤벼들었다. 마치 깃털 같은 물거품을 튀기면서……

"굉장하군요." 엘리베이터 급사가 내려가면서 말했다.

보티블 씨는 작고 빨간 빗으로 머리를 빗으며 말했다.

"날씨가 이러니 배의 속력이 많이 떨어졌겠지요?"

"그럼요, 파도가 거칠어지면서 속력이 상당히 늦추어졌습니다. 이런 날씨에는 속력이라도 늦춰야지, 그냥 달리다가는 손님들이 모두 배에서 튕겨나갈 테니까요."

아래 찻집으로 내려가 보니 경매에 참가할 사람들이 벌써 모여 있었다. 모두들 여기저기 테이블에 둘러앉아 조용히 기다리고 있었다. 디너 재킷을 걸친 남자들은 흰 팔을 드러내 놓고 침착하게 앉아 있는 동행한 부인들 옆에서 면도 자국이 파란 볼을 약간 상기시키면서 몸이 굳어져 있었다. 보티블 씨는 경매대 근처에 있는 의자에 앉았다. 커다란 결단을 내린 뒤 이제 무엇이든 덤벼 봐라 하는 듯한 긴장된 태도로 다리를 포개더니 팔짱을 끼었다.

도박금은 아마 7천 달러 안팎이 될 거라고 그는 자신에게 타일렀다. 이것은 지금까지의 이틀 동안에 한 건당 3백 내지 4백 달러로 팔린 넘버의 발매액에 해당되는 것이다. 영국 배였으므로 통화 단위는 파운드였으나, 그는 자기 나라의 달러로 생각하는 편이 계산하기 쉬웠다. 7천 달러라면 대단한 돈이 아닌가! 아니, 정말 큰 돈이다. 당첨이 되면 백 달러짜리 지폐로 지불해 주겠지. 그러면 윗옷 안주머니에 잔뜩 넣고 상륙할 것이다. 아무런 문제도 없다. 한눈 팔지 말고 링컨의 오픈카를 사러 가자. 그 차를 타고 집으로 들어가면 에셀 녀석, 어떤 표정을 지을까. 현관에 나와 차를 보게 되면? 번쩍이는 새 차, 산뜻한 초록빛 오픈카를 타고 미끄러지듯 현관 앞에 닿았을 때 에셀의 얼굴 표정을 정말 보고 싶다.

"여어, 에셀, 지금 돌아왔어. 무슨 선물을 해야겠다고 생각하며 지나가던 참이었는데, 마침 진열장에 이것이 나와 있더군. 어때, 마음에 드나? 빛깔이 좋지?" 이렇게 말해 줘야지. 그리고 나서 그 녀석이 어떤 표정을 짓는지 잘 봐 둬야지.

이윽고 테이블 뒤에서 경매인이 벌떡 일어나며 소리쳤다.

"자, 여러분! 선장은 내일 정오까지의 항정을 505마일로 산출했습니다. 여느 때처럼 거기에 10마일씩 가산하여 범위를 정하겠습니다. 따라서 505마일에서 525마일까지가 범위가 됩니다. 물론 해당 거리수가 이 범위에서 훨씬 동떨어져 있다고 생각하는 분을 위해서는 낮은 넘버를 모자에서 꺼내겠습니다. 자, 이것입니다……. 512, 512는 없습니까?"

방 안은 물을 끼얹은 듯 조용했다. 모두 의자에 우두커니 앉은 채 눈이 일제히 경매인에게로 쏠렸다. 몸이 긴장되게 하는 선뜻한 공기가 흐르고 있었다. 그리고 돈의 액수가 많아질수록 그 긴장도 점점 높아져 갔다.

이것은 게임도 농담도 아니다. 다른 사나이가 돈의 액수를 올리는 사나이의 눈초리를 쳐다보면 알 수 있다. 그렇다. 분명 그는 웃고 있다. 그러나 웃고 있는 것은 그 사나이의 입매뿐이다. 눈을 보라. 이상하게 번뜩이고 얼음처럼 차갑지 않은가?

512의 넘버는 110파운드로 낙찰이 되었다. 다음 513, 514도 거의 같은 값으로 팔렸다.

배가 심하게 흔들리고 있었다. 그리고 그때마다 벽 아랫부분에 댄 판자가 금방 부서지기라도 할 것처럼 삐걱거렸다. 손님들은 의자 팔걸이에 매달린 채 경매에 온 신경을 집중하고 있었다.

"자, 낮은 넘버권입니다!" 경매인이 소리쳤다. "드디어 낮은 넘버권입니다."

보티블 씨는 완전히 굳어진 채 의자에 다시 앉았다. 다른 사람들이 다 걸 때까지 기다리고 있다가 맨 마지막에 뛰어들어 호기롭게 걸어 줘야 하고 속으로 생각하고 있었다. 그렇다. 적어도 500달러, 아니 600달러쯤은 우리 은행 계좌에 있다고 그는 계산해 보았다. 그 정도라면 200파운드, 아니 200파운드 이상의 액수에 해당된다. 도박금도 그 이상 되지는 않을 것이다.

경매인이 설명하였다.

"여러분, 아시다시피 낮은 넘버권은 범위의 가장 아래 넘버에서 그 밑의 모든 넘버를 포함합니다. 그러므로 이 경우에는 500마일 이

하의 넘버가 모두 포함되는 셈입니다. 아시겠습니까? 이 배가 내일 정오까지의 24시간 동안에 505마일 이하밖에 가지 못한다고 생각하신다면 낮은 넘버권을 사시면 됩니다. 자, 얼마에서부터 걸까요?"

건 돈은 130파운드부터 시작했다. 보티블 씨 이외의 다른 사람들도 나쁜 날씨를 염두에 두었던 모양이다. 140파운드……, 150파운드……, 거기서 일단 정지했다. 경매인이 해머를 집어들었다.

"자, 낙찰입니다. 150파운드."

"160파운드!" 보티블 씨가 소리쳤다.

그러자 방 안의 얼굴들이 일제히 돌려져서 그에게 시선을 집중했다.

"170파운드!"

"180파운드!" 보티블 씨가 또 소리쳤다.

"190파운드!"

"200파운드!"

보티블 씨가 경합을 벌였다. 이미 멎을 줄 모르는 기세였다, 그 누구도 손을 댈 수 없을 정도로.

경합을 벌이는 소리가 딱 멎었다.

"자, 200파운드 이상 거시는 분은?"

'가만히 있어' 하고 보티블 씨는 마음속으로 중얼거렸다. '동요하지 말아라. 올려다보면 안 돼. 올려다보면 재수가 없으니까. 호흡을 멈추자. 숨을 쉬지 않는 한 아무도 경합을 벌이지 않을 테니까.'

"200파운드에 낙찰합니다……." 경매인의 분홍빛 대머리에 땀방울이 번쩍이고 있었다. "낙찰이 되겠습니다……."

보티블 씨는 숨을 죽였다.

"낙찰이 되겠습니다……. 네, 되었습니다!"

경매인은 해머로 테이블을 탕탕 쳤다. 보티블 씨는 수표를 써서 경매 보조인에게 넘겨 주었다. 그리고 의자로 돌아가 경매가 끝날 때까지 기다리고 있었다. 건 돈이 얼마인지도 모르고 선실로 자러 가기는 싫었던 것이다.

가장 끝에 있는 마지막 넘버가 팔리고 지금까지 건 돈을 합하니 모두 2천 1백 파운드가 넘었다. 약 6천 달러가 되는 셈이다. 그중 90퍼센트가 맞힌 사람들에게 돌아가고, 나머지 10퍼센트는 선원 구호 자금으로 넘어간다. 6천 달러의 90퍼센트라면 5천 4백 달러가 아닌가! 그것만 있으면 링컨의 오픈카를 사도 거스름돈이 남는다. 그는 이 멋진 계산으로 너무도 기뻐서 흥분에 싸여 선실로 돌아갔다.

다음날 아침, 보티블 씨는 잠이 깨자 눈을 감은 채 몇 분 동안 꼼짝도 하지 않고 폭풍우 소리가 이제나 들려올까, 배의 흔들림이 이제나 밀려올까 하고 조용히 기다리고 있었다. 그러나 언제까지 기다려도 폭풍이 불어오는 기미도, 배가 흔들리는 기미도 전혀 없었다. 그는 벌떡 일어나서 선창으로 밖을 내다보았다. 오, 하느님! 바다는 거울처럼 맑았다. 이 큰 배는 어젯밤에 늦었던 몫을 회복하려고 속력을 내어 파도를 걷어차며 달려가고 있지 않은가! 보티블 씨는 선창에서 몸을 떼어 침대 끝에 주저앉았다. 파고드는 듯한 공포가 마치 전류처럼 그의 몸 구석구석까지 짜릿짜릿하게 달렸다. 아, 절대로 가망이 없다. 이런 상태로 나가다가는 높은 넘버가 이길 것이다.

'오, 하느님! 나는 이제 어떻게 하면 됩니까!'

첫째로 그 에셀 녀석이 뭐라고 말할까? 배의 경매권 한 장에 자기들 두 사람이 2년 동안 저금한 돈을 거의 다 걸었다는 말은 그에게 도저히 할 수가 없었다. 그렇다고 해서 숨길 수도 없는 일이다. 숨기려면 그 녀석에게 수표를 끊지 못하도록 해야 한다. 그렇게 되면 TV와 대백과사전의 월부금은 어떻게 지불할 것인가? 격노와 경멸이 뒤

섞인 그 녀석의 눈이 그의 앞에 어른거렸다. 성이 나면 파란 눈동자가 회색으로 바뀌고 점점 가늘어져 가는 그 녀석의 눈이 훤히 보이는 것만 같았다.

'오, 하느님! 어떻게 해야 합니까!'

이렇게 되면 이 거지 같은 배가 되돌아가지 않는 한 이미 당첨될 기회는 천의 하나쯤이라고 스스로를 납득시키려 해도 불가능한 일이었다. 그가 당첨되려면 배가 방향을 돌려 최대한 빠르게 되돌아가 주지 않는 한 이제 어쩔 수 없는 일이었다. 좋아, 선장을 설득해 볼까? 금액의 10퍼센트를 제공하겠다, 아니, 원한다면 더 주어도 좋다. 보티블 씨는 소리를 죽여 웃었다. 그러나 갑자기 웃음을 멈추고 무엇에 놀란 것처럼 눈과 입을 크게 벌렸다. 그 순간 멋진 아이디어가 번개처럼 떠올랐기 때문이다. 완전히 흥분한 그는 침대에서 벌떡 일어나 갑판으로 나가 다시 한 번 바다를 바라다보았다.

그렇다. 왜 안 될 것인가? 안 될 리가 없지 않은가? 바다는 조용하고, 구조될 때까지 떠 있는 일은 간단하지 않은가? 누군가가 전에 이런 흉내를 낸 일이 있지만, 그렇다고 해서 한 번 더 하여 안 된다는 법도 없지 않은가? 그렇게 되면 배는 멈춰서서 보트를 내려야 할 것이다. 그리고 그를 건져 내기 위해 보트는 반 마일이나 뒤로 돌아갔다가 다시 배로 되돌아와 뱃전으로 끌어올려질 것이다. 모두 합치면 적어도 한 시간은 걸린다. 한 시간이라면 거의 30마일을 달릴 수 있다. 이것으로 항정은 30마일이나 줄게 되는 것이다. 바로 이것이다. '낮은 넘버권'은 틀림없이 들어맞게 될 것이다. 문제는 그가 배에서 떨어지는 것을 누가 봐줘야 하는데, 이것도 간단한 일이다. 그리고 헤엄치기 쉽도록 옷은 조금 입는 게 좋을 것이다. 운동복 차림을 하기로 정하였다. 마치 갑판에서 테니스를 칠 것처럼 차리면 된다. 그렇다. 셔츠 하나에 짧은 바지, 그리고 테니스화, 시계는 선실에 두고 가면 된다. 지금이 몇 시지? 9시 15분. 쇠뿔은 단김에 빼랬다. 자, 한 번 부딪혀 보자. 어쨌든 빨리 해야 한다. 12시가 시한이니까.

운동복 차림으로 갑판에 나온 보티블 씨는 겁을 먹으면서도 굉장히 흥분해 있었다. 작은 몸은 엉덩이 쪽이 펑퍼짐하게 퍼지고 위로 올라갈수록 가늘어졌다. 어깨는 아주 좁고 팔(八)자로 처져 있었다. 아무리 보아도 배를 연결하는 말뚝으로밖에 여겨지지 않았다. 허옇고 가는 다리에는 꺼먼 털이 많이 나 있었다. 그는 테니스화를 신고 소리도 없이 갑판으로 나왔다. 겁을 잔뜩 집어먹고……. 그러더니 그는 초조한 듯 사방을 두리번거렸다. 갑판에는 굵은 복사뼈와 거대한 엉덩이를 이쪽으로 돌리고 난간에 기대서서 바다를 바라보고 있는 중년 부인이 혼자 서 있을 뿐이었다. 페르시아 양털 코트를 입고 깃을 세우고 있었으므로 보티블 씨는 부인의 얼굴을 알아볼 수가 없었다.

그는 약간 떨어진 곳에 우두커니 서서 찬찬히 부인을 관찰하고 있었다.

'됐어, 저 여자라면 되겠지.' 그는 속으로 중얼거렸다. '저 여자라면 다른 사람이 하는 것처럼 지체하지 않고 구원을 청해 주겠지. 그러나 잠깐만 기다려, 윌리엄 보티블. 다시 한 번 깊이 생각해 보라구. 조금 전 선실에서 옷을 갈아입으며 자신에게 타이른 말을 기억하고 있지, 생각나지?'

가장 가까운 육지라 해도 수천 마일 이상 떨어져 있는 이 배에서 바다 한복판으로 뛰어들 일을 생각하면 언제나 신중한 보티블 씨가 아니더라도 조심에 조심을 거듭할 것이다. 아무튼 눈앞에 있는 저 여자가, 그가 뛰어듦과 동시에, 틀림없이 구원을 청해 주리라고 확신하는 데까지는 그리 쉽지 않았다. 그의 생각에 따르면 부인이 그를 못 볼지도 모르는 이유가 두 가지 있었던 것이다. 우선, 여자가 귀머거리에 장님인지도 모른다. 하기야 그런 일은 좀처럼 없겠지만, 그런

가능성이 조금이라도 있다면 바다에 뛰어든다는 것은 무모한 짓이 아닌가? 어쨌든 뛰어들기 전에 저 여자와 이야기를 해서 확인해 보아야 한다. 둘째는, 그 여자 자신이 높은 넘버에 걸었기 때문에 배를 세우고 싶지 않은 뚜렷한 재정상의 이유를 가지고 있을지도 모른다는 것이다. 이것은 자기 보존의 본능과 공포에 사로잡혀 있을 경우 인간의 마음이라는 것이 얼마나 믿을 수 없어지는가를 보여 주는 좋은 예다. 이때 보티블 씨는 6천 달러보다도 훨씬 더 적은 돈을 위해 사람이 살인을 하는 경우도 있다는 것이 생각났다. 그런 일은 매일 헤아릴 수 없을 정도로 많이 신문에 나고 있지 않은가! 만일 이 부인이 두 가지 이유 중 어느 하나라도 가지고 있다면 구태여 모험을 할 필요가 있을까? 우선 부딪혀서 확인해 볼 일이다. 몇 마디 말을 나누어 보면 곧 알 수 있는 일이니까. 그 결과 상냥하고 친절한 사람이라는 것을 알게 되면, 그 다음에 마음놓고 뛰어들 수 있을 것이다.

보티블 씨는 태연한 얼굴로 천천히 걸어가 그녀 옆에 다가서더니 난간에 기대었다.

"안녕하십니까?" 그는 자못 즐거운 듯이 말을 걸었다.

여자는 돌아보더니 미소를 지었다. 눈이 휘둥그레질 만큼 아름다운 미소였다. 그러나 얼굴 자체는 지극히 무표정했다.

"안녕하세요?" 여자가 말을 받았다.

'옳지, 첫째 문제는 해결되었군.' 보티블 씨는 속으로 중얼거렸다. 귀머거리도 아니고 장님도 아닌 것이다.

"저어……." 그는 곧장 핵심으로 들어갔다. "어젯밤의 경매를 어떻게 생각하십니까?"

"경매요?" 여자는 눈살을 찌푸리며 되물었다. "경매라니, 대체 무슨 경매지요?"

"하루의 항정을 산출하여 범위를 정해 넘버를 파는 그 어리석고 낡

아빠진 경매 말입니다. 저녁 식사 뒤 오락실에서 있었지요, 당신이 그걸 어떻게 생각하고 계신가 해서요."

여자는 머리를 가로젓더니 다시 미소를 지어 보였다. 그런 물음에 대답해 주지 못해 미안하다는 듯한 부드럽고 마음이 따뜻해지는 미소였다.

"나는 아주 게으름뱅이랍니다. 늘 일찍 잠자리에 들지요, 침대에서 저녁 식사를 하는걸요, 침대에서 저녁 식사를 하면 아주 편하니까요."

보티블 씨는 여자에게 미소를 지어 보이고 나서 조금씩 멀어져 갔다.

"이제부터 운동을 해야겠습니다. 아침 운동을 거른 적이 한 번도 없지요, 당신을 뵙게 되어 기쁩니다, 정말 기쁩니다……."

이때 그는 열 발자국쯤 떨어져 갔으나 여자는 저쪽을 본 채 서 있었다.

자, 다 갖추어졌다. 바다는 잔잔하고 헤엄치기 편하도록 옷도 조금만 입었다. 대서양의 이 수역에는 사람을 잡아먹는 상어도 없다. 이것은 거의 확실하다. 게다가 구원을 청해 줄 친절한 부인이 있지 않은가! 다만 그에게 유리하도록 뱃길을 되돌려 배가 마냥 늦어지게 되느냐만이 남겨진 유일한 문제였으나, 이것 역시 틀림없이 그렇게 될 것이다. 어쨌든 조금이라도 유리한 방향으로 이끌고 갈 수 있는 셈이다. 구명 보트로 끌어올릴 때 되도록 시간을 끌 수도 있지 않은가. 보트가 구조하기 위해 자기가 있는 쪽으로 다가오려고 하면 도저히 잡을 수 없는 것처럼 눈치채지 못하게 살짝 뒤로 헤엄을 칠 수도 있다. 1분 1초라도 시간을 벌면 그만큼 자기 것이 맞아들어갈 확률이 커지는 셈이다. 그는 다시 난간 쪽으로 다가갔다. 그러자 갑자기 지금까지는 생각해 보지도 않았던 공포에 사로잡혔다. 배의 프로펠러에 걸리지는 않을까? 큰 배의 뱃전에서 떨어진 사람 가운데 그런 경우를 당한 일이 많다는 이야기를 들어 왔다. 그러나 지금 그는 떨어지는 게 아니라 이쪽에서 뛰어드는 것이니까 그것과는 큰 차이가 있다. 되도록 멀리 뛰어들기만 하면 프로펠러쯤은 문제없이 피할 수 있을 것이다.

보티블 씨는 천천히 그 여자가 있는 곳에서 20야드쯤 떨어진 난간으로 다가갔다. 지금 여자는 이쪽을 보고 있지 않다. 더없이 좋은 기회다. 뛰어드는 것을 그 여자에게 보이고 싶지 않으니까. 그는 뱃전을 둘러보았다. 상당히 높았다. 이렇게 되면 수면에 정면으로 부딪혀 크게 다칠 것이 뻔하다. 이런 생각이 그제야 머리에 떠올랐다. 높은 곳에서 뛰어들었다가 정면으로 수면에 배를 맞아 위장이 찢어진 사람도 있었다. 따라서 수직으로 발부터 들어가게 뛰어들어야 한다, 나이프처럼. 바닷물은 아주 차가워 보였다. 그리고 얼마나 깊은지 납빛으로 보였다. 들여다보기만 해도 그는 몸이 오싹했다. 그러나 기회는 지금밖에 없다. 자, 사나이가 되는 거야, 윌리엄 보티블, 좋아……, 꼭 해내고 말 테다……, 지금 바로…….

그는 폭이 넓은 나무 난간 위로 기어올라가 소름이 끼칠 것 같은 3초 동안 균형을 유지하며 뭔가 망설이는 듯 서 있었으나, 이윽고 뛰어들었다. 되도록 멀리. 그와 동시에 그는 소리를 질렀다.

"사람 살려! 사람 살려! 사람 살려!"

그는 떨어지면서 소리쳤다. 그리고 물에 부딪히자 물 속으로 빠져 버렸다.

맨 먼저 이 소리를 질렀을 때 난간에 기대서 있던 부인은 깜짝 놀라 펄쩍 뛰었다. 그리고 재빨리 사방을 둘러보았다. 그러자 짧은 흰색 바지에 테니스화를 신은 아까의 그 작은 사나이가 손발을 벌린 채 소리를 지르며 바람을 가르고 떨어져 가는 것이 눈에 들어왔다. 그녀는 한순간 어떻게 해야 좋을지 모르는 것 같았다. 구명 벨트를 던져 주어야 할지, 달려가서 구원을 청해야 할지, 아니면 그냥 돌아서서 소리를 질러야 할지⋯⋯. 그녀는 난간에서 한 발자국 물러서더니 선교 쪽으로 얼굴을 돌렸다. 그리고 몇 초 동안 꼼짝도 하지 않고 긴장한 채 어떻게 할까 망설이고 있었다. 그러더니 갑자기 마음이 놓이는지 난간으로 몸을 내밀어 배가 지나온 길의 요동치는 바닷물을 들여다보았다. 그러자 곧 거품이 이는 바닷물 속에서 조그맣고 검은 머리가 나타나더니 그 위로 팔을 올려 한두 번 힘차게 손을 흔들어 신호하는 것이 보였다. 그러나 바로 그때 거기서 훨씬 떨어진 곳에서 확실히는 알 수 없지만 뭐라고 계속 불러대는 듯한 목소리가 조그맣게 들려 왔다. 여자는 떠올랐다 가라앉았다 하는 검은 점을 놓치지 않으려고 한층 더 난간으로 몸을 내밀었으나 눈 감짝할 사이에 그것은 멀어져, 있는지 없는지조차도 분간할 수 없을 정도로 멀리 사라져 버렸다.

　잠시 뒤 또 한 사람의 다른 여자가 갑판으로 나왔다. 뼈마디가 앙상하며 뿔테 안경을 쓰고 있었다. 그 여자는 먼저 있던 여자를 발견하자 노처녀 특유의 그 유유한 군대식 걸음걸이로 갑판 위를 걸어와 말을 걸었다.

　"어머나, 이런 곳에 있었군?"

　복사뼈가 굵은 여자는 돌아다보았으나 아무 말도 하지 않았다.

　"너를 찾고 있었어." 뼈마디가 앙상한 여자가 말을 계속했다. "배 안을 샅샅이 뒤졌지."

　"아주 이상해." 복사뼈가 굵은 여자가 말했다. "어떤 남자가 지금 갑판에서 뛰어 들었거든. 그것도 옷을 입은 채로 말이야."

　"바보 같은 소리 그만둬!"

　"정말이야. 그는 무슨 운동인가 한다며 바다 속으로 뛰어들었어,

옷도 벗지 않고. ”

“안으로 들어가는 게 좋겠군. ” 뼈마디가 앙상한 여자는 갑자기 입을 꼭 다물더니 날카롭고 야무진 표정으로 바뀌어, 지금까지의 상냥하던 말투가 싹 달라졌다. “앞으로 다시는 오늘처럼 혼자 갑판에 나와 있으면 안 돼! 너도 내가 찾지 않으면 큰일이라는 걸 잘 알면서 ……. ”

“알았어, 매기. ” 복사뼈가 굵은 여자가 대답했다.

그녀는 다시 미소를 지었다. 부드럽고 남을 믿고 있는 듯한 미소를. 그러더니 그녀는 상대방의 손에 잡혀 갑판 위에서 끌려가면서 말했다.

“정말 좋은 사람이었어. 나에게 손을 흔들고 있었거든. ”

Galloping Foxley
잘 나가는 폭슬리

지난 36년 동안 나는 일주일의 닷새를 8시 12분 기차로 런던으로 통근하고 있다. 이 열차는 그다지 붐비지 않는 데다 캐논 역에서 내리면 오스틴 플레이어즈에 있는 나의 사무실까지 걸어서 11분 30초밖에 걸리지 않기 때문이다.

나는 지금 통근길을 좋아한다. 이 작은 여행의 모든 것이 나를 유쾌하게 한다. 판에 박은 듯한 생활을 하고 있는 인간의 마음속에 착 다가오는 듯한 약간의 규칙성도 지니고 있을 뿐더러, 고요지만 견실한 걸음걸이로 일상에서 정해져 있는 직장이라는 큰 바다로 나를 살짝 떠밀어주는 받침대 같은 역할을 해주기 때문이다.

우리들의 작은 시골 역에는 겨우 19명 내지 20명가량의 사람들이 8시 12분 기차를 타기 위해 모여든다. 좀처럼 얼굴이 바뀌는 일이 없는데, 어쩌다 새로운 얼굴이 플랫폼에 나타나기라도 하면 마치 카나리아 새장 속에 낯선 새가 들어온 것처럼 일종의 눈에 보이지 않는 묵살과 반발의 잔물결이 일어나곤 한다.

그러나 보통 4분 전에 내가 역에 다다르면 벌써 모든 얼굴들이, 선

량하고 건실하며 10년이 하루 같은 그 얼굴들이 여느 때와 똑같은 자리에 서 있는 것이다. 오랜 세월에도 변하지 않고 또 변할 줄 모른다는 점에서 나의 거실에 있는 가구와도 같았다. 나는 바로 그런 점이 마음에 든다.

또 나는 여느 때와 다름없이 그 차 안의 창 옆 구석 자리에 앉아서 기차의 소음과 진동에 흔들거리며 〈더 타임스〉를 읽는 것을 좋아한다. 차에 타고 있는 시간은 겨우 32분이지만, 기분좋은 마사지처럼 나의 머리와 초조함을 느끼는 늙은 몸을 부드럽게 해주는 것이다. 아니, 사실이 그렇다. 마음의 안정을 유지하려면 규칙적인 생활을 하는 것이 무엇보다도 좋은 방법이다.

나의 이 작은 아침 여행도 1천 회를 거듭하고 있지만, 날이 갈수록 그 즐거움은 더해만 간다. 또——이야기가 옆길로 새는 것 같지만——재미있게도 나는 시계와 같은 존재가 되고 말았다. 이 기차가 2, 3분 또는 4분이 늦었는지 어떤지 곧 알 수가 있고, 일부러 창 밖을 내다보지 않아도 지금 어느 역에 섰는지 다 알 수 있는 것이다. 캐논역에서 나의 사무실까지의 거리는 멀지도 가깝지도 않고 알맞다. 나는 날마다 나처럼 정해진 일과표에 따라 직장으로 걸음을 재촉하는 통근자들로 붐비는 이 길을 건강을 위해 걸어가는 것이다. 부평초처럼 세상을 떠돌아다니고 있는 게 아니라, 자기 일을 계속 지켜 나가고 있는 이 흐뭇하고 훌륭한 사람들 속에 섞여 통근한다는 것은 어딘지 모르게 마음의 안정을 가져다준다. 이 사람들의 생활도 나와 다름없이 정확한 시계의 초침처럼 빈틈없이 진행되고 있으므로, 우리는 가끔 거리에서 같은 시간에 서로 마주치는 일이 있다.

예를 들어 보자. 성(聖) 스이신 골목길로 접어드는 길모퉁이에서 나는 으레 그 침착해 보이는 중년 부인을 만난다. 은테 코안경에 검은 서류 가방을 들고 있는 그녀는 일류 공인 회계사나 회사의 중역처럼 보였다. 그리고 푸른 신호등이 켜져 슬레드니들 거리를 건너갈 때면 거의 매일이라고 해도 좋을 정도로 나는 단추구멍에 언제나 다른 꽃을 꽂고 있는 신사와 마주치게 된다. 은행원이나 아니면 나와 같은 변호사가 아닐까? 지난 25년 동안 횡단보도에서 빠른 걸음으로 지나칠 때마다 우리 두 사람은 인사와 존경을 담은 시선을 몇 번이나 주고받곤 했다.

이 짧은 통근 길에서 마주치는 얼굴들은 이제 나에게 있어 거의 낯익은 것이 되고 말았다. 어느 얼굴이든 모두 선량해 보였다. 나와 같은 세계의 얼굴, 같은 세계의 사람들이다. 그들은 노동당 정부라든가, 의료 제도라든가, 그밖의 여러 가지 진보적인 생각으로 세상을 뒤바꾸려는 약아빠진 사람들의 눈에서 볼 수 있는 불안전한 눈초리나 번뜩임 등은 약에 쓰려고 해도 찾아볼 수 없는, 착실하고 묵묵히 일하는 근면한 사람들인 것이다.

이 정도로 말하면 나라는 사람이 모든 면에 있어 완전히 만족해 하는 통근자라는 걸 알았으리라 생각한다. 아니, '만족해 하는 통근자였다'고 하는 편이 보다 정확한 표현인지도 모르겠다. 지금 여러분이 읽은 이 보잘 것 없는 나의 자화상에는——이 글을 쓰기 시작했던 당초에는 사무실 사람들에게 돌려져 교훈과 그 범례로 읽게 할 생각이었다——거짓 없는 나의 마음이 솔직하게 씌어 있다. 그러나 이것을 쓴 것은 일주일 전의 일로, 그 뒤 얼마쯤 궤도에서 벗어난 일이 생긴 것이다. 정확히 말하자면 이 초고를 주머니에 넣고 런던으로 향한 지난 주 화요일 아침의 일이었다. 원고가 완성되자마자 이 사건이 일어났다는 사실, 그 우연의 일치는 너무도 신기했으므로 나로서는 신의 조화라고 볼 수밖에 없었다. 틀림없이 신은 나의 보잘 것 없는 원고를 읽으시고 스스로 이렇게 다짐하신 것 같다. '이 퍼킨스라는 사나이가 만족하고 있는 모양이군. 지금이 교훈을 내릴 시기다.' 그렇다, 틀림없이 신은 이렇게 생각했을 것이다.

그러니까 지난 주 화요일, 부활절이 지난 다음 화요일, 햇살이 밝고 따사로운 봄날 아침의 일이었다. 나는 〈더 타임스〉를 옆구리에 끼고 '만족스러운 통근자'의 원고를 주머니에 넣은 채 작은 시골 역에 발을 들여놓았을 때, 어딘가 이상하다는 느낌이 들었다. 줄지어 선 통근자들 사이로 어떤 기묘한 반발의 물결이 흐르고 있음을 느낄 수 있었기 때문이다. 나는 발걸음을 멈추고 사방을 둘러보았다.

그 낯선 사람은 플랫폼 한가운데에 우뚝 버티고 서 있었다. 다리를 벌리고 팔짱을 낀 그는 마치 보란 듯한 얼굴로 사방을 둘러보며 기회를 노리고 있는 것 같았다. 어쨌든 몸집이 크고 튼튼해 보이는 사나이였다. 게다가 등 뒤에서 보기만 해도 몹시 거만스럽고 정력적인 느낌이 들어, 도저히 우리들 세계에서는 볼 수 없는 인물이었다. 그는 박쥐 우산 대신 스틱을 짚고 있었으며, 구두는 검은색이 아니라 갈색이었고, 회색 모자를 이상하게 삐뚜름히 쓴 데다 옷차림 역시 참으로 화려하고 요란스러웠다. 이제 더 이상 관찰할 마음도 없었다. 나는 얼굴을 돌려 외면하고, 그 사람 옆을 빠른 걸음으로 지나갔다. 아까부터 싸늘해진 플랫폼의 분위기가 이러한 나의 행동으로 정말 얼어붙어 버렸으면 좋겠다고 진심으로 바랐을 정도였다.

기차가 들어왔다. 그런데 이게 어찌 된 일인가! 이 낯선 사나이가 내 뒤를 따라 내가 늘 타는 차칸으로 들어왔을 때의 그 소름끼치는 기분을 여러분은 짐작할 수 있을지 모르겠다. 지난 15년 동안 이런 행동을 한 자는 한 사람도 없었다. 이 기차를 타는 동료들은 고참권(古參權)이라고나 할까, 이른바 차 안에서의 나의 우선권을 존중해주었었다. 나만이 가지고 있는 조그마한 즐거움 가운데 하나는 적어도 한 구역은, 아니 때에 따라서는 두 구역 내지 세 구역까지 좌석을 혼자 독차지할 수 있다는 데 있었다. 그런데 이게 어떻게 된 일인가.

그 낯선 사나이가 내 맞은편 자리에 버티고 앉아 콧김도 거칠게 씩씩거리며 〈데일리메일〉을 바스락거리며 가슴이 콱 막힐 듯한 파이프 담배에 불을 붙이고 있지 않는가!

나는 읽던 〈더 타임스〉를 아래로 내리고 남자의 얼굴을 슬쩍 훔쳐보았다. 나와 거의 같은 연배로 예순두세 살쯤 되어 보이는 사나이였는데, 요즈음 셔츠 광고 같은 데서 흔히 볼 수 있는 갈색 가죽처럼 윤기 있는 얼굴이었다. 보기만 해도 구역질이 날 것 같은 핸섬한 사나이——새까만 눈썹, 날카로운 눈초리, 파이프를 힘주어 문 새하얀 이, 이를테면 사자 사냥꾼과 폴로 선수와 에베레스트 등반가와 열대 탐험가와 요트 경기 선수, 이런 것들을 다 합쳐 하나로 만든 듯한 얼굴이었다. 내 개인적인 의견이지만 아무래도 얼굴이 반반하게 생긴 남자는 믿을 수 없는 것이다. 이런 자들에게는 이 세상의 가장 얄팍한 즐거움이 손쉽게 굴러들어오기 때문이다. 게다가 이런 자들은 얼굴이 반반하게 생긴 것이 마치 자기 공이나 되는 듯 활개를 치고 다니니 도무지 당해 낼 수가 없다. 나는 여자가 아름다운 것에는 조금도 신경이 쓰이지 않는다. 여자는 남자와 다르기 때문이다. 그러나 정말 미안한 일이지만, 반반하게 생긴 남자에게는 그야말로 무조건적인 반발을 느끼는 것이다. 그런데 바로 나의 눈앞에 그런 사람이 앉아 있었다. 내가 이렇게 신문 너머로 이 사나이를 흘끔흘끔 뜯어보고 있는데 갑자기 그가 얼굴을 들었으므로 서로 눈이 마주치고 말았다.

"파이프 담배를 피우지 않으십니까?" 사나이는 파이프를 손가락으로 받치며 물었다.

그 사나이는 이 말밖에 하지 않았지만, 그 목소리는 나에게 참으로 뜻하지 않은 이상한 영향을 주었다. 나는 너무도 놀라 펄쩍 뛰어올랐던 것 같다.

나는 몸이 오싹했다. 그리고 적어도 1분쯤 그 사나이의 얼굴을 뚫어지도록 쳐다보고 앉아 있었다. 그런 뒤 제정신으로 돌아와 겨우 대답을 했다.

"나도 담배를 피웁니다. 걱정하지 마시고 어서……."

"아니, 양해를 구할까 했던 참입니다."

아아, 또 그 목소리다! 작은 속사포가 검은 딸기의 씨를 탁탁 뱉어내듯 말과 말의 이음매가 없었다. 또한 말을 아주 잘게 씹어뱉듯이 지껄이는, 뭐랄까 묘하게 정력적이면서도 어딘지 모르게 친근감 있는 목소리……. 아니, 틀림없이 이 목소리는 전에 어디선가 들어 본 일이 있다. 왜 그의 말 한마디 한마디가 나의 파묻힌 기억의 작고 부드러운 부분을 건드리는 듯한 기분이 드는지 모르겠다. 나는 이게 대체 어떻게 된 일일까 하고 속으로 중얼거렸다. 이봐, 정신차려, 이 얼마나 어리석은 짓인가?

낯선 사나이는 다시 자기 신문으로 시선을 떨구었다. 나도 마찬가지로 신문을 읽으려고 했다. 그러나 이제 완전히 침착성을 잃어 신문의 글씨가 눈에 들어오지 않았다. 그 대신, 이렇게 말하면 좀 뭣하지만, 나는 논설 페이지 너머로 줄곧 그 사나이의 얼굴을 훔쳐보고 있었던 것이다. 무척 여자를 좋아하는 듯 개기름이 번들거리고 있어 도저히 똑바로 쳐다볼 수가 없었다. 그런데 지금까지 이 사람을 본 일이 있던가? 아니, 분명히 본 듯한 기분이 들었다. 지금 이렇게 보고만 있어도 어떤 독특한, 뭐라고 말할 수 없는 고통과 폭력, 아니 공포까지 결부된 불쾌감이 치솟아오르기 때문이다.

그 뒤 이 작은 여행을 하는 동안 우리는 더 이상 한마디도 하지 않았다. 그러나 이것만으로도 나의 하루 일과가 하나에서 열까지 모조리 엉망이 되었으리라는 것은 여러분도 짐작할 수 있을 것이다. 나의 하루는 완전히 망쳐지고 만 것이다. 그리하여 사무실 서기들은 모두 한결같이 나의 가시 돋친 말에 골치를 앓았을 것이다. 특히 점심식사

후 소화가 안 된 뒤로는 한층 더 골칫거리였을 것이다.

다음날 아침 그 사나이는 스틱을 짚고 파이프를 물고 비단 스카프를 두른 구역질날 듯한 차림새로 또 플랫폼 한가운데 서 있었다. 나는 그 사나이의 옆을 지나 다른 사람――아마도 글미트라는 이름이었다고 생각되는데――옆으로 다가갔다. 이 사람은 28년 이상이나 나와 함께 여기서 통근하고 있는 주식 중개인이다. 그러나 지금까지 이렇다하게 말을 나누어 본 적은 없었다. 이 역에서는 우리 두 사람 다 아주 소심하였기 때문이다. 그러나 이러한 위기에 처하게 되면 누구든 말을 나누게 되는 법이다.

"글미트 씨, 저 사람은 대체 누구지요?" 나는 속삭이듯이 부르면서 물어보았다.

"전혀 모르겠습니다."

"불쾌한 사람이군요."

"정말입니다."

"매일 통근하는 멤버에는 어울릴 수 없는 사람 같습니다."

"정말 당치도 않은 일입니다." 글미트가 말했다.

그때 기차가 들어왔다.

이번에는 다행히도 그 사나이가 다른 차칸으로 갔기 때문에 마음이 놓였다.

그런데 다음날 아침, 나는 또 그 사나이와 같은 차칸에 타게 되었다.

"안녕하세요! 날씨가 아주 좋습니다." 사나이는 내 앞에 앉으며 말했다.

그러자 나는 또다시 머릿속에서 오래된 기억이 기분나쁘게 슬금슬금 고개를 쳐드는 것을 느꼈다. 이번에는 전보다도 한층 더 강하게 느껴져, 금방 생각날 것 같으면서도 좀처럼 떠오르지 않았다.

일주일의 마지막 통근날인 금요일이 되었다. 나는 차를 타고 역에 갔으니까 아마 비가 내렸던 것으로 기억되는데, 그것도 4월의 따스한 봄비로 겨우 5, 6분밖에 오지 않았다. 그리하여 플랫폼에 이르러 우산을 접었다. 태양이 빛나는 하늘에는 커다란 흰구름이 둥실 떠 있었다. 그러나 나의 마음은 우울했다. 이제 이 작은 여행도 나에게는 즐거움이 못 되었다. 낯선 사나이가 역시 이곳에 서 있으리라는 사실을 나는 알고 있었기 때문이다. 역시 그러했다. 그 사나이는 거기 있었다. 마치 이 플랫폼의 주인이라도 되는 듯 다리를 쩍 벌리고 서 있는 것이었다. 그리고 이번에는 짚고 선 스틱을 실없이 앞뒤로 흔들고 있었다.

저 스틱! 저것이다! 나는 총알을 맞은 것처럼 우뚝 섰다.

"폭슬리다!" 나는 입 속으로 외쳤다. "잘 나가는 폭슬리! 아직도 저 스틱을 흔들고 있단 말인가!"

좀더 잘 확인해 보려고 나는 그에게로 가까이 다가갔다. 이렇게 놀란 일은 생전 처음이었다. 바로 그 폭슬리였다. 우리는 그 사람을 '블루스 폭슬리', 또는 '잘 나가는 폭슬리'라고 불렀었다. 그를 마지막으로 만났던 것은 그러니까 내가 기껏해야 열두세 살쯤 되었을까 할 무렵으로, 아직 학교에 다니던 때였다.

마침 그때 기차가 들어왔다. 그 사나이가 다시 나의 차칸으로 들어오지 않았더라면 그야말로 하늘의 도우심이었을 텐데……. 그는 모자와 스틱을 선반 위에 얹더니 자리에 앉아 파이프에 불을 붙였다. 그리고는 작고도 차가운 눈을 들어 파이프 연기 사이로 나의 얼굴을 흘끔 쳐다보더니 말을 걸어 왔다.

"날씨가 굉장히 좋군요, 마치 여름날 같습니다."

틀림없이 그 목소리였다! 조금도 달라지지 않았다. 달라진 것이라면 이야기의 내용이 옛날에 듣던 것과 다를 뿐이다.

"좋아, 퍼킨스! 요 꾀죄죄한 녀석 같으니, 또 한 대 먹여줄 테다 ……." 그는 곧잘 이렇게 말했었다.

벌써 몇 년 전의 일인가? 그렇다, 50년이나 지난 일이다. 그런데도 놀랍게도 얼굴의 특징은 조금도 달라지지 않았다. 거만하게 위를 향한 턱, 커다랗게 뚫린 콧구멍, 남을 업신여기는 듯 노려보며 비웃을 때면 없어져 버리는 작은 눈, 상대방을 방구석으로 몰아넣고 들볶을 때 얼굴을 앞으로 내미는 그 버릇까지 똑같지 않은가! 아니, 머리칼까지 생각이 난다. 잘 버무린 샐러드처럼 기름을 더덕더덕 쳐발라 뻣뻣해 보이는 곱슬머리. 그의 공부방 작은 책상 위에는 녹색의 발모제 병이 놓여 있었다. 방을 치워야 할 때는 방 안에 있는 것을 머릿속에 잘 넣어 두어야 했으며, 또한 그곳에 있는 것은 하나에서 열까지 모두 꼴보기 싫은 것들이었다. 그 병의 라벨에는 왕실의 문장이 붙어 있고, 본드 거리의 가게 이름이 새겨져 있었다. 그리고 그 아래에 작은 활자로 '에드워드 7세 폐하의 전임 이발사'라고 씌어 있었다. 비록 왕이라 할지라도 그 사람이 대머리인데 전임 이발사라니, 어떻게 생각해야 좋을지 나는 그것이 너무도 우스워 특별히 기억하고 있었던 것이다.

아무튼 나는 좌석에 앉아 신문을 읽기 시작한 폭슬리를 쳐다보고 있었다. 50년 전에 차라리 죽어 버릴까 하고 고민했을 정도로 나를 못살게 굴었던 사나이가 겨우 1야드 앞에 앉아 있다니, 참으로 묘한 느낌이 들었다. 이 사나이는 내가 누구인지 모르고 있다. 아마도 나의 수염 때문이리라. 따라서 아무것도 걱정할 필요가 없다. 여기 이렇게 앉은 채 마음껏 저자를 관찰해도 상관없다.

지난날을 돌이켜보면, 특히 내가 1학년 때 이 블루스 폭슬리에게 가장 시달렸다. 엉뚱하게도 그것은 순전히 내 아버지 때문에 시작된 일이었다. 내가 그 전통을 자랑하는 유명한 사립학교에 입학한 것은

12살 반 되는 때였다. 분명히 기억한다. 1907년이었다. 실크햇에 모닝코트 차림으로 아버지는 나를 역으로 데려다 주었다. 아버지와 내가 나무 상자와 트렁크가 산더미처럼 쌓여 있고 수많은 상급생들이 떠들어대는 플랫폼에 서 있을 때였다. 그가 갑자기 우리 아버지의 등을 힘껏 밀었으므로 아버지가 하마터면 쓰러질 뻔했던 것을 나는 생생히 기억하고 있다. 근면하고 위엄 있던 자그마한 몸집의 아버지는 홱 돌아서더니 그 학생을 꽉 붙잡았다.

 "이놈, 이 학교에선 예의범절을 이렇게 가르치더냐?"

 그렇다, 적어도 아버지보다 머리 하나는 더 큰 그 소년은 입을 다문 채 '흥' 하고 업신여기는 표정으로 아버지를 내려다보았다.

 "사과하는 것이 도리가 아닐까?" 아버지가 노려보면서 말했다.

 그러나 그 소년은 아주 거만한 웃음을 입가에 띤 채 코 끝으로 다루듯 아버지를 내려다보고 있을 뿐이었다. 그때도 그의 턱은 앞으로 쑥 나와 있었다.

 "너는 나를 떠밀었어. 버릇없는 건방진 녀석 같으니!" 아버지는 계속 말하였다. "너 같은 학생은 이 학교에서 예외이기를 바란다. 우리 아들이 이런 본을 받을까 두렵군."

 그러자 이 몸집이 큰 소년은 내 쪽으로 고개를 돌렸다. 그리고 거의 맞붙다시피한 작고 차가운 두 눈으로 나의 눈을 내려다보았다. 그때는 별로 무섭지 않았다. 사립학교에서 상급생이 하급생에 대해 어떤 권력을 가지고 있는지 전혀 몰랐으므로 나는 진심으로 존경하는 아버지 편을 들기 위해 눈을 흘겨 주었던 것을 기억하고 있다.

 아버지가 무슨 말인가를 더 계속하자 그 소년은 홱 돌아서더니 혼잡한 플랫폼의 사람들 속으로 사라져 버렸다.

 블루스 폭슬리는 결코 이 일을 잊지 않았다. 게다가 운 나쁘게도 학교에 들어가자 그와 한 기숙사를 쓰게 되었다. 그보다 더 난처했던 일은 방까지도 함께 쓰게 된 것이었다. 그는 최상급생으로 완벽한 '두목'——우리는 그를 그렇게 부르고 있었다——이었다. 그러므로 기숙사 안의 하급생을 공공연히 때려도 상관없었다. 그와 같은 방을 쓰게 되자 더 말할 나위도 없이 나는 그의 전용 노예가 되어 버렸다. 나는 그의 종이고, 요리사이고, 하인이고, 심부름꾼이었다. 어쩔 수 없는 경우를 제외하고는 그가 손가락 하나 까딱하지 않도록 온갖 시중을 다 들어 주는 것이 나의 의무였다. 내가 아는 바로는 학교의 두목이 급사에게도 시키지 않을 일을 가엾은 꼬마 하급생에게 강제로 시키는 사회는 아마 사립학교밖에 없을 것이다. 서리가 내릴 것 같은 추운 날이나 눈 오는 날에는 매일 아침 빼놓지 않고 아침식사가 끝난 뒤 폭슬리가 화장실——난방이 되어 있지 않은 별채였다——에 들어오기 전에 변기에 앉아 따뜻하게 녹이는 일까지 해야만 했다.

그는 곧잘 흐트러진 모습으로 묘하게 으스대며 방 안을 돌아다니곤 했는데, 그러다가 앞에 의자라도 놓여 있으면 그것을 힘껏 걷어찼다. 그러면 내가 얼른 뛰어가 그것을 붙잡아야 했던 일도 있었다. 그는 비단 셔츠를 입고 있었다. 그리고 늘 비단 손수건을 팔에 감고 있었다. 구두는 로브——거기에도 왕실의 문장이 새겨져 있다——라는 사람이 만든 것이었다. 앞이 뾰족한 구두였는데, 그것이 반짝반짝 빛날 때까지 매일 아침 뼈로 닦는 일도 나의 임무 가운데 하나였다.

그중에서도 가장 좋지 않은 추억은 탈의실과 관련된 일이었다.

잠옷에 침실용 슬리퍼를 신고 갈색 낙타 털로 짠 가운을 몸에 걸친 안색이 좋지 않은 꼬마가 넓은 방 한가운데에 서 있는 모습이 나의 눈앞에 생생히 떠오른다.

천장에 늘어져 있는 전깃줄에 전등이 하나 켜져 있을 뿐 사방 벽에는 검정과 노란색의 축구복이 땀내를 온 방 안에 풍기며 매달려 있었다. 그리고 잘 여문 씨앗을 탁탁 뱉어내는 듯한 메마른 목소리가 들려 왔다.

"자, 어느 쪽이지? 가운을 입은 채로는 여섯 번이야, 그것을 벗으면 네 번이고."

나는 어떻게 대답해야 좋을지 알 수 없었다. 두려움으로 제정신이 아니었다. 나보다 큰 소년이 군침을 삼키며 가느다란 흰 스틱으로 천천히 과학적이고 숙련된 솜씨로 헛치는 일 없이 작은 나를 무섭게 후려칠 것이다. 그러면 피가 터져나올 것이다. 나는 그 생각만으로도 머리가 가득차서 더러운 마룻바닥을 멍청히 내려다보고 서 있는 것이 고작이었다. 다섯 시간 전에 그의 방에 불을 피워 놓지 못했기 때문이었다. 나는 내 돈으로 불붙이는 특제 상자를 사서 신문지를 돌돌 말아들고 아궁이 앞에 앉아 불판 밑으로 후후 불었다. 그런데도 석탄은 타오르지 않았던 것이다.

"이봐, 그렇게 고집부리며 입을 다물고 있으면 내가 어느 쪽을 택하라고 정해 줄 테다." 그 목소리가 말했다.

나는 어느 쪽을 택해야 할지 알고 있었으므로 있는 힘을 다해 대답하려고 애썼다. 이런 경우에 처하면 알아 둘 일이 한 가지 있다. 가운 위로 두 번 더 맞는 편이 낫다는 것이다. 그렇지 않으면 상처를 입게 될 게 뻔한 일이다. 가운을 입고 세 대 맞는 편이 벗고 한 대 맞는 것보다 훨씬 나은 것이다.

"가운을 벗고 저쪽 구석으로 가! 발끝을 붙잡아. 알았어? 네 대친다!"

나는 할 수 없이 가운을 벗어서 신발장 위에 놓았다. 그리고 알몸에 면으로 된 잠옷만을 걸친 채 추위에 덜덜 떨며 구석 쪽으로 슬슬 걸어갔다. 발소리도 없이. 마치 환등화(幻燈畫)처럼 갑자기 주위가 환해졌다. 흐릿하게 멀리 사라져 가는 주위의 모습을 보고 있노라니, 이 방 전체가 터무니없이 커져서 이 세상의 것이 아닌 것처럼 생각되었다. 그리고 눈에 괴는 눈물로 방이 이리저리 흔들리는 것이었다.

"자, 발끝을 붙잡아! 더 엎드려, 더!"

그는 내가 있는 탈의실 구석 쪽으로 다가왔다. 나는 다리 사이로 거꾸로 비치는 그의 모습을 쳐다보고 있었다. 그러다가 층계를 두 단 내려간 곳에 있는 '세면 복도'로 이어지는 문 밖으로 그의 모습이 사라져 갔다. 돌바닥 복도의 한쪽 벽에는 세면기가 죽 늘어서 있고, 그곳을 지나가면 욕실이었다. 폭슬리가 보이지 않게 되자, 그 복도의 안쪽까지 갔다는 것을 나는 알았다. 이것이 폭슬리가 늘 쓰는 방법이었다. 이윽고 저만큼에서 세면기와 타일을 울리며 앞을 향해 질주해 오는 구두 소리가 돌바닥 위로 울려 왔다. 그리고는 두 단의 계단을 뛰어올라 탈의실로 달려들어왔다. 마침내 얼굴을 앞으로 내밀고 스틱을 높이 치켜든 그가 껑충껑충 나를 향해 돌진해 오는 것이 다리 사이로 보였다. 아아, 이 순간 나는 체념으로 눈을 감고 이제나저제나 후려치는 소리를 기다리며, 무슨 일이 있어도 몸을 일으켜서는 안 된다고 스스로에게 타일렀다.

정말 호되게 맞아 본 사람이라면 실제로 맞은 뒤 8초나 10초쯤 지나기 전에는 통증이 느껴지지 않는다는 사실을 잘 알 것이다. 타격은 다만 쿵 하고 큰 소리를 내어 등에 와 부딪히며 온몸이 저려 올 뿐이다. 총알을 맞았을 때도 그렇다고 한다. 그러나 그 뒤가 문제이다. 오오, 하느님! 마치 새빨갛게 달군 인두를 발가벗은 궁둥이에 철썩 댄 듯한 느낌…… 저절로 허리가 펴지고, 저도 모르게 궁둥이 쪽으로 손이 갈 수밖에 없는 것이다.

폭슬리는 이 아픔이 오는 시간 차이를 잘 알고 있었다. 그러므로 한 번 때리고 나서 15야드쯤 천천히 물러서면, 마침 다음 일격이 가해지기 전에 아까 맞았을 때의 아픔이 최고조에 이른다. 즉 그는 타격의 간격을 잘 체득하고 있었던 것이다.

이미 네 대째가 되면 나는 몸을 일으켜 버리고 만다. 도저히 참을 수 없었던 것이다. 인내의 한계점에 도달한 인간의 자동적인 방위 본능이었다.

"뭐야!" 폭슬리가 소리쳤다. "지금 것은 계산에 넣지 않겠다. 알겠어? 자, 발끝을 붙잡아."

그 다음 매를 맞을 때는 나의 복사뼈를 꼭 움켜쥐고 있었던 일이 생각난다.

가까스로 그 모든 일이 끝나면 그는, 내가 몸을 웅크리고 엉덩이를 손으로 부여잡고 가운을 입으러 걸어가는 모습을 지켜보았다. 그러나 나는 언제나 등을 돌리고 있었으므로 내 얼굴을 볼 수는 없었다.

그렇게 내가 탈의실에서 나가려고 하면 으레 "어이! 이리 와!" 하고 불러세웠다.

그때 나는 이미 통로로 나가 있었다. 그리하여 그 자리에 선 채 돌아보며 문 앞에서 기다리고 있었다.

"이리 와 봐, 이리로 오라니까! 뭐 잊어 버린 것 없어?"

그때 나의 머릿속에 있는 생각이란 오직 타는 듯한 엉덩이의 아픔 말고는 아무것도 없었다.

"너는 나를 떠밀었어. 버릇없는 건방진 녀석 같으니!" 그는 나의 아버지 목소리를 흉내내며 말하는 것이다. "이놈, 이 학교에선 예의 범절을 이렇게 가르치더냐?"

"정말……고……고맙습니다." 나는 더듬거리며 말했다. "정말……고맙습니다……때……때려 주셔서……."

그런 다음에야 가까스로 아픔을 참으며 캄캄한 계단을 올라가서 기숙사로 돌아갔다. 모든 일이 다 끝나고 통증도 차츰 가라앉으면, 기숙사 친구들이 모두 모여들어서 누구나 한번은 겪은, 이 같은 괴로운 경험에서 오는 그 무뚝뚝한 동정심으로 열심히 위로해 준다. 그러면 나의 마음도 훨씬 편해지는 것이다.

"어이, 퍼킨스, 어디 좀 보자."

"몇 대나 맞았어?"

"다섯 대지. 잘 들리던걸."

"어디 맞은 데를 좀 보여 줘."

나는 잠옷을 느슨하게 걸친 채 이 방면에 노련한 동료들이 나의 상처를 엄숙하게 살펴보는 동안 줄곧 서 있었다.

"좀 지나치게 떨어져 있지 않아? 폭슬리의 여느 때 방법과는 좀 다른데."

"두 개는 붙어 있어. 자, 잘 봐. 겹쳐져 있지. 아아, 이건 굉장한데."

"아래쪽 것은 못쓰겠군."

"그 녀석은 세면 복도의 안쪽까지 가서 스타트했니?"

"정신차리지 않았다고 한 대 더 맞았구나!"

"제기랄, 그 녀석은 너를 노리고 있어, 퍼킨스!"

"피가 조금 나왔어. 씻어야겠는데."

그러고 있는데 문이 활짝 열리며 폭슬리가 나타났다. 그러자 모두들 거미 새끼 흩어지듯 순식간에 흩어져 이를 닦기도 하고 기도를 드리는 척하기도 했다. 나는 잠옷 바지를 느슨하게 걸친 채 방 한가운데에 서 있었다.

"무슨 짓을 하고 있었어!" 폭슬리는 자기 작품을 흘끗 쳐다보더니 말했다. "퍼킨스, 잠옷 잘 입고 빨리 자!"

이것이 하루의 끝인 것이다.

일주일을 통해 나 개인의 시간이라고는 1분도 없었다. 내가 공부방에서 소설을 읽고 있거나, 우표 앨범을 펴놓고 있는 것을 폭슬리가 보면 그 자리에서 일을 시키는 것이었다. 비 오는 날이면 그가 잘 시키는 일이 있었다.

"이봐, 퍼킨스, 들에 피는 붓꽃을 책상 위에 꺾어다 놓으면 아름답겠지? 어때?"

붓꽃은 오렌지 연못가에나 피어 있었다. 그 오렌지 연못에 가려면 길로 2마일, 들판으로 반 마일을 걸어가야만 한다. 나는 의자에서 일어나 비옷을 입고, 밀짚모자를 쓰고, 우산을 들고――그것도 나의 박쥐 우산이었다――그 끝없는 외로운 길을 떠났던 것이다. 외출할 때면 밀짚모자를 써야 했는데, 비를 맞으면 곧 못쓰게 되므로 모자를 지키려면 아무래도 그 박쥐 우산이 필요했다. 그런데 붓꽃을 찾기 위해 둑을 기어올라가는 동안에 우산을 들고 있을 수가 없었다. 그리하여 꽃을 찾는 동안 우산을 땅바닥에 세워 놓고 그 안에 모자를 넣어두었으므로 나는 으레 감기에 걸리곤 했다.

그러나 뭐니뭐니해도 가장 두려웠던 것은 일요일이었다. 일요일에는 공부방을 청소하기로 되어 있었다. 아아, 그날 아침의 공포가 생생하게 되살아나는 것 같다. 마치 미친 사람처럼 먼지를 털고 걸레질을 한 다음, 폭슬리의 검열을 기다리고 있는 그 기분…….

"끝난 거야?" 그가 물었다.

"네, 끝났습니다……."

그는 자기 책상 서랍이 있는 곳까지 어정어정 걸어가 흰 장갑을 한 짝 꺼내 오른손에 끼었다. 그리고는 흰 장갑을 낀 손가락이 벽에 걸린 액자 위, 문기둥, 선반, 창틀, 램프갓 등등 방 안을 샅샅이 훑어가며 움직이고 있는 것을 나는 그 자리에 선 채 덜덜 떨며 지켜보고 있었던 것이다. 그 흰 손가락 끝에서 시선을 떼려고 애를 썼지만 그렇게 할 수가 없었다. 바로 그 손가락이 나에게는 지옥의 사자였다. 언제나 그것은 내가 못 보았든가 생각지도 못했던 조그마한 먼지를 찾아내는 것이었다. 그러면 폭슬리는 입술이 헤벌어지며 미소라고는 할 수 없는, 몸이 움츠러들 듯한 일그러진 웃음을 띠고 천천히 내 쪽으로 돌아서서 흰 손가락 끝에 골고루 묻은 먼지를 보란 듯이 세워 보였다.

"흥, 너는 게으름뱅이야, 그렇지?"

나는 대답할 말이 없었다.

"이봐, 그렇지?"

"저는 거기도 깨끗이 청소한 줄 알았습니다."

"네가 더러운 게으름뱅이냐고 묻고 있는 거야!"

"그, 그렇습니다."

"그러나 너의 아버지는 네가 그런 아이가 되기를 바라지는 않을걸, 어때? 너의 아버지는 특히 예의범절에 대해서는 잔소리가 많으니까, 안 그래?"

나는 대답할 수가 없었다.

"너의 아버지가 예의범절에 대해 잔소리가 많은지 묻고 있는 거야!"

"네, 그……그렇다고 생각합니다."

"그러니까 내가 너에게 벌을 준다면 너의 아버지를 기쁘게 해주는 결과가 되겠지?"

"모르겠습니다."

"몰라?"

"네."

"좋아, 이따 만나자. 기도가 끝난 다음 탈의실로 와."

그 뒤의 시간은 저녁때를 기다리는 괴로움으로 가득차게 된다.

아아, 지금도 그 모든 일이 눈앞에 환히 떠오른다. 일요일은 또 편지 쓰는 날이기도 했다.

어머니, 아버지께.

편지는 잘 받아 보았습니다. 그 뒤로도 안녕하시리라고 믿습니다. 저는 비를 맞아 감기가 든 일 말고는 아주 건강합니다. 감기도 곧 나을 겁니다.

우리는 어제 슈르즈베리를 했는데, 4대 2로 이겼습니다. 저는 구경하고 있었는데, 우리 방 책임자인 폭슬리가 한 점 넣었습니다. 과자는 잘 받았습니다. 그럼, 또 쓰기로 하고, 오늘은 이만.

윌리엄 올림

대개 나는 화장실에서 편지를 썼다. 아니면 신발장이 있는 곳이나 욕실에서. 폭슬리의 눈에 띄지 않는 곳이면 어디든 좋았다. 그러나 시간에 신경을 써야만 했다. 차(茶) 시간인 4시 30분까지는 폭슬리의 토스트를 만들어 놓아야 했기 때문이다. 이 토스트를 만드는 것은 매일의 일과였다. 주말에 공부방에 불을 피울 수 없었으므로 하급생들은 각자 자기네 두목들의 토스트를 만들기 위하여 포크를 손에 든 채 어떻게든 비집고 들어가려고 도서실의 작은 불 둘레에 몰려들었던 것이다. 이런 조건 아래에서도 폭슬리의 토스트는 첫째 바삭바삭할 것, 둘째 조금도 태우지 말 것, 셋째 4시 30분 정각에 따뜻한 것을 먹을 수 있게 할 것. 이 가운데 하나만이라도 어기게 되면 '채찍 형벌'에 처해지는 것이다.

"야아, 뭐야, 이게?"

"토스트입니다."

"뭐? 이게 토스트라고?"

"네……."

"너 같은 게으름뱅이는 토스트 하나 제대로 못 만드는구나."

"열심히 했습니다."

"게으름뱅이 말에게는 어떻게 하는지 알고 있나, 퍼킨스?"

"아니요."

"너는 말이냐?"

"아니요."

"너는 말은 말인데 토끼 말이구나, 하하하! 자격이 충분히 있어. 야아, 이따 만나자!"

오오, 이런 나날의 괴로움이여! 폭슬리의 토스트를 태우면 두말할 것도 없이 '채찍 형벌'이었다. 축구화의 흙을 터는 일을 잊어 버리면 '형벌', 축구할 때 입는 셔츠를 잊어 버리고 걸지 않아도 '형벌', 폭슬리의 우산을 잘못 접어 놓아도 '형벌', 그가 공부하고 있을 때 방문을 세게 닫아도 '형벌', 목욕물이 너무 뜨거워도 '형벌', 그의 교련복 금단추를 닦아 놓지 않았다고 '형벌', 그의 공부방을 어질러 놓았다고 '형벌'. 아무튼 폭슬리에 관한 한 나는 '형벌' 속에서 살았다.

나는 차창으로 눈길을 돌렸다. 이제 슬슬 내려야겠군. 기차를 타고 있는 동안 내내 나는 이런 두서없는 옛 기억에 빠져 있었던 것이다. 〈더 타임스〉조차도 펴지 않았다. 폭슬리는 나의 바로 앞자리에 벌렁 기대앉아 아직도 〈데일리메일〉을 읽고 있었다. 그의 파이프에서 솟아오르는 파란 연기 너머 신문 위로 그의 얼굴 윗부분이 나와 있었다. 반짝이는 작은 눈, 주름진 이마, 기름을 바른 머리.

나는 다시 생각에 잠겼다. 그를 바라보고 있으니 뭔가 기묘한 느낌, 가슴이 두근거리는 기분에 사로잡혔다. 이제는 그가 무서운 사람이 아니라는 것을 잘 알고 있다. 그러나 옛 상처가 남아 있는 한 그의 옆에 있으면 무언가가 통증을 느끼게 하여 조금도 마음이 편치 않은 것이다. 그렇다, 마치 길이 잘 든 호랑이와 한 우리 속에 함께 살고 있는 듯한 기분이었다.

이런 바보 같은 일이 있을 수 있을까? 나는 자신에게 말했다. 정신차려. 네가 마음만 먹으면 이 자리에서 맞대 놓고 나는 이러이러한 사람이라고 말할 수도 있는 것이다. 그래도 이 녀석은 나에게 손가락질 하나 할 수 없을 것이다. 어떤가, 이건 정말 멋진 일이 아닌가!

그러나 잠깐, 기껏해야 그뿐이 아닌가! 그런 짓을 하기에는 이미 나이를 너무 먹었고, 이제는 저 녀석을 정말 미워하고 있는지 어떤지조차 분명치 않았다.

그럼, 어떻게 하면 좋을까? 이렇게 바보처럼 저 녀석을 노려보고 앉아 있을 수만은 없지 않은가.

마침 이때 심술궂은 생각이 떠올랐다. 나는 스스로에게 말했다. 너는 앞으로 다가앉아 상대방의 무릎을 가볍게 두드리며 자신이 누구인지를 가르쳐 주고 싶은 거야. 그리고 저 녀석의 얼굴을 자세히 쳐다보는 것이다. 학교 시절의 이야기를 한 가지 해주자. 차 안에 있는 사람들의 귀에 잘 들리도록 큰 소리로, 저 녀석이 나에게 어떤 행패를 부렸던가를 농담 섞어 가며 들려 주어서 저 녀석으로 하여금 그때 일을 기억해 내도록 만드는 거야. 탈의실에서 있었던 '채찍 형벌'을 자세히 폭로하여 저 녀석을 좀 골려 줄까? 조금쯤 초조하게 만들어 상대방을 못살게 굴어도 대단한 해는 되지 않을 것이다. 우선 그처럼 통쾌한 일이 어디 있겠는가.

그때 갑자기 그가 눈을 올려떴기 때문에 물끄러미 쳐다보고 있던 나의 눈과 마주쳤다. 이것으로 두 번째였다. 그리고 상대방의 눈에 초조한 빛이 떠오른 것을 나는 알아차렸다.

'좋아' 하고 나는 마음속으로 중얼거렸다. '공격하자. 그러나 아주 즐겁고 예의바르게 행동하지 않으면 안 된다. 그러는 편이 훨씬 효과적이고, 저 녀석을 난처하게 만들 수 있을 테니까.'

그래서 나는 미소를 띠고 정중하게 고개를 끄덕여 보였다. 그리고는 목소리를 돋우어 말했다.

"실례지만 나를 소개하겠습니다." 나는 몸을 앞으로 내밀고 상대방의 반응을 놓칠세라 뚫어지게 그 얼굴을 들여다보았다. "나는 퍼킨스라고 합니다. 윌리엄 퍼킨스, 1907년 레프튼 스쿨에 다닌 일이 있지요."

차 안의 사람들이 조용해졌다. 나는 그 사람들이 귀를 기울이며 무슨 일이 일어날까 기다리고 있다는 것을 직감으로 알 수 있었다.

"아아, 이렇게 뵙게 되어 정말 반갑습니다." 상대방은 신문을 무릎 위에 놓으며 말했다. "나는 포테스큐라고 합니다. 조슬린 포테스큐. 1916년 이튼 스쿨을 졸업했지요."

Skin
피부

그해 1946년의 겨울은 좀처럼 물러가지 않았다. 벌써 4월인데도 얼어붙을 듯한 바람이 시내를 스쳐 지나고 하늘에는 눈 모양의 구름이 떠 가고 있었다. 돌리오리 노인은 데 리보리 거리의 한길을 아주 가련하게 터덜터덜 걷고 있었다. 그는 추위에 몸을 떨며 때묻은 코트로 몸을 감싸고 있어 마치 오그라든 고슴도치처럼 보였다. 그의 눈과 머리 윗부분만이 깃을 세운 코트 위로 나와 있었다.

음식점의 문이 열리자 그 안에서 닭찜 냄새가 은은히 밖으로 흘러나와 노인의 위장에 통증을 주듯 스며들었다. 그는 계속 걸었다. 가게의 진열장에 있는 갖가지 물건을 흥미없는 눈으로 바라보았다. 향수, 실크 넥타이, 셔츠, 다이아몬드, 도기, 골동품, 호화로운 책 등. 그 다음에는 화랑이 있었다. 그는 예전부터 화랑을 좋아했다. 그 화랑의 진열장에는 유화가 한 점 걸려 있었다. 그는 그 자리에 멈춰서서 잠깐 그림을 올려다보았다. 그러더니 조금 걷다가 또 돌아보았다. 한순간 머뭇거리더니 다시 쳐다보았다. 그러자 문득 뭔가 마음에 걸리는 것을 느꼈다. 기억의 움직임, 먼 옛날의 추억 같은 것, 어디서 본 듯한 느낌. 다시 한번 그 그림을 자세히 쳐다보았다. 그것은 풍경화였다. 나무들이 마치 굉장한 바람을 받고 있는 듯 한쪽으로 휘어져서 포개져 있고, 하늘은 소용돌이 모양의 구름으로 덮여 있다. 이마에 작은 금속제 푯말이 붙어 있었다——'샤임 스친(1894~1943)'.

돌리오리는 뚫어지도록 그 그림을 쳐다보며, 대체 이 그림의 어디가 본 듯한 느낌을 갖게 하는지 곰곰 생각하고 있었다. 대단한 그림이라고 생각했다. 뛰어나고, 색다르며, 일종의 광기마저 엿보였다. 하지만 역시 좋군……. 샤임 스친……, 스친…….

"아아, 그렇다!" 노인은 갑자기 소리쳤다. "칼마크다! 그렇지, 맞아. 그 귀여운 칼마크가 파리의 훌륭한 제1급 화랑에 그림을 내고 있다니! 이거 아주 놀랐는데!"

노인은 얼굴을 진열장에 갖다대었다. 그는 남자아이를 머릿속에 떠올린 것이다. 그래, 생생하게 떠오른다. 그런데 그것은 언제 일이었던가, 언제 일이었던가?…… 그 다음은 좀처럼 생각해낼 수가 없었다. 꽤 오래 전의 일이었다. 얼마나 되었을까? 20년? 아니 벌써 30년 전의 일이 아닐까……. 잠깐, 그렇다. 그것은 전쟁이 일어나기 전해의 일이었다. 제1차 세계대전, 1913년, 그해였다. 그때 그는 스친——그 보기 흉하고 작은 칼마크, 늘 귀여워했던, 무뚝뚝하고 언제나 무슨 생각에 잠겨 있는 듯한 남자아이——에게 연정을 갖지 않았는가 할 정도로 귀여워했다. 그러나 그것도 특별히 깊은 이유가 있었기 때문은 아니었다. 다만 그 아이에게 그림 재주가 있었기 때문이었다. 정말 잘 그렸었지! 그 당시의 일이 점점 뚜렷이 눈앞에 떠올랐다. 그 더러운 길거리……. 쓰레기통이 줄지어 늘어서 있고, 코를 막고 다닐 정도로 지독한 썩은 냄새가 나며, 갈색 고양이가 소리도 없이 쓰레기통 위를 건너다니기도 하고, 이웃의 뚱뚱한 여자들이 축축한 문 앞 돌계단 위에 걸터앉아 돌을 깐 길 위로 굉장히 무거운 듯

다리를 내던지고 있었다. 그중 어느 거리였던가? 그 아이가 살던 곳은 어디였던가?

시테 파기엘, 거기였다! 노인은 자못 만족스러운 듯이 몇 번이고 고개를 끄덕였다. 이름을 생각해낸 것이 무엇보다도 기뻤다. 그리고 의자가 꼭 하나뿐인 아틀리에. 그 아이가 자는 데 사용하던 더러워진 빨간 소파, 주정꾼들의 술잔치, 싸구려 백포도주, 심한 말다툼, 그리고 늘 고민에 싸여 말없이 그림을 그리고 있던 그 아이의 어두운 얼굴.

아무래도 이상하다고 돌리오리 노인은 마음속으로 중얼거렸다. 갑자기 이제 와서 이렇게 생생하게 그때의 일이 생각나는 것은…… 작은 사건 하나하나가 생각날 때마다 꼬리를 물고 또 다른 생각이 떠오르는 것이었다.

이를테면 그 문신의 난센스도 그렇다. 그렇지, 그것이야말로 쓸개 빠진 짓까지는 아니었지만, 어쨌든 다른 일은 그만두고, 그것은 무슨 일이 계기가 되었더라? 아아, 그렇지, 그날은 돈이 들어왔다. 그래, 맞아, 그것으로 포도주를 많이 사들였었지. 그날 병을 싼 꾸러미를 양쪽 옆구리에 끼고 아틀리에 입구로 들어가던 자신의 모습을 상기해 보았다.

그 아이는 화가 앞에 앉아 있었고, 그의 아내는 방 한가운데에 서서 포즈를 취하고 있었다.

"오늘 밤에는 축배를 들자!" 돌리오리가 말했다. "우리 셋이서 작은 축하연을 열자, 셋이서만."

"대체 무슨 축하지요?" 그 아이가 돌아보지도 않고 물었다. "나와 결혼할 수 있도록 당신이 부인과 이혼하기로 했습니까?"

돌리오리가 말했다.

"아니, 오늘은 돈이 많이 들어왔어. 그것으로 축하연을 여는 거야."

"그리고 나는 한 푼도 벌지 못했어요. 그것도 함께 축하합시다."

"마음대로 하렴."

돌리오리는 테이블 옆에 서서 꾸러미를 풀고 있었다.

너무 지쳐서 한시라도 빨리 포도주를 마시고 싶었다. 하루에 9명의 고객이라면 괜찮은 편이다. 그러나 사람의 눈에도 한계가 있는 이상, 그것은 맥도 못출 정도로 지치는 일이었다. 손님이 9명이나 되다니, 이런 일은 지금까지 한 번도 없었다. 술취한 군인이 9명, 게다가 운이 좋게도 그중 7명이 현금으로 지불해 주었다. 그래서 돈벌이가 더 좋았던 것이다. 그러나 덕분에 눈이 몹시 피로했다. 돌리오리의 눈은 피로한 나머지 반쯤 찌그러진 것처럼 보였다. 흰자위 부분에 모세혈관이 수없이 엉켜 있었다.

그리고 두 눈의 1인치쯤 떨어진 뒷부분이 쿡쿡 쑤시고 아팠다. 그러나 이미 밤이었으며 또 돼지처럼 주머니가 두둑해졌다. 꾸러미 안에는 술병이 세 개——마누라를 위해 한 병, 친구를 위해 한 병, 그리고 자신을 위해 한 병——들어 있었다. 병따개를 가져와서 마개를 열었다. 하나씩 딸 때마다 펑 하고 작은 소리가 났다.

그 아이는 그림 붓을 놓더니 말했다. "아아, 이래서야 어디 일을 할 수 있겠나!"

여자는 방을 가로질러 그 그림을 보러 왔다. 돌리오리도 그 옆까지 다가갔다. 한 손에는 병을 들고, 또 한 손에는 잔을 들고.

"안 돼요! 보지 말아요! 안 된다니까요!"

소년은 갑자기 화가 나서 소리쳤다.

갑자기 그는 이젤에서 캔버스를 떼더니 벽 쪽으로 돌려세웠다. 그러나 돌리오리는 보고 말았던 것이다.

"굉장히 훌륭하군."

"대단해요." 여자도 말했다.

"정말, 아주 훌륭해. 네가 늘 그리는 거나 마찬가지로 훌륭해. 나는 네 그림은 다 좋아하지."

"곤란한 것은 그림이란 아무 영양도 될 수 없으므로 먹을 수 없다는 겁니다."

소년은 얼굴을 찡그리며 말했다.

"그러나 정말 멋있어!"

돌리오리는 노르스름한 백포도주를 잔에 가득 따라서 소년의 손에 건네주었다.

"자, 마셔, 즐거워질 테니까!"

그는 지금까지 이렇게 불행한 사람은 본 일이 없다는 것을 절실히 느꼈다. 이처럼 음울한 얼굴은 본 적이 없었다. 그는 7개월 전 어떤 까페에서 혼자 마시고 있는 소년을 보았던 것이다. 그리고 그의 용모가 어딘지 러시아 인이나 아시아 인을 연상시켰으므로 돌리오리는 이 아이의 테이블에 앉아 말을 걸어 보았다.

"너는 러시아 인이냐?"

"네."

"어디?"

"민스크."

돌리오리는 와락 그를 끌어안으며 자신도 그곳 태생이라고 외쳤다.

소년이 말했다.

"하지만 사실은 민스크가 아닙니다. 바로 옆이긴 하지만."

"거기가 어딘데?"

"시미로비치, 민스크에서 12마일쯤 떨어진 곳이지요."

"아아, 시미로비치!" 돌리오리는 또 소리를 지르며 그 아이를 끌어안았다. "나도 어렸을 적에 몇 번이나 거기까지 걸어간 일이 있단

다."

그리고 그는 다시 의자에 앉아 소년의 얼굴을 물끄러미 호감을 가지고 바라보았다.

돌리오리가 말했다.

"자세히 보니까, 너는 서부 러시아 사람으로는 보이지 않는구나. 꼭 타타르 인 같아. 아니면 칼마크든가, 칼마크와 똑같군!"

그리하여 지금 돌리오리는 아틀리에에 선 채 이 소년이 포도주가 든 잔을 기울여 단숨에 들이키는 모습을 바라보고 있는 것이었다.

사실 이 소년은 칼마크 인과 같은 얼굴을 지니고 있었다. 넓적한 얼굴에 광대뼈가 툭 튀어나오고 아무렇게나 솟은 듯한 큰 코, 넓은 볼은 머리 옆에 튀어나와 있는 귀로 인해 더 넓어 보였다. 게다가 가는 눈에 검은 머리, 그리고 칼마크 인 특유의 두툼한 입술을 지니고 있었다.

그러나 손만은 전혀 딴판이었다. 그리하여 그는 소년의 손을 볼 때마다 놀라는 것이다. 그 손은 작고 새하얘서 귀부인의 손을 연상케 했다. 게다가 손가락이 유난히 섬세했다.

소년이 말했다.

"더 주세요, 축배를 드는 거라면 제대로 해야지요."

돌리오리는 포도주를 공평하게 따르고 나서 의자에 앉았다. 소년은 낡아빠진 긴의자에 돌리오리의 부인과 나란히 앉아 있었다. 포도주 병 세 개는 세 사람이 있는 마룻바닥 위에 놓여 있었다.

"우리 오늘 밤에는 마음껏 마시자!" 돌리오리는 말했다. "내가 보기 드물게 부자가 되었으니까. 지금부터 나가서 술을 더 사오려고 하는데, 몇 병이나 있으면 될까?"

"여섯 병. 한 사람 앞에 두 병씩." 소년이 말했다.

"좋아. 그럼, 이제 가서 사 오지."

"저도 같이 가겠습니다." 소년이 말했다.

돌리오리는 소년과 가까이 있는 카페에 가서 백포도주를 여섯 병 샀다. 그리고 둘이서 아틀리에로 돌아왔다. 돌리오리는 술병을 마룻바닥 위에 두 줄로 늘어놓고 나서 여섯 병 모두 마개를 따 버렸다. 그리고 셋이 모여앉아 마시기 시작했다. 돌리오리가 입을 열었다.

"이런 식으로 축하 술을 마실 수 있는 사람은 정말 부자가 아니면 어림도 없어."

"정말입니다. 그렇습니까, 조시?"

"그래요."

"기분이 어떻지요, 조시?"

"멋있어."

"돌리오리와 헤어지고 나와 결혼해 주지 않겠습니까?"

"안 돼요."

돌리오리가 말했다.

"맛있는 술이군. 이런 술을 마실 수 있다니, 굉장한 특전이야."

세 사람은 조용히, 마치 술을 즐기는 듯 조용히 취기가 돌도록 마셨다. 그러는 동안 여느 때와 달라진 점은 별로 없었지만, 그래도 역시 어떤 정해진 관례에 따라 하나의 분위기를 조용히 유지하며 여러 가지 화제를 꺼내 이야기를 나누면서 즐겁게 마시고 있었다. 술은 그 맛을 음미하며 천천히 마시는 일이 무엇보다도 중요하다. 그렇게 함으로써 술을 마시고 취할 때까지의 훌륭한 세 단계를 즐길 수 있는 여유가 생기는 법이다. 특히——돌리오리에게는 한층 더——이 세 단계 가운데 몸이 붕 떠올라 다리가 자기 것이 아닌 듯 느껴지는 단계를 즐기는 데 있어서는 그것이 필요하다. 돌리오리는 술에 취한 세 단계 가운데 이것이 가장 견뎌내기 힘들었다. 자기 자신의 발 끝을 내려다보면 그 발이 저만큼 있어, 대체 저것이 누구 발인가 하고 이상스럽게 생각되며, 또 저렇게 떨어져 있는 마룻바닥에 붙어서 무엇을 하고 있는 것일까 생각하기도 하는 것이다.

잠시 뒤 불을 켜려고 돌리오리는 의자에서 일어섰다. 이때 다리가 자기 몸에 붙어서 움직이는 것이 이상하게 느껴질 정도였다. 특히 그 다리가 바닥에 닿는 것을 전혀 느낄 수 없고, 마치 공중을 둥둥 떠가고 있는 듯한 묘한 즐거움이 있었다.

그리고 방 안을 이렇다할 일도 없이 서성거리다가 벽 쪽으로 돌려 놓은 캔버스를 슬쩍 들여다보곤 했다.

"이것 봐, 내 말 좀 들어 봐, 나에게 좋은 생각이 있어." 그는 말을 꺼냈다.

돌리오리는 방을 가로질러 긴 의자 앞에서 몸을 비틀거리며 섰다.

"듣거라, 나의 사랑하는 칼마크여!"

"뭔데요?"

"나에게 멋진 생각이 있어. 듣고 있는 거야, 응?"

"나는 조시의 이야기를 듣고 있습니다."

"내 이야기를 들어 봐. 부탁이야. 너는 내 친구지. 민스크에서 온 보기 흉한 작은 칼마크, 게다가 너는 위대한 예술가야, 나에게는. 나는 그림이 하나 필요해. 아름다운 그림이……."

"다 드리지요. 여기 있는 것을 다 드리겠어요, 저거. 다만 내가 부인과 이야기할 때는 말 좀 시키지 말아 주십시오."

"아니야, 안 돼. 아무튼 내 이야기를 들어. 내가 말하는 것은 늘 내가 가지고 있을 수 있는 그림을 뜻하는 거야, 언제까지나……어디를 가든……무슨 일이 일어나든……나의 옆에 있는……너의 그림이……."

돌리오리는 앞으로 다가가더니 소년의 무릎을 잡고 흔들었다.

"어쨌든 내가 하는 말을 들어 다오, 부탁이야!"

"들어 줘요." 여자가 말참견을 했다.

"네가 나의 피부 위에 그림을 그려 줬으면 좋겠어. 나의 등에 말이야. 그리고 그 그림을 파서 문신으로 해 다오. 그러면 언제까지나 나의 등에 남아 있을 테니까."

"무슨 생각을 하는 겁니까, 대체?"

"문신을 하는 방법은 내가 가르쳐 줄게. 그런 일쯤 식은 죽 먹기니까. 아이들도 할 수 있는 일이지."

"나는 아이가 아닙니다."

"부탁이야……."

"아니, 머리가 어떻게 된 모양이군요. 대체 어떻게 하라는 말입니까? 무엇 때문에 그렇게 하라는 거지요?" 그는 술로 검게 빛나고 있는 움직이지 않는 돌리오리의 눈을 물끄러미 살피듯이 들여다보았다. "대체 어떻게 된 일입니까?"

"너 같으면 식은 죽 먹기야! 문제없이 해낼 수 있어!"

"문신을 하라는 말인가요?"

"그렇지, 문신을 하는 거야. 내가 단 2분 동안에 가르쳐 주지."

"당치도 않습니다!"

"너는 내가 하는 말을 못 알아듣겠다는 거냐?"

물론 소년이 그런 뜻으로 한 말이 아니라는 것은 확실한 일이었다. 문신에 관한 한 이 세상에서 돌리오리만큼 상세히 알고 있는 사람도 없기 때문이다.

바로 한 달 전에 어떤 사나이의 배 전체에 깜짝 놀랄 만큼 섬세한 솜씨로 갖가지 꽃모양을 새겨 넣은 것도 바로 이 돌리오리가 아니었던가! 또 가슴털이 북실북실 나 있는 손님에게 곰의 그림을 파 넣어, 마치 가슴털이 곰 털처럼 보이도록 해준 것도 그가 아니었던가! 그리고 남자의 팔에 여자를 그리고 그 자태를 참으로 알맞은 장소에

정교하게 파 넣어, 사나이가 팔을 오므렸다폈다할 때마다 근육이 움직이면서 새겨 넣은 그림이 살아 있는 것처럼 놀라운 재주를 부리게 해준 것도 그가 아니었던가!

소년이 말했다.

"내가 말하는 것은 당신이 취했기 때문에 그런 생각을 한 게 아닌가 하는 겁니다."

"조시를 모델로 해도 좋아. 조시를 나의 등에 그리는 거야. 마누라를 내 등에 그려 넣어서는 안 된다는 법이라도 있나? 안 그래?"

"조시를요?"

"응, 그래."

자기 아내의 이야기를 꺼내기만 해도 소년의 두껍고 짙은 입술이 헤벌어지고 떨리는 것을 돌리오리는 잘 알고 있었다.

"싫어요." 여자가 말했다.

"조시, 부탁이야. 자, 이 병을 줄 테니 다 마셔 버려! 그러면 당신도 모든 걸 다 알게 될 거야. 이것은 참으로 굉장한 생각이야. 이토록 멋진 생각이 떠오르다니, 생전 처음이야."

"무슨 생각인데요?" 여자가 물었다.

"당신 모습을 저 아이가 나의 등에 파 넣는다는 생각이지. 아니, 나에게 그만한 자격이 없다는 건가?"

"나의 모습을요?"

"누드, 정말 좋겠는걸."

소년이 말했다.

"누드는 안 되겠어요!"

"아니야, 멋진 생각이야."

돌리오리는 말했다.

"정말 돌았군요."

여자가 말했다.

"하지만 이것은 하나의 아이디어입니다. 아무튼 축배를 들 만한 일입니다."

소년이 거들었다.

또 술 한 병을 비웠다. 이윽고 소년이 말했다.

"안 돼, 역시 나는 문신을 새길 수 없습니다. 그 대신 당신 등에 조시의 그림을 그려드리지요. 그러면 목욕을 하지 않는 한 그림이 등에 남아 있을 테니까. 일생 동안 목욕만 하지 않는다면 당신은 언제까지나 지니고 있을 수 있습니다, 살아 있는 한은."

"바보 같은 소리 하지 마!" 돌리오리가 말했다.

"아니, 그것이 좋겠습니다. 당신이 목욕을 하면, 그날부터 당신은 나의 그림의 가치를 인정하지 않게 되었다는 것을 알 수 있게 될 테니까요. 당신이 나의 예술을 어느 정도 평가하고 있는지, 참으로 좋은 테스트가 되겠군요."

"말도 안 되는 소리예요." 여자가 말했다. "이 사람은 당신의 예술을 굉장히 존경하고 있으니까 몇 년이고 씻지 않을 거예요. 그러니 문신으로 해주세요. 하지만 누드는 안 돼요."

"그럼, 얼굴만이라도?" 돌리오리가 말했다.

"문신 같은 건 도저히 할 수 없습니다!"

"참으로 간단한 일이야. 내가 2분이면 가르쳐 줄 수 있어. 자아, 두고 보라구. 이제 내가 가서 도구를 가지고 올게, 바늘과 잉크를. 여러 가지 잉크를 가지고 있지. 네가 가지고 있는 그림물감의 가짓수만큼이나 있어. 색깔도 그보다 더 아름답고……."

"도저히 안 되겠습니다."

"잉크가 잔뜩 있어. 안 그래, 조시? 여러 가지 색깔이 있지?"

"네, 그래요."

"이제 두고 봐. 내가 가서 가지고 올 테니까."

돌리오리는 의자에서 일어나 위태로운 걸음으로, 그러나 단호한 표정으로 방을 나갔다. 30분 뒤 돌리오리는 돌아왔다.

"모조리 다 가지고 왔어!" 갈색 슈트케이스를 흔들며 그는 소리쳤다. "문신에 필요한 것이 여기 다 들어 있지."

그는 가방을 테이블 위에 놓더니 그것을 열었다. 그리고 전기침과 잉크가 든 작은 병을 꺼내 죽 늘어놓았다. 전기침을 소켓에 꽂고 도구를 손에 든 다음 스위치를 눌렀다. 윙 하는 낮은 소리를 내며 도구 끝에서 4분의 1인치쯤 튀어나와 있는 바늘이 무서운 속도로 아래위로 움직였다.

"자, 잘 봐. 내가 하는 일을 잘 보라구. 얼마나 쉬운가 한 번 보란 말이야. 나의 팔에 무늬를 그려 볼 테니까. 자⋯⋯."

그의 팔 아랫부분은 이미 파란 물감으로 잔뜩 덮여 있었지만, 그는 설명하기 위해 아직 희게 남은 피부의 일부를 골라냈다.

"우선 잉크를 고른 다음——보통 파란 것을 쓰는데——바늘 끝에 이렇게 잉크를 묻히는 거야. 그렇지. 그런 다음 바늘을 꼿꼿이 세워 피부 표면에 대고 가볍게 움직이면 되지⋯⋯. 자, 이런 식으로 ⋯⋯. 그러면 이 작은 모터와 전기로 바늘이 아래위로 움직이면서 피부를 통해 잉크가 들어가는 거야. 봐, 문제없지? 보란 말이야. 이렇게 그레이하운드의 그림을 나의 팔에, 이렇게 그리는 거야⋯ ⋯."

소년은 조금 흥미를 느낀 모양이었다.

"아, 그렇구나. 그럼, 이번에는 내가 연습을 해보지요. 당신 팔에."

윙 하고 울리는 바늘로 그는 돌리오리의 팔에 파란 선을 그리기 시작했다.

"아주 쉽군요. 펜과 잉크로 그리는 것과 똑같은데요. 조금도 다름이 없어요. 좀 느릴 뿐이지." 소년은 말했다.

"식은 죽 먹기야. 그럼, 다 준비됐지, 이제 시작해 볼까?"

"네, 곧."

"모델!" 돌리오리가 소리쳤다. "조시, 이리로 와."

그들은 완전히 흥분하여 열중했다. 방 안을 분주하게 뛰어다니며 그 둘레를 치우고 준비하는 모습은 마치 새 게임을 위해 기대에 찬 가슴을 두근거리고 있는 아이들 같았다.

"모델을 어디에 세울까? 어디가 좋을까?"

"저기가 좋겠군요. 나의 옷장 앞에 세워 주세요. 머리를 빗고 있는 포즈, 머리를 어깨까지 풀어 늘어뜨리고 브러시로 빗고 있는 모습을 그리겠습니다."

"아, 그거 멋있군. 역시 너는 천재야!"

여자는 그다지 마음이 내키지 않는 표정으로 방을 가로질러 가더니 옷장 앞으로 걸어갔다, 손에 포도주 잔을 든 채.

돌리오리는 셔츠를 벗어던지고 바지까지 벗었다. 그는 팬티와 양말에 구두를 신은 모습으로 좌우로 몸을 흔들며 버티고 섰다. 그의 작은 몸은 희고 탄력이 있어 보였으며 털은 거의 없다고 해도 좋을 만큼 얼마 안 되었다.

그가 말했다.

"됐나? 내가 캔버스야. 캔버스를 어디에 놓을 텐가?"

"언제나 같은 곳, 이젤 위에 올려놓겠습니다."

"바보 같은 소리는 그만둬! 내가 캔버스잖나!"

"그러니까 이젤 위에 올라앉으면 될 게 아닙니까. 거기가 당신 자리니까요."

"아니, 어떻게 해야 올라앉을 수 있지?"

"당신은 캔버스예요, 아니에요?"

"그야 캔버스지. 점점 더 캔버스가 된 듯한 기분이 드는데."

"그러면 이젤 위에 올라앉으십시오. 뭐, 어려울 것도 없습니다."

"아니야, 아무래도 그건 무리야."

"그럼, 의자에 앉으세요. 뒤를 보고. 그러면 취한 머리를 의자 등에 기대도 될 테니까. 자, 어서 앉으십시오. 곧 시작하겠습니다."

"나도 다 준비되었네. 자, 해봐."

"그럼 먼저 그냥 그림을 그립니다. 그래서 이 그림이 마음에 들면 문신으로 하겠습니다."

굵은 화필로 소년은 발가벗은 남자의 등 가득히 그림물감을 칠하기 시작했다.

"야아……." 돌리오리가 소리를 질렀다. "커다란 지네가 등골을 달리고 있군!"

"가만히 있어야 합니다. 자, 움직이지 말고."

소년은 능숙한 솜씨로 문신을 파는 데 지장이 없을 정도의 파르스름하고 투명한 물감만을 써서 부지런히 붓을 움직였다.

그는 일단 그림을 그리기 시작하면 무엇에 홀린 듯 완전히 주의를 집중하여, 이상하게도 술기운까지 초월해 버리는 것이다. 붓을 꽉 움켜쥐고 팔 전체를 움직여 짧고 재빠른 터치로 손목도 구부리지 않고 불과 30분도 되기 전에 그는 밑그림을 완성했다.

"자, 다 됐습니다." 그는 여자에게 말했다.

여자는 긴의자가 있는 곳까지 가더니 의자에 누워 그대로 잠들어 버렸다.

돌리오리는 줄곧 눈을 뜨고 있었다. 그는 소년이 바늘을 들어 잉크에 적시고 있는 것을 지켜보고 있었다. 그리고 바늘이 등의 피부에 닿자 날카롭고 근질근질한 통증을 느꼈다. 그다지 심하지는 않았지만, 결코 기분좋은 것은 못 되었다. 잠들 수도 없어, 바늘의 움직임이며 소년이 사용하는 갖가지 잉크 빛을 바라보며 자기 등에 어떤 그림이 이루어질 것인가 머릿속으로 그려 보는 일이 즐거웠다. 소년은 놀라울 만큼 열심히 일을 진행시켜 가고 있었다. 그는 작은 도구와, 그것을 사용하여 낼 수 있는 훌륭한 효과에 완전히 열중해 있었다.

새벽녘까지 그 작은 기계는 윙윙 소리를 내며 소년의 일을 진행시켰다.

"아아, 됐다!"

소년이 등에서 한 발자국 물러났을 무렵에는 이미 완전히 날이 밝아, 바깥 길에 사람들이 걸어가던 일을 돌리오리는 지금도 생생히 기억하고 있었다.

"나에게도 좀 보여 줘."

돌리오리는 소년이 거울을 비스듬한 각도로 들어 올렸으므로 목을 뒤로 바짝 젖히고 바라보았다.

"으음, 대단한걸!" 그는 소리쳤다.

정말 경탄할 만한 것이었다. 등 전체가 어깨에서 등골 맨 밑에까지 눈부신 산뜻한 빛으로 빛나고 있었다. 금빛으로, 초록빛으로, 파란 빛으로, 검은빛으로, 그리고 새빨간 빛으로, 아주 정성들여 문신을 새겼기 때문에 그림이 입체적으로 보였다. 소년은 밑그림을 되도록 충실히 쫓아, 터치 사이사이에 빈틈없이 여러 가지 색깔을 칠해 메워 버린 것이다. 그리고 척추와 튀어나온 어깨뼈를 교묘하게 이용하여 작품을 효과적으로 완성시킨 그 솜씨는 참으로 놀랄 만했다.

더욱이 시간이 많이 걸리는 꼼꼼한 방법을 택했음에도 자연의 분방함이 멋지게 표현되어 있었다. 이 초상화는 마치 살아 있는 듯 생생한 느낌을 주었는데, 그의 다른 작품에서도 찾아볼 수 있는 소용돌이치듯 화폭을 휘감고 있는 스친만의 독특한 깊은 아픔이 잘 드러나 있었다.

그 그림은 모델과 똑같지는 않았다. 사실적이라기보다는 분위기를 표현하고 있는 그림이었다. 모델의 얼굴은 어딘가 술에 취한 듯한 느낌을 주었으며, 머리 뒤쪽의 배경은 양감 있는 암녹색으로 소용돌이치는 곡선의 터치로 메워져 있었다.

"야아, 정말 굉장하군!"

"나도 마음에 듭니다." 소년은 뒤로 물러서서 감상하듯 바라보며 말했다. "그렇습니다. 이것은 서명을 해도 부끄럽지 않겠습니다."

그는 다시 바늘을 들더니 빨간 잉크로 돌리오리의 오른쪽 신장 윗부분에 서명을 했다.

돌리오리는 마치 무엇에 취한 사람처럼 그 자리에 우두커니 선 채 화랑의 진열창 속에 걸린 그림을 들여다보고 있었다.

이미 오래 전의 일이다. 모두 다른 세계에서 일어난 듯한 착각을 갖게 한다.

그리고 그 소년은 그 뒤 어떻게 되었을까?

그 무렵, 그렇다. 전쟁에서 돌아와 보니 소년이 없었다. 그는 아내 조시에게 물어보았다.

"나의 귀여운 칼마크는 어떻게 되었지?"

"가 버렸어요. 어디로 갔는지는 몰라요. 그러나 화상이 그 아이를 보자 더 많은 그림을 그리게 하려고 세레로 데리고 갔다는 말이 있긴 했어요."

"그래? 다시 돌아올지 모르겠군."

"그래요, 돌아올지도 몰라요. 나로선 뭐라고 말할 수 없지만."

이것이 그 아이에 대한 마지막 말이었다. 그 뒤 얼마 있다가 두 사람은 뱃사람이 많아 장사가 잘 된다는 르아브르 항구로 이사를 간 것이다.

노인은 르아브르 시절을 생각하고 자신도 모르게 미소를 지었다. 그 무렵은 참 좋았었다. 다시 전쟁이 시작되기 전까지 그들은 부둣가 근처에 아늑한 방을 빌려 살았다. 일거리도 많아서 매일 세 명 내지 다섯 명의 뱃사람들이 몰려와 팔에 문신을 해 달라고 했었다. 정말 그때는 즐거운 나날이었다…….

그 뒤 제2차 세계대전이 터져 조시는 죽고, 나치스가 찾아와 그의 장사도 끝장이 난 것이다. 그 뒤로 아무도 팔에 문신을 해 달라는 사람이 없었다.

그때는 이미 다른 장사를 하기에는 나이가 너무 많았다. 생각다못하여 그는 가까스로 다시 파리로 돌아왔으나, 큰 도회지에 가면 어떻게 되겠지 하는 막연한 희망도 덧없이 깨어져 버렸다.

지금 전쟁은 끝났지만, 자기의 작은 장사를 다시 시작할 만한 기력도 없을 뿐만 아니라 준비도 할 수 없었다. 앞으로 대체 어떻게 해야 된단 말인가? 남에게 구걸을 할 수 없는 사람으로서는 더욱 괴로운 일이었다. 그밖에 다른 어떤 방법이 있단 말인가…….

그림을 물끄러미 들여다보며 그는 '아아, 그랬었구나' 하고 속으로 중얼거렸다. '이것이 나의 귀여운 칼마크다.'

기억이라는 것은 아주 작은 일에서 여러 가지 사실을 불러일으켜 주는 것인지도 모른다. 조금 전까지만 해도 그는 자신의 등에 있는 문신을 잊어버리고 있지 않았던가. 벌써 몇 년이나 잊어 버리고 있었는지 모른다.

그는 진열창에 얼굴을 다시 한 번 들이대고 화랑 안을 들여다보았다. 벽에 다른 많은 그림들이 걸려 있는 것이 보였다. 그 그림도 다 같은 화가의 그림인 듯싶었다. 화랑 안에는 많은 사람들이 돌아다니며 그림을 구경하고 있었다. 그렇다, 이것은 특별전시이다. 돌리오리는 갑자기 충동에 이끌려 발길을 돌리더니 문을 밀고 안으로 들어갔다.

그곳은 두터운, 포도주 빛깔의 카펫이 깔려 있는 길다란 방이었다. 이 얼마나 따뜻한 방인가! 사방의 그림을 보고 있는 많은 사람들은 깨끗하고 품위 있는 이들이었으며, 모두 손에 카탈로그를 들고 있었다.

돌리오리는 문 바로 안쪽에 서서 머뭇머뭇 사방을 둘러보고 있었다. 눈 딱 감고 들어가서 저 사람들 틈에 낄까 하고 망설이고 있는데 옆에서 누가 말을 걸어 왔다.

"무슨 일이시지요?"

목소리의 주인은 검은 모닝 코트를 입고 있었다. 그는 뚱뚱한 데다 키가 작고, 몹시 흰 얼굴에 살이 디룩디룩 쪘으나 기운이 없어 보였으며, 입 양쪽 볼의 살덩어리가 스파니엘 개처럼 축 늘어져 있었다. 그는 돌리오리의 바로 옆까지 오더니 다시 말했다.

"무슨 볼일이 있소?"

돌리오리는 우두커니 서 있었다.

"이봐요, 나의 화랑에서 나가 줬으면 좋겠소."

"내가 그림을 보면 안 됩니까?"

"나가 달라고 하지 않소!"

돌리오리는 한 발자국도 뒤로 물러나지 않았다. 갑자기 분노가 가슴속에서 불타올랐다.

"공연히 성가시게 굴지 말아요! 자, 어서 나가시오." 사나이가 말했다.

그는 통통한 흰 손으로 돌리오리의 팔을 움켜잡더니 문 쪽으로 밀어내기 시작했다.

이렇게까지 당하고 보니 더 이상 참을 수가 없었다. 돌리오리는 소리쳤다.

"야, 이 새끼야, 손 놓지 못해!"

그 목소리는 이 긴 화랑 구석구석까지 울려퍼졌다. 사람들의 얼굴이 일제히 이쪽을 보았다. 깜짝 놀란 많은 시선들이 방 여기저기서 이 소리를 낸 사람에게 일제히 쏠렸다. 그의 동료 한 사람이 달려왔다. 두 사람은 돌리오리를 양쪽에서 붙잡아 문으로 끌어내리려고 했다. 사람들은 우두커니 선 채 세 사나이가 시비를 벌이고 있는 모습을 바라보고 있었다.

"무슨 일이지? 우리에겐 별로 위협이 안 되는데. 어, 벌써 끝났군."

그들의 표정은 그다지 대수롭지 않다는 듯이 이렇게 말하고 있었다.

"이봐, 나도 말이야……." 돌리오리는 아직도 소리를 지르고 있었다. "나도 이 화가가 그린 그림을 가지고 있어! 그 녀석이 나에게 준 그림을 여기 가지고 있단 말이다!"

"미쳤군."

"머리가 돌았어. 보통 미치광이가 아니야."

"경찰을 부르는 게 좋겠는데."

돌리오리는 갑자기 몸을 홱 돌리더니 두 사나이를 뿌리치고 물러났다. 그를 막지 않는 틈을 타서 화랑 저쪽으로 뛰어가며 소리쳤다.

"자, 보여 주지! 보여 주겠어!"

그는 코트를 벗어던지자 재킷과 셔츠까지 벗어 버렸다. 그리고 사람들 쪽으로 등을 돌려 댔다. 숨을 헐떡거리며 돌리오리는 소리쳤다.

"어때! 알았나! 이걸 잘 보라구!"

갑자기 마치 물을 끼얹은 듯 방 안이 조용해졌다. 그곳에 있던 많은 사람들이 일제히 움직임을 멈추고, 뜻하지 않은 충격에 사로잡힌 듯 꼼짝도 않고 서 있었다. 그들은 모두들 이 문신의 그림을 들여다보았다. 타오르는 듯한 선명한 빛깔은 여전히 등에 남아 있었으나, 노인의 몸이 완전히 여위었으므로 양쪽 어깨뼈가 전보다 튀어나와 그림에 이상한 주름이 잡혀 일그러져 보였다.

누군가가 입을 열었다.

"이거 놀라운데. 사실이군요⋯⋯."

그러자 이 노인의 주위는 다가온 사람들의 탄성과 흥분으로 온통 소란의 도가니였다.

"틀림없습니다!"

"이것은 그의 초기 화풍입니다."

"야아, 정말 대단한데요."

"그리고 여기 보십시오, 서명까지 있습니다."

"좀 앞으로 숙여 보십시오. 그렇지요, 그림이 평평해지도록."

"이건 언제 그린 것입니까?"

"1913년." 돌리오리는 돌아보지도 않고 말했다. "1913년 가을입니다."

"그런데 스친에게 대체 누가 문신을 가르쳤지요?"

"내가 가르쳤소."

"그리고 이 여자는?"

"나의 아내요."

화랑 주인이 사람들을 헤치고 돌리오리 옆으로 다가왔다. 그는 완전히 냉정해져 조심스럽게 입가에 미소를 띠고 말했다.

"무슈, 그것을 내가 사겠습니다."

이 사나이가 입을 움직일 때마다 얼굴에 붙어 있는 축 늘어진 살덩이가 디룩디룩 움직이는 것이 돌리오리의 눈에 띄었다.

"내가 사겠다고 말했습니다. 무슈."

돌리오리가 슬쩍 물었다.

"아니, 어떻게 살 작정이오?"

"그 그림에 20만 프랑을 지불하지요."

화상의 눈은 어둡고 작았다. 납작한 콧부리가 실룩실룩 움직이고 있었다. 주위 사람들 가운데 누군가가 중얼거렸다.

"그만두는 게 좋을 거요. 그것은 20배의 값어치가 있으니까."

무슨 말을 하려고 입을 열었던 돌리오리의 입에서는 목소리가 나오지 않았다.

그는 다시 입을 다물어 버렸다. 이윽고 다시 입을 열어 천천히 말했다.

"하지만 어떻게 이것을 팔 수가 있겠소?" 그는 두 손을 들었다가 천천히 양쪽으로 힘없이 내렸다. "그래, 이것을 어떻게 해야 팔 수 있겠소?"

이 세상의 모든 슬픔이 노인의 목소리에 담겨 있는 듯싶었다. 사람들은 서로 말을 주고받았다.

"그래, 팔 도리가 없잖아. 어쨌든 이 노인의 몸이니까."

"그러나 들어 보시오." 화상은 노인 곁으로 다가서며 말했다. "나는 당신을 부자로 만들어 드리겠소. 그리고 이 그림에 대해서는 서로 타협을 하는 거요. 어떻습니까?"

돌리오리는 천천히 그에게 경계하는 시선을 던졌다.

"그래, 어떤 방법으로 사겠단 말이오? 그리고 사면 또 어떻게 할 거지요? 어디에다 둘 겁니까? 오늘 밤에는 어디에 놓지요? 그리고 내일은 또 어디에?"

"아, 그렇군요. 어디에 넣어 두느냐? 글쎄요, 어디가 좋을까?……어디가……. 그렇지……, 저어……." 화상은 희고 굵은 손가락 끝으로 코 위를 탁탁 두드리며 말했다. "그렇군요, 아무래도 내가 그림을 사게 되면 당신도 함께 인수해야 할 테니…… 이건 형편이 좋지 않군요," 그는 잠깐 생각하더니 또 코 위를 두드렸다. "이 그림도 당신이 죽기 전에는 값어치가 없는 셈이구료. 연세가 어떻게 되었소?"

"61살이오."

"그래도 아주 건강해 보이는데……, 어떻소?"

화상은 코에서 손을 내리고 늙은 말을 평가하는 농부 같은 눈초리로 노인을 바라보았다.

"나는 이런 것은 딱 질색이오." 돌리오리는 뒷걸음질쳤다. "정말이오. 나는 아주 질색이오, 이런 것은."

계속 뒤로 물러나던 노인은 뒤에 서서 그의 어깨에 손을 얹어 받치고 있던 키 큰 사람의 두 팔을 밀어 버렸다. 돌리오리는 돌아서서 당황하며 사과를 했다. 그를 내려다보고 있던 사나이는 얼굴 가득 미소를 띠고 있었다. 그는 노인의 노출된 어깨 언저리를 자못 안심시키려는 듯 카나리아 빛 장갑을 낀 손으로 가볍게 두드렸다. 그 사나이가 노인에게 말을 걸었다.

"내 말을 들어 보십시오. 어떨까요?"

그는 여전히 미소를 띠고 있었다.

"당신은 수영을 하거나 일광욕하기를 좋아합니까?"

돌리오리는 깜짝 놀라 사나이를 올려다보았다.

"맛있는 음식과 볼드의 빨간 포도주는 어떻습니까?"

군데군데 금니가 번쩍거리는 투명한 흰 잇속을 드러내 보이며 사나이는 여전히 미소를 띠고 있었다. 그리고 조용하고 부드러운 어조로 말을 계속했으며, 돌리오리의 어깨에는 줄곧 그 장갑을 낀 손이 놓여 있었다.

"어떻소, 지금 말한 것이 마음에 드시오?"

"그야……, 나도……물론……." 돌리오리는 마치 꿈이라도 꾸고 있는 것 같은 투로 말했다. "좋아하지요."

“그리고 아름다운 여자들에게 둘러싸여……. ”

“그것도 좋지요. ”

“그리고 당신의 칫수에 맞춘 특별 양복과 셔츠가 옷장에 하나 가득
……. 지금 보아하니 입고 있는 옷에도 좀 불편을 느끼고 있는 것
같은데……. ”

돌리오리는 다음 제안을 기다리며 그 정체를 알 수 없는 멋쟁이 신
사를 바라보고 있었다.

“특별히 주문하여 구두를 맞춰 신은 적이 있소 ? ”

“아니오. ”

“어떨까요 ? ”

“글쎄요……. ”

“그리고 매일 아침 당신의 수염을 깎아 주고 머리를 손질해 주는
사람이 한 명 있다면 ? ”

돌리오리는 아직도 멍하니 입을 벌린 채 듣고 있었다.

“게다가 예쁜 미인이 당신의 손톱에 매니큐어를 칠한다면……. ”

둘레에 모여서 있던 사람들 가운데 누군가가 소리내어 웃었다.

“그리고 침대 옆에 벨이 있소. 누르기만 하면 하녀가 아침밥을 가
지고 와서 시중을 들어 주고……. 이런 생활은 어떨까요 ? 당신 마
음에 듭니까 ? ”

돌리오리는 아직도 멍하니 선 채 그 사람의 얼굴을 뚫어져라 쳐다
보고 있었다.

“나는 칸느에 있는 브리스틀 호텔의 소유주입니다. 나는 지금 당신
에게 칸느로 가서 여생을 편안하고 사치스럽게 살아 달라고 초대하
고 있는 것입니다. ”

그 사나이는 잠깐 말을 끊고, 상대방이 이 멋진 제안을 충분히 생
각하도록 여유를 주었다. 그리고 덧붙여 말했다.

"내가 당신에게 요구하는 의무는 단 한 가지뿐입니다. 아니, 당신의 즐거움이라고 할까요⋯⋯. 그것은 나의 바닷가에서 수영 팬티만 입고 자유로운 시간을 보내기만 하면 됩니다. 우리 호텔에 온 손님들 사이를 걸어다니고, 일광욕을 하고, 수영을 하고, 칵테일을 마시고⋯⋯ 어떻습니까, 나쁘지 않겠지요?"

노인은 대답이 없었다.

"알아듣지 못하신 모양이군요. 당신이 가 주시면 우리 호텔에 오는 손님 모두에게 스친의 진기한 그림을 보여 줄 수 있습니다. 당신도 유명해지고, 아마 모두들 이렇게 말할 겁니다. '저걸 보시오. 등에 1천만 프랑을 지고 있는 사람이오.' 어떻습니까, 이 제안이? 마음에 들지 않습니까, 무슈? 멋진 일이 아닐까요?"

돌리오리는 카나리아 빛 장갑을 낀 키 큰 사나이를 올려다보며 생각했다. 이 사나이가 말하고 있는 일은 모두 농담이 아닐까 하고, 그는 천천히 대답했다.

"그건 아주 기발한 생각이군요. 그러나 당신은 진심으로 그런 말을 하는 거요?"

"물론이지요."

"잠깐만." 화상이 두 사람이 사이에 끼어들었다. "여보시오, 내가 하는 말도 들어 주시오. 이 문제를 해결하는 좋은 방법이 있습니다. 내가 그 그림을 사서 외과의사에게 부탁하여 당신의 등 피부를 벗기기로 하지요. 그러면 당신은 자신이 가고 싶은 곳에 가서 내가 내놓은 막대한 돈으로 자유롭게 즐길 수가 있는 거요."

"등 껍질 없이 말이오?"

"아니, 그런 게 아니오. 말을 못 알아듣는군요! 당신은 오해하고 있습니다. 외과의사는 당신의 등에서 껍질을 벗긴 다음 새로운 것을 붙여 줄 겁니다. 아주 간단한 일이지요."

"그래요? 정말 그렇게 할 수 있소, 그런 일을?"

"물론, 아주 간단하게."

"무슨 소리요!" 카나리아 빛 장갑을 낀 사나이가 말했다. "이 노인은 그런 대수술을 요하는 피부 이식을 하기에는 너무 나이가 많소, 죽어 버린단 말이오. 그런 일을 한다면, 당신은 죽어 버립니다, 아시겠소?"

"죽어 버린다고요?"

"물론이지요. 당신은 그런 대수술을 하면 여간해서 목숨을 유지하지 못합니다. 그림만은 감쪽같이 남겠지만."

"오오, 하느님, 그런 무자비한 일이 어디 있습니까!"

돌리오리가 소리쳤다.

그는 멍하니 아까부터 자기를 지켜보고 있는 사람들의 얼굴을 둘러보았다. 한동안 침묵이 주위를 차지했으나, 누군가 한 사나이의 목소리가 뒤쪽에서 조용히 들려 왔다.

"틀림없이 저 노인은 돈만 많이 주면 이 자리에서 자살하는 일이라도 허락할지 모르겠군."

몇 사람이 소리죽여 웃었다. 화상은 뭔가 기분이 언짢은 듯 카펫 위에서 발을 움직이고 있었다.

그러자 카나리아 빛 장갑이 쓱 나와 돌리오리의 어깨를 가볍게 두드렸다.

"이리로 오시오." 그는 즐거워 보이는 밝은 미소를 띠고 말했다. "지금부터 당신과 나 둘이서 맛있는 식사라도 들며 이야기를 계속합시다. 어떻습니까, 시장하시지요?"

돌리오리는 이맛살을 찌푸리고 그의 얼굴을 물끄러미 들여다보았다. 그에게는 웬일인지 이 사나이의 길다랗고 힘없어 보이는 목이 마음에 들지 않았으며, 이야기할 때마다 앞으로 내미는 목의 움직임도 어딘가 모르게 뱀 같아서 보기 거북했다.

"로스트 다크와 샴벨틴입니다." 사나이는 한마디 한마디에 풍부하고 싱싱한 악센트를 붙여 혀 끝으로 침을 튀기며 발음했다. "그리고 스프레 오노 마롱을, 가볍고 포근한 것으로."

돌리오리의 눈은 천장을 처다보았다. 그의 입술이 벌어지고 침이 고였다. 이윽고 주위 사람들은 이 불쌍한 노인의 입에서 침이 떨어지는 것을 보았다.

"당신은 다크를 어떤 식으로 구운 것을 좋아합니까?" 사나이는 말을 계속했다. "바깥쪽을 노르스름하게 태운 것이 좋소, 아니면……?"

"같이 가겠습니다." 돌리오리는 재빨리 말했다.

그리고 그 말이 미처 끝나기도 전에 노인은 셔츠를 집어들고 서둘러 입기 시작했다.

"잠깐만 기다려 주십시오, 네, 곧 따라가겠습니다."

그 뒤 1분도 되기 전에 노인은 이 새 후원자와 함께 화랑에서 사라져 버렸다.

그런 일이 있고 몇 주일도 안 되었을 때였다. 스친이 그린 아주 다른 수법의 여자 얼굴 그림에 니스를 두껍게 칠하여 아름다운 액자에 넣은 것이 남미 부에노스아이레스에서 팔린 것은.

또한 칸느에 브리스틀이라는 호텔이 없다는 사실도 웬일인지 마음에 걸려 나는 나도 모르게 그 노인의 일이 생각나고, 그의 건강을 빌고 싶어진다. 그리고 이 순간에도 그 노인이 어디서 살고 있든 제발 그 옆에 손톱에 매니큐어를 해주는 아름답고 귀여운 여자가 있고, 매일 아침 침대까지 식사를 날라 주는 하녀가 있기를 진심으로 바라는 바이다.

Poison

독

집에 차를 댄 것은 벌써 한밤중이 다 되어서였다. 방갈로의 문에 차를 대면서 나는 헤드라이트를 껐다. 이렇게 하면 빛이 저 문 바로 옆에 있는 침실 안으로 스며들지도 않고, 해리 포프를 깨울 염려도 없다. 그런데 그런 걱정은 쓸데없는 것이었다. 차를 대고 보니 그의 방에는 아직도 불이 켜져 있지 않은가. 그렇다면 그는 아직 잠이 들지 않았다는 말이 된다. 하기야 책이라도 읽으며 졸고 있는지도 모르지.

나는 차를 세우고 맨 위 계단에 발이 닿았는데도 잘못 알고 다시 한 발자국 올려딛는 실수를 하지 않도록 어둠 속에서 조심스럽게 계단 수를 세면서 발코니로 다섯 발자국 올라갔다. 발코니를 가로질러 스크린 문(망을 댄 문)을 밀고 안으로 들어가자 나는 홀의 전등을 켰다. 그리고 해리의 방문 앞으로 발길을 옮겨 살짝 열고 안을 들여다보았다.

그는 침대에 누운 채 아직 자지 않는 것 같았다. 그러나 꼼짝도 하지 않았다. 머리를 내 쪽으로 돌리려고도 하지 않았다. 그가 뭐라고 말하는 소리는 나도 알아들을 수 있었다.

"팀버! 여보게, 팀버, 이리로 와 줘." 그는 천천히 한마디 한마디 조심스럽게 또박또박 끊어서 마치 속삭이듯 말했다.

나는 당황하여 문을 열고 서둘러 방 안으로 들어가려고 했다.

"잠깐, 잠깐 기다려 주게, 팀버."

그가 말하는 것을 나는 가까스로 알아들을 수 있을 정도였다. 해리는 말하기 위해 몹시 애쓰고 있는 것 같았다.

"왜 그러나, 해리?"

"쉿!" 그는 속삭였다. "쉿! 제발 부탁이니 소리를 내지 말게. 이리로 오기 전에 구두를 벗어 주지 않겠나? 부탁이니 그렇게 해주게, 팀버."

이런 식으로 이야기하는 그의 모습은 나에게 조지 벌링을 연상케했다. 그는 비행기의 예비 엔진을 넣은 상자 옆에 기대서서 관통된 배를 두 손으로 움켜쥐고 지금 해리가 말하고 있는 것처럼 괴로운 숨소리에 섞여 나오는 거의 속삭이는 듯한 쉰 목소리로 독일의 파일럿에 대해 얘기하고 있었지.

"어서 빨리, 팀버! 우선 구두를 벗어 주게."

왜 구두를 벗으라는지 나는 전혀 알 수가 없었다. 그러나 해리가 저런 목소리를 낼 정도로 아프다면 그가 하라는 대로 해주는 편이 좋을 것 같다고 생각했다. 나는 엎드려 구두를 벗어 마루 중간쯤에 놓았다. 그리고 그의 침대 쪽으로 다가갔다.

"여보게, 침대를 만지면 안 돼! 제발 부탁이니, 만지지 말아 주게!"

해리는 여전히 총알이 배 한 가운데를 뚫고 지나간 것 같은 목소리를 내고 있었다.

그가 몸의 4분의 3쯤을 시트로 덮고서 반듯이 누워 있는 것을 나는 알 수 있었다. 그는 파란색과 갈색과 흰색의 줄무늬가 있는 잠옷을 입고 땀에 흠뻑 젖어 있었다. 과연 더운 여름 밤이었다. 나 자신도 조금 땀에 젖었을 정도였다. 그러나 해리와 같지는 않았다. 그는 얼굴 전체에 땀이 비오듯하여 베개도 머리 둘레도 흠뻑 젖어 있었다. 틀림없이 악성 학질에 걸린 것이리라. 나는 그렇게 생각했다.

"왜 그러나, 해리?"

"클라이트 ^(인도 벵골)_(산의 독사)야."

"뭐, 클라이트라고! 여보게, 대체 어디를 물렸나? 언제?"

"잠자코 있게." 그는 속삭였다.

"이봐, 해리!" 나는 몸을 굽혀 그의 어깨를 만졌다. "빨리 조치를 취해야지. 어서 어디를 물렸는지 말해 주게."

그래도 역시 그는 몸 하나 까딱하지 않은 채 그대로 누워 있었다. 마치 심한 통증을 필사적으로 견디고 있는 것 같았다.

"물린 게 아닐세." 그는 속삭였다. "아직 물리지 않았네. 그 뱀은 지금 내 배 위에 있어. 깊은 잠에 빠져 있지."

나는 나도 모르게 얼른 몸을 일으켰다. 이러니저러니 말할 필요도 없었다. 나는 그의 배라기보다 그 부분을 덮고 있는 시트 근처를 들여다보았다. 시트는 여러 군데 주름이 잡혀 있어 그 밑에 무엇이 있는지 알 수 없었다.

"정말 자네 배 위에 클라이트가 있단 말인가?"

"물론."

"어떻게 그놈이 그런 데까지 파고들어갔지?"

그가 장난하고 있는 게 아니라는 것만은 분명하므로 이제 새삼 이런 말은 그만두고, 다만 가만히 있으라고 말해 줄 것을 그랬다.

"나는 책을 읽고 있었네." 그가 입을 열었다. 아주 천천히, 배의 근육을 움직이지 않도록 조심하며 간신히 말을 쥐어짰다. "반듯이 누위 책을 읽고 있는데, 가슴 언저리에 무엇이 있는 것이 느껴졌네. 뭔가 아주 근질근질한 거였지. 그래서 내가 곁눈질로 슬쩍 들여다보니 작은 클라이트가 나의 잠옷 위를 꿈틀거리며 속으로 파고 들려고 하는 게 보였네. 10인치쯤 되는 작은 뱀이야. 나는 움직이면 안 되겠다고 생각했네. 어쩔 수 없는 일이니까. 다만 물끄러미 그것을 바라보고 있을 수밖에 없었네. 나는 뱀이 시트 끝으로 통과할 거라고 생각했지."

해리는 말을 끊고 잠시 입을 다물었다. 그의 눈길은 자기 몸을 따라 시트로 덮인 배 언저리로 내려갔다. 자기의 속삭임이 그곳에 앉아 있는 독사를 놀라게 하지 않았을까 확인해 보기 위한 것임을 나는 알 수 있었다.

"시트에 주름이 잡혀 있어." 그는 지금까지보다 더 천천히 말했다. 그래서 나는 그의 말을 듣기 위해 몸을 가까이 구부려야만 했다.

"자, 보게. 그놈은 아직 여기에 있네. 이 시트 밑으로 기어들어 갔어. 그놈이 가랑이 근처를 기어가고 있는 것이 잠옷을 통해 느껴졌네. 그러더니 잠시 뒤 그놈은 움직이지 않고 딱 멈춰 버린 걸세. 그리고 그곳이 따뜻하니까, 그냥 주저앉아 버린 거야. 틀림없이 잠이 든 모양일세. 나는 자네가 오기를 얼마나 기다렸는지 모르네."

그는 눈을 들어 나를 보았다.

"얼마 전의 일인가?"

"몇 시간 전이야." 그는 속삭였다. "몇 시간, 몇 시간……. 아아, 피가 얼어붙을 듯한 몇 시간. 이제 나는 움직이지 않고 있을 수가 없네. 기침이 나올 것 같아 못 견디겠어."

해리의 이야기가 사실임은 의심할 나위도 없는 일이었다. 사실 클라이트란 놈이 이런 짓을 하는 것은 그다지 이상한 일이 아니었다. 그놈들은 인가가 있는 언저리를 기어다니다 따뜻한 곳으로 쑤시고 들어오니까. 아니, 해리가 아직 물리지 않았다는 것이 오히려 놀라운 일이었다. 그놈이 한 번 물면 그 자리에서 상처를 치료하지 않는 한, 절대적인 치명상이 되고 마는 것이다. 이 벵골에서는 해마다 여러 사람이 클라이트에게 물려 죽고 있다. 그리고 그 희생자들의 대부분이 시골에서 당하고 있는 것이다.

"알았네, 해리." 나도 속삭이듯 가만가만 말을 했다. "필요 이상의 말은 이제 하지 말게. 움직이면 안 돼. 겁만 주지 않으면 물지 않으니까. 곧 그놈을 어떻게든 처치해 보세."

나는 양말만 신은 발로 그 방에서 살금살금 소리를 죽여 나온 뒤에 부엌으로 가서 작고 날카로운 칼을 들고 왔다. 우리가 뭔가 좋은 계획을 짜내기 전에 사태가 악화되면 곧 그것을 쓸 수 있도록 나는 칼을 바지 주머니 속에 넣었다. 만일 해리가 기침을 하거나, 움직이거나, 클라이트에게 위협을 주거나 하여 물리게 되면 그 자리에서 물린 곳을 절개하여 맹독을 입으로 빨아낼 작정이었다. 나는 곧 침실로 돌아갔다. 해리는 아직도 가만히 누운 채 얼굴 전체에 땀을 흘리고 있었다. 그의 눈은 침대로 다가가는 나에게서 떨어지지 않았다. 그리고 내가 대체 무슨 일을 하려는지, 의아하게 생각되는 모양이었다. 어떻게 해야 좋을까……. 나는 궁리를 해 가며 해리 옆으로 다가갔다.

"해리." 그의 귀에 입을 갖다대다시피하고 말했으므로 아주 조그마한 목소리로 불렀다. "잘 생각해 보았는데, 가장 좋은 방법은 시트를 조금, 아주 조금씩 잡아당기는 걸세. 그렇게 해서 그놈을 찾아내는 거야. 그놈에게 겁을 주지 않고 감쪽같이 해낼 수 있을 것 같네."

"바보 같은 소리 그만두게!"

해리의 목소리에는 아무 억양도 없었다. 그는 말 한마디 한마디를 천천히, 아주 천천히 조심스럽게 말했다. 다만 그 눈과 입가에서만 표정을 엿볼 수 있을 뿐이었다.

"왜 안 되나?"

"불을 켜면 그놈은 겁을 먹을 걸세. 그놈이 지금 있는 곳은 어두우니까."

"그럼, 시트를 확 끌어내어 그놈이 물 사이 없이 털면 어떨까?"

"왜 의사를 부르지 않나?" 해리는 말했다. 나를 쳐다보고 있는 그의 눈은 맨 먼저 그 생각이 날 게 아니냐고 말하고 있는 듯했다.

"의사? 그래, 그 말이 맞군. 간델바이를 불러오지."

나는 발 끝으로 걸어 방에서 나오자 전화번호부에서 의사의 번호를 찾아 내어 수화기를 들고 교환수에게 대지급으로 부탁했다.

"간델바이 박사를!" 하고 나는 말했다. "나는 팀버 우드요."

"여보세요, 우드 씨, 아직 주무시지 않았습니까?"

"곧 와 주실 수 있겠습니까? 그리고 혈청을 가지고 오셨으면 합니다, 클라이트용으로."

"누가 물렸습니까?"

그 묻는 말투가 몹시 날카로웠으므로 마치 나의 귀에서 작은 폭발이 일어난 것 같았다.

"아니, 누가 물린 건 아닙니다. 그러나 해리 포프가 누워 있는데, 그의 배 위에 클라이드 한 마리가 도사리고 앉아 있습니다. 네, 시트 속으로 파고들어가 해리의 배 위에서 정신없이 자고 있습니다."

전화기에서는 3초 동안이나 아무 소리도 없었다. 그러더니 천천히, 이번에는 폭발음 같지 않은 목소리로 뚜렷하게 의사가 말했다.

"가만히 있으라고 전해 주시오. 움직이거나 이야기하면 안 됩니다. 아시겠지요?"

"네, 물론입니다."

"곧 가겠습니다."

의사는 전화를 끊었다. 나는 침실로 돌아갔다. 해리의 눈은 침대로 다가가는 나를 물끄러미 지켜보고 있었다.

"의사가 곧 올 걸세. 움직이지 말라더군."

"대체 내가 지금까지 어떻게 하고 있다고 생각하는 거지!"

"해리, 말도 하지 말라고 했네. 한마디도 하면 안 돼, 우리 둘 다."

"그럼, 왜 자네는 입을 다물지 않나?"

그가 이렇게 말했을 때 입술 한쪽 끝이 아래쪽으로 바르르 떨리며 일그러졌다.

해리는 입을 다문 뒤에도 여전히 경련을 일으키고 있었다. 나는 손수건을 꺼내어 살짝 그의 얼굴과 목 언저리의 땀을 닦아 주었다. 손수건을 들고 있는 나의 손가락에는 그의 얼굴을 닦을 때마다 웃으면 오그라드는 그 근육이 실룩실룩 움직이는 것이 느껴졌다.

나는 부엌으로 들어가 냉장고에서 얼음을 조금 꺼내다 냅킨에 싸서 잘게 깨기 시작했다. 이제 입으로 이러니저러니 말하기는 싫었다. 그가 속삭이듯 이야기하는 모습은 정말 보기 딱했다. 나는 얼음 주머니를 침실로 가지고 가서 해리의 이마에 얹어 주었다.

"시원하게 해줄게."

그는 눈을 위로 올려뜨더니 잇새로 날카롭게 숨을 뱉어냈다.

"그걸 치워! 기침이 나오잖아."

웃을 때의 그 근육이 또 실룩실룩 움직이기 시작하고 있었다.

간델바이의 차가 방갈로 앞으로 다가옴에 따라 헤드라이트의 빛이 창문을 가로질러 갔다. 나는 손에 얼음 주머니를 든 채 그를 맞으러 나갔다.

"대체 어떻게 된 겁니까?" 의사가 물었다.

그러나 설명을 들으려고 멈춰서지는 않았다. 그는 나를 그 자리에 놓아 둔 채 발코니를 지나 스크린 문을 열고 홀로 들어갔다.

"그는 어디에 있습니까? 어느 방에?"

의사는 홀의 의자에 자기 가방을 놓고 내 뒤를 따라서 해리의 침실로 갔다. 그는 부드러운 안을 댄 침실용 슬리퍼를 신고 소리나지 않도록 세심한 주의를 하며 마치 도둑 고양이처럼 바닥을 걸어갔다. 해리는 그런 의사의 모습을 곁눈으로 물끄러미 쳐다보고 있었다. 간델바이는 침대로 다가가더니 해리를 내려다보고 미소지었다. 상대방으로 하여금 믿게 하고 안심시키는 미소였다. 이런 일은 대단한 게 아니므로 조금도 걱정할 필요가 없다. 다만 간델바이 의사에게 완전히 맡겨 두면 된다고 말하는 것처럼 그는 고개를 끄덕여 보였다. 그리고 나서 돌아서더니 홀로 돌아갔다. 나는 그 뒤를 따랐다.

"우선 맨 먼저 혈청을 주사해 둬야겠습니다. 정맥 주사요, 기술적으로 해야 하오. 환자를 놀라게 하고 싶지는 않으니까요."

의사는 말하더니 가방을 열고 준비를 하기 시작했다.

우리는 부엌으로 들어갔다. 그리고 그는 바늘을 소독했다. 한 손에 피하주사기를, 또 한 손에는 작은 병을 들고 그는 병 끝에 있는 고무에 바늘을 꽂은 다음, 주사바늘을 잡아당겨 노르스름한 빛깔의 투명한 액체를 빨아들이기 시작했다. 그리고 그는 나에게 주사기를 건네주었다.

"내가 달라고 할 때까지 가지고 계십시오."

의사가 가방을 들자 우리는 함께 침실로 돌아갔다. 해리의 눈은 이제야 크게 뜨여져 반짝거렸다. 간델바이는 해리 쪽으로 몸을 굽히더니 조심스럽게, 마치 16세기의 레이스를 다루는 장사꾼처럼 팔을 움직이지 않도록 가만가만 팔꿈치까지 잠옷 끝을 걷어올렸다. 나는 의사가 침대에서 멀찌감치 떨어진 곳에 서 있는 것을 알아차렸다.

의사가 속삭였다.

"내가 지금 주사를 할 텐데, 혈청입니다. 조금 아플지도 모르지만,

움직이지 마시오. 복부 근육을 압박하면 안 됩니다. 조금도 힘을 주지 마십시오."

해리는 주사기를 물끄러미 바라보았다.

간델바이는 빨간 고무 튜브를 가방에서 꺼내더니 한쪽 끝을 해리의 이두박근에 감았다. 그리고는 튜브를 꼭 잡아매었다. 그는 알코올로 상박부(上膊部)를 닦아내고 소독한 솜을 나에게 내밀더니 나의 손에서 주사기를 집었다. 의사는 그것을 높이 들고 눈금을 본 다음, 노란 액체를 조금 뿜어냈다. 나는 의사 옆에서 그것을 지켜보며 우두커니 서 있었다. 해리도 그 모습을 지켜보고 있었는데, 그의 얼굴은 온통 땀으로 범벅이 되어, 마치 잔뜩 바른 콜드 크림이 살갗에서 녹아 베개 위로 뚝뚝 떨어지는 것처럼 번들거리고 있었다.

해리의 상박부에 정맥이 뚜렷하게 솟아오르는 것이 보였다. 혈관이 막혀서 부풀어올랐다. 나는 정맥 위의 바늘로 눈길을 떨구었다. 간델바이는 팔과 평행이 되게 바늘을 잡고 그 끝부분으로 피부를 뚫어 혈관에 꽂으려 하고 있었다. 그는 천천히, 그리고 확실하게 치즈에 바늘을 꽂듯이 매끄럽게 주사바늘을 꽂았다. 해리는 천장을 쳐다보고 있었는데, 이윽고 눈을 감았다. 잠시 뒤 다시 눈을 떴으나 조금도 움직이지 않고 가만히 있었다.

모든 것이 끝나자 간델바이는 몸을 굽혀 해리의 귀에 입을 대고 말했다.

"이제 당신은 물려도 문제없습니다. 그러나 움직이면 안 됩니다. 움직이지 마십시오. 곧 돌아올 테니까요."

그는 가방을 집어들고 홀로 나갔다. 나도 그 뒤를 따라가며 물어보았다.

"이제 괜찮겠습니까?"

"아니오."

"어떻게 하면 안심할 수 있을까요?"

이 조그마한 인도인 의사는 아랫입술을 문지르며 홀에 서 있었다.

"무슨 방법을 생각해야지요, 안 그렇습니까?" 나는 말했다.

의사는 방향을 바꾸더니 베란다로 통하는 스크린 문 쪽으로 걸어갔다. 나는 의사가 그곳을 지나쳐 나가는 줄 알았다. 그러나 그는 문 안쪽에 서서 밤의 어두움을 내다보며 서 있었다.

"저 혈청은 아주 잘 듣겠지요?" 나는 물었다.

"아니오, 유감스럽게도 잘 듣지 않습니다. 저 사람을 살릴 수 있을지도 모르고, 살릴 수 없을지도 모르겠군요, 나는 뭔가 달리 해볼 방법이 없는지 생각하고 있는 중입니다."

그는 돌아보지도 않고 대답했다.

"시트를 확 잡아당겨서 물리기 전에 털어버리면 어떨까요?"

"천만에요! 우리에게는 위험을 무릅쓰고 그런 일을 할 권리가 없습니다." 그가 날카롭게 말하는 목소리는 여느 때보다 높았다.

"그러나 해리를 저렇게 눕혀 놓고만 있을 수도 없잖습니까? 그는 굉장히 초조해 하고 있으니까요," 나는 말했다.

"제발 부탁입니다! 부탁이니 성급하게 서두르지 마십시오, 이것은 아무렇게나 해서 해결될 문제가 아닙니다."

의사는 내 쪽으로 돌아서서 두 팔을 위로 올리며 말했다.

그는 손수건으로 이마를 닦고 눈살을 찌푸렸다 입술을 깨물었다 하며 서 있었다.

"그렇지!" 마침내 의사는 입을 열었다. "이런 방법이 있습니다. 알고 계실 줄 압니다만……, 저 상태에서 그놈에게 마취제를 쓰는 겁니다."

"그거 참, 그럴 듯한 생각이군요,"

"그러나 안전하다고 보장할 수 없습니다." 의사는 말을 계속했다.

"뭐니뭐니해도 뱀은 냉혈 동물이니까요. 그런 동물에겐 마취제가 즉시 효과를 나타내리라고 볼 수 없지요. 그러나 다른 방법보다는 좀 나을 것 같습니다. 에테르나……, 그렇지, 클로로포름을 쓰면 ……"

천천히 이야기하고 있는 동안 그런 것을 생각해 내고 있는 듯한 말투였다.

"어느 게 더 나을까요?"

"클로로포름." 그는 갑자기 말했다. "당연히 클로로포름입니다. 그게 가장 좋습니다. 자, 서두릅시다!" 의사는 나의 팔을 잡더니 발코니 쪽으로 끌고 갔다. "지금 곧 차를 타고 우리 집으로 가십시오! 당신이 도착할 때까지 전화로 우리 집 하인을 깨워 놓을 테니까요, 그러면 하인이 당신에게 독약이 있는 약장을 일러 줄 겁니다. 이게 약장 열쇠니까 열고 클로로포름 병을 가지고 오십시오. 오렌지 빛의 라벨이 붙어 있고 그 위에 이름이 적혀 있습니다. 나는 무슨 일이 일어날 때를 대비하여 여기에 남기로 하겠습니다. 빨리 서둘러 주십시오, 빨리. 아아, 그대로 됐습니다. 구두는 신지 않아도!"

나는 차를 타고 달려가서 15분 안에 클로로포름 병을 가지고 돌아올 수 있었다. 간델바이는 해리의 방에서 나와 홀에서 나를 맞았다.

"가지고 오셨지요?" 그는 물었다. "됐습니다. 지금 마침 환자에게 어떻게 할 것인지 이야기해 준 참입니다. 어쨌든 서둘러야 합니다. 그대로 저렇게 누워 있다니, 저 사람으로서는 보통 고역이 아닐 테니까요. 움직이면 어쩌나 하고 조마조마하고 있지요."

그는 침실로 되돌아갔다. 나도 조심조심 병을 두 손으로 받쳐들고 의사 뒤를 따라갔다. 해리는 여전히 양쪽 볼에 땀방울을 뚝뚝 흘리며 같은 자세로 침대에 누워 있었다. 그의 얼굴은 창백히 젖어 있었다. 해리는 눈동자를 굴려서 내 쪽을 쳐다보았다. 나는 그에게 미소를 지어 보이며, 믿음직하게 고개를 끄덕여 보였다. 그는 물끄러미 나를 지켜보고 있었다. 나는 엄지손가락을 들어 모든 일이 잘되어 간다는 표시를 해보였다. 그는 눈을 감았다. 간델바이는 침대 옆에 쪼그리고 앉아 있었다. 그의 옆 마룻바닥 위에는 아까 주사를 놓을 때 사용했던 고무줄이 있었다. 그는 그 고무줄 한쪽 끝에 깔때기 모양으로 만든 작은 종이를 댔다.

그는 매트리스 밑에서 시트 자락을 끌어내어 해리의 배와 일직선이 되도록, 거기서 18인치쯤 떨어진 곳까지 움직였다. 나는 시트 자락을 살금살금 잡아당기고 있는 손가락의 움직임을 지켜보고 있었다. 의사는 조심스럽게 잡아당겼다. 잡아당기고 있는 의사의 손가락도 시트도 거의 움직임이 눈에 보이지 않는다고 해도 좋을 정도였다.

마침내 시트 밑을 여는 데 성공하였다. 그는 고무 튜브를 집더니 시트 밑의 열린 부분으로 집어넣었다. 그렇게 하면 시트 밑으로 매트리스를 따라 해리의 몸 쪽으로 옮겨갈 수 있는 것이다.

2, 3인치의 튜브를 집어넣는 데 얼마나 오랜 시간이 걸렸는지 짐작도 할 수 없을 정도였다. 20분쯤, 아니 40분이나 걸렸는지도 모른다. 나는 튜브가 움직이는 것을 한번도 보지는 못했다. 다만 보이는 부분이 조금씩 짧아지기 때문에 움직이고 있다는 것을 가까스로 알았을 정도였다. 그러나 나는 클라이트라는 무서운 독사는 약간의 움직임도 알아차릴지 모른다는 생각이 들었다. 지금은 간델바이 의사 자신이 온통 땀범벅이 되어 있었다. 커다란 구슬만한 땀방울이 그의 이마와 긴 윗입술에 괴어 있었다. 그러나 그의 손은 정확했고, 눈은 손에 쥐고 있는 튜브가 아니라 해리의 배 위, 시트의 주름진 부분에 쏠려 있음을 나는 알아차렸다.

돌아보지도 않고 의사는 클로로포름을 집으려고 내 쪽으로 손을 내밀었다. 나는 젖빛 유리 병 마개를 빼고 그의 손 위에 병을 올려놓았다. 그가 분명히 꼭 쥐었다고 생각될 때까지 그것을 놓지 않았다. 그러자 그는 내쪽으로 머리를 바싹 대며 속삭였다.

"지금 매트리스를 적시기 때문에 몸 아래쪽이 차가워질 것이라고 말해 주시오. 미리 각오하고 있어야 합니다. 움직이면 안 됩니다. 자, 해리에게 말해 주십시오."

나는 해리 쪽으로 몸을 굽혀서 이 말을 전했다.

"뭐라고? 의사는 하려고 하지도 않잖아?" 해리가 말했다.

"지금 하려는 참일세, 해리. 굉장히 차가운 모양이니까 대비하고 있어야 하네."

"아아, 이게 무슨 꼴이람! 빨리 해주게, 빨리!"

마침내 그는 소리를 질렀다.

간델바이가 날카로운 시선을 던지며 한동안 그를 쏘아보고 있었다. 그러다가 다시 일에 착수했다.

간델바이는 종이 깔때기 속에 클로로포름을 두세 방울 떨구고, 그것이 튜브 안으로 스며들어갈 때까지 기다리고 있었다. 그리고 다시 한 번 두세 방울 떨어뜨린 다음, 잠시 손을 멈췄다. 답답하고 구역질이 날 것 같은 클로로포름 냄새가 온 방 안에 퍼져, 나로 하여금 흰 방의 흰 책상 둘레에 모여선 흰 가운 입은 외과의사와 간호원들에 관련된 불쾌한 기억을 되살아나게 했다. 간델바이는 착실하게 부어넣고 있었다. 종이 깔때기 위에 연기처럼 서서히 클로로포름의 무거운 증기가 흔들리고 있는 것이 보였다. 그는 손을 멈추고 병을 들어 비춰 본 다음, 다시 한 번 깔때기에 두세 방울 떨어뜨리고 나에게 병을 넘겨 주었다. 그리고 시트 밑에서 고무 튜브를 살그머니 뽑아내고는 일어섰다.

튜브를 밀어넣고 클로로포름을 붓는 동안, 그 마음의 긴장이란 보통이 아니었을 것이다. 나는 간델바이가 내 쪽을 돌아보며 속삭였을 때 그 사실을 새삼 느낄 수 있었다. 의사의 목소리는 낮고 지쳐 있었다.

"15분은 걸리겠지요, 안전하게 되려면."

나는 해리 쪽으로 몸을 굽히고 말했다.

"여보게, 15분은 걸린다는군, 안심할 수 있게 되려면. 하지만 이제 거의 다 끝나 가고 있네."

"그런데 왜 그놈의 상태를 보려고 하지 않지!"

해리의 목소리가 다시 커졌다. 간델바이는 깜짝 놀라 그 작은 갈색 얼굴에 분노의 빛을 나타냈다. 새까만 그의 눈동자가 해리의 그 실룩실룩 경련을 일으키기 시작한 얼굴 근육을 물끄러미 쳐다보고 있었다. 나는 손수건으로 해리의 젖은 얼굴을 닦아 주었다. 그렇게 함으로써 조금이라도 그의 이마를 편하게 해주려고 생각했다.

우리는 침대 옆에 서서 기다리고 있었다. 간델바이는 이상하게 긴장된 얼굴로 줄곧 해리의 얼굴을 지켜보고 있었다. 이 작은 인도인은 온 힘을 다해 해리를 조용하게 해주려는 것 같았다. 그는 한 번도 환자에게서 눈을 떼지 않았다. 바스락거리는 소리 하나 내지 않았지만, 그는 그동안 내내 해리에게 마치 큰 소리로 고함을 치면서 이렇게 나무라고 있는 것 같았다.

"내 말을 들어 보시오, 내 말을 들어야 합니다. 여기서 실수를 하면 안 돼요. 어떻소, 내가 하는 말을 알아듣겠소?"

해리는 입을 실룩거리며 누워 있었다. 땀을 흘리며 눈을 감고, 또 눈을 뜨고, 나를 보고, 시트를 보고, 천장을 보고, 다시 한 번 나를 보았다. 그러나 결코 간델바이를 보려고 하지는 않았다. 그런데도 어찌 된 일인지 간델바이는 해리를 꼭 사로잡고 있는 것처럼 보였다.

클로로포름 냄새가 가슴 답답하게 온 방에 퍼져 있어 나는 구역질이 날 것만 같았다. 그러나 이제 방을 떠날 수는 없었다. 누가 어처구니없이 큰 풍선을 계속 불어대고 있는 것 같은 기분이 들었다. 그리고 그 풍선이 금방 터질 것만 같은데도 거기서 눈을 뗄 수 없는 그런 기분이었다.

이윽고 간델바이가 돌아다보고 고개를 끄덕였다. 나는 그것을 일을 진행할 준비가 되었다는 신호로 받아들였다.

"침대 저쪽으로 가 주시오. 서로 시트 한쪽 끝을 잡고 잡아당깁시다. 그러나 조심해서 해야 합니다, 조용히." 그는 말했다.

"자, 가만히 있게, 해리."

나는 침대 건너쪽으로 돌아가 시트 자락을 잡았다.

간델바이는 나와 반대쪽에 서 있었다. 두 사람은 시트를 잡아당기기 시작했다. 해리의 몸에서 시트가 완전히 벗겨지도록 서서히 잡아당기는 것이었다. 두 사람 다 꽤 멀리 떨어져 서 있었지만, 동시에 몸을 앞으로 굽혀 시트 밑을 들여다보려고 했다. 클로로포름 냄새는 아주 지독했다. 나는 나도 모르게 숨을 쉬지 않으려고 했던 사실을 지금도 기억하고 있다. 그리고 도저히 더 이상 참을 수 없게 되자 되도록 숨을 얕게 가만가만 쉬어 그 싫은 냄새가 폐 속까지 들어가지 않도록 했다.

마침내 해리의 가슴이 완전히 드러났다. 정확하게 말하자면 그의 가슴을 덮고 있는 줄무늬 잠옷이, 그리고 나비 매듭으로 맨 잠옷 바지의 끈이 보였다. 이윽고 단추가, 조개껍질로 만든 단추가 보이기 시작했다. 그 다음에 나타난 것은 조개 단추가 아니라 나의 잠옷에는 지금까지 달아 본 일도 없는 고급 단추였다.

'해리는 아주 품위 있는 녀석인걸.' 나는 그 단추를 보면서 생각했다.

인간이란 긴장된 순간 가끔 당치도 않게 하찮은 생각을 하게 마련이다. 나는 지금도 그 단추를 보았을 때 해리는 품위 있는 녀석이라고 생각한 일을 뚜렷이 기억하고 있다.

그의 배 위에는 단추 말고는 아무것도 없었다.

우리는 재빨리 시트를 잡아당겼다. 그의 넓적다리로부터 발끝까지 완전히 드러나자 침대 끝에서 시트를 바닥으로 끌어내렸다.

"움직이지 마시오!" 간델바이가 말했다. "움직이면 안 됩니다, 포프 씨."

그는 해리의 몸 둘레와 다리 밑을 들여다보았다.

"주의해야 합니다." 의사는 말했다. "어딘가에 있을 거요. 잠옷 가랑이 쪽에 있을지도 모르니까."

간델바이가 이렇게 말하자 해리는 당황하여 베개에서 목을 들고 자기 발 밑을 내려다보았다. 그것이 그가 한 최초의 움직임이었다. 그러더니 갑자기 벌떡 일어나 침대 위에 서서 다리를 번갈아 위로 들어올리고 마구 흔들어 보였다. 그 순간에는 우리 둘 다 해리가 물린 줄만 알았다. 간델바이는 메스와 지혈기(止血器)를 꺼내기 위해 가방 쪽으로 뛰어갔다. 그러나 해리는 다리를 내리더니 순간 조용해지며 자신이 서 있는 매트리스를 내려다보면서 외쳤다.

"아니, 없잖아!"

간델바이는 몸을 펴고 역시 매트리스 위를 보았다. 그리고 해리를 올려다보았다. 해리는 무사했다. 그는 물리지 않았으며, 물릴 염려도 죽을 염려도 없었던 것이다. 모든 것이 좋았다. 그렇지만 모두의 마음을 편안하게 만들 수는 없었다.

"포프 씨, 당신은 분명 처음에는 그놈을 보셨겠지요?" 간델바이의 말투에는 여느 때와 달리 신랄함이 섞여 있었다. "혹시 꿈을 꾼게 아닌가 하는 생각이 들지 않습니까, 포프?"

해리를 바라보는 간델바이의 모습에서 능히 그의 의도를 짐작할 수 있었다. 그 신랄함은 결코 진지한 마음에서 정색을 하고 우러나온 것은 아니었다. 어려움을 뚫고 나온 뒤 잠깐 해리의 기분을 편안히 해 주기 위해 그러는 것뿐이었다.

해리는 줄무늬 잠옷을 입고 침대 위에 선 채 간델바이 쪽으로 번쩍이는 눈길을 돌렸다. 볼에 혈색이 오르기 시작했다.

"내가 거짓말쟁이란 말입니까?" 그는 소리쳤다.

간델바이는 침착하게 해리를 쳐다보고 있었다. 해리는 침대 위에서 한 발자국 앞으로 내디뎠다. 그의 눈이 불타올랐다.

"이 꾀죄죄한 쥐새끼 같으니!"

"이봐, 그만두지 못해, 해리!" 나는 말했다.

"치사해!"

"해리!" 나는 소리쳤다. "그만둬, 해리!"

그가 입에 담은 말은 무서운 것이었다. 간델바이는 우리를 무시하고 방에서 나가 버렸다. 나는 그의 뒤를 쫓아나가 홀을 지나 발코니로 나가는 그의 어깨에 손을 얹었다.

"해리가 하는 말을 귀담아듣지 마십시오. 그런 일이 있은 뒤라 그만 생각지도 못했던 말을 해 버린 겁니다. 그 녀석 자신도 자기가 무슨 말을 했는지 모르고 있습니다."

우리는 현관 쪽을 향해 발코니를 내려갔다. 포치 건너쪽의 어둠 속에 의사의 낡은 모리스가 세워져 있었다. 그는 문을 열고 차 안에 올라탔다.

나는 정중하게 말했다.

"당신은 훌륭한 일을 해냈습니다. 이렇게 와 주셔서 정말 고맙습니다."

"저 사람에게 필요한 것은 충분한 휴식입니다."

그는 내 쪽을 보지도 않은 채 조용히 말하고는 엔진을 걸더니 차를 몰고 가 버렸다.

The Wish
소원

소년은 무릎 위에 있는 오래된 상처의 딱지가 한쪽 손바닥에 닿는 감각을 느꼈다. 좀 더 잘 살펴보려고 소년은 고개를 숙이고 보았다. 딱지는 언제 보아도 재미있는 거라고 생각했다. 딱지를 보면 참을 길 없는 이상한 유혹에 사로잡히게 된다.

그는 생각했다. '그렇다, 나는 그것을 뜯어내고 말 것이다. 아무리 단단히 붙어 있든, 반쯤 떨어져 있든, 아프든, 상관없이.'

그는 손끝으로 주의깊게 딱지 가장자리를 살펴보았다. 손톱을 딱지 밑으로 넣어 살짝 들어올리자 그만 벗겨졌다. 딱딱하고 갈색빛이 나는 딱지가 매끄럽고 빨간 살결을 동그랗게 남기고 깨끗이 벗겨졌다.

'굉장하구나, 굉장해.' 소년은 그 동그란 딱지 자국을 문질러 보았다. 아프지는 않았다. 딱지를 집어 넓적다리 위에 올려놓고 손가락으로 퉁겼다. 그러자 딱지는 날아가 카펫 위에 착륙했다. 빨간빛, 검은빛, 노란빛이 나는 커다란 카펫 위에. 지금 소년이 저만큼 떨어진 현관 쪽을 보고 앉아 있는 계단에서부터 홀 가득히 펼쳐져 있는 터무니없이 커다란 카펫은 테니스장보다도 더 컸다. 훨씬 더 컸다. 소년은 만족스러운 눈빛을 띠고 거만하게 그것을 바라보았다. 전에는 한 번도 이런 식으로 주의깊게 카펫을 바라본 적이 없었다. 그러나 지금 그 빛깔들이 갑자기 빛을 더하며 아찔한 느낌으로 소년을 향해 바싹 다가오는 것 같았다.

"알겠어." 소년은 스스로에게 말했다. "나는 이것이 무엇인지 다 알고 있어. 카펫의 빨간 부분, 그것은 석탄이 빨갛게 타고 있는 덩어리야. 그러니까 나는 이렇게 해야만 하는 거야. 그렇지, 현관까지 그 빨간 곳을 건드리지 말고 걸어가야만 해. 빨간 곳을 건드렸다가는 나 같은 건 아예 타 버리고 말 거야. 정말이야, 다 타서 없어질 거야. 그리고 카펫의 검은 곳……. 그렇지, 검은 곳은 뱀이 뭉쳐 있는 덩어리야. 그것도 독사가. 대부분 살무사이고, 코브라도 섞여 있어. 굵기는 나무 밑둥만큼 굵지. 그런 걸 한 마리라도 건드려 봐. 물려서 아마 차 마실 시간도 되기 전에 죽어 버릴 거야. 그러나 만일 내가 타지도 않고 물리지도 않고 저쪽으로 건너갈 수 있다면, 내일 내 생일에 틀림없이 강아지를 선물받을 수 있을 거야."

소년은 일어서서 계단을 지나 위로 올라갔다. 아름답게 짠 선명한 무늬를, 아니 죽음의 경치를 좀더 잘 바라보고 싶었기 때문이다. 가능할까? 노란 곳이 많이 있을까? 노란 곳만 소년이 걸어갈 수 있는 부분이다. 괜찮을까? 이것은 쉽게 나설 수 없는 여행이다. 위험은 이루 말할 수 없이 많다. 소년의 얼굴──이마를 덮은 흰 빛이 도는 금발, 커다란 푸른 눈, 작고 뾰족한 턱──이 불안스럽게 난간 아래쪽을 내려다보고 있었다. 노란 곳은 군데군데 가느다랗게 흐르다가 한두 군데 끊어진 넓은 공간이 있었지만 그래도 저쪽 끝까지 계속되고 있는 것 같았다. 바로 어제 한 번도 실수하지 않고 마구간에서 정자(亭子)까지 벽돌을 깐 오솔길을 걸어온 소년에게는 이 카펫의 모험도 그리 어려운 것으로 보이지는 않았다. 그러나 뱀만은 다르다.

뱀을 생각하면 공포가 몰려와 발바닥과 장딴지를 핀으로 쓰다듬는 것처럼 따끔따끔한 감각이 느껴지는 것이었다.

소년은 살그머니 계단을 내려와 카펫 끝으로 다가갔다. 그는 작은 샌들을 신은 한쪽 발을 들어 노란 부분에 조심스럽게 내려놓았다. 그리고 다른쪽 발을 들어올렸다. 그 노란 부분은 두 발을 겨우 내려놓을 정도의 여유밖에 없었다. 자, 이제 출발한 것이다. 소년의 갸름한 얼굴은 빛났으며, 묘하게 긴장되어서 얼굴빛도 전보다——아주 약간이지만——창백하게 바뀌었다. 소년은 손을 양쪽으로 벌려 몸의 균형을 잡았다. 발을 높이 들어 검은 부분을 건드리지 않도록 조심하며 맞은쪽의 좁다란 노란 부분으로 발 끝을 향하여 주의깊게 한 발자국을 더 내디뎠다. 가까스로 두 번째 공간에 발을 딛자 소년은 몸을 꼿꼿이 세우고 한숨 돌렸다. 노랗고 긴 흐름은 앞으로 적어도 5야드쯤은 끊어지지 않고 그럭저럭 계속되고 있었다. 소년은 그 흐름을 따라 신중하게, 마치 줄을 타듯 조금씩 앞으로 걸어나갔다. 이윽고 노란 흐름은 옆으로 소용돌이치다가 끊어지고 말았다. 소년은 검은 빛과 빨간 빛이 섞여 있는 불길한 앞쪽을 내려다보고 다시 한 번 큰 걸음으로 건너야만 했다. 반쯤 건너간 곳에서 소년은 비틀거렸다. 균형을 잃지 않으려고 풍차처럼 양쪽 팔을 뻗어 휘둘렀다.

이렇게 하여 가까스로 그곳을 안전하게 건넌 다음에야 숨을 돌렸다. 지금은 숨을 쉬는 일조차 마음대로 못할 만큼 소년은 긴장했으며, 줄곧 발끝으로 서서 두 팔을 양쪽으로 뻗고 주먹을 꽉 움켜쥐고 있었다. 가까스로 그는 넓고 안전한 노란 섬으로 건너갔다. 그곳은 널찍했다. 소년은 그 자리를 떠날 수 없을 것 같은 기분이 들어 몸을 쉬면서 망설였다. 이대로 선 채 이 넓고 평화로운 노란 섬에 언제까지나, 그렇다, 언제까지나 머물 수 있다면 좋겠다는 생각이 들었다. 하지만 그러면 강아지를 얻을 수 없다는 두려움이 그를 부추겨 앞으로 앞으로 등을 밀어내는 것이었다.

한 발자국, 한 발자국, 소년은 앞으로 나아갔다. 그리고 한 발자국 내디딜 때마다 다음에는 어디를 디뎌야 좋을까 신중히 생각하는 것이었다. 한번은 오른쪽으로 갈 것인가 왼쪽으로 갈 것인가 결정해야 할 때가 있었다. 소년은 왼쪽 길을 택했다. 그쪽은 오른쪽보다 곤란한 일이 더 많을 것 같았지만, 검은 부분이 그다지 많지 않았기 때문이었다. 검은 부분은 소년을 완전히 신경질적으로 만드는 것이었다. 소년은 어깨 너머로 흘끗 지금까지 얼마나 왔나 하고 재빠른 눈길을 던져 보았다. 꼭 반쯤 왔다. 이제 새삼스럽게 돌아갈 수는 없다. 꼭 반쯤 왔으니까 돌아갈 수도 없는 노릇이고, 옆으로 옮겨갈 수도 없다. 어느 쪽이든 거리가 너무 먼 것이다. 이런 생각을 하며 소년이 앞에 놓여 있는 검은 부분과 빨간 부분들을 모두 둘러보았을 때, 그는 갑자기 전에도 느낀 적이 있는 그 무서운 공포가 가슴속에 솟아오름을 느꼈다. 지난번 부활절 오후, 파이퍼 숲 어둠 속에 혼자 남게 되었을 때 느꼈던 그 공포가.

소년은 발이 닿는 곳에 있는 아주 좁은 노란 부분을 향해 주의깊게 한 발자국 내디뎠다. 이번에는 발끝이 한 1센티미터쯤 검은 부분으로 들어갈 뻔했다. 검은 부분으로 들어갔다고? 이게 어디 들어간 거야! 소년은 발끝이 들어가지 않은 것을 확인했다. 가느다란 노란 흐름이 그의 샌들 끝을 검은 부분에서 약간 떼어놓고 있었다. 그러나 뱀은 소년의 접근을 느낀 것처럼 몸을 꿈틀거리며 고개를 쳐들고 발끝이 닿기를 기다리는 듯 번쩍이는 구슬 같은 눈으로 소년의 발끝을 노려보았다.

아니야, 난 너를 건드리지는 않았어! 잘 봐, 어디 건드렸나!

또 한 마리의 뱀이 소리도 없이 아까 그 뱀 옆으로 기어와 고개를 쳐들었다. 그래서 머리가 두 개나 되었고, 두 쌍의 눈이 발을 노려보고 있었다. 살이 드러나 보이는 샌들의 끈 밑으로 나온 맨살을 노려보고 있는 것이었다.

소년은 공포로 얼어붙은 듯 발끝으로 서서 움직이지 않았다. 다시 한 번 눈 딱 감고 움직이기 시작할 때까지는 몇 분이나 걸렸다.

다음에는 아무래도 꽤 널찍한 공간을 껑충 뛰어 건너야 할 것 같다. 굽이치는 검은 강이 카펫을 넓게 가로질러 흐르고 있는 것이다. 소년은 지금까지 건너온 것 중에서도 가장 넓게 건너뛰지 않을 수 없었다. 처음에 소년은 차라리 뛰어넘어 볼까 하고도 생각했다. 그러나 건너쪽의 노란 부분은 너무나 좁아서 정확하게 닿을 수가 없을 것 같았다. 그는 숨을 크게 들이마시고 나서 한쪽 발을 들어올렸다. 그리고 조금씩 앞쪽으로 내밀었다. 계속 앞으로 뻗쳐서 샌들 끝이 노란 부분의 끝에 무사히 닿자, 그제야 조금씩 발을 내려놓았다. 앞쪽 다리로 몸무게를 옮기면서 허리를 굽히고 소년은 뒤쪽 다리도 똑같이 들어올리려고 했다. 그는 있는 힘을 다해 몸을 구부렸다. 그러나 양쪽 다리는 최대한으로 벌려진 상태라 꼼짝할 수도 없었다. 소년은 되돌아가려고 해보았다. 그러나 건널 수도 없고, 되돌아갈 수도 없다. 마치 더 스플리츠^(무도에서 두 다리를 수평으로 뻗쳐 땅에 닿게 하는 동작)를 하고 있는 것같이 꼼짝할 수가 없었다. 소년은 눈을 내리깔고 바로 밑에서 소용돌이치며 흐르고 있는 검은 강을 보았다. 바야흐로 어떤 부분은 천천히 움직이며 스르르 미끄러지듯 달려가서는 번들번들하니 기분나쁜 빛을 내뿜기 시작했다. 소년의 몸이 기우뚱했다. 균형을 유지하려고 미친 듯이 두 팔을 휘저어 보았다. 그러나 오히려 그 방법은 사태를 더 나쁘게 만들 뿐이었다. 소년의 몸은 기울어지기 시작하고 있었다. 오른쪽으로 기울어져 갔다. 천천히, 그리고 점점 빨리 기울어져 갔다. 그리고 마침내 소년은 본능적으로 쓰러져 가는 몸을 어떻게든 지탱하려고 손을 내밀어 버렸다. 문득 정신을 차리고 보니 그 손은 바로 번들번들하게 빛나는 검은 덩어리 한가운데에 떨어져 있었다. 소년은 손이 닿는 순간 공포에 찬 소리를 목이 터지도록 외쳤다.

집에서 훨씬 떨어진 뒤쪽, 햇볕이 내리쬐는 곳에서 어머니는 아들의 행방을 찾고 있었다.

Neck
목

약 8년 전 윌리엄 터튼 경이 세상을 떠나고 아들 베이실 터튼이 공작 칭호와 함께 〈더 터튼 프레스〉지를 물려받았을 무렵, '어떤 미망인에게 당신의 시중을 들도록 해야 합니다' 하고 이 작은 사람을 구슬리기까지 대체 얼마만큼 시간이 걸리겠느냐 하는 문제를 놓고 플리트 거리 사람들은 내기를 꽤 많이 했다. 나는 그 사실을 잘 기억하고 있다. 그것이 그와 그의 재산에 대한 세상의 반응이었다.

세상 물정 모르는 이 풋내기 베이실 터튼 경은 40살쯤 되었으며, 독신이었다. 온화하고, 그때까지는 현대 회화와 조각을 수집하는 일 외에는 이렇다할 다른 취미를 나타내지 않았던, 참으로 심플한 인품의 소유자였다. 여자에게 열중한 일도 없고, 스캔들이며 가십으로 이름을 더럽힌 일도 없었다. 그러나 지금 이렇게 큰 신문 및 잡지 왕국의 주인이 되고 보니 시골에 있는 아버지의 저택에서 런던으로 진출하지 않을 수 없게 되었다.

그리하여 으레 있는 일이지만 독수리들이 삽시간에 몰려들기 시작하여, 내가 믿는 바에 의하면 플리트 거리뿐만 아니라 거의 온 런던

시내 사람들이 그 시체를 빼앗아 가려고 눈을 번뜩이기 시작한 것이다. 그러나 아주 살그머니, 그야말로 신중을 기한 움직임이었으므로 독수리라기보다 물 속에 있는 한 조각의 말고기에 모여드는 끈질긴 게무리와도 같았다.

그러나 누구나 놀란 일이지만, 그 작은 사람은 참으로 멋지게 피해 다녀 이 술래잡기는 어느새 봄을 지나고 그해 초여름까지 계속되었다. 나는 베이실 경을 개인적으로 알고 있었던 것도 아니고 또 그에게 우정을 품고 있었던 것도 아니었으나 역시 같은 성(性)에 속해 있는 이상, 그가 게의 집게발을 교묘하게 피한 데 대해 늘 통쾌하게 생각하곤 했었다.

8월로 접어들자 부인들은 서로들 분명히 알 수 있는 은밀한 신호를 주고받은 뒤 외국에 나가 좀 쉬었다가 다시 모여서 새로 겨울의 작전을 준비할 때까지 휴전에 들어갔다. 아아, 이것이 큰 잘못이었던 것이다. 왜냐하면 그동안 전에는 들어 보지도 못했던 나탈리아라는 이름의 현기증이 느껴질 정도로 아름다운 창조물이 대륙에서 바람처럼 찾아와 베이실 경의 손목을 꼭 잡고 멍해 있는 그를 캑스턴 홀의 등기실(登記室)로 납치해서 거기서 아무도 모르게, 아니 특히 새신랑 자신도 뭐가 뭔지 모르는 사이에 서둘러 결혼해 버린 것이다.

런던의 부인들이 가느다란 눈썹을 곤두세웠으리라는 것은 여러분도 충분히 짐작할 것이다. 그녀들은 신바람이 나서 이 풋내기 터튼 부인을 슬그머니 들먹이는 가십을 힘 자라는 데까지 퍼뜨리고 돌아다녔다. 부인들은 그녀를 '그 교활한 밀렵자'라고 부르고 있었다. 하지만 그런 일에 깊이 파고들 필요는 없다. 사실 이 이야기를 끌고 나가기 위해서는 잠깐 6년 동안의 이야기를 생략하는 편이 이해하기 쉬울 것 같다. 그러니까 지금, 정확히 말해 지금으로부터 일주일 전에 내가 처음으로 그 부인을 볼 수 있는 영광을 얻었던 그날로 돌아가자.

벌써 알아차렸으리라고 생각하지만, 그녀는 〈더 터튼 프레스〉를 쥐고 흔들 뿐만 아니라, 그 결과 이 지방의 중요한 정치 세력도 잡고 있었다. 그녀 말고도 전에 이런 위업을 수행한 부인이 있었다는 사실은 나도 알고 있다. 그러나 그녀와 같이 특수한 경우에다 이채를 더한 것은 그녀가 이방인이라는 점, 그리고 대체 어느 나라에서 왔는지 ——유고슬라비아인지, 불가리아인지, 아니면 러시아에서 왔는지 정확히 아는 사람이 아무도 없다는 점이었다.

지난 주 목요일 나는 런던에 사는 어느 친구의 간단한 디너 파티에 참석했다. 식사가 시작되기 전 객실에 선 채 맛있는 마티니를 마시며 원자폭탄과 베번 씨의 일에 대해 이야기하고 있는데, 하녀가 머리를 들이밀고 마지막 손님이 왔다고 알렸다.

"터튼 경 부인께서 오셨습니다."

아무도 이야기를 중단하는 사람은 없었다. 우리는 그런 일에 아주 익숙해져 있었던 것이다. 얼굴을 돌리는 일도 없이 눈만 문 쪽으로 향한 채 부인이 들어오기를 기다리고 있었다.

부인은 급한 걸음으로 들어왔다. 번쩍번쩍 빛나는 붉은빛 드레스를 몸에 걸친 그녀는 키가 크고 여위었다. 입술에 미소를 띠고 부인은 안주인 쪽으로 손을 내밀었다. 아아, 그녀는 정말 아름다웠다!

"밀드레드, 잘 있었어요?"

"어머나, 터튼 경 부인, 어쩌면 이렇게 아름답지요!"

아니 분명히 이때는 우리도 모두 이야기를 중단했을 것이다. 우리는 돌아서서 물끄러미 바라보며 온순하게 소개를 기다리고 있었다. 마치 그녀가 여왕이나 유명한 영화배우라도 되는 것처럼. 그녀는 그 어느 쪽보다도 훌륭해 보였다. 검은 빛깔의 머리에 잘 어울리는 갸름하고 투명해 보이는 흰 얼굴이 마냥 순진해 보였으며, 15세기 플랑드르 인처럼 보였다. 멤링크나 반 아이크의 화필로 그려진 마돈나와 똑같았다. 적어도 첫인상은 그러했다. 이윽고 내가 악수할 차례가 되었으므로 가까이에서 그 아름다운 인물을 자세히 볼 수가 있었는데, 윤곽과 얼굴빛을 제외하면 완전히 마돈나와 닮았다고 할 수는 없었다. 그렇다, 마돈나와는 거리가 먼 존재였다. 이를테면 콧구멍이 좀 벌어진 듯하여 아주 이상하게 보였다. 코는 내가 여태까지 보지도 못했을 만큼 튀어나왔고, 터무니없이 구부러져 있었다. 이것이 코 전체에 벌어진 느낌을 주어서 뭔가 야생 동물, 그렇다, 야생마의 코처럼 콧김이 거친 코를 연상케 해주었다.

그리고 가까이 다가가서 잘 보니 눈은 마돈나 화가들이 곧잘 그리는 것처럼 둥글고 큰 눈이 아니라 반쯤 감은 듯 반쯤 웃는 듯한 긴 눈으로, 완만하고 약간 천한 느낌을 주었다. 그러므로 어딘지 모르게——어떻게 말하면 좋을까——뭔가 낭비적이고 음란한 느낌을 주었다. 게다가 그 눈은 결코 사람을 똑바로 쳐다보지 않았다. 물건 위를 미끄러지는 듯한 기묘한 움직임, 천천히 한쪽에서부터 무엇인가를 넘어서 살피는 것처럼 쳐다보았다. 그것이 나를 완전히 초조하게 만들었다. 대체 이 눈빛은 무슨 빛깔인가 생각해 본 다음에야 연회색으로 정할 수 있었다. 그렇다고 해서 분명히 연회색이라고 단언할 수는 없지만.

이윽고 그녀는 방을 가로질러 다른 사람 쪽으로 인도되어 갔다. 나는 그곳에 선 채 그녀의 모습을 지켜보았다. 그녀는 자신의 성공을 분명히 의식하고 있었으며, 이들 런던 인사들이 그녀에게 경의를 표하고 있다는 것도 속속들이 다 알고 있는 모양이었다.

"나 여기 있어요."

그녀는 이렇게 소리치고 있는 것처럼 보였다.

"나는 겨우 몇 년 전에 왔지만, 이미 당신들 중 누구보다도 돈이 많고 권력이 있어요."

그녀의 걸음에서도 승리에 찬 거만한 태도가 엿보였다.

2, 3분 뒤 우리는 만찬에 참석했다. 뜻밖에도 나는 그 부인의 오른쪽에 앉게 되었다. 나는 안주인이 나에 대한 호의에서 이렇게 배정해 준 것으로 판단하고, 매일 저녁 신문에 기고하고 있는 사교란에 쓸 좋은 특종 기사거리를 얻을 수 있을지도 모른다고 생각했다. 어쨌든 이 흥미진진한 식탁에 자리를 잡기는 했으나, 이 유명한 부인은 전혀 나에게 관심을 가져 주지 않았다. 그녀의 왼쪽에 앉은 사람, 즉 이 집 주인과 끊임없이 지껄이며 시간을 보내고 있을 뿐이었다. 그런데 마지막으로 마침 내가 아이스크림을 다 먹어 가고 있을 때, 갑자기 내쪽을 돌아보았다. 그녀는 손을 내밀어 나의 지정 좌석 카드를 집더니 이름을 읽었다. 그리고 나서 그 미끄러지는 듯한 기묘한 태도로 눈길을 던져 나의 얼굴을 물끄러미 쳐다보았다. 나는 미소를 지으며 가볍게 고개 숙여 인사를 했다. 그녀는 웃어 보이지는 않았지만, 재잘거리는 독특한 목소리로 계속 질문의 화살을 퍼붓기 시작했다. 어느 정도는 개인적인 질문——내가 하는 일이며 나이, 가족 등과 같은 질문이었다. 정신을 차리고 보니 나는 가능한 한 그 질문에 대답해주고 있었다.

그녀가 이러한 질문들을 하고 있는 동안에 여러 가지 점으로 미루어 보아 내가 회화와 조각을 아끼는 애호가라는 것을 안 모양이었다.

"그럼, 언제고 우리 집에 한 번 오셔야겠네요. 오셔서 주인의 컬렉션을 한번 보세요."

그녀는 단순히 대화의 연속으로 아무 생각 없이 그런 말을 한 모양이지만, 직업상 이런 기회를 놓칠 내가 아니라는 점을 여러분께선 알아 두는 편이 좋을 것이다.

"너무도 친절하시군요, 터튼 경 부인. 나는 그 일에 아주 열중해 있지요……. 언제쯤 찾아뵈면 좋겠습니까?"

부인은 머리를 들고 잠깐 머뭇거리며 눈살을 찌푸리고 어깨를 움츠렸다. 그러나 그녀는 마침내 말했다.

"아무 때라도 좋아요."

"다음 주말에는 어떻습니까? 괜찮겠습니까?"

흐릿한 실눈길이 한순간 내 얼굴에서 머물고 있더니 이윽고 다른 쪽으로 옮겨갔다.

"당신만 괜찮으시다면 상관없어요."

그리하여 나는 다음 주 토요일 오후, 차 뒤에 슈트케이스를 싣고 우튼을 향해 달렸다.

여러분은 내가 얼마쯤 초대를 강요한 듯한 느낌을 받았는지도 모르겠다. 그러나 다른 방법으로는 이러한 결과를 가져올 수 없는 것이다. 직업적인 관점을 떠나서 개인적으로 나는 그 저택을 찾아가는 일에 많은 흥미를 느끼고 있었다. 아시다시피 우튼은 영국 르네상스 초기에 지은, 참으로 웅장한 석조 건물이다. 롱글레며 월라튼이며 몬터큐트와 마찬가지로 이 저택은 16세기 후반에 지은 것이었다. 그 무렵 초창기 영웅들 집은 저택으로서보다 살기 좋은 집으로서 지어진 것이었다. 존 숍과 스미슨 등의 새로운 건축가 그룹은 전국 각지에 웅대한 건축물을 남겼다. 터튼 경의 저택은 옥스퍼드의 남쪽 프린세스 리즈볼로라는 작은 거리 가까운 데 있어, 런던에서는 그다지 먼 여행이 아니었다.

내가 저택의 정문에 들어서자 머리 위를 뒤덮은 하늘에 벌써 겨울의 황혼이 깔리기 시작하고 있었다.

나는 되도록 주위의 모습을, 특히 여러 사람에게서 들은 그 유명한 장식적인 담을 조금이라도 더 자세히 바라볼 수 있도록 긴 도로를 천천히 올라갔다. 정말 멋진 전망이었다. 길 양쪽에 단단해 보이는 주목 가로수가 끝없이 계속되고 있었다. 나무들은 각기 취향을 달리한 재미있는 모습으로 다듬어 놓아 암탉, 비둘기, 병, 장화, 안락의자, 성(城), 나팔꽃 모양의 삶은 달걀 담는 그릇, 등불, 페티코트를 입은 노부인, 공을 올려놓은 모습, 둥근 지붕, 줄기 없는 버섯 모양의 끝 부분이 달린 높은 기둥 등 어둠이 밀려옴에 따라 녹색이 검은색으로 바뀌자 갖가지 모습의 나무들은 검고 매끈매끈한 조각품처럼 보였다. 어떤 곳에서는 거대한 체스의 말들에 둘러싸여 있는 잔디가 보였다. 그 하나하나가 모두 주목으로, 마치 거짓말 같은 광경을 보여 주고 있었다. 나는 차를 세우고 밖으로 나와서 그 사이를 걸어갔다. 나무 들은 나의 등 높이보다 두 배나 더 높았다. 더구나 세트는 완전했다. 킹, 퀸, 비숍, 나이트, 그리고 룩〔車〕과 폰〔卒〕이 금방이라도 게임을 시작할 수 있도록 늘어놓여 있었다.

다음 길모퉁이 근처에 오자 커다란 회색 집이 보였다. 그 앞부분의 넓은 앞뜰은 외곽에 작은 기둥을 세운 정자의 높은 난간 벽돌로 가로 막혀 있었다. 난간 사이의 벽에는 돌로 만든 방첨탑(方尖塔)——이탈리아의 영향을 받은 튜더식——을 얹어 놓고, 계단의 길이가 적어 도 집까지 백 피트는 되었다.

앞뜰에 차를 세우고 나는 가벼운 충격을 받았다. 한가운데에 있는 샘물의 물받이 수반으로 엡스타인의 조각을 받쳐 놓았던 것이다. 참 으로 훌륭했다. 그러나 둘레와 완전한 조화를 이루고 있다고는 말할 수 없었다. 현관으로 통하는 계단을 올라가며 뒤돌아보니 작은 잔디 밭과 여기저기 있는 테라스 위에 그것 말고도 여러 가지 현대 조각과 신기한 조각이 놓여 있었다. 저 먼 곳에서 고디에 블레스커, 브랑쿠 시, 센트 고덴즈, 헨리 무어, 그리고 또 하나의 엡스타인 작품을 나 는 발견했다.

젊은 하인이 문을 열고 나를 2층 침실로 안내해 주었다.

"부인은 쉬고 계십니다. 다른 손님들도 쉬고 계십니다만, 한 시간쯤 지나면 모두들 옷을 갈아입고 객실로 내려오실 겁니다. "

아무튼 나는 직업상 주말에 상당히 많은 일을 해야만 한다. 아마 1년의 토요일과 일요일 중 50일쯤은 남의 집에서 보낸 셈이 될 것이다. 그 결과 나는 익숙해지기 힘든 분위기에 특별히 민감해져 있다. 그 현관 앞에 닿는 순간 코를 킁킁거려 보기만 해도, 이미 이곳이 있을 만한 곳인지 아닌지 알아맞힐 정도이다. 그건 그렇고, 지금 와 있는 이 집은 아무래도 나로서는 호감을 가질 수 없는 곳이었다. 이곳에서는 나쁜 냄새가 났다. 뭔가 한바탕 소동이 벌어질 것 같은 기미가 보였다. 커다란 대리석 욕조에서 편안히 몸을 뻗고 김에 휩싸여 있으면서도 나는 아무래도 이 냄새가 마음에 걸렸다. 그리고 나는 월요일이 되기 전에 불쾌한 일이 일어날 것이라고 속으로 중얼거렸다.

그 최초의 사건——불쾌하다고 하기보다는 놀랐다는 표현이 더 적절할 것이다——은 10분 뒤에 일어났다. 내가 침대에 앉아 양말을 신고 있는데 문이 살짝 열리며 검은 연미복을 입은 유난히 옛스러운 난쟁이 같은 녀석이 슬쩍 들어왔다. 자기는 집사 젝스라고 하며, 내가 편히 지낼 수 있도록 바라는 것은 무엇이든 다 준비하겠다고 말했다.

나는 지금도 편하고, 모든 것이 다 충분하다고 말했다.

"당신이 주말을 기분좋게 보낼 수 있는 일이라면 무엇이든지 하겠습니다. " 그는 다시 말했다.

나는 고맙다는 인사를 하고 그가 나가기를 기다리고 있었다.

그러자 그가 잠시 머뭇거리고 있더니 비위를 맞히는 아주 간사스러운 목소리로 말했다.

"좀 미묘한 사정을 설명드리고 싶은데, 허락해 주시겠습니까? "

나는 물론 좋다고 대답했다.

"아주 숨김없이 말씀드리겠습니다. " 그는 말을 꺼냈다. "실은 팁에 대한 것입니다만……. 이처럼 팁에 대해 말한다는 것은 정말 나를 우울하게 만든답니다."

"아니, 어째서요?"

"그건 이렇습니다. 정말 알고 싶으시다면 말씀드리지요, 손님들이 이 댁에서 나가실 때는 반드시 팁을 주어야 한다고 생각하시지 않을까 해서요. 아니, 솔직히 말해서 그렇습니다. 네, 주는 분도 그렇고, 또 받는 우리도 그렇고, 뭔가 꺼림칙한 느낌이 들거든요. 나는 손님 같은 분의 가슴속에서도 그런 고민이 솟아오르리라는 걸 잘 알고 있습니다. 실례되는 말씀을 드려 죄송합니다만, 손님 입장에선 하나의 규칙처럼 되어 있어 하는 수 없이 필요 이상의 돈을 주어야 하다니 너무하다고 생각하실 겁니다."

집사는 여기서 이야기를 멈추더니 교활한 눈으로 나를 들여다보듯 자세히 쳐다보며 눈을 깜박거리고 있었다.

그래서 나는 나에 대해 그런 일로 걱정할 필요는 없다고 중얼거렸다.

"아니, 천만의 말씀입니다. 나는 손님이 전혀 팁을 줄 수 없다고 말씀해 주시기를 진심으로 바라고 있는 바입니다."

나는 말했다. "내참! 젝스, 지금 그런 일로 떠드는 건 삼가 주지 않겠소? 아무튼 그렇게 되면 서로의 마음도 알게 되겠지."

"아닙니다, 그건 이제……." 집사는 외쳤다. "제발 내가 말씀드린 대로 해주십시오."

"그래, 그럼, 당신 말대로 하겠소."

그는 나에게 고맙다고 말하고 나서 한두 발자국 내 쪽으로 다가왔다. 그리고 머리를 한쪽으로 갸우뚱하고 마치 목사처럼 두 팔을 앞에서 끌어안더니 변명이라도 하듯이 어깨를 슬쩍 움츠려 보였다. 작고 날카로운 눈은 아직도 나를 물끄러미 쳐다보고 있었다. 그래서 나는 한쪽 양말은 신고 한쪽 양말은 손에 든 채로 대체 다음에는 무슨 말이 나오려나 하고 지켜 보았다.

"나의 소원이란……." 집사는 부드러운 목소리로 말을 꺼냈다. 그 목소리는 너무도 부드러워, 대음악당에서 밖으로 은은히 흘러 나오는 음악 소리와 같은 울림이 깃들어 있었다. "나의 소원이란 팁 대신 손님이 주말의 트럼프 놀이에서 따신 총액의 99퍼센트를 나에게 주셨으면 하는 겁니다. 만일 지셨을 경우에는 한 푼도 주시지 않아도 됩니다, 네."

이런 말이 나에게 놀랄 틈도 주지 않고 갑작스럽게, 참으로 매끄럽고 아무렇지도 않게 나왔다.

"명사분들이 카드 놀이를 자주 하오, 젝스?"

"네, 그렇습니다. 꽤 많이 합니다."

"99퍼센트는 너무 터무니없는 말이 아닐까?"

"아닙니다. 그렇게 생각지는 않습니다."

"그럼, 10퍼센트 주기로 하겠소."

"그건 곤란합니다, 네."

집사는 왼손 손톱을 살펴보며 눈살을 찌푸리고 있었다.

"그럼, 15퍼센트로 하지. 어떻소, 괜찮겠지?"

"아닙니다, 99퍼센트라야 합니다. 그것이 타당한 선입니다. 아시겠습니까, 손님? 나는 손님이 게임에 강한지 약한지도 모릅니다. 내가 실제로 할 수 있는 일이란, 솔직히 말해서 말을 타기는 했지만 그 말이 대체 어디로 달릴 것인지 전혀 알 수 없는 상태니까요."

어떻습니까, 여러분! 여러분은 처음부터 집사와 이런 거래하게 되다니 딱하다고 생각될 것이다. 하기야 여러분이 그렇게 생각하는 것도 무리는 아니다. 그러나 자유로운 마음이라는 것을 가지고 있는 인간인 이상, 나도 늘 낮은 계급의 사람들에게는 되도록 잘 대해 왔다.

아무튼 그건 그렇고, 나는 생각할수록 이것은 스포츠맨이라면 아무도 거절할 수 없는 제안으로 인정하게끔 되어 버렸다.

"좋소, 이제 알겠소, 젝스, 말한 대로 하겠소."

"고맙습니다." 그는 게처럼 천천히 옆으로 걸으며 문 있는 쪽으로 다가갔다. 그러나 손잡이 위에 손을 얹더니 또 머뭇거리며 말했다.

"저, 좀 충고해 드릴 말이 있는데, 괜찮겠습니까?"

"뭐요?"

"아니, 대단한 일은 아닙니다. 이 댁 부인은 뭐랄까, 자기가 든 카드의 숫자보다 얼마쯤 강하게 나가는 경향이 있습니다, 네."

이건 너무하지 않은가! 나는 놀란 나머지 양말을 떨어뜨릴 뻔했다. 하기야 팁으로 집사와 정정당당하게 거래를 한다는 것은 그다지 죄될 일이 아니다. 그러나 대체 뭔가? 집사가 자기의 여주인에게 돈을 긁어 낼 수단을 제시하다니, 차라리 거절하는 편이 좋을 것이다.

"알았소, 젝스, 이제 됐소."

"손님, 나쁜 마음으로 말씀드린 것은 아닙니다. 다만 나로서는 손님이 어떻게 되든 한 번쯤 부인과 승부를 겨루게 될 것 같아서 말씀드린 것입니다. 네, 부인은 언제나 해이독 소령과 짝이 된답니다."

"해이독 소령? 당신은 그 잭 해이독 소령을 말하는 거요?"

"그렇습니다."

소령의 이야기가 나오자 젝스의 코 언저리에 차가운 비웃음의 빛이 떠오르는 것을 나는 알 수 있었다. 그리고 터튼 경 부인에게는 더 언짢은 일이지만, 집사가 '부인'이라는 말을 할 때마다 마치 레몬이라도 씹고 있는 듯 입술 밖에서 그 말이 발음되었다. 그의 얼굴에는 어딘지 비꼬는 듯한 조소의 빛이 나타나 있었다.

"너무 실례되는 말을 많이 했습니다. 부인은 7시에 객실로 내려오십니다. 해이독 소령과 다른 손님들도 그때 내려오실 겁니다."

그는 기묘한 습기와 은은한 찜질 냄새를 남겨 놓은 채 문을 슬쩍 빠져나갔다.

7시가 조금 지났을 때 나는 어느새 객실을 향해 걷고 있었다. 여느 때보다 더 아름다워 보이는 터튼 경 부인이 의자에서 일어나 나에게 인사를 했다.

"당신이 정말 오실까 하고 나는 의아해 했답니다." 그녀는 노래하는 듯한 목소리로 말했다. "다시 한 번 이름을 말씀해 주시겠어요?"

"그렇게 말씀하시니 몸둘 바를 모르겠습니다, 터튼 경 부인. 제가 찾아온 게 잘못은 아닐까요?"

"왜 잘못이에요?" 그녀는 말했다. "우리 집에는 침실이 47개나 있어요. 저, 우리 주인입니다."

작은 사나이가 부인 뒤에서 나타나 말했다. "이렇게 일부러 찾아 주셔서 정말 기쁘게 생각합니다."

그는 부드럽고 따사로운 미소를 띠고 있었다. 그가 나의 팔을 붙잡았을 때 그의 손가락 끝에 우정의 표시가 깃들어 있는 것을 나는 곧 느낄 수 있었다.

"이분은 칼멘 라 로자." 터튼 경 부인이 말했다.

그녀는 튼튼하고 아주 힘이 세어 보이는 여자였다. 무엇이든 척척 해낼 수 있을 것 같았다. 그녀는 나를 쳐다보며 고개를 끄덕였다. 나는 이미 손을 반쯤 내밀고 있었으나, 그녀는 손을 내밀 생각도 하지 않았다. 나는 손을 내 콧등으로 가져갈 수밖에 없었다.

"감기가 드셨군요?" 그녀는 말했다. "몸조심하세요."

나로서는 도저히 칼멘 라 로자 양에게 호감을 가질 수가 없었다.

"이분은 잭 해이독 소령."

이 사나이에 대해서는 나도 좀 알고 있었다. 그는 몇몇 회사의 중

역――그것이 어떤 회사이건――이었으며, 사교계에 얼굴이 알려진 인물이었다. 나도 두세 번 내가 담당하는 칼럼에 그의 이름을 다룬 일이 있었다. 그러나 나는 결코 그가 좋았던 것은 아니다. 그 주요한 이유는, 퇴역한 뒤 사생활에서까지 군대 시절의 칭호를 내세우는 인간 모두에게 나는 깊은 모멸감을 품고 있었기 때문이다. 특히 소령이 라는 데는 참을 수가 없었다. 디너 재킷을 입고 검은 눈썹과 크고 흰 이를 드러내 보이며 야수같이 번들거리는 얼굴로 서 있는 그는 아주 미남자이긴 했지만, 어딘지 모르게 천한 느낌이 들었다. 그는 웃으면 윗입술이 말려올라가 이가 드러나 보였다. 지금도 그렇게 웃으며 털 이 북실북실 난 갈색 손을 내쪽으로 쑥 내밀었다.

"당신이 담당하고 있는 칼럼에 우리에 대한 것을 멋지게 써 주시지 않겠습니까?"

"그거야 말하지 않아도 해주실 거예요." 터튼 경 부인이 말참견을 했다. "그렇지 않으면 우리 신문 제1면에 이분에 대해 아주 좋지 않 은 일을 쓰게 할 테요."

나는 웃었다. 그러나 그들 세 사람, 터튼 경 부인과 헤이독 소령, 그리고 칼멘 라 로자는 벌써 저쪽을 보고 소파 위에 앉으려고 했다. 젝스가 마실 것을 가지고 왔다. 그리고 베이실 터튼 경이 방 저쪽에 가서 조용히 이야기라도 하지 않겠느냐고 가만히 나에게 권했다. 그 러나 터튼 경 부인은 쉴새없이 남편을 불러서 자기가 필요한 것―― 마티니를 한 잔 더 달라든가 담배, 재떨이, 손수건 같은 것까지 다 갖다 달라는 것이었다. 그러면 남편 터튼 경이 의자에서 반쯤 몸을 일으키기는 하지만, 터튼 경 대신 그 역할을 젝스가 늘 앞질러 해 버 리곤 했다.

그렇다, 젝스는 분명히 주인을 존경하고 있었다. 그리고 그가 주인 의 아내를 미워하고 있는 것 역시 확실한 일이었다. 부인의 요구를 들어 줄 때마다 집사는 코 언저리에 비웃음을 띠고 입술을 떨었다. 그래서 그 입술은 칠면조의 궁둥이처럼 오므라드는 것이었다.

만찬이 시작되자 우리의 여주인은 자기 양쪽에 두 친구, 헤이독 소령과 칼멘 라 로자를 앉게 했다. 관습에 어긋나는 이 자리 배치는 베이질 경과 나를 테이블 저쪽 끝으로 밀어내는 결과가 되었으므로, 우리는 회화와 조각에 대해 즐거운 이야기를 계속 나눌 수 있었다. 물론 이것으로서 나는 소령이 '부인'에 대하여 완전히 달아올라 있다는 사실을 확실히 안 셈이었다. 그리고 또한 이런 말을 하는 것은 옳지 않은 일이지만, 칼멘 라 로자라는 여자도 같은 새를 노리고 있는 것으로 보였다.

이처럼 어이없는 모든 정경이 여주인에게는 빛을 더해 주고 있는 듯 보이는 데 반해 그 남편에게서는 오히려 생기를 빼앗아가 버렸다. 나는 터튼 경이 나와 함께 이야기를 하고 있는 동안 그가 이 굴욕적인 상황을 줄곧 의식하고 있다는 것을 알아차렸다. 그의 마음은 자주 우리 두 사람의 화제에서 빠져나가 이야기 도중에 갑자기 말이 끊어지곤 했다. 그의 눈은 줄곧 테이블 저쪽으로 옮겨가서 검은 머리칼로 덮인 머리와 묘하게 튀어나온 콧구멍 언저리에 한동안 머물렀다. 그는 그때 부인이 얼마나 명랑해져 있는지 알아차렸을 것이다. 그녀의 손이 제스처를 섞어 가며 이야기하는 동안 계속 소령의 팔 위에 놓여 있다는 것도, 그리고 또 한 여자, 무슨 일이고 할 수 있을 것처럼 보이는 여장부가 "나탈리아, 나탈리아, 내 말 좀 들어 봐요!"라고 말하는 것도 알아차렸을 것이다.

내가 말했다.

"내일 안내를 좀 해주십시오, 정원에 있는 저 조각을 꼭 보고 싶습니다."

"네, 좋습니다. 기꺼이 보여 드리지요."

그리고 그는 다시 아내 쪽을 보았다. 그의 눈에는 말로 표현할 수 없는 슬픔이 어려 있었으며 마치 애원하는 듯한 빛이 보였다. 그는 아주 온화하고, 불안해 보였다. 어떤 경우에도, 지금 내가 보고 있는 상황에서도 그의 내부에는 분노도 위험한 표지도 또 폭발의 징조도 보이지 않았다.

만찬이 끝나자 곧 나는 칼멘 라 로자와 짝이 되어 헤이독 소령과 터튼 경 부인을 상대로 카드 놀이를 하게 되어 테이블로 안내되었다. 베이실 경은 책을 들고 조용히 소파에 앉았다.

게임 그 자체에는 별로 이렇다할 이상한 일이 없었다. 흔히 볼 수 있는 게임으로, 오히려 질질 끄는 느낌이 들었다. 그러나 젝스는 불쾌한 얼굴이었다. 밤새도록 그는 우리 주위를 서성거리며 재떨이를 비우고, 음료수 심부름을 하고, 우리들이 든 패를 들여다보곤 했다. 그는 분명히 근시였다. 그래서 나는 대체 어떻게 돌아가고 있는지 잘 모르는 게 아닌가 하는 생각이 들었다. 왜냐하면 여러분은 아시는지 모르겠지만, 이곳 영국에서는 집사가 안경을 쓰지 못하게 되어 있기 때문이다. 또 수염도 기르면 안 되게 되어 있다. 이것은 어길 수 없는 규칙이었다. 그리고 거기에 어떤 뜻이 담겨 있는지는 잘 모르지만, 극히 상식적인 습관인 것이다. 수염이라는 것은 집사를 신사처럼 훌륭하게 보이게 하기 때문이고, 안경은 미국인처럼 보이게 만들기 때문이라고 나는 추측하고 있다. 그러나 정말 그 이유를 알고 싶으면 어디로 가야 좋을까? 아무튼 젝스는 밤새도록 불쾌한 얼굴이었다. 그리고 터튼 경 부인도 신문 관계 일로 자꾸 전화에 불려나가 불쾌한 것 같았다.

11시가 되자 그녀는 자기 카드에서 눈을 들고 말했다.

"베이실, 이제 쉴 시간이에요."

"그렇군, 벌써 그렇게 되었군."

터튼 경은 책을 덮고 의자에서 일어서더니 한동안 게임을 지켜보고 있었다.

"어떻습니까, 게임의 상태는?" 그가 물었다.

다른 사람들은 그 말에 대답하려고도 하지 않았다. 그래서 내가 대답했다.

"네, 재미있는 게임입니다."

"그거 잘되었군요. 젝스에게 시중을 들게 할 테니 무엇이든 시키십시오."

"젝스도 이제 그만 쉬도록 해요." 부인이 말했다.

내 옆에서 헤이독 소령이 후유 하고 코로 숨을 내쉬는 소리가 들렸다. 그리고 탁자 위에 카드가 계속 소리 없이 내려놓이고, 젝스가 우리 쪽으로 발을 끌며 카펫 위를 걸어오는 발자국 소리가 들렸다.

"물러가도 좋겠습니까, 부인?"

"좋아요, 어서 가서 쉬어요. 그리고 당신도, 베이실."

"당신도 곧 쉬도록 하오. 그럼, 여러분 안녕히 주무십시오."

젝스는 주인을 위해 문을 열었다. 경은 집사 뒤를 따라 조용히 나갔다.

다음의 세 번째 승부가 끝나자 곧 나도 졸립다고 말했다.

"어머나, 그래요?" 터튼 경 부인이 대답했다. "그럼, 어서 가서 주무세요."

나는 침실로 올라가 문을 잠근 다음 알약을 먹고 잠이 들어버렸다.

다음날인 일요일 아침, 나는 10시쯤 일어나 옷을 입고 아침 식사를 하기 위해 내려갔다. 나보다 앞서 베이실 경이 와 있었고, 젝스가 주인에게 구운 콩팥이며 베이컨, 프라이드 토마토 같은 것을 갖다 주는 등 시중을 들고 있었다. 나를 보자 터튼 경의 얼굴이 환해지며 식사가 끝나는 대로 정원 둘레를 한 번 걸어 보자고 권했다. 나는 그처럼 멋진 일이 어디 있겠느냐고 대답했다.

그리고 난 뒤 30분쯤 있다가 우리는 나갔다. 이 집을 벗어나 바깥 공기를 마시는 일이 얼마나 도움이 되는지, 여러분은 도저히 상상할 수 없을 것이다. 한겨울에 비가 몹시 퍼부은 다음 날 이따금 찾아오는 따뜻한 햇살이 쏟아지는 날, 그 날은 바로 그런 날씨였다. 태양이 눈부시게 빛나고 바람 한 점 없었다. 발가벗은 나무들은 햇빛을 받아 아름답게 빛났으며 나뭇가지에서는 물방울이 뚝뚝 떨어지고 있었다. 여기저기 젖은 부분은 다이아몬드처럼 반짝였다. 하늘에는 한 조각의 구름이 떠 있을 뿐이었다.

"어쩌면 이렇게 날씨가 좋을까요!"

"그렇군요, 정말 좋은 날씨입니다!"

우리 두 사람은 걸어가며 그밖의 말은 한마디도 하지 않았다. 말을 할 필요가 없었던 것이다. 터튼 경은 곳곳에서 발길을 멈추었다. 그러면 나는 그곳에 있는 모든 것을 바라보는 것이다. 거대한 체스의 말이며 장식적으로 다듬은 담, 정교한 정자와 풀, 샘물, 그리고 둘레에 참피나무를 심어 놓았기 때문에 잎이 무성한 여름 동안만 볼 만한 어린이용 미로와 화단, 동산, 포도와 복숭아 등이 자라고 있는 온실. 그리고 말할 나위도 없는 일이지만, 조각도 보았다. 현대 유럽 조각가의 작품들이 거의 다 그곳에 있었다. 브론즈, 화강암, 나무 작품 등이 햇빛을 받아 눈부시게 반짝이고 있었다. 이 작품들을 감상한다는 것은 대단한 기쁨이었다. 그러나 이 조각들은 어딘지 넓은 곳에 있어 얼마쯤 흐릿해 보이는 것 같은 기분이 들었다.

한 시간쯤 걸어다닌 뒤에 터튼 경이 말했다.

"잠깐 여기서 쉬었다 가지 않겠습니까?"

우리는 수많은 금붕어와 잉어들이 헤엄치는 수련이 피어 있는 연못가에 앉아 담배에 불을 붙였다.

그와 나는 저택에서 상당히 떨어진, 주위보다 약간 높게 언덕진 곳에 있었다. 우리가 앉아 있는 곳에서는 마치 옛날 원예 서적에 나오는 듯한 모습으로 펼쳐진 정원이 바로 내려다보였다. 담, 잔디, 테라스, 샘물, 이런 것들이 네모 혹은 동그라미의 아름다운 모양을 이루고 있었다.

"나의 아버지는 내가 태어나기 조금 전에 이것을 만드셨습니다." 터튼 경은 입을 열었다. "그 뒤 나는 쭉 이곳에서 살았지요. 그러니까 이 정원에 대한 일이라면 샅샅이 다 알고 있다고 해도 지나친 말이 아닙니다. 날이 갈수록 나는 이곳이 좋아집니다."

"여름에는 정말 기가 막히게 아름답겠는데요."

"네, 참으로 훌륭합니다. 5월이나 6월에 오시면 보실 수 있지요. 어떻습니까, 오시겠습니까?"

"물론이죠. 기꺼이 찾아뵙겠습니다."

그때 나는 저 멀리 꽃밭 사이를 거니는 빨간 드레스를 입은 여자의 모습을 계속 지켜보고 있었다. 그녀는 넓게 펼쳐진 잔디밭을 넘으려 하고 있었다. 걸음걸이가 쾌활했으며, 흐릿한 그림자가 그녀 뒤를 따르고 있었다. 잔디밭을 넘자 그녀는 왼쪽으로 꺾어져 소용돌이치는 높은 주목 울타리 한쪽을 따라 계속 걸어가다 다시 비교적 좁은 잔디밭으로 들어섰다. 그곳은 원형을 이루고 있으며, 그 한가운데에 조각이 하나 서 있었다.

"이 정원은 집보다 나중에 만든 것입니다." 터튼 경이 말했다. "18세기 초에 버몬이라는 프랑스 사람이 설계했지요. 그는 2백 50명의 인부를 동원하여 1년 동안에 일을 완성했다고 합니다."

아니, 아까의 그 빨간 드레스를 입은 여자는 웬 남자와 함께 있지 않은가! 정원이 파노라마처럼 펼쳐진 바로 그 한가운데에 두 사람은 1야드쯤 거리를 두고 마주서 있었다. 남자는 뭔가 검은 물체를 손에 들고 있었다.

"흥미가 있으시다면 버몬이 정원을 만드는 동안 노공작에게 제출한 청구서를 보여 드리지요."

"꼭 보고 싶군요. 틀림없이 재미있겠지요?"

"그는 인부들에게 하루에 1실링씩 임금을 지불했지요. 더구나 인부들의 노동 시간은 하루에 10시간이었습니다."

이처럼 활짝 갠 햇빛 아래에서 잔디밭에 서 있는 두 사람의 몸짓과 움직임을 뒤쫓는 것은 그리 어려운 일이 아니었다. 두 사람은 지금 조각을 바라보며 뭔가 열심히 이야기를 주고받고 있었다. 틀림없이 그 형태에 대해 농담을 하며 웃고 있는 것이리라. 그것은 추상파 헨리 무어의 작품임을 나도 알 수 있었다. 나무로 만들어진 그 조각은 기묘하게 튀어나온 몇 개의 손발과 두세 개의 구멍이 단순미로 빛나는 날씬하고 매끄러운 작품이었다.

"버몬이 주목을 체스의 말이며 그밖의 여러 가지로 본뜨려고 생각했을 때, 그는 적어도 백년이 지난 뒤에야 효과가 나타나리라는 것을 알고 있었습니다. 지금 우리가 계획을 세울 경우, 그런 인내심은 도저히 발휘할 수 없을 겁니다. 어떻습니까, 당신은 어떻게 생각하십니까?"

"저도 그렇게 생각합니다." 나는 대답했다.

사나이가 손에 들고 있던 검은 물체는 카메라였다. 그는 뒤로 물러서더니 헨리 무어의 작품 옆에 서 있는 여자를 찍으려고 하고 있었다. 그녀는 여러 가지 다른 포즈를 취하고 있었는데, 멀리서도 그 하나하나가 잘 보였다. 아주 즐기고 있는 듯한 바보스러운 모습의 포즈, 그녀는 튀어나와 있는 나무의 손발을 한 번 끌어안아 보기도 했다. 또 한 번은 그 위에 올라가 비스듬히 앉아 쏟아지는 공상의 비를 두 손으로 받는 시늉을 하기도 했다. 빽빽이 들어찬 주목숲이 이 두 사람을 집에서는 보이지 않도록 숨겨 주고 있었으며, 사실 우리가 앉아 있는 동산만 제외하면 정원 어디서도 보이지 않았다. 그러나 이들은 아마 우리가 그곳에 있다는 것은 꿈에도 생각지 못했을 것이다. 비록 우리가 있는 쪽을 흘끗 쳐다보았다 하더라도 햇빛 때문에 연못 벤치에 우두커니 앉아 있는 우리 두 사람을 과연 알아볼 수 있었을까.

"아시겠지만, 나는 이 주목을 굉장히 사랑하고 있습니다." 터튼 경이 말했다. "이 정원 안에서도 주목의 빛은 참으로 훌륭합니다. 눈을 쉴 수 있게 해주거든요. 여름이 되면 햇살은 그 장엄한 모습이 부서져 귀여운 파편이 터진 듯 퍼져서 주목들을 한층 더 멋지고 믿음직스럽게 보이도록 해줍니다. 당신은 깎아 다듬은 나무의 표면이나 그물코 위에 여러 가지 녹색 그림자가 있는 것을 알아차린 일이 있습니까?"

"그거 참, 멋지겠군요."

사나이는 지금 헨리 무어의 조각을 가리키며 뭐라고 여자에게 설명을 해주는 모양이었다. 아무튼 두 사람은 머리를 뒤로 젖히며 또 웃어대고 있었다. 사나이는 계속 손가락으로 가리키고, 여자는 그 구부러진 나무 뒤로 걸어가서 몸을 굽히고 구멍 속으로 머리를 디밀었다. 그 구멍은 망아지만한 크기였으나, 그보다는 좀 통이 좁았다. 내가 앉아 있는 곳에서는 그 양쪽이 다 잘 보였다. 왼쪽에서는 여자의 몸이, 오른쪽에서는 튀어나온 여자의 머리가. 그것은 사람들이 널빤지의 구멍에 목을 들이밀어 뚱뚱한 여자처럼 보이도록 하여 사진을 찍으며 좋아하는 바닷가에서의 놀이와 비슷했다. 사나이는 그러한 포즈의 여자를 사진으로 찍었다.

"주목에 대해서는 또 이런 일도 있습니다." 터튼 경은 다시 말을 이었다. "처음에 새 가지가 나오면······."

그는 갑자기 말을 끊더니 몸을 펴고 약간 앞으로 내밀었다.

　나는 그의 온몸이 갑자기 굳어지는 것을 알아차렸다. 나는 말했다.

　"그렇군요, 그래, 새 가지가 나올 무렵에는……. "

　사나이는 사진을 다 찍었다. 그러나 여자는 아직도 구멍에 목을 넣은 채였다. 이윽고 그가 양쪽 팔을 등 뒤로 돌리고 그녀가 있는 쪽으로 다가가는 것이 나의 눈에 들어왔다. 그런 다음 그는 몸을 앞으로 굽히더니 그녀에게 얼굴을 갖다댔다. 그리고 그대로 무엇인가를, 그렇다, 내가 보기에는 키스를 하고 있는 것 같았다. 그들은 그동안 움직이지 않고 있었다. 정적 속에서 나는 정원에 넘치는 햇빛을 타고 멀리 은은하게 여자의 웃음 소리가 언뜻 들려 오는 것처럼 느껴졌다.

　"집으로 돌아가지 않으시겠습니까? " 그는 물었다.

　"집으로요? "

　"네, 돌아가서 점심을 먹기 전에 한잔하는 게 어떨까요? "

　"한잔요? 글쎄, 좋겠지요. "

　그러나 우리는 움직이지 않았다. 터튼 경은 꼼짝도 하지 않고 내 옆에 앉아 오로지 멀리 보이는 두 사람의 모습을 지켜보고 있었다. 나도 역시 두 사람을 지켜보고 있었다. 도저히 눈을 뗄 수가 없었다. 그것은 마치 아주 먼 곳에서 인형의 위험한 발레를 보고 있는 것과도 비슷한 기분이었다. 무용이나 음악은 알고 있지만 스토리의 마지막도, 코레오그라피(발레의 무용법)도 모르고, 무희가 다음에 무엇을 할는지 전혀 짐작도 못하면서 열중해 버려 눈을 뗄 수 없는 발레를 볼 때와 같은 기분이었다.

　"고디에 블레스커가 일찍 죽지 않았더라면 아주 대단한 인물이 되었으리라고 생각하지 않으십니까? "

　"누구요? "

　"고디에 블레스커 말입니다. "

"그럼요, 물론이지요."

뭔가 기묘한 일이 일어나고 있다는 것을 나는 알았다. 여자는 아직도 머리를 구멍 속에 넣은 채였는데 서서히 부자연스러운 움직임으로 한쪽에서 다른 한쪽으로 몸을 이리저리 뒤틀기 시작했다. 사나이는 거기서 한 발자국쯤 떨어진 곳에 우두커니 서서 여자를 지켜보고 있었다. 그러나 그는 아무래도 그 자리에 있는 것이 갑자기 불안스러워진 모양이었다. 그는 머리를 떨구었다. 이미 웃음 소리는 사라지고 없었으며, 몸이 굳어져 있는 것을 알 수 있었다. 한동안 사나이는 꼼짝 않고 서 있더니 이윽고 카메라를 땅에 놓고 여자 쪽으로 다가가서 그녀의 머리를 잡는 것이 나의 눈에 보였다. 그러자 갑자기 그 정경은 발레라기보다 꼭두각시 놀이와 비슷해졌다. 멀리 대낮의 무대 위에서 작은 인형들이 미친 듯 부자연스럽게 움직이고 있는 것이다.

우리는 하얀 벤치 위에 조용히 앉아 있었다. 그리고 작은 인형의 사나이가 여자의 머리를 두 손으로 재치있게 다루는 모습을 지켜보고 있었다. 사나이는 아주 조용한 손놀림으로 다루고 있었다. 전혀 머뭇거리는 기색도 없이 시종 부드럽게, 천천히, 뭔가 좀더 철저하게 해보려는 듯, 그리고 가끔 뒤로 물러나와 몇 번이고 다른 각도에서 그곳을 조사해 보는 듯 웅크리고 앉곤 했다. 사나이가 여자를 놓을 때마다 여자는 몸을 뒤틀기 시작했다. 여자가 묘한 자세로 몸을 움직이는 모습을 보니 마치 목에 목걸이를 끼워 놓은 개가 연상되었다.

"빠지지 않는 모양이군." 터튼 경이 말했다.

이번에는 사나이가 조각 뒤쪽으로 걸어갔다. 여자의 몸이 있는 쪽이었다. 그는 두 팔을 내밀더니 여자의 목을 어떻게든 해보려고 했다. 목을 재빨리 두세 번 잡아당겼다. 분노와 고통이, 또는 그 두 가지가 합쳐진 찢어질 듯한 여자의 외침 소리가 내리쬐는 햇빛을 통해 작지만 뚜렷이 들려 왔다. 나는 곁눈으로 터튼 경이 자기 머리를 조용히 끄덕이는 것을 보았다. 그는 말했다.

"이런 일이 있었습니다. 나의 주먹이 캔디 항아리 속에 들어간 채 아무리 애를 써도 빠지지 않았었지요."

사나이는 몇 야드 뒤로 물러나 손을 엉덩이에 대고 서서 목을 꼿꼿이 하고 화를 내는 것처럼 보였다. 여자는 거북한 위치에서 사나이에게 뭐라고 말을 하고 있었다. 아니, 오히려 소리를 지르고 있는 것 같았다. 여자의 몸은 완전히 박혀서 움직일 수 없었지만 아직도 자유롭게 활동할 수 있는 다리가 미친 듯이 땅을 걷어차고 있었다.

"나는 망치로 단지를 부쉈습니다. 그리고는 잘못하여 선반에서 떨어뜨렸다고 어머니에게 말했었지요." 터튼 경은 이제 그럭저럭 침착을 되찾은 모양이었다. 긴장한 것 같지는 않았지만, 그의 목소리는 묘하게 단조로웠다.

"아무래도 내려가서 살릴 수 있을지 봐주는 게 좋을 것 같군요."

"그렇군요, 이건 가 봐야 도리겠지요."

그러나 터튼 경은 아직 움직이려고 하지 않았다. 그는 담배를 한 개비 꺼내더니 불을 붙이고, 불을 붙였던 성냥을 조심스럽게 상자 속에 넣었다.

"이거 실례했습니다." 그는 말했다. "한 개비, 어떻습니까?"

"네, 피우겠습니다."

그는 나에게 좀 어색한 태도로 담배를 권하더니 불을 붙여 주었다. 그리고 역시 불붙였던 성냥개비를 상자에 다시 넣었다. 이윽고 우리는 벤치에서 일어나 잔디가 가꾸어져 있는 경사면을 천천히 내려갔다. 주목 숲 담의 아치를 지나 우리는 두 사람이 있는 곳에 이르렀다. 가 보니 정말 놀라지 않을 수 없었다.

"대체 어떻게 된 일입니까?" 터튼 경이 물었다.

아주 조용한 어조였다. 분명히 그것은 터튼 경의 부인이 지금까지

한 번도 느낀 일이 없을 만큼 위엄을 느끼게 하는 조용한 어조였다.

"부인이 다가가서 구멍 속에 목을 넣었는데 빠지지 않습니다." 해이독 소령이 대답했다. "이건 그냥 웃어넘길 일이 아닙니다."

"뭐라고요?"

"베이실!" 터튼 경 부인이 비명을 질렀다. "여보, 그렇게 남의 일 보듯 할 일이 아니에요! 빨리 어떻게 좀 해줘요!"

부인은 더 이상 몸을 움직일 수는 없었지만, 아직 말을 할 수는 있었다.

"이 나무덩어리를 통째로 부술 수밖에 도리가 없을 것 같습니다." 소령이 말했다.

그의 잿빛 수염 위에는 빨간 빛의 작은 오점(汚點)이 묻어 있었다. 그것은 마치 붓을 잠깐 잘못 놀려 훌륭한 그림이 엉망이 되어 버린 것처럼 그의 남자 체면을 엉망으로 만들어 버렸다. 뭐랄까, 소령을 한낱 우스꽝스러운 존재로 보이게 했다.

"헨리 무어의 조각을 부순다 그 말씀이군요?"

"그렇습니다. 그렇지 않고는 부인을 자유롭게 해줄 수 없습니다. 어떻게 부인의 목이 들어갈 수 있었는지 그것은 신만이 아실 수 있는 일이지만, 현실적으로 보아 빼낼 수 없다는 것은 확실한 사실입니다. 귀가 걸립니다."

"아아!" 터튼 경은 말했다. "참 한심하군, 나의 아름다운 헨리 무어인데……."

이렇게 되자 터튼 경 부인은 더 이상 뭐라 말할 수 없을 만큼 심한 말로 남편에게 욕을 퍼부었다. 이때 젝스가 나무 그늘에서 나타나지 않았더라면 언제까지나 이런 상태가 계속되었을지도 모른다. 젝스는 소리도 없이 잔디 위를 옆으로 걸어 다가오더니, 마치 터튼 경의 지시를 기다리듯 일정한 거리까지 오자 경의를 표하고는 조금 떨어진 곳에 멈춰섰다. 집사의 검은 옷은 이 아침 햇빛 속에서 보니 정말 우스꽝스러웠다. 그 옛스러운 분홍빛 얼굴과 흰 손은 일생 동안 땅 밑 구덩이 속에서 사는 게 같은 동물을 연상케 했다.

"제가 할 일은 없습니까, 주인님?"

그는 목소리를 억누르고 있었으나 표정은 완전히 평정을 유지하고 있다고 볼 수 없었다. 터튼 경 부인 쪽을 볼 때의 그 눈 속에 회심의 미소가 번뜩였다.

"젝스, 자네가 할 일이 있네. 이 나무의 일부를 자를 수 있는 톱 같은 걸 갖다 주게."

"누구든 남자를 한 사람 더 불러올까요? 윌리엄은 톱질 솜씨가 보통이 아닙니다."

"아니, 괜찮네. 내가 할 테니까 연장만 갖다 주게. 어서, 빨리 서둘러 주게."

모두가 젝스를 기다리고 있는 동안 나는 그 언저리를 왔다갔다하고 있었다. 왜냐하면 터튼 경 부인이 자기 남편에게 퍼붓고 있는 욕설을 더 이상 들을 수가 없었기 때문이다. 그러나 집사가 또 한 사람의 여자, 그 칼멘 라 로자를 데리고 오는 것을 보고 나는 되돌아갔다. 그녀는 부인 쪽으로 달려갔다.

"어머나, 나탈리아! 나의 나탈리아! 아니, 대체 왜 모든 사람들이 당신을 이렇게 괴롭히지요!"

"괜찮아요, 잠자코 있어요." 부인이 말했다. "어서 거기에서 비켜 줘요."

터튼 경은 부인의 머리 옆에 서서 젝스를 기다리고 있었다. 젝스는 한 손에 톱을 들고 또 한 손에는 도끼를 들고 천천히 다가오고 있었다. 그는 1야드쯤 떨어져서 그 자리에 멈추어섰다. 그리고 주인이 연장을 고를 수 있도록 두 가지를 다 앞으로 내밀었다. 한동안, 겨우

2, 3초 동안이었지만 침묵과 기대가 둘레를 가득 채웠다. 무슨 일이 일어난 것은 마침 내가 젝스를 지켜보고 있을 때였다. 톱을 들고 있는 집사의 손이 1인치쯤 터튼 경 쪽으로 움직이는 것이 보였다. 눈에 보일까 말까 한 약간의 움직임, 거의 알아차릴 수 없을 정도로 작은 움직임이었다. 조용하게 가해지는 손의 힘, 눈썹을 치켜올리는 듯한 그 사소한 분위기, 사람을 설득하는 것 같으면서도 아무렇지도 않은 듯한 분위기.

터튼 경이 그것을 알아차렸는지조차도 확실치 않았다. 그러나 그는 아직도 머뭇거리고 있었다. 그러자 도끼를 든 손이 앞으로 움직였다. 그것은 마치 카드의 요술로 요술사가 "자, 마음대로 집으세요." 하면 으레 그가 원한 것을 집게 되는 그 방법과 똑같았다. 터튼 경은 도끼를 집었다. 나는 꿈꾸는 듯한 기분으로 손을 내밀고 있는 젝스로부터 도끼를 받아드는 경을 쳐다보았다. 터튼 경은 집사의 손에서 도끼 자루를 받아든 순간, 자신을 사로잡았던 것을 분명히 알아차린 모양이었다. 이윽고 그는 생명을 향해 도전해 갔다.

그렇다. 나중에 생각해 보니, 그것은 아이가 찻길로 달려나간 순간 차가 질주해 올 경우 여러분이 할 수 있는 일, 즉 눈을 꼭 감고 무슨 일이 일어났나 소리가 알려 줄 때까지 기다릴 수밖에 없는 그런 기분이었다. 그 기다리는 순간은 오랜 폭풍이 일기 전의 정적 속에서 새까만 지상에 빨강과 노랑의 오점이 물보라를 일으키며 흩어지는 것을 보는 것과도 같았다. 그리고 여러분이 다시 한 번 눈을 뜨고 아무도 죽지 않았으며 다치지도 않았다는 사실을 알고 난 뒤에도, 여러분과 여러분의 위장이 그렇게 생각해 버린 이상, 그것을 현실로서 본 것이나 다름없다.

아무 일도 없으리라는 것은 알고 있었다. 그렇다, 모든 것을 다 알고 있었던 것이다. 그러나 나는 터튼 경이 여느 때보다 더 조용한 목소리로 집사에게 말하고 있는 것을 듣기 전까지는 눈을 뜰 수가 없었다. 사실이었다.

"젝스," 그는 입을 열었다.

나는 눈을 뜨고, 그리고 보았다. 그는 아직 손에 도끼를 든 채 조용히 서 있었다. 터튼 경 부인의 목도 그곳에 있었다, 아직 구멍에 박힌 채. 그러나 부인의 얼굴은 잿빛으로 바뀌어 입을 크게 벌리고 목을 골골 울리고 있었다.

"여보게, 젝스," 터튼 경은 말했다. "자네는 대체 무슨 생각을 하고 있는 건가? 이런 건 위험하지 않나. 톱을 주게."

이리하여 터튼 경이 연장을 바꿨을 때 비로소 나는 그의 볼에 발그레한 핏기가 솟아오르는 것을 보았다. 그리고 그의 눈 가장자리에 작은 미소의 주름이 어렴풋이 떠오르는 것도.

The Sound Machine
음향 포획기

찌르는 듯이 더운 어느 여름 날 저녁, 클로스너는 부지런히 정문을 지나서 집 옆을 돌아 뒤뜰 쪽으로 갔다. 뜰로 내려가서 목조 오두막 앞에 이르자 안으로 들어가서 문을 닫았다.

오두막 안은 나무 껍질을 벗겨 이어 만든 방이었다. 벽 반대쪽의 왼편에 길다란 나무 작업대가 있고, 그 위에 와이어와 배터리와 날카로운 공구류가 함께 들어 있는, 길이 3피트쯤 되는 검은 상자가 놓여 있었다. 마치 아이들의 관처럼 생긴 상자였다.

클로스너는 방을 가로질러 그 상자 앞으로 다가갔다. 상자는 열려 있었다. 그는 몸을 굽혀 여러 가지 빛깔로 칠한 와이어와 은으로 만든 튜브 사이에 놓여 있는 그 상자 속을 들여다보고 무엇인가 조사하기 시작했다. 그리고 상자 옆에 있는 종이 한 장을 집더니 샅샅이 살펴본 다음 다시 내려놓았다. 그 뒤 또 상자 속을 들여다보고는 와이어를 따라 손가락을 움직이며 상태를 알아보기 위해 살짝 잡아당기기도 하더니 종이를 들여다보았다. 그리고 또다시 상자 속을 들여다보고 와이어를 조사했다. 이런 일을 거의 한 시간 가까이나 되풀이하고 있었다.

그 일이 끝나자 그는 세 개의 다이얼이 달려 있는 상자 앞부분으로 손을 가져가서 그 다이얼을 돌리며 상자 속 기계의 움직임을 지켜보았다. 그러는 동안 자기 자신에게 이야기를 하는 듯 고개를 끄덕이기도 하고 때로는 빙긋이 웃기도 하는 것이었다.

그의 손은 계속 움직이고 있었으며, 손가락은 조용하고 재빠르게 상자 속을 달렸다. 그는 미묘하고 까다로운 부분에 닿으면 이상하게 입을 일그러뜨리며 속삭였다.

"좋아……좋아……. 이번에는 이것이다……. 응……좋아……. 역시……이것이면 됐어……됐어……. 이것이면 됐어……. 참……멋있는걸……. 응……오케이……. 오케이…… 됐어, 됐어."

바야흐로 그의 열의는 최고조에 달하여 그의 동작도 차츰 빨라졌다. 그리고 움직이고 있는 그의 모습에 무언가 긴박감을 주는 숨막히는 공기가 밀어닥치고, 불쑥 솟아오르는 강한 흥분의 기미가 고조되어 갔다.

이때 갑자기 바깥에서 자갈 밟는 소리가 들려 왔으므로 그는 일어서서 조용히 돌아다보았다. 문이 열리고 키 큰 사나이가 들어왔다. 스코트였다. 다름 아닌 의사 스코트였다.

"아아!……." 의사가 입을 열었다. "오후 내내 이런 곳에 숨어 있었군."

"어서 오십시오, 스코트 씨." 클로스너는 말했다.

"마침 이곳을 지나가던 길에" 하고 의사는 그에게 설명했다. "자네가 어떻게 하고 있나 궁금해서 잠깐 들렀는데, 집 안에 아무도 없지 뭔가. 그래서 이리로 와 본 걸세. 목은 좀 어떤가."

"아, 괜찮습니다. 상태가 좋은걸요."

"온 김에 어디 한번 볼까?"

"아니, 걱정하지 마십시오, 이제 다 나았습니다."

의사는 방 안의 이상한 분위기를 느낀 모양이었다. 그는 작업대 위의 검은 상자를 보고 클로스너 쪽으로 눈을 돌렸다.

"자네는 모자를 쓴 채로 있군." 의사가 말했다.

"아, 그랬군요."

클로스너는 손을 올려 모자를 벗더니 작업대 위에 놓았다.

의사는 그쪽으로 다가와 허리를 굽히고는 상자 속을 들여다보며 물었다.

"이건 뭔가? 라디오라도 만드는 건가?"

"아니오, 그냥 장난 좀 하는 겁니다."

"속에 꽤 여러 가지가 들어 있는 것 같군."

"네." 클로스너는 완전히 긴장하여 마음이 산란한 듯 말했다.

"이건 또 뭔가?" 의사가 물었다. "마구 흔들리고 있는 모양인데, 안 그런가?"

"아직 보잘것없는 아이디어에 지나지 않습니다."

"흐음……."

"소리를 잡는 것입니다. 다만 그뿐입니다."

"참 알다가도 모를 사람이군! 자네는 하루 종일 이런 일에 열중해 있는 모양이지?"

"나는 소리를 좋아합니다."

"아무래도 그런 것 같군." 의사는 문 쪽으로 걸어가다가 돌아다보며 말했다. "너무 오래 자네 일을 방해해도 좋지 않겠지. 아무튼 목이 아파 괴로워하지 않으니 다행이군."

의사는 상자 쪽을 물끄러미 쳐다보며 문 앞에 서 있었다. 아무래도 굉장히 복잡한 내용물들이 들어차 있는 이 상자에 흥미를 느낀 모양이었다. 저 이상한 것은 대체 무엇일까? 그것이 알고 싶어 좀이 쑤시는 것 같았다.

"대체 이건 어디에 쓰는 건가? 정말 궁금하군." 의사가 물었다.

클로스너는 먼저 상자를 보고 나서 다시 의사를 쳐다보았다. 그는 살짝 오른쪽 귓불을 문질렀다. 한순간 침묵. 의사는 그곳에 선 채 미소지으며 기다리고 있었다.

"좋습니다. 그럼, 이야기해 드리지요. 그렇게 흥미를 느끼신다면."

또 잠깐 침묵. 의사가 보기에 클로스너는 대체 어디서부터 이야기를 꺼내야 좋을지 몰라 망설이고 있는 것 같았다.

그는 몸무게를 이쪽 발에서 저쪽 발로 옮기며 귓불을 잡아당기기도 하고 자기 발을 내려다보기도 하더니, 이윽고 입을 열어 천천히 설명하기 시작했다.

"그러니까……저…… 이치는 아주 간단합니다. 정말 간단합니다. 사람의 귀란……. 그렇습니다, 아시다시피 모든 것을 다 들을 수는 없습니다. 아주 느린 파장의 소리와 아주 빠른 파장의 소리는 들리지 않습니다."

"과연, 흐음……." 의사가 말했다.

"아주 간단히 말하자면, 1초 동안에 1만 5천 번 이상 진동하는 소리는 우리 귀에 들리지 않습니다. 개는 우리보다 좋은 귀를 가지고 있습니다. 아시다시피 아주 소리가 높기 때문에 우리에겐 그 음이 들리지 않는 피리가 있지요. 그런데 개는 그런 소리를 다 들을 수 있습니다."

"그렇지, 나도 본 일이 있네." 의사가 말했다.

"그야 물론 있겠지요. 음질을 차츰 높여 가면 그런 피리보다도 더 높은 음조(音調)가 나옵니다. 이것을 음파(音波)라고 해도 좋겠지요, 하지만 나는 그것을 음조라고 부르고 싶습니다. 당신은 그 어느 쪽도 들을 수 없습니다. 그리고 음질을 자꾸자꾸 높여가면 아주 높은 음조가 생기고, 끊임없이 계속 음조를 만들 수 있습니다……. 네, 무한대로 계속되는 음조……. 우리 귀에 들리지는 않지만 어엿한 음조가 있습니다. 굉장히 높아 1초 동안에 1백만 번이나 진동하는 소리입니다……. 아니, 그보다 더 높게 1백만 번 진동시키는……. 그리고 더 높게, 또 더 높게, 숫자가 계속되는 한……무한대로……. 아아, 영원히 별보다도 더 많이……."

클로스너는 점점 더 생기를 띠게 되었다. 그는 작고 나약한 사나이였다. 신경질적이고 겁이 많으며 늘 손을 움직이고 있었다. 그 커다란 머리는 왼쪽 어깨 쪽으로 기울어져 마치 목이 머리를 떠받치지 못할 정도로 약한 것이 아닐까 하는 생각이 들었다. 또 얼굴은 밋밋하고 창백하여 거의 희다고 할 수 있을 만큼 혈색이 없고, 쇠테 안경 속에서 깜박이고 있는 잿빛 눈동자는 겁을 먹고 있는 듯 초점도 없이 엉뚱한 곳을 바라보는 것이었다. 나약하고 신경질적이며 겁이 많은 자그마한 사나이, 벌레 같은 사나이, 꿈꾸는 듯한 사나이, 주의가 산만하고 갑자기 안절부절못하는가 하면 묘하게 생기를 띠는 사나이. 의사는 지금 이 작은 남자의 희끄무레한 기묘한 얼굴과 연회색 눈동자를 들여다보면서 어쩐지 동떨어져있는 듯한 멍한 느낌, 마치 몸은 여기 있지만 영혼은 끝없는 우주를 헤매고 있는 듯 넋을 놓고 있다는 것을 인정해야만 했다.

의사는 그가 이야기를 계속하기를 기다리고 있었다. 클로스너는 한숨을 쉬며 두 손을 꽉 쥐었다.

"나는 이렇게 생각합니다." 이번에는 좀더 느린 말투였다. "우리 둘레에는 일년 내내 우리가 들을 수 없는 온갖 소리들로 가득차 있습니다. 너무 진동수가 빠르기 때문에 알아들을 수 없는 소리들 속에서 새롭고 훌륭한 음악이 이루어지고 있지 않을까? 이것은 있을 수 있는 일입니다. 참으로 미묘한 하모니와 무섭게 조화되지 않는 불협화음을 동반한 음악, 굉장히 강력하여 만일 우리의 귀가 그 소리를 들을 수만 있다면 틀림없이 미쳐 버릴 그런 음악 말입니다. 분명히 있습니다…… 누구나 상상할 수 있는……."

"으음. 그러나 반드시 그렇다고는 말할 수 없지." 의사는 대답했다.

"왜요? 왜 그렇게 말할 수 없습니까?" 클로스너는 작업대 위의 구리선 묶음에 앉아 있는 파리를 가리켰다. "저기 파리가 보이지요? 지금 저 파리도 무엇인가 소리를 내고 있을 게 아닙니까? 그러나 아무도……, 그렇습니다, 아무도 그 소리를 듣지 못합니다. 우리는 다만 그 소리가 아주 높은 음조로 맹렬하게 쉭쉭 소리를 내고 있든가, 어쩌면 짖어대든가, 가악가악거리든가, 노래하고 있을 거라고 생각합니다. 저 파리에게는 입이 있으니까요, 안 그렇습니까? 목도 있습니다!"

의사는 파리를 쳐다보며 미소지었다. 그는 여전히 문 손잡이에 손을 댄 채 문 앞에 버티고 서 있었다.

의사가 말했다. "아아! 그래서 자네가 그것을 조사해 보겠다는 거로군?"

"그렇습니다, 상당히 오래 전에." 클로스너는 말했다. "나는 간단한 기계를 만들어 보았습니다. 확실히 알아들을 수는 없지만, 그밖에도 분명히 소리가 있다는 것을 증명해 주는 기계입니다. 나는 앉아서, 그 기계가 내 귀에는 들리지 않지만 공중에 떠다니는 소리의 진동을 기록하고 있는 것을 지켜보았습니다. 그리고 그런 것이야말로 내가 듣고 싶어하는 소리입니다. 나는 알고 싶습니다. 대체 그 소리는 어디서 들려 오는지, 또 누가, 무엇이 내고 있는 소리인지를……."

"그럼, 거기 테이블 위에 있는 것이 바로 그 기계로군." 의사는 말했다. "그래, 그 기계가 그런 소리를 들려 준단 말인가?"

"네, 그렇다고 할 수 있지요. 나는 너무 재수가 없었습니다. 그러나 이것을 개량하여 오늘 밤에 다시 한 번 실험해 보려고 합니다. 이 기계는……." 손으로 기계를 만지며 그는 설명을 계속했다. "사람의 귀에는 들리지 않는 빠른 파장의 소리 진동을 잡을 수가 있지요. 그리하여 그 소리를 개조하여 인간이 들을 수 있는 소리로 바꾸는 겁니다. 나는 그것을 라디오처럼 조정하려고 합니다."

"예를 든다면?"

"뭐, 별로 어려운 건 아닙니다. 그렇지요, 예를 들면 내가 박쥐 우는 소리를 듣고 싶다고 합시다. 그것은 정말 빠른 파장의 소리입니다. 1초 동안에 3만 번 진동하니까요. 여느 사람의 귀라면 완전히 들을 수 없는 소리지요. 이 방 둘레를 박쥐가 날아다니고 있다면 나는 기계를 3만에 맞춥니다. 그러면 나는 박쥐가 끽끽 하는 소리를 아주 뚜렷하게 들을 수 있는 겁니다. 그렇습니다, 정확한 음조까지 들을 수 있지요. 날카로운 라 음이라든가 보통의 레, 또는 그 소리가 무엇이든. 그러나 다만 아주 낮은 소리로 들려 옵니다. 아시겠습니까?"

의사는 길다란 관처럼 생긴 상자를 쳐다보았다.

"그래서 오늘 밤 자네는 그 실험을 할 생각이란 말인가?"

"네."

"그럼, 성공을 빌겠네." 의사는 시계를 흘끗 보더니 중얼거렸다. "아, 이거 안 되겠군! 곧 가 봐야겠어. 그럼, 잘 있게. 설명해 줘서 고맙네. 언제고 또 한 번 들르지. 어떻게 되었나 보러 말일세." 의사는 나가더니 손을 뒤로 돌려 문을 닫았다.

한동안 클로스너는 검은 상자 속에 있는 선을 여기저기 만져 보며 법석을 떨었다. 이윽고 그는 벌떡 일어서더니 약간 흥분한 말투로 속삭였다.

"어디 다시 한 번 해봐야지……. 이것을 뜰로 가지고 나가야겠군
……. 그럼, 아마……그렇다, 더 잘 들릴 거야. 자, 들어올리자…
…, 살짝, 살짝……, 아니, 이게 왜 이렇게 무겁지!"

그는 상자를 문 앞까지 가지고 가서 그것을 내려놓지 않으면 문이
열리지 않는다는 것을 알자, 일단 상자를 내려놓고 문을 연 다음 가
까스로 애를 쓰며 뜰 가운데로 가지고 나갔다. 그는 잔디밭 위에 있
는 작은 테이블 위에 기계를 조용히 내려놓았다. 그리고 다시 오두막
안으로 들어가 한 쌍의 이어폰을 가져왔다. 그는 이어폰에 달려 있는
소켓을 기계에 끼우더니 귀에 대었다. 손의 움직임이 차츰 빨라지고
정확해지자 그는 점점 흥분하기 시작했다. 숨결이 거칠어지고 다급해
졌다. 그는 조그만 목소리로 줄곧 자신을 안심시키고 격려하려는 듯
한 말을 중얼거렸다. 마치 무엇을 두려워하고 있는 것처럼. 아아, 기
계가 멈추지나 않을까, 만일 움직이면 대체 어떻게 될 것인가 하고
두려워하며 떨고 있는 것 같았다.

그는 뜰 안의 테이블 옆에 버티고 서 있었다. 얼굴빛이 창백하고
키가 작달막하며 말라빠진 아이, 어딘가 갑갑해 보이는 폐병 앓는 안
경 낀 아이를 연상케 한다. 해가 기울었다. 바람도 없고 아무 소리도
들리지 않았다. 그가 서 있는 곳에서 낮은 담 너머로 이웃집 뜰이 보
였다. 부인이 손에 꽃바구니를 들고 뜰로 내려서는 참이었다. 그 부
인에 대해 생각하는 것도 아니면서 그는 멍하니 한참 동안이나 부인
을 지켜보고 있었다. 이윽고 그는 테이블 위에 놓여 있는 상자 쪽으
로 돌아서서 앞부분에 달려 있는 단추를 눌렀다. 왼손을 음량 조절기
에 대고 오른손은 라디오의 음파 지시표 같은 한가운데의 큰 다이얼
바늘을 움직이는 단추에 대고 있었다. 다이얼에는 많은 숫자가……,
그렇다, 1만 5천에서 시작하여 1백만까지의 주파수가 각기 새겨져

있었다.

지금 그는 기계 앞에 쭈그리고 앉아 있었다. 그의 머리는 무엇을 정신없이 듣고 있는 것처럼 한쪽으로 기울어져 있었다. 오른손이 스위치를 틀기 시작하자 바늘이 서서히 다이얼 위를 움직였다. 그 미묘한 움직임은 거의 육안으로 분간할 수 없을 정도였다. 그러자 이어폰에 사각사각 하는 아주 작은 소리가 들릴락말락하게 들려 왔다.

그 사각사각 하는 소리에 섞여 붕 하는 소리도 조그맣게 들렸다. 기계 자체가 내는 소리였다. 오직 그뿐이었다. 그러나 듣고 있는 동안에 그는 묘하게 감정이 고조됨을 의식하기 시작했다. 머리에 달려 있는 귀가 자기 위치에서 점점 밖으로 뻗어 가는 듯한, 마치 두 개의 귀가 더듬이처럼 가늘고 단단한 선으로 머리에 연결되어 있는 것 같은 기분이 들었다. 그 선이 길게 뻗쳐 숨겨진 금단의 영역으로 귀가 차츰 들어가는, 어떠한 귀도 들어 본 일이 없으며 또 들을 권리도 없는 위험에 차 있는 그 초음(超音)의 세계로 들어가는 듯한 기분.

작은 바늘은 천천히 다이얼 위를 미끄러져 나갔다. 그때 갑자기 그의 귀에 악을 쓰는 소리, 소름이 끼치는 찢어질 듯한 소리가 들려 왔다. 저도 모르게 그는 펄쩍 뛰어올라 테이블 끝을 잡으려고 손을 내렸다. 그리고 지금 소리를 지른 사람을 찾아내려는 듯이 자기 둘레를 둘러보았다. 이웃집 뜰에 있는 부인 말고는 아무도 없었다. 소리를 지른 것이 그녀가 아님은 틀림없었다. 그녀는 몸을 굽히고 노란 장미를 꺾어서 바구니 속에 담고 있었다.

또 외치는 소리가 들렸다. 성대가 없는 듯한, 인간의 소리가 아닌 듯한 외침. 짧고 날카로우며, 뚜렷하고도 차가운 느낌. 그 소리에는 클로스너가 생전 처음 듣는 은근하고 금속적인 울림이 있었다. 본능적으로 클로스너는 그 음원(音源)을 찾으려고 둘레를 두리번거렸다. 눈에 보이기로는 이웃집 부인만이 살아 있는 것이다. 그는 부인이 한쪽 손을 내밀어 장미 가지를 잡은 다음 가위로 싹둑 자르는 것을 보았다. 그러자 또다시 악을 쓰는 소리가 들렸다.

장미 가지가 꺾이는 그 순간에 외침 소리가 들린 것이다.

이때 부인은 허리를 펴더니 장미가 가득찬 바구니 속에 가위를 넣고 저쪽으로 가려고 했다.

"사운더스 부인!" 클로스너는 큰 소리로 불렀다. 그 목소리는 흥분에 떨리고 있었다. "아, 잠깐만, 사운더스 부인!"

사방을 둘러보고 나서 부인은 잔디밭에 서 있는 이웃집 사나이를 쳐다보았다. 이어폰을 귀에 대고 손을 흔들며, 방심하고 있는 듯이 보이는 작은 사나이를. 그 사나이가 지금 놀랄 만큼 큰 소리로 자기를 부르고 있는 것이다.

"장미를 한 송이만 더 잘라 봐 주십시오! 부탁합니다. 자아, 얼른 한 송이만 더 잘라 주십시오!"

그녀는 조용히 발걸음을 멈추더니 그를 쳐다보며 물었다.

"왜 그러시지요, 클로스너 씨? 대체 왜 그러세요?"

"저어, 부탁이니 내 말을 좀 들어 주십시오." 그는 소리쳤다. "한 송이만 더 꺾어주십시오."

사운더스 부인은 늘 그 이웃집 사나이를 좀 이상한 사람이라고 생각하고 있었다. 그런데 지금은 정말 미친 사람이 되어 버린 것 같았다. 그녀는 집 안으로 뛰어들어가 남편을 불러오는 게 좋지 않을까 하고 생각했다. 그러나 그녀는 생각해 보았다. 그래, 저 사나이는 나쁜 짓을 할 사람 같지는 않아. 다만 부탁을 들어 주기만 하면 되겠지.

"네, 그렇게 하지요, 클로스너 씨. 당신이 바라신다면."

그녀는 바구니 속에서 가위를 꺼내더니 몸을 굽혀 또 한 송이의 장미꽃을 잘랐다.

클로스너는 또다시 이어폰에서 그 소름 끼치는 울부짖음 소리가 나는 것을 들었다. 장미를 꺾는 그 순간에 들렸던 것이다. 그는 이어폰을 떼더니, 두 집의 뜰을 막고 있는 담쪽으로 달려갔다.

"네, 됐습니다. 이제 그만둬 주십시오!"

부인은 그곳에 서서 한 손에는 노란 장미, 또 한 손에는 가위를 든 채 그를 바라보고 있었다.

"나는 당신에게 어떤 사실을 설명해 주고 싶습니다, 사운더스 부인." 그는 말했다. "부인은 도저히 믿을 수 없는 일이겠지만." 그는 담 위로 손을 얹더니 안경 너머로 정신없이 그녀를 쳐다보았다. "오늘 저녁 부인은 바구니에 장미꽃을 잔뜩 꺾어 넣으셨습니다. 부인은 목숨이 있는 가지를 날카로운 가위로 자른 셈입니다. 그래서 부인이 가위로 자를 때마다 장미꽃은 차마 들을 수 없을 만큼 무참한 소리를 지르고 있었습니다. 아시겠습니까, 사운더스 부인?"

그녀는 대답했다.

"어머나, 난 그런 것은 전혀 모르고 있었어요."

"그러나 실제로 일어나고 있습니다." 그는 얼마쯤 초조한 듯이 숨을 헐떡이며 말을 이었다. "나는 외치는 소리를 들었습니다. 부인이 장미를 꺾을 때마다 그는 애처로운 소리를 들었습니다. 아주 다급한 소리였습니다. 1초에 10만 2천 진동쯤 될까요, 그러니 부인에게 들릴 리가 없지요, 하지만 나는 들었습니다."

"정말인가요, 클로스너 씨?"

그녀는 5초 안에 집 안으로 달려들어가는 게 좋을 것 같다고 생각했다.

그는 말을 계속했다.

"부인, 부인은. 저 장미 덩굴 속에 무슨 아픔을 느끼는 신경 조직과 비명을 지르는 성대가 있느냐고 말씀하실지도 모릅니다. 사실

옳은 말입니다. 물론 장미꽃은 그런 것을 지니고 있지 않습니다. 어떻든 우리들 같은 사람이 아니니까요. 하지만 그런 일을 어떻게 알겠습니까, 사운더스 부인?"

갑자기 그는 담 너머로 몸을 내밀었다. 그의 목소리는 열띤 속삭임으로 바뀌었다.

"……어떻게 부인이 아실 수 있겠습니까. 장미 덩굴은 누군가에게 줄기를 싹둑 잘리고도 아무 아픔을 느끼지 않는다고 말입니다. 이를테면 가위에 당신 손목이 잘렸을 때의 아픔과 같은 것을 장미가 느끼지 않으리라고 어떻게 말할 수 있지요? 장미도 이렇게 살아 있는데 말입니다. 안 그렇습니까, 부인?"

"그렇군요, 클로스너 씨. 정말 그렇군요. 그럼, 안녕히 주무세요."

그녀는 재빨리 몸을 돌리더니 집으로 달려들어갔다. 클로스너는 테이블이 있는 곳으로 되돌아왔다. 이어폰을 귀에 꽂고 잠시 귀를 기울이며 서 있었다. 아직도 사각사각 하는 소리와 붕 하는 기계 소리가 들려 왔다. 몸을 굽히고 그는 잔디밭에 나 있는 희고 작은 데이지 꽃을 잡아서는 천천히 그 줄기가 꺾어질 때까지 이쪽저쪽으로 잡아당겨 보았다.

그가 데이지 꽃 줄기를 잡아당기기 시작했을 때부터 그것이 꺾이는 순간까지 은은하게 들려 오는 높은 파장의 외침 소리가, 이상한 비인간적인 소리가 들려 왔다. 분명히 이어폰에서 들려 오는 것이었다. 그는 또 한 송이를 잡고 똑같은 실험을 해보았다. 그러자 또다시 외침 소리가 들렸다. 그러나 그것이 분명히 아픔을 호소하는 외침 소리인지 어떤지는 그로서도 자신할 수 없었다. 아니, 아픔 때문만은 아닐 것이다. 놀라는 소리일 것이다. 그러나 정말로 그럴까? 그것은 인간처럼 감정과 정념을 있는 그대로 나타내는 소리는 아니었다. 단순한 외침 소리, 성별(性別)이 없는 무표정한 외침 소리였다. 단조롭고 비정한 음조, 그리고 아무것도 표현하고 있지 않는 소리였다. 그 외침은 장미꽃의 외침과 똑같았다. 아픔을 호소하는 외침으로 들은 것은 잘못이었다. 꽃은 아마 아픔을 느끼지 못할 것이다. 우리 인간들로서는 알 수 없는 뭔가 다른 정감 같은 것이리라.

그는 일어서서 이어폰을 뺐다. 저녁의 어둠이 깔리고, 주위에 둘러선 집의 창문에서 하나둘 불빛이 새어나오기 시작했다. 테이블 위에서 검은 상자를 살짝 들어올린 다음 그는 오두막 안으로 들어가 그것을 작업대 위에 올려놓았다. 그리고 밖으로 나와 손을 뒤로 돌려 문을 잠그고 집으로 들어갔다.

다음날 아침 클로스너는 아직 가로등이 켜져 있을 때 일어났다. 옷을 입기가 무섭게 오두막으로 곧장 걸어갔다. 기계를 끌어안고 그 무게에 못 이겨 비틀거리며 밖으로 나왔다.

집을 나와 대문을 지난 다음, 한길을 건너 그는 공원으로 들어갔다. 거기서 숨을 돌리고 주위를 살펴보았다. 그리고 한 그루의 큰 너도밤나무 앞으로 걸어가더니 나무 밑에 기계를 내려놓고 급히 집으로 달려가 석탄 저장실에서 도끼를 꺼냈다. 그는 다시 한길을 건너 공원으로 가서 도끼를 나무 옆에 놓았다.

그리고 다시 한 번 주위를 둘러보고, 신경질적으로 얇은 안경알을 통해서 사방을 살펴보았다. 그 근처에는 사람 그림자 하나 없었다. 아직 아침 6시였던 것이다.

그는 이어폰을 귀에 대고 기계의 스위치를 틀었다. 한동안 그 그리운 윙 소리에 귀를 기울이고 있다가 이윽고 도끼를 집어들고 다리를 양쪽으로 벌리더니 나무 줄기를 힘껏 내리찍었다. 도끼 날은 나무 속으로 깊숙이 박혔다. 일격을 가하자마자 그는 이어폰을 통해 뭐라 말할 수 없는 큰 소리를 들었다. 새로운 소리였다. 지금까지 들어 본 어떤 소리와도 달랐다. 서걱서걱 하는 아무 특징이 없는 막연한 소리, 낮은 가락의 신음하는 듯한 흐느껴 우는 것 같은 소리, 장미꽃의 외침처럼 짧고 템포가 빠른 소리가 아니라 흐느껴 우는 듯이 길게 꼬리를 끄는 소리였다. 그 소리는 꼬박 1분쯤 꼬리를 끌었다. 도끼로 내리찍는 순간이 가장 컸고, 차츰 작아져 사라질 때까지 꼬리를 끌었다.

클로스너는 두려운 듯 도끼 날이 나무에 박힌 곳을 물끄러미 들여다보고 있었다. 그는 조용히 도끼 자루를 잡아빼서 땅바닥에 내던졌다. 그는 손가락 끝으로 도끼에 찍힌 자국을 만져 보았다. 찍힌 자리를 맞춰 보려는 듯 양쪽에서 눌러 보았다.

그는 중얼거렸다.

"나무야, 아아, 나무야……. 미안하다……. 정말 미안하다……. 하지만 곧 나을 거야……. 완전히 나을 것이다."

한동안 그는 큰 나무 줄기를 잡고 우두커니 서 있었다. 그러더니 갑자기 방향을 바꾸어 빠른 걸음으로 공원을 빠져나가 한길을 건넌 다음, 대문을 지나서 집 안으로 들어갔다. 전화가 있는 곳까지 가서 그는 전화번호부를 조사하여 다이얼을 돌린 뒤 기다렸다. 왼손으로 수화기를 꽉 잡고, 오른손은 지루한 듯 테이블을 두드리며. 신호가 가고 수화기를 드는 찰칵 소리가 나자 곧 남자의 목소리가 들려 왔다. 졸린 듯한 목소리였다.

"네."

"스코트 씨이십니까?" 클로스너는 말했다.

"그런데요."

"아, 스코트 씨, 곧 와 주셔야겠습니다. 곧 와 주십시오."

"당신은 누구십니까?"

"클로스너입니다. 어젯 밤에 말씀드린 것을 기억하고 계시겠지요? 소리에 대하여 내가 경험한 일 말입니다. 그래서 내가 어떻게…

…."

"아, 기억하고 말고, 그런데 그게 어떻게 되었단 말인가? 병인가?"

"아닙니다, 병이 아닙니다. 그러나……."

"아직 아침 6시일세." 의사는 말했다. "그런데 자네는 나를 깨워 놓고 병이 아니라니……."

"부탁입니다. 꼭 와 주십시오, 빨리 와 주십시오, 누구에게 '그것'을 들려 주고 싶습니다. '그것'은 나를 미치게 만듭니다. 나로선 웬일인지 자신이 없어서……."

의사는 그 목소리에서 이성을 잃은 신경질적인 울림을 느낄 수 있었다. 흔히 들을 수 있는 어떤 사람들의 말투와 똑같았다. 그들은 의사를 불러내어 이렇게 말한다.

"사고가 있었습니다. 빨리 와 주십시오!"

의사는 천천히 물었다.

"자네는 정말로 곧 와 달라고 하며 나를 침대에서 끌어내리는 건가?"

"네, 지금 곧 와 주십시오, 부탁입니다!"

"알았네, 곧 가지."

클로스너는 전화 옆에 앉아서 의사를 기다렸다. 그는 그 나무가 어떤 소리를 질렀었는지 생각해 보려고 했다. 그러나 생각해 낼 수가 없었다. 너무도 격렬하고 무서운 소리여서 자기까지 무서워지고 싶은 기분이 들던 것만 생각날 뿐이었다. 만일 사람이 땅 위에 선 채 묶여 있는 것을 누군가가 와서 뭔가 작고 날카로운 도구로 내리쳐 그 날이 다리 깊숙한 곳에 박혔다면, 그는 대체 어떤 소리를 지를까? 그 소리는 전혀 다를 것이다. 나무가 지른 저 소리는 흔히 인간에게 알려진 어떤 사람의 외침 소리보다 더 애절한 것이었다. 왜냐하면 그 외침 소리에는 음색도 소리도 없으면서 겁에 질린 울림이 깃들어 있었기 때문이다. 그는 다른 생물에 대해서도 곰곰이 생각해 보았다. 곧 밀밭을 생각했다. 쑥쑥 자라서 황금색으로 물든 밀과 그 허리를 베어 나가는 수확기였다. 1초 동안에 5백 그루를 베는 작업이 매초 계속된다. 오, 맙소사, 그 외침 소리는 대체 어떨까? 5백 그루의 식물이 일제히 비명을 지르고, 매초마다 5백 그루가 잘려 나가며 외치는 소리.

그는 속으로 밀밭 같은 데는 무슨 일이 있어도 이 기계를 가지고 가지 않겠다고 생각했다. 이제 앞으로 빵 같은 것은 먹지 않을 테다. 그러나 잠깐, 감자, 양배추, 당근, 파 같은 것은 어떤가? 그리고 사과는? 아아, 문제없다. 사과는 좋다. 익으면 저절로 떨어지니까. 그렇다, 가지에서 따지 않고 저절로 떨어지는 것이므로 사과는 괜찮다. 그러나 야채는 안 된다. 이를테면 감자는 금물이다. 감자는 분명히 소리를 지를 것이다. 당근도 마찬가지이다. 그리고 파도 양배추도…….

그는 대문의 걸쇠가 짤그락 하는 소리를 듣자 벌떡 일어나 밖으로 나갔다. 키 큰 의사가 손에 작은 가방을 들고 포석 위를 걸어오고 있는 것이 보였다.

의사가 물었다. "여어! 대체 무슨 일이 일어났나?"

"자, 함께 가시지요, 스코트 씨. 당신이 들어 주셔야 할 것이 있습니다. 당신은 내가 기계를 설명해 준 유일한 사람이기 때문에 부른 겁니다. 한길 건너 저쪽에 있는 공원입니다. 곧 가 주시겠습니까?"

의사는 그를 쳐다보았다. 그는 좀 침착해진 것 같았다. 별로 신경질적인 증세도 나타나 있지 않았다. 다만 완전히 이성을 잃고 흥분해 있을 뿐이었다.

두 사람은 한길을 건너 공원으로 들어갔다. 클로스너는 큰 너도밤나무 앞으로 의사를 안내했다. 그 밑에는 길다란 나무 관처럼 생긴 기계가 놓여 있었다. 그리고 도끼도.

"왜 이런 곳에 갖다 놓았나?" 의사가 물었다.

"나무가 필요해서요. 우리 집 뜰에는 큰 나무가 없거든요."

"그리고 도끼는?"

"곧 알게 됩니다. 이 이어폰을 귀에 대고 잠깐만 기다리세요. 잘 들어 보고 무슨 소리가 들렸는지 나중에 말씀해 주십시오. 나는 분명히 확인해 보고 싶으니까요⋯⋯."

의사는 미소를 띠며 이어폰을 집어 귀에 대었다.

클로스너는 웅크리고 앉아 기계의 판자벽에 달려 있는 스위치를 틀었다. 그런 다음 다리를 딱 벌리고 서서 금방 내리찍을 듯이 도끼를 휘둘러 올렸다.

잠시 입을 다물고 있던 그는 "무슨 소리가 들립니까?" 하고 의사에게 물었다.

"뭐라고?"

"무슨 소리가 들립니까?"

"윙 하는 소리뿐일세."

클로스너는 도끼를 다시 고쳐 쥐고 내리찍기 위해 그 자리에 서 있었으나, 나무가 지를 비명을 생각하니 또다시 망설여졌다.

"뭘 그리 멍하니 서 있나?" 의사가 물었다.

"아닙니다." 클로스너는 도끼를 힘껏 내리쳤다.

내리치려는 순간 그는 무엇을 느낀 것 같았다. 아니, 분명히 그가 서 있는 대지에서 무엇인가가 움직인 것이 느껴졌다. 마치 나무 뿌리가 흙 속 깊은 곳에서 움직이기라도 한 것처럼 그의 발 밑 대지가 들썩 하고 움직인 것을 느꼈다. 그러나 그 움직임도 내리치는 도끼를 막기에는 너무 늦었다. 도끼날은 이미 나무에 박혀서 나무결을 깊이 갈라 놓았다. 그 순간 머리 위 높은 곳에서 나무가 쪼개지는 우지끈 소리와 나뭇잎이 부딪는 소리가 들렸다. 두 사람은 위를 올려다보았다.

그러자 의사가 소리쳤다.

"위험해! 도망쳐! 빨리 도망치란 말이야!"

의사는 이어폰을 빼어 집어던지고 허둥지둥 도망쳤다. 그러나 클로스너는 그냥 멍하니 선 채 큰 가지를 올려다보고 있었다. 적어도 60피트쯤 될까. 나뭇가지가 듬성하게 늘어진 가운데서도 가장 약한 곳, 즉 나무 줄기와 가지가 갈라져 나간 곳에서 우지끈 소리가 나며 부러진 것이다. 가지가 찢어져 떨어진 순간, 클로스너는 옆으로 몸을 피했다. 가지는 기계 위로 떨어져 엉망으로 부숴뜨렸다.

"이게 무슨 일이람!" 의사가 다시 그 자리로 달려오며 소리쳤다.

"하마터면 큰일날 뻔했군! 나는 자네가 다친 줄만 알았네."

클로스너는 나무를 뚫어지게 쳐다보고 있었다. 그의 큰 머리가 한쪽으로 기울어져 있었으며, 창백한 얼굴에는 무엇을 생각할 때 나타나는 그 섬뜩한 표정이 떠올라 있었다. 그는 천천히 나무 옆으로 다가가 나무 줄기에 박힌 도끼 날을 조용히 빼냈다.

"그 소리를 들었습니까?" 그는 의사 쪽을 돌아다보며 물었다. 그 목소리는 가까스로 알아들을 수 있을 정도였다.

의사는 달려왔으므로 아직도 숨을 헐떡거리며 흥분해 있었다.

"무엇을 들었느냐고?"

"내가 도끼로 찍었을 때 이어폰에서 무슨 소리가 들리지 않았습니까?"

"글쎄……." 의사는 목덜미를 문지르며 말했다. "사실…… 나는." 그는 말을 끊더니 눈살을 찌푸리고 아랫입술을 깨물었다. "아니, 아무리 생각해도 분명치 않네. 분명히 들을 수가 없었어. 도끼로 내리찍은 뒤 아마 1초도 안 되어 이어폰을 빼낸 것 같아."

"그래요? 그래도 무슨 소리를 듣지 않았습니까?"

"글쎄, 모르겠네. 대체 무슨 소리가 들렸는지 조금도 알 수 없어. 아마 나뭇가지가 꺾어지는 소리라고 생각되는데……." 의사는 빠른 말투로 얼마쯤 초조해 하며 지껄였다.

"어떤 소리였습니까?" 클로스너는 몸을 약간 앞으로 내밀고 필사적으로 의사가 있는 쪽을 바라보았다. "정확하게 말해서 어떻게 들렸습니까?"

"내 참, 정말 모른다니까. 도망치기에 정신이 없어서……. 그 이야기는 이제 그만 하세."

"스코트 씨, 대체 '어떤 소리였습니까?'."

"농담이 아닐세. 어떻게 그걸 설명할 수 있겠나? 나무가 머리 위로 떨어지는 걸 보고 목숨을 구하기 위해 도망치는 판국에."

의사는 분명히 초조해 하는 것 같았다. 클로스너는 그렇게 느꼈다. 그는 조용히 일어나 의사를 뚫어지게 쳐다보며 꼬박 30초쯤 아무 말도 하지 않았다. 의사는 발을 머뭇머뭇하더니 어깨를 움츠리며 몸을 반쯤 돌려 그 자리를 떠나려고 했다.

의사가 말했다. "그럼……, 이제 돌아가는 게 좋겠군."

"아시겠습니까?" 자그마한 사나이가 입을 열었다. 그의 창백한 얼굴에 갑자기 핏기가 솟았다. "아시겠습니까? 당신은 이곳을 치료해 주셔야 합니다." 그는 아까 도끼로 찍은 나무의 상처를 가리키며 말했다. "자, 어서 빨리 이곳을 치료해야 합니다."

"말도 안 되는 소리 그만두게." 의사가 대답했다.

클로스너는 도끼 자루를 집어들며 아주 묘하게 부드럽고, 그러나 거의 협박에 가까운 어조로 말했다.

"내 말대로 해주십시오, 여기를 치료해 달란 말씀입니다."

"무슨 소리인가! 나무를 어떻게 치료하나. 자, 가세, 어서 돌아가세."

"그럼, 나무를 치료하지 못한다는 말인가요?"

"그렇네, 그거야 당연한 일이 아닌가!"

"당신의 가방 속에 소독약이 들어 있지요?"

"들어 있다면 어쩌겠나?"

"그럼, 상처에 소독약을 발라 주십시오, 스며들는지 어떤지는 모르지만 말입니다."

"여보게." 의사는 다시 돌아가려고 몸을 돌리며 말했다. "되지도 않는 소리는 그만두게. 자, 집으로 돌아가세. 그런 다음……."

"상처에 소독약을 발라 주십시오!"

의사는 머뭇거렸다. 클로스너의 손에 도끼가 꽉 쥐어져 있는 것을 그는 흘끗 보았다.

'이거 급히 도망치는 수밖에 없겠군.' 의사는 그렇게 작정했지만, 그러나 어쩔 수가 없었다.

"알았네, 알았어." 의사가 말했다. "소독약을 바르지."

그는 10야드쯤 떨어진 풀밭 위에 뒹굴고 있는 검은 가방을 가져오더니 뚜껑을 열고 소독약을 솜에 조금 떨어뜨렸다. 그리고 몸을 굽혀 나무의 상처에 그것을 살짝 발랐다. 의사의 한쪽 눈은 도끼를 들고 말없이 서서 자기를 지켜보고 있는 클로스너 쪽을 살피고 있었다. 그는 소리쳐 말했다.

"제대로 치료해 주십시오."

"알았네, 알았어."

"또 한쪽의 상처도 치료해 주십시오, 저 위의 것도!"

의사는 그가 하라는 대로 치료를 했다.

"아, 이제야 끝났군!" 의사는 허리를 펴고 아주 신중하게 자기가 한 일을 살펴보며 말했다. "이제 훨씬 편해질 걸세."

클로스너는 다가와서 엄숙하게 두 군데의 상처를 확인했다.

"으음." 그는 커다란 머리를 아래 위로 끄덕이면서 말했다. "이제 좀 나아지겠군." 그는 한 발자국 뒤로 물러섰다. "내일 다시 한 번 왕진을 와 주시겠지요?"

의사가 말했다. "그래? 물론 와야지, 그렇게 하겠네."

"그리고 또 소독약을 발라 주시겠지요?"

"필요하다면."

"정말 고맙습니다, 스코트 씨."

클로스너는 다시 한 번 고개를 끄덕여 보이며 도끼를 내려놓고 히죽이 웃었다. 어딘가 흉포해 보이는 흥분된 미소였다.

의사는 허둥지둥 그 옆으로 다가가서 그의 팔을 붙잡고 말했다.

"자, 이제 그만 돌아가세."

갑자기 생각이 난 듯 두 사람은 걷기 시작했다. 두 사람 다 입을 다문 채 약간 급한 걸음으로 공원을 빠져나가 한길을 건너 집으로 돌아갔다.

Nunc Dimittis
고별

머지않아 한밤중이 된다. 그리고 지금 이 이야기를 쓰지 않으면 다시는 쓸 수 없게 되리라는 사실을 나는 잘 알고 있었다. 밤새도록 여기 앉아서 써 보려고 했으나, 생각하면 생각할수록 나에게는 이 사건이 점점 더 무섭게 느껴지고, 진심으로 부끄럽게 생각되며, 또 뼈아픈 고통으로 바뀌고 마는 것이었다.

나의 생각——좋은 생각이라고 보는데——은 내가 어째서 자네트 데 펠라지아에게 그렇게 지독한 짓을 했는지 어떻게든 변명을 찾아내기 위해 고백과 분석이라는 수단에 호소해 보려는 것이다. 나는 상상하건대 아량있는 청취자, 즉 내가 이 불행한 에피소드를 하나에서 열까지 다 아무 거리낌없이 이야기할 수 있는 친절하고 이해심 많은 가공 인물인 당신이 꼭 들어 줘야 한다고 생각한다. 흥분하여 이야기를 제대로 하지 못하는 일이 없기를, 나는 다만 그것만을 바라는 바이다.

내가 정말 정직하다면 나 자신을 괴롭히는 건 자신에 대한 부끄러움도 아니며, 가엾은 자네트에게 안겨 준 아픔도 아니라는 사실을 인정해야 할 것이다. 나를 괴롭히고 있는 것은 나 자신을 아주 바보로 만들어 버린 일, 그리고 나의 모든 친구들——지금도 친구라고 부를 수 있다면——우리 집에 곧잘 오던 그 마음씨 따뜻하고 사랑스러운 사람들이 지금은 나를 악덕하고 끈질긴 늙은이로밖에 보아 주지 않는다는 사실이다. 그렇다, 바로 그 점이 나를 못 견디게 했다. 나에게는 오로지 친구만이 생명이었다. 정말 친구가 내 생활의 전부였던 것이다. 이렇게 말하면 당신도 조금은 알아 주지 않을까?

글쎄, 내가 어떤 사람인지 잠깐 요약해서 말해 둬야겠다. 그렇지 않으면 당신은 잘 알 수 없을 테니까.

그럼, 어떻게 설명해야 될까? 지금 곰곰이 생각해 보니 역시 나는 하나의 타입에 속해 있는 것 같다. 그리 흔하지 않은 타입, 그러나 아주 분명한 타입이다. 돈과 여가를 가진 교양있는 중년 남자로서, 매력과 돈, 지적인 분위기와 너그러운 마음, 그리고 많은 친구들로부터 숭배——나는 이 단어를 주의깊게 택했다——를 받고 있는 타입. 이런 타입의 사람을 만나려면 런던이나 파리, 뉴욕같이 큰 도시에 가야 한다. 이 말만은 분명히 해 둘 수 있다. 이런 사람이 가지고 있는 돈은, 죽은 아버지가 벌어 놓은 것인데도 그 아버지를 생각할 때마다 덮어놓고 경멸하는 것이다. 이것은 그의 죄가 아니다. 왜냐하면 그에게는 로킹검과 스포드의 차이, 또는 워터 포드와 베네시안, 셀라튼과 치펜데일, 모네와 마네, 그리고 포말과 모스트라셰의 차이를 분간할 수 없는 인종을 속으로 경멸하는 성질이 있기 때문이다.

그러므로 이런 사람들은 특히 고도의 비평적인 안목을 지닌 미술 애호가이다. 그가 가지고 있는 컨스터블, 보닝턴, 로트렉, 르동, 뷔야르, 매슈 스미스의 작품은 테이트 미술관에 있는 어느 작품보다도 뛰어나면 뛰어났지 뒤떨어지지 않는다. 이 미술 수집품들이 너무도 아름다워서, 집 안에 있는 그의 주변에는 뭔가 서스펜스에 넘치는 공기마저도 감돌고 있다. 어딘가 애를 태우는 듯한, 놀라서 숨이 막힐 듯한, 그리고 얼마쯤 겁을 먹게 하는 듯한 분위기——그 훌륭한 데드햄 골짜기, 생트 빅트와르산, 아를르의 보리밭, 타히티의 여자, 세잔 부인의 초상 등을 갈기갈기 찢어 버리건 난도질을 하건 주먹으로 치건 마음대로 할 수 있는 권력과 권리가 그의 손에 주어져 있다고 생각할 때 느껴지는 두려움이다. 그리고 이 훌륭한 미술품들이 즐비하게 걸려 있는 벽에서는 화려함이 황금색으로 번쩍이고, 인위적이라 할 수 있는 그의 느긋하고 태평한 생활과 손님을 맞아 접대하는 태도에는 뭐라고 표현하기 힘든 정중함이 있는 것이다.

이 사나이는 줄곧 독신이었다. 그러면서도 진심으로 그를 사랑하는 주위의 여자들 사이에서는 한 번도 싸움이 벌어지지 않았다. 당신은 알아차렸을는지 모르지만——아니, 어쩌면 알아차리지 못했을지도 모르지만——그의 마음속 어딘가에는 어떤 좌절, 결핍, 회한이라고 할 수도 있는 어떤 것이 있다고 생각할 수 있다. 가벼운 정신 이상이라고 말해도 괜찮을 것이다.

이제 더 이상 말할 필요는 없을 것이다. 나는 완전히 다 털어놓았다. '나'라는 사람을 공평하게 판단할 수 있을 만한 자료를 당신에게 주었으니까. 그리고 이것은 꼭 부탁하고 싶은 일인데, 이 이야기를 듣고 당신은 나를 동정해 주리라고 생각한다. 그러므로 이 사건의 책임이 전적으로 나에게 있는 게 아니라, 글래디스 폰슨비 부인에게 있다고 당신은 결정해 버릴지도 모른다. 어쨌든 그녀가 이 사건의 서막을 연 거나 다름없다. 만일 6개월 전의 그날 밤에 내가 글래디스 폰슨비 부인을 그녀의 집까지 데려다 주지 않았더라면, 그리고 어떤 사람들의 이야기를 그녀가 그처럼 지껄이지 않았더라면 이 비참한 사건은 결코 일어나지 않았을 것이다.

나의 기억에 잘못이 없다면, 그것은 작년 12월의 일이었다. 나는 리젠트 공원의 남쪽 끝을 내려다볼 수 있는 아센덴 씨의 아름다운 집에서 만찬을 함께 하고 있었다. 많은 손님들이 와 있었는데, 혼자 온 것은 나를 제외하면 글래디스 폰슨비 부인밖에 없었다. 그리하여 자연히 돌아갈 시간이 되자 나는 그녀를 집까지 데려다 주겠다고 말했던 것이다. 그녀가 그 말에 응했으므로 나의 차를 타고 함께 돌아갔다. 그런데 불행하게도 우리가 그녀의 집에 이르자 그녀는 잠깐 들러서 한잔 하자면서 한사코 붙잡는 것이었다. 나는 못난 남자라는 말을 들을까봐 운전기사에게 기다리라고 이르고는 그녀의 뒤를 따라 들어갔다.

글래디스 폰슨비 부인은 유난히 키가 작아 아무리 잘 보아도 4피트 9인치밖에 안 되어 보였다. 아니, 어쩌면 그보다 더 작을지도 모른다. 그녀와 나란히 서면 우스꽝스럽고, 마치 내가 의자 위에 올라서 있는 듯한 불안한 느낌이 들었다. 그 정도로 키가 작은 사람이었다. 그녀는 미망인이며, 나보다 몇 살 아래였다. 53, 4살쯤 되었을까? 30년 전엔 그녀도 보기 흉한 여자는 아니었을 것이다. 그러나 지금은 얼굴이 축 늘어지고 주름이 쪼글쪼글하여 아무리 봐도 볼 만한 데가 없었다. 눈, 코, 입, 턱 등의 개성적인 특징도 쭈글쭈글한 작은 얼굴을 둘러싼 지방의 주름 속에 파묻혀 버려서 분간하기 힘들었다. 다만 입매만은 예외라고 할 수 있을지 모르겠다. 그것은 나에게 연어──이것 말고는 비유할 만한 것이 없다──를 연상케 해주었다.

거실에서 그녀가 나에게 브랜디를 건네 줄 때 나는 그녀의 손이 바르르 떨리는 것을 알아차렸다. '피로한 모양이군. 너무 오래 지체해선 안 되겠어' 하고 나는 스스로에게 타일렀다. 우리는 소파에 나란히 앉아 잠깐 동안 아센덴 집안의 파티와 거기 모였던 사람들에 대한 이야기를 주고받았다. 이윽고 나는 돌아가려고 자리에서 일어섰다.

"라이오넬 씨, 앉으세요, 브랜디를 한 잔 더 드세요." 그녀가 말했다.

"아니, 됐습니다. 이제 돌아가야 합니다."

"글쎄, 앉으세요. 그렇게 서 계시지 말고, 나는 한 잔 더 들고 싶어요. 그 동안만이라도 앉아 계세요."

나는 그녀가 그릇장 있는 곳으로 걸어가는 것을 바라보고 있었다. 마치 제단에 무엇을 바치듯 두 손으로 잔을 들고 약간 휘청거리며 걸어가는 조그마한 여자를. 도저히 이 세상 사람으로 보이지 않는 작달막한 그녀의 걸음걸이를 보고 있노라니, 그녀에게는 넓적다리가 없는 게 아닐까 하는 우스운 생각이 떠올랐다.

"라이오넬 씨, 왜 웃고 계시지요?"

그녀는 나를 쳐다보며 브랜디를 따르다가 조금 엎지르고 말았다.

"아니, 아무것도 아닙니다. 정말 아무것도 아닙니다."

"그럼, 이제 웃지 마세요. 나의 새로운 초상화에 대해서 어떻게 생각하시는지, 말씀해 주세요."

그녀는 내가 이 방 안에 들어와서 되도록 눈길을 주지 않으려고 했던 난로 위의 큰 캔버스를 가리켰다. 그것은 굉장한 것으로, 나도 잘 알고 있는 존 로이덴이라는 이름으로 런던에서 인기를 독차지하고 있는 아주 통속적인 화가가 그린 그림이었다. 그것은 글래디스 폰슨비 부인의 전신상이었다. 기술적인 교묘함으로 그녀는 키가 크고 매혹적인 느낌이 드는 여자로 그려져 있었다.

"매력적이군요."

"정말이세요? 아무튼 난 당신의 칭찬을 믿고 기뻐하겠어요."

"아니, 정말 굉장히 매력적입니다."

"존 로이덴 씨는 천재라고 생각해요. 그렇게 생각지 않으세요, 라이오넬 씨?"

"글쎄요, 그것은 말이 좀 지나치지 않을까요?"

"그렇게 단정하기는 아직 이르다는 말씀이시군요?"

"그렇습니다."

"하지만 라이오넬 씨, 그 사람은 굉장해요. 존 로이덴은 이제 주문이 너무 많아서 1천 기니 이하는 쳐다보지도 않는답니다."

"정말입니까?"

"물론 정말이에요! 모두 줄을 서서 기다리고 있어요. 초상화를 그려 달라기 위해 정말 줄을 서서 기다린다니까요."

"그거 참, 재미있군요."

"아마도 당신이 그림을 소장하고 계신 세잔도 일생 동안 그런 돈을 만져 본 적이 없었을 거예요."

"그건 그렇습니다."

"그래도 그는 천재라고 말씀하시겠지요?"

"어쨌든 일종의⋯⋯, 그렇지요."

"그럼, 로이덴 씨도 천재예요." 그녀는 다시 소파에 앉았다. "무엇보다도 그것은 돈이 증명해 주지요."

한참 동안 그녀는 브랜디를 홀짝홀짝 마시며 잠자코 앉아 있었는데, 그녀의 손이 떨리고 있었으므로 아랫입술에 잔이 닿았다 떨어졌다 하는 것이 눈에 띄어 견디기 힘들었다. 그녀는 내가 바라보는 것을 알고 있었으므로 얼굴을 돌리지 않고 눈만 돌려 곁눈으로 조심스럽게 나를 쳐다보았다.

"무엇을 멍하니 생각하고 계신지요?"

이 세상에서 내가 소름이 끼칠 만큼 싫어하는 말이 있다면, 바로 이 말일 것이다. 이런 말을 들으면 정말 가슴 언저리가 아파 오는 것이다. 그래서 기침이 나왔다.

"자, 라이오넬 씨, 무엇을 멍하니 생각하고 계시지요?"

나는 고개를 내저었다. 도저히 대답할 수가 없었던 것이다. 그러자 그녀는 갑자기 저쪽으로 고개를 돌리더니 왼쪽에 있는 작은 테이블에 브랜디 잔을 내려놓았다. 이러한 그녀의 태도는——왜 그런지는 나도 알 수 없었지만——무엇인가가 그녀를 거역하는 바람에 전투 준비에 들어간 것을 암시해 주는 듯 보였다. 그 덕분에 숨이 막힐 것 같은 침묵이 흘렀다. 나는 그냥 기다리고 있었다. 왜냐하면 이제 더 이상 할 말이 없었기 때문이다. 나는 담뱃재를 물끄러미 쳐다보기도 하고, 천장을 향해 천천히 연기를 뿜어 내기도 하며, 말하자면 큰 동작으로 담배를 피우고 있었다. 그녀도 우두커니 앉아 있기만 했다. 마침내 이 부인이 나에게 싫은 존재로 바뀌어, 뭔가 불길하고 답답한 공기가 나에게 들이닥쳐 한 시라도 빨리 여기에서 벗어나고 싶어졌다. 그녀가 또 이쪽으로 얼굴을 돌렸을 때, 그 파묻힌 듯한 작은 눈이 아주 교활하게 웃고 있었다. 그러나 그 입, 그 연어와 똑같은 입만은 차갑게 굳어 버린 채였다.

"라이오넬 씨, 당신에게 비밀을 일러 주고 싶어요."

"아니, 나는 이제 돌아가야겠습니다."

"무서워하지 않아도 돼요, 라이오넬 씨. 당신을 난처하게 하지는 않을 거예요. 갑자기 그렇게 놀란 표정을 지을 필요는 없어요."

"아무래도 비밀은 질색이거든요."

"아까부터 나는 생각하고 있었지만, 당신은 그림에 대해 상당한 전문가예요. 그러니까 이것은 당신에게 흥미있는 일이 될 거예요."

그녀는 꼼짝도 하지 않고 우두커니 앉아 있었다. 손가락만은 쉴새 없이 움직이고 있었지만. 그녀는 손가락을 계속 맞잡았다 놓았다 하고 있었는데, 마치 무릎 위에서 작은 흰 뱀의 무리가 움직이고 있는 것 같았다.

"나의 비밀을 듣고 싶지 않으세요, 라이오넬 씨?"

"그런 뜻이 아닙니다. 다만 너무 늦어서……."

"이것은 런던에서 아주 잘 지켜지고 있지 않는 비밀인지도 모르겠어요. 여자만의 비밀. 그래요, 그 사실을 알고 있는 것은 3, 40명의 여자들 뿐일 거예요. 남자는 아무도 몰라요. 물론 그 사람만은, 존 로이덴만은 제외하고 말이에요."

나는 그녀의 이야기에 솔깃하는 마음이 없었으므로 아무 말도 하지 않았다.

"하지만 먼저 약속해 주셔야겠어요. 절대로 아무에게도 말하지 않겠다고요."

"내 참!"

"약속하시겠어요, 라이오넬 씨?"

"네, 글래디스 부인, 약속합니다."

"됐어요! 그럼, 이야기하겠어요." 그녀는 브랜디 잔으로 손을 내밀더니 소파에 몸을 묻고 말했다. "존 로이덴 씨가 여자밖에 그리지 않는다는 사실을 알고 계시지요?"

"아니오, 모릅니다."

"그것도 모두 전신상이랍니다. 서 있거나 앉아 있는……. 그래요, 여기 있는 나의 그림처럼요. 잠깐, 저 그림을 잘 보세요, 라이오넬 씨. 드레스를 멋지게 그렸다는 것을 알 수 있지요?"

"과연……."

"가까이 가서 보세요."

나는 마지못해 일어나서 그림을 자세히 보기 위해 가까이 다가갔다. 놀랍게도 드레스를 그린 부분의 그림물감이 다른 부분에 비해 훨씬 두껍게 칠해져 있어, 봉긋하게 올라와 있다는 것을 알아차렸다. 이것은 상당히 효과적인 트릭이다. 그렇다고 해서 그다지 어려운 것도 아니고, 또 독창적인 것도 아니지만.

"아시겠어요? 두껍게 칠해져 있지요, 드레스 부분만?"

"그렇군요."

"그런데 그것만이 아니에요, 라이오넬 씨. 설명하기에 가장 좋은 방법은, 내가 초상화를 그려 달라고 맨 처음 찾아갔을 때의 일을 이야기하면 좋을 것 같군요."

'이 여자는 참 골치 아프게 구는군.' 나는 마음속으로 생각했다.

'어떻게 해야 이 자리에서 빠져나갈 수 있을까…….'

"약 1년 전의 일이랍니다. 아주 유명한 화가의 아틀리에에 갈 수 있다고 하기에 난 얼마나 흥분했던지 지금도 눈에 선해요. 노먼 해트넬에서 산 지 얼마 안 된 멋진 드레스를 입고, 빨간 빛깔의 작은 특제 모자를 쓰고 나섰답니다. 로이덴 씨는 현관까지 마중을 나왔었는데, 나는 한눈에 그만 매혹되고 말았어요. 그는 수염을 뾰족하게 기르고, 마음속으로 스며드는 듯한 파란 눈, 게다가 검은 비로드 재킷을 입고 있었어요. 아틀리에는 굉장히 넓었지요. 빨간 비로드 소파와 의자——그는 비로드를 좋아했어요——그리고 비로드 커튼, 바닥에 깐 카펫까지 비로드였어요. 그는 나에게 앉으라고 하더니 마실 것을 권한 다음 곧 이야기의 요점으로 들어갔어요. 다른 화가들과 어떻게 다른 방법으로 그림을 그리는지 설명해 주었지요. 그의 말에 따르면 여자의 몸을 그리는 경우, 그것을 완전한 것으로 만들려면 단 한 가지 방법밖에 없는데, 그 말을 듣더라도 놀라면 안 된다는 거였어요. 그래서 '나는 놀라거나 하지 않습니다, 로이덴 씨' 하고 그에게 말했지요.

'나도 그렇게 생각하고 있습니다.'

그는 치열이 아주 고왔어요. 미소를 지으면 수염 뒤로 이가 반짝반짝 빛나는 것이 보였지요.

'사실은 이렇습니다.' 그는 계속해서 말했어요. '당신은 부인의 초상화를 자주 보셨겠지만——어떤 사람이 그린 것이든 상관없습니다——그 그림의 드레스가 꽤 잘 그려져 있다 하더라도 어딘가 부자연스럽게 느껴질 겁니다. 전체적으로 납작한 기분, 마치 드레스가 통나무에 감겨 있는 듯한 기분 말입니다. 왜 그런지 아시겠습니까?'

'아니오, 모르겠어요, 로이텐 씨.'

'그건 화가 자신이 드레스 속이 어떻게 되어 있는지 실제로 모르기 때문입니다!'."

글래디스 폰슨비 부인은 브랜디를 한 모금 마시며 한숨 돌렸다.

"그렇게 놀란 표정 짓지 마세요, 라이오넬 씨. 별로 이상한 것도 아니잖아요. 아무튼 잠자코 끝까지 들어 보세요. 로이텐 씨는 계속 말했어요.

'그렇기 때문에 손님을 그릴 경우, 처음에는 누드부터 시작하기로 되어 있습니다.'

'어머나, 로이텐 씨.'

'만일 싫으시다면 조금 타협할 수도 있는 일이지만, 폰슨비 부인, 그러나 나로서는 그렇게 하지 않는 편이 좋습니다.'

'어떻게 하면 좋을까요, 큰일났군요, 로이텐 씨.'

'아무튼 지금 말씀드린 방법으로 그리면 여러 주일 동안 그림물감이 마를 때까지 기다려야 합니다. 그리고 다시 오시면 나는 당신의 속옷을 그립니다. 그리고 그것이 마르면 드레스, 어떻습니까? 아주 간단합니다.'."

"대단한 녀석이군!" 나는 자신도 모르게 소리를 질렀다.

"그렇지 않아요, 라이오넬 씨, 전혀 달라요. 직접 그 사람 이야기를 들어 보면 그것이 얼마나 매력적이고 순수하고 진지한 것인지 아실 수 있을 텐데. 그의 말이 진심에서 우러나온 것임을 누구나 다 알 수 있어요."

"잠깐만, 글래디스 부인, 그는 아주 엉뚱한 사람입니다!"

"말도 안 되는 소리 하지 마세요, 라이오넬 씨. 어쨌든 끝까지 들어 보세요. 우선 나는 남편이——그때는 살아 있었지요——절대로 허락해 주지 않을 거라고 말했어요. 그러자 로이덴 씨는 '남편에게 알릴 필요는 없습니다. 왜 구태여 이야기를 합니까? 이 비밀은 내가 그린 부인 말고는 아무도 모를 텐데요'라고 대답하지 않겠어요.

그래도 내가 반대하자 그는 이렇게 말했어요. 그 말은 지금도 내 머리에 남아 있답니다. '폰슨비 부인, 이건 부도덕한 일이 아닙니다. 예술이 외설스럽게 되는 것은 아마추어가 이런 흉내를 낼 때뿐입니다. 의사도 마찬가지지요. 설마 당신은 의사 앞에서 옷 벗기를 거절하지는 않겠지요?'

귀가 아파서 의사를 찾아갔다면 거절할 거라고 말하자 그는 웃어 버리더군요. 하지만 그가 너무도 끈질기게 물고늘어지기에——아주 설득력이 대단해요——나는 그만 지고 말았어요. 그래서 그렇게 하기로 승낙해 버렸답니다. 어때요, 라이오넬 씨? 이제 내 비밀을 아셨지요?"

그녀는 일어서더니 브랜디를 더 따르기 위해 걸어갔다.

"글래디스 부인, 그게 사실입니까?"

"물론이지요."

"그럼, 그의 그림은 다 그렇게 해서 그려졌다는 말이군요?"

"그래요. 무엇보다도 재미있는 사실은 오직 남편만이 모른다는 점이에요. 남편의 눈에 보이는 것은 옷을 다 갖추어입은 부인의 초상화지요. 그러나 그것을 누드로 그렸다고 해서 특별히 나쁠 것도 없잖아요? 화가는 언제나 누드를 그리니까요. 그러나 앞뒤가 꽉 막힌 우리의 남편들은 이런 일에 반대하게끔 생겨먹었지요!"

"거 놀라운 녀석인데, 배짱이 대단하군!"

"천재라고 생각해요."

"틀림없이 고야에게서 힌트를 얻은 걸 거요."

"농담이시겠지요, 라이오넬 씨."

"아니, 틀림없이 그렇습니다. 하지만 글래디스 부인, 한 가지 알아볼 일이 있습니다. 혹시 당신은 그전부터 그 사실을 알고 있었던 게 아닙니까? 그러니까 로이덴을 만나기 전부터 그의 이상한 테크닉을······."

내가 그렇게 물었을 때 마침 그녀는 브랜디를 따르고 있는 중이었다. 잠깐 머뭇거리더니 그녀는 어딘가 모르게 요염한 미소를 입가에 띠고 내 쪽으로 고개를 돌렸다.

"아이, 밉살스러워라! 당신은 참 영리하시군요. 보통 수단으로는 어림도 없겠어요."

"그럼, 알고 있었군요?"

"그래요, 물론이지요. 해미온 거들스턴이 이야기해 주었어요."

"역시 그랬었군요!"

"뭐, 나쁠 건 없잖아요."

"그렇지요, 물론 그렇습니다."

나는 모든 것을 알게 되었다. 이 로이덴이라는 사나이는 나 같은 사람은 생전 들어 보지도 못한 산뜻한 심리적 트릭에 뛰어난 참으로 대단한 녀석이다. 이곳 런던에는 한낮이 되어야 일어나서 어둡기 전까지는 지루함을 잊기 위해 브리지나 커내스터 같은 카드 놀이를 하고, 칵테일 시간까지는 쇼핑 등을 하며 시간을 보내는 돈 많고 게으른 부인들이 많다는 것을 그는 잘 알고 있는 것이다. 이런 부인들이 굶주리고 있는 무언가 색다른 자극, 그것도 돈이 드는 일이라면 더욱 좋은 것이다. 그러므로 이런 오락거리라면 마치 천연두처럼 삽시간에 퍼지는 것도 당연한 일이다. 거대한 비계덩어리 해미온 거들스턴이 커내스터 테이블 앞에 앉아 그녀들에게 지껄이고 있는 모습이 눈앞에 보이는 것 같았다.

"하지만 여러분, 정말 매력적이에요…… 뭐라고 하면 좋을까, 그 재미는…… 그래요, 의사를 찾아가는 일에 비할 바가 아니에요…….''라고.

"라이오넬 씨, 아무에게도 말하지 않겠지요? 약속해 주세요."

"네, 말하지 않겠습니다. 이제 돌아가야겠습니다, 글래디스 부인. 정말……."

"또 그 소리……. 이제부터 시작이에요, 아무튼 내가 술을 다 마실 때까지 계셔야 해요."

그녀가 언제 끝날지도 모르게 홀짝홀짝 브랜디를 마시고 있는 동안 나는 우두커니 소파에 앉아 있었다.

파묻힌 듯한 작은 눈으로 그녀는 여전히 무언가 속셈이 있는 듯한 빈틈없는 눈길을 나에게 쏟고 있었다. 이번에는 아까보다 더 불쾌한 일이나 스캔들을 꺼내려 한다는 것을 나는 확실히 알 수 있었다. 마치 뱀 같은 눈과 묘하게 일그러진 입의 그 둘레에——이것은 나 혼자만의 상상에 지나지 않을지도 모르지만——뭔가 응달에 가려진 듯한 공기가 감돌고 있는 것처럼 느껴졌다.

"라이오넬 씨, 당신과 자네트 데 펠라지아에 대한 이야기를 들었는데, 대체 어떻게 된 거예요?"

갑자기, 그렇게, 그녀와의 말이 너무도 갑작스러웠으므로 나는 펄쩍 뛰어 올랐다.

"그런 것을, 글래디스 부인……."

"어머나, 얼굴이 빨개지셨군요!"

"농담은 그만두십시오!"

"설마 늙은 독신자가 드디어 타락했다는 말은 아니겠지요?"

"글래디스 부인, 그 말씀은 너무하군요."

내가 돌아가려고 일어서자 그녀는 나의 무릎에 손을 얹으며 말렸다.

"그런 일은 비밀도 아니라는 것쯤 당신도 아시잖아요?"

"자네트는 분명히 처녀입니다."

"처녀라니, 당신은 그렇게 말할 수 없을 거예요."

글래디스 폰슨비 부인은 잠깐 말을 끊고 두 손으로 끌어안듯이 들고 있던 큰 브랜디 잔 속을 들여다보았다.

"나도 물론 그녀가 어느 모로 보든 분명한 사람이라는 건 알고 있어요. 하지만……." 그녀는 여기서 말을 천천히 했다. "하지만 그 여자가 가끔 이상한 말을 하더군요."

"무슨 말이지요?"

"별것 아니에요. 그래요, 남의 이야기, 즉 당신에 대한 이야기예요."

"나에 대한 이야기? 그래, 뭐라던가요?"

"뭐, 별것 아니에요. 당신이 흥미를 느낄 만한 일은 못 돼요."

"그녀가 나에 대해서 뭐라고 말했습니까?"

"여기서 되풀이할 만한 일이 못 돼요. 아주 하찮은 이야기니까요. 다만 그때 좀 이상하다고 느꼈을 뿐이에요."

"글래디스 부인, 그녀가 뭐라고 했지요?"

그 대답을 듣기까지 나의 온몸에서는 땀이 흘러나왔다.

"글쎄요, 뭐라고 말하면 좋을까, 물론 그녀는 농담으로 말한 거예요. 그렇지 않다면 그런 말을 할 리가 없어요. 그러니까 좀 지루하다고 말한 것 같아요."

"뭐가 말입니까?"

"저녁마다 당신과 식사하러 가는 그런 일이겠지요, 뭐."

"그것이 지루하다고 자네트가 말했다는 거지요?"

"그래요."

글래디스 부인은 브랜디 잔을 기울여 남은 술을 들이키더니 몸을 바로 세우고 앉았다.

"그토록 그 여자가 한 말이 알고 싶다면 말씀해 드리지요. 이렇게 말했어요. '정말 지루해서 못 살겠어요.' 그리고……."

"그리고 뭐라고 했습니까?"

"어머나, 라이오넬 씨, 그렇게 흥분할 건 없어요. 나는 다만 당신을 위해서 말해 주는 것뿐이에요."

"어서 말해 주십시오!"

"마침 오늘 오후 나는 자네트와 커네스터를 했답니다. 그때 내가 내일 저녁에 나와 함께 식사할 수 있겠느냐고 물어 봤지요. 그러자 그녀는 형편이 좋지 않다는 거예요."

"그래서요?"

"그 여자가 말한 대로 옮기면 이래요. '지루해서 못 살겠어요, 라이오넬 램프슨 영감님과 식사하기로 되어 있거든요.'."

"자네트가 그렇게 말했다는 거지요?"

"그렇다니까요, 라이오넬 씨."

"또 그밖에 뭐라고 말했습니까?"

"그것만 알았으면 됐어요. 그 나머지 말은 하지 않는 편이 좋을 거예요."

"어서 다 말해 주십시오."

"참, 라이오넬 씨, 그렇게 큰 소리로 말하지 마세요. 꼭 말하라면 이야기하지요. 사실 그래요, 다 말해 드리지 않으면 당신의 진짜 친구라고 할 수 없을 테니까요. 안 그래요? 참된 친구의 표시란 이렇게 우리처럼 둘이서……."

"자, 글래디스 부인, 부탁이니 빨리……."

"어머나, 좀 생각할 시간은 줘야지요. 그러니까 내가 기억하는 바로는, 자네트가 이렇게 말했어요."

그녀는 발이 바닥에 닿을까말까할 정도로 소파에 꼿꼿이 앉아 눈길을 나로부터 벽 쪽으로 옮겼다. 그리고 나서 내가 잘 알고 있는 깊숙한 어조를 그럴 듯하게 흉내내며 이야기하기 시작했다.

"'너무 지루해서 못 견디겠어요. 왜 그런지 라이오넬과 함께 있을 때는 처음부터 끝까지 판에 박은 듯, 보나마나 뻔히 알고 있거든요. 우선 식사하러 가면 사보이 그릴──늘 거기죠──그리고 두 시간이나 그 거만한 노인의 이야기를 들어야 한답니다. 즉 그림과 도자기에 대해서 오랜 시간 동안 들어야 해요. 화제란 으레 그림과 도자기에 대한 거지요. 그리고 돌아오는 택시 안에서 나의 손을 잡기 위해 손을 내미는 거예요. 몸을 기대오고. 그러면 곰팡내나는 잎담배 연기와 브랜디 냄새가 물씬 풍기지요. 그때부터 중얼거리기 시작하는 거예요. '내가 20년만 젊으면……' 하는 등, 정말 그 사람은 그렇게 생각하고 있나 봐요. 그럼, 나는 이렇게 말한답니다. '저, 창문 좀 열어 주시겠어요?' 차가 우리 집에 닿으면 내가 그냥 타고 가라고 해도 그 사람은 못 들은 척하고 돈을 지불하는 거예요. 그리고 현관에서 내가 열쇠를 찾고 있는 동안 얼빠진 스파니엘 같은 눈을 하고 옆에 서 있지요. 나는 열쇠 구멍에 열쇠를 살그머니 꽂고 천천히 돌린 다음 그 사람이 움직이기 전에 '안녕히 주무세요'라고 말하자마자 안으로 얼른 뛰어들어가 문을 닫아 버린답니다…….' 어머나, 왜 그러세요, 라이오넬 씨! 얼굴빛이 아주 나쁘군요."

일이 여기에까지 이르자 다행히도 나는 정신이 아찔해졌던 모양이다. 그 무서운 밤 뒤에 일어난 일은 자세히 생각나지 않는다. 다만 내가 의식을 되찾았을 때 너무도 맥을 못 쓰게 늘어져서 글래디스 폰슨비 부인에게 간호를 받고 있었던 게 아닌가 하는 어렴풋한 기억이 남아 있을 뿐이다. 그리고 그 집에서 내 발로 걸어나와 차를 타고 돌아온 모양인데, 다음날 아침 침대에서 잠이 깰 때까지 나는 그 모든 일이 꿈속에서 일어난 것처럼 느껴졌다.

잠에서 깨어나자 나는 체력도 기력도 완전히 못 쓰게 되었음을 알았다. 나는 누운 채 눈을 감고, 전날 밤에 있었던 여러 가지 일들을 연결시켜 보려고 했다. 글래디스 부인의 거실, 소파에 앉아서 브랜디를 마시고 있던 글래디스 부인, 쭈글쭈글한 작은 얼굴, 연어와 똑같이 생긴 입, 그녀가 들려 준 이야기……. 무슨 이야기를 했었지? 아아, 나에 대한 말이었다! 자네트와 나에 대한 이야기! 그 말도 안 되는, 도저히 믿을 수 없는 말! 자네트가 그런 말을 했을까? 자네트가?

그때 자네트 데 펠라지아에 대한 증오가 무서운 기세로 끓어오르던 것을 지금도 기억해 낼 수 있다. 그것은 단 몇 분 사이에 일어난 일이었다. 갑자기 내 마음속이 증오로 끓어올라 금방이라도 터져 버리지나 않을까 생각될 정도였다. 나는 어떻게든지 뿌리치려고 했다. 그러나 증오는 열병처럼 나에게 매달려서, 마치 질이 나쁜 폭력배처럼 나는 지체하지 않고 즉시 복수의 수단을 찾았던 것이다.

틀림없이 당신은 나와 같은 사람이 취한 행동치고는 좀 이상하다고 말할지도 모른다. 그러나 그렇지 않다. 당신도 이 사정을 잘 생각해 보면 당연히 별로 이상한 일이 아니라고 대답할 것이다. 내가 보기엔 이 같은 일은 한 인간에게 살인도 범하게 만들 수 있는 요소이다. 사실 상대방에게 가장 잔인한 징벌의 방법을 생각해 내려는 얼마쯤 가학적인 경향이 내게 없었다면 나도 단순한 살인자가 되었을 것이다. 그러나 죽이는 것만으로는 그 여자에게 너무 너그러운 것 같았다. 또한 나의 취미로 보아서도 좀 초라한 듯한 생각이 들었다. 그래서 살인을 대신하는 더욱 좋은 수단이 없을까 하고 나는 그것을 찾기 시작했다.

여느 때라면 나는 간계를 꾸미는 그런 사람이 아니다. 그런 것은 몹시 불길한 일로 생각해 왔고, 지금까지도 그런 일은 한 적이 없었다. 그러나 분노와 증오는 놀랄 만큼 사람의 마음을 집중시켜서 눈 깜짝할 사이에 나의 머릿속에 계획이 떠올라 뚜렷해져 갔다. 그 계획은 너무도 멋지고 눈부신 것이어서 나는 그 생각에 완전히 열중해 버렸다. 이 계획의 세부 사항까지 면밀히 생각하여 한두 가지 난점을 해결하고 나자 내가 골똘히 생각하고 있던 복수의 감정이 아주 의기양양한 것으로 바뀌어 침대 위에서 손뼉을 치며 이리 뛰고 저리 뛰었던 기억이 난다. 어쨌든 그리고나서 전화번호부를 무릎 위에 올려 놓고 어떤 이름을 열심히 찾았다. 이름이 눈에 띄자 수화기를 들고 다이얼을 돌렸다.

"여보세요, 로이덴 씨? 존 로이덴 씨입니까?"

"그렇습니다."

그렇다, 이렇게 되면 이 사람에게 내가 있는 곳까지 와 달라고 설득하는 것은 그리 어려운 일이 아니다. 그를 만난 일은 아직 없었지만 귀중한 그림의 수집가로서, 그리고 사교계에도 알려져 있는 나의 이름을 그가 모를 리 없을 테니까. 나는 그에게 있어 남을 만한 값어치가 있는 큰 물고기인 셈이다.

"글쎄요, 라이오넬 램프슨 씨, 두 시간 뒤면 시간이 납니다만. 그래도 괜찮겠습니까?"

그래도 좋다고 나는 대답하고 주소를 일러 준 다음 전화를 끊었다.

나는 침대에서 벌떡 일어났다. 이렇게 갑자기 기분이 상쾌해지다니 정말 이상할 정도였다. 한때는 절망의 괴로움에 못 이겨 살인과 자살 따위를 생각하며 우울해 했었는데, 지금은 욕실 안에서 푸치니의 아리아를 휘파람으로 불고 있는 것이다. 마치 나쁜 일을 시작하려는 악마처럼 나는 두 손을 비벼 보기도 했으며, 한 번은 아침 운동 중 두 무릎을 구부릴 때 몸의 균형을 잃고 엉덩방아를 찧어 마치 초등학교 학생처럼 소리내어 웃어대기도 했던 것이다.

　약속 시간에 존 로이덴 씨는 나의 서재로 안내되었다. 나는 그를 맞이하기 위해 일어섰다. 그는 몸집이 자그마했으나 어딘가 세련되어 보이는 사나이로, 좀 화려한 염소 수염을 기르고 있었다. 검은 비로드 재킷, 벽돌색 넥타이, 빨간 스웨터, 게다가 검은 양가죽 구두. 나는 작고 화사한 그의 손을 잡고 인사했다.

　"이렇게 금방 찾아 주셔서 정말 고맙습니다, 로이덴 씨."

　"아닙니다, 저야말로……."

　이 사나이의 입술──수염이 있는 사람이면 거의 모두 다 그렇듯이──은 젖어 있었으며, 비죽이 드러난 채 수염 속에서 핑크빛으로 빛나고 있어 어딘지 모르게 음란한 느낌을 주었다.

　나는 그를 존경하고 있다고 말한 다음에 용건을 꺼냈다.

　"로이덴 씨, 당신에게 좀 색다른 부탁이 있는데, 순전히 개인적인 일입니다만……."

　"무슨 일입니까, 램프슨 씨?"

　그는 나와 마주앉아 있었는데, 마치 새처럼 머리를 까딱해 보였다.

　"지금부터 하는 이야기에 대해 당신께서 신중히 취급해 주리라고 생각하고 있긴 합니다만……."

　"그것은 말할 나위도 없습니다, 램프슨 씨."

　"그렇습니까? 그럼, 제 용건을 말씀드리지요. 당신에게 초상화를 부탁하려는 여성이 한 사람 런던에 있습니다. 그 여자의 아름다운 초상화를 어떻게든지 입수했으면 하는데, 거기에는 좀 복잡한 사정이 있습니다. 말하자면 내 개인적인 이유에서 그림을 그리게 한 것이 나라는 사실을 그 여자에게 알리고 싶지 않습니다."

"그렇다면……."

"그렇습니다, 로이덴 씨. 내가 말하고 싶은 것은 바로 그 점입니다. 세상 물정에 대해 너무도 잘 아시는 당신이니까 잘 알아서 해주실 수 있으리라고 믿습니다."

그는 미소를 지었다. 수염에 파묻혀 잘 보이지 않는 좀 일그러진 듯한 미소였다. 이윽고 그는 모든 것을 알았다는 듯이 아래위로 고개를 끄덕여 보였다.

"남자가 말입니다, 뭐라고 하면 좋을까요……. 어떤 한 여성에 대해 호의를 가지고 있지만 지금으로서는 아직 그 말을 여자에게 하고 싶지 않은 기분, 그런 경우를 생각하실 수 있겠습니까?"

"흔히 있는 일입니다만, 램프슨 씨."

"남자란 경우에 따라서는 아주 조심스럽게 상대방에게 다가가야 하니까요. 자기를 상대방에게 밝히는 가장 좋은 기회가 올 때까지 조용히 기다리면……."

"그렇습니다, 램프슨 씨."

"자그마한 새를 잡기 위해서는 숲속에서 쫓아다니는 것만이 능사가 아니니까요."

"그럼요, 램프슨 씨."

"이를테면 꽁지에 소금을 바른다든가 (외국에서는 꽁지에 소금을 뿌리면 문제없이 / 새를 잡을 수 있다고 아이들에게 일러 준다)……."

"하하하!"

"됐습니다, 로이덴 씨, 이제 이해해 주신 것 같군요. 그러면 혹시 자네트 데 펠라지아라는 여성을 아시는지요?"

"자네트 데 펠라지아? 분명히 이름은 들은 적이 있습니다. 알고 있다고 확실히 말할 수는 없지만."

"그거 곤란한데. 그렇게 되면 일이 좀 성가시게 되겠는데요, 당신이 어떻게 그 여자를 만날 수는 없을까요? 칵테일 파티 같은 자리에서."

"그런 일이라면 문제없습니다, 램프슨 씨."

"그렇습니까? 내가 당신에게 제안하고 싶은 것은, 당신이 그녀에게 다가가서 요 몇 년 동안 찾고 있던 모델이 바로 그녀라고 말해 줬으면 하는 겁니다. 당신이 마음속에 그리던 얼굴 모습, 눈……이런 식으로 말입니다. 그런 거야 당신이 더 잘 알고 계실 테지만. 그리고 무료로 그리겠으니 모델이 되어 주지 않겠느냐고 그녀에게 부탁해 주십시오. 내년의 아카데미에 출품할 작품인데, 꼭 그녀를 그리고 싶다고 말입니다. 틀림없이 그녀는 기꺼이 당신에게 협력할 것입니다. 이렇게 말하면 좀 뭣하지만, 아주 영광으로 생각할 것입니다. 그리하여 당신은 그녀를 그려서 출품하고 전람회가 끝난 뒤 그 그림을 나에게 보내 주면, 그렇게 하면……내가 그 그림을 샀다는 사실을 당신 말고는 아무도 모를 겁니다."

존 로이덴 씨의 작고 둥근 눈이 빈틈없이 나를 쳐다보고 있는 것을 나는 알았다. 그는 또 머리를 한쪽으로 갸우뚱했다. 그는 의자 끝에 앉아 있었으므로 나의 위치에서 보면 그의 빨간 스웨터가 앞쪽으로 내다보여, 마치 나뭇가지에 앉아 있는 붉은 가슴 새가 귀에 익지 않은 소리에 귀를 기울이고 있는 듯한 모습으로 보였다.

"별로 이렇다할 나쁜 점은 아무것도 없습니다. 구태여 말을 붙이자면 죄없는 짓궂은 장난, 그것도 나이 먹은 로맨티시스트가 생각해 낸 장난이라고나 할까요……."

"압니다, 잘 압니다, 램프슨 씨."

말은 이렇게 했지만 그는 아직도 망설이고 있는 듯하여 나는 재촉하듯 말했다.

"나는 기꺼이 그림 값을 두 배로 지불하겠습니다."

그것으로 이야기는 결정되었다. 그 사나이는 입술을 핥았다.

"아시겠지만 램프슨 씨, 이런 일은 제 소관이 아닙니다. 그렇다고 뭐라고 하면 좋을까요, 로맨틱한 역할을 거절하면 뭔가 멋을 모르는 사나이로 간주될 테고……."

"가능하면 전신상을 그려 주십시오, 로이덴 씨. 꼭 그려 주십시오. 큰 캔버스가 좋겠습니다. 아, 저기 벽에 걸려 있는 마네 그림의 두 배만한 크기로요."

"그러니까 60×36인치쯤 되겠군요?"

"그렇습니다. 그리고 서 있는 모습이 좋습니다. 내가 보기엔 그러한 모습의 그녀가 가장 고상하게 여겨지므로……."

"잘 알았습니다. 그처럼 아름다운 부인을 그리게 해주셔서 정말 기쁘기 이를 데 없습니다."

'하기야.' 나는 속으로 중얼거렸다. '너의 방식으로 그리게 되면 기쁘겠지.'

그러나 나는 아무렇지도 않은 듯이 말했다.

"그럼, 로이덴 씨, 뒷일은 모두 당신에게 맡기겠습니다. 그러나 이것만은 잊지 말아주십시오, 우리들만의 조그만 비밀이라는 것을요!"

그가 돌아간 뒤 나는 그 자리에 눌러앉은 채 25번이나 심호흡을 했다. 그렇게라도 하지 않으면 바보처럼 펄쩍 뛰며 환성을 지르지 않을 수 없을 것 같았기 때문이다. 내 생애에 이렇게 기뻐해 보기는 처음이었다.

나의 계획은 착착 진행되어 갔다! 가장 큰 난관은 보기좋게 돌파했다. 나머지는 기다리기만 하면 된다. 물론 오랜 시간이 걸리긴 하겠지만. 그 사람식으로 그리자면 그림이 완성되기까지 여러 달 걸릴 것이다. 그러나 참고 기다리기만 하면 된다. 오로지 그것뿐이다.

그 다음에 내가 그 자리에서 결정한 일은, 그림이 완성될 때까지 외국에 가 있는 편이 좋겠다는 것이었다. 그래서 다음날 아침 곧 자네트에게——당신도 짐작했겠지만 그날 밤도 그녀와 함께 식사하기로 되어 있었던 것이다——편지를 보내 갑자기 볼일이 생겼다는 소식을 전하고, 나는 이탈리아로 떠났다.

이탈리아에서 나는 여느 때처럼 멋진 나날을 보낼 수 있었다. 다만 사건이 있던 장소로 돌아갈 생각만 하면 으레 치밀어오르는 신경의 흥분으로 시달리기는 했지만.

그로부터 4개월이 지나 7월이 되자 나는 다시 돌아왔다. 그 날은 로열 아카데미가 열린 다음날이었다. 내가 없는 동안에도 모든 일이 계획대로 진행되어 가고 있었음을 알고 나는 안심했다. 자네트 데 펠라지아의 그림은 완성되어 전람회장에 출품되어 있었다. 게다가 이미 평론가며 일반 사람들로부터 절찬을 받고 있었다. 나 자신은 보러 가고 싶은 마음을 억누르고 있었다. 이윽고 로이덴에게서 전화가 걸려왔다. 그 그림을 사고 싶다는 사람이 몇 명 있었으나, 팔 물건이 아니라고 모두 거절해 버렸다는 것이었다. 전람회가 끝나자 로이덴은 내게 그림을 보내 주고, 약속한 돈을 받아 갔다.

나는 곧 그것을 나의 작업실로 날라갔다. 그리고 차츰 부풀어오르는 흥분에 사로잡혀 가까이 다가가 그림을 확인하기 시작했다. 그 화가는 검은 이브닝 드레스를 입고 서 있는 그녀를 그렸다. 그 뒤에는 빨간 비로드 소파가 있었다. 그녀의 왼손은 묵직한 의자의 등받이에 놓여 있었으며, 그 의자에도 빨간 비로드가 씌워져 있었다. 게다가 천장에는 커다란 샹들리에가 매달려 있었다.

이것은 얼마나 소름끼치는 물건인가! 초상화 자체는 그다지 나쁘지 않았다. 분명히 그 사람은 자네트의 표정을 포착했다. 다소곳한 얼굴, 크게 뜬 파란 눈, 살며시 미소를 머금고 있는 크고 요염하고 아름다운 입매. 물론 그 사나이는 실물보다 더 잘 그렸다. 얼굴에는 한 가닥의 주름도 없었고, 턱 밑에 있는 군살의 흔적도 전혀 없었다. 나는 드레스 부분을 확인해 보기 위하여 앞으로 몸을 굽혔다. 분명히 두꺼웠다. 훨씬 두껍게 칠해져 있었다. 이렇게 되자 나는 더 이상 가만히 있을 수가 없었다. 갑자기 윗옷을 벗어 던지고 나는 일을 하려고 덤벼들었다.

여기서 한마디 말해 두고 싶은 것은, 그림의 클리닝(淨掃)과 수복(修復)에 있어서는 내가 전문가라는 사실이다. 특히 클리닝은 손 끝이 가볍고 부드러우며 참을성만 있으면 누구나 할 수 있는 비교적 간단한 과정이다. 그러므로 직업상의 비밀을 방패로 삼아 터무니없는 값을 받는 전문가는 나에게서 일을 받아 갈 수 없다. 게다가 내가 가지고 있는 그림을 클리닝하는 일은 모두 나 자신이 직접 하고 있다.

나는 테레빈유를 따라 놓고 알코올을 몇 방울 떨어뜨린 뒤 작은 탈지면 뭉치를 이 액체에 적셔서 꼭 짰다. 그리고 나는 둥글게 원을 그리듯 조용히, 정말 조용히 검은 드레스의 표면을 문지르기 시작했다. 다만 한 가지 걱정스러운 일은 로이덴이 완전히 그림물감이 마른 뒤에 다음 층을 칠하지 않았다면 두 종류의 물감이 한데 섞여서 내가 계획하고 있는 작업이 망쳐진다는 것이었다. 그러나 그것은 곧 알 수 있다. 나는 충분히 시간을 들여 여자의 배 언저리에 있는 검은 드레스를 1평방 인치쯤 문질러 보았다. 나는 세심한 주의를 기울여 그림물감을 조금씩 벗겨 나갔다. 용액에 한 방울 두 방울 알코올을 가하며 다시 상태를 시험해 보았다. 색소가 잘 녹을 정도의 농도로 만들기 위해 또 한 방울의 알코올을 떨어뜨렸다.

그 1평방 인치의 검은 부분을 벗기는 데에 꼬박 한 시간은 걸렸을 것이다. 다음 밑바탕이 가까워질수록 지금까지보다 더 숨을 죽이고 일을 계속해야만 했다. 이윽고 작은 핑크빛 점이 조금 나타나는가 했더니 차츰 넓어져 지금까지 문지른 1평방 인치의 부분이 완전히 선명하게 빛나는 핑크빛으로 바뀌었다. 나는 서둘러 순수한 테레빈유로 중화시켰다.

아무튼 여기까지는 그런대로 잘되었다. 이로써 나는 밑바탕 그림물감을 다치지 않고 위의 검은 물감을 벗겨 낼 수 있다는 것을 알았다. 이제 내가 참을성 있게 일만 하면 쉽게 전체를 벗겨낼 수 있을 것이다. 게다가 이 그림 물감을 녹이는 데 알맞은 용액의 혼합도도 알아냈고, 또 어느 정도까지 안전하게 문지를 수 있느냐 하는 것도 알았으므로 앞으로는 훨씬 빨리 일이 진전될 것이다.

어쨌든 이 일은 상당히 재미있다고 할 수 있었다. 나는 처음에 그녀의 몸 중간쯤에서 아래쪽을 향해 일을 계속했다. 탈지면 뭉치가 그녀의 드레스 아랫부분을 조금씩 벗겨 나감에 따라 핑크빛의 묘한 속옷이 드러났다.

대체 이 물건을 뭐라고 불러야 하는지 나로서는 전혀 알 수 없었지만, 어쨌든 강인하고 탄력성 있는 두터운 재료로 만들어진 대단한 장치로써, 이 여자의 통통한 몸을 아름다운 유선형(流線型)에 박아 넣어서 아주 날씬해 보이도록 만드는 것, 완전히 가짜의 인상을 남에게 주는 것이 그 존재 목적이라는 사실이었다. 그리고 나는 아래로 아래로 손을 움직여 가는 동안에 아주 잘 만들어진 가터에 부딪혔다. 그것도 핑크빛이었는데, 그 탄력성 있는 갑옷에 달려 있었다. 거기서 4인치 내지 5인치쯤 밑에 스타킹을 매달 수 있도록 되어 있었다.

잘 관찰하기 위해 한 발자국 뒤로 물러서서 자세히 보니 이 물건이 참으로 이상하게 느껴졌다. 뭔가 몹시 속고 있었다는 느낌이 들었다. 왜냐하면 지난 몇 달 동안 이 여자의 날씬한 모습을 사모했던 게 아닌가? 그녀는 사기꾼이다! 의심할 여지가 없다! 그러나 다른 많은 여자들도 이처럼 속임수를 쓰고 있는 것일까? 물론 코르셋 전성 시절에는 부인들이 몸을 졸라매고 있었다는 것쯤 나도 알고 있지만, 요즈음 부인들은 다만 식이요법으로 하고 있다는 인상을 나는 지니고 있었던 것이다.

드레스의 아랫부분을 다 벗겨내자 나는 곧 윗부분으로 주의를 돌렸다. 그리고 여자의 배 언저리로부터 위쪽으로 천천히 일을 진행시켜 나갔다. 마침 횡경막 근처에 살결이 나와 있는 곳이 있었다. 거기서 다시 위로 올라가 유방을 담고 있는 가슴 부분까지 오자, 너풀거리는 레이스가 달린 무겁고 검은 재료로 된 장치가 나타났다. 이것은 나도 잘 알고 있는 브래지어, 참으로 선명하고 과학적으로 만들어진 장치, 조교(弔橋)를 받치는 밧줄처럼 검은 끈으로 매달아올린 또하나의 무서운 장치였다.

오래 살고 보니 여러 가지를 알게 된다.

어쨌든 가까스로 일이 끝났으므로 나는 그 그림의 마지막 모양을 보기 위해서 다시 한 번 뒤로 물러섰다. 그것은 참으로 놀라운 광경이었다. 등신대라 할 수 있는 이 여자, 자네트 데 펠라지아는 속옷만 입고 서 있었다. 그곳은 응접실인 모양이라고 나는 생각했지만……. 그 머리 위에 커다란 샹들리에, 옆에는 빨간 비로드 의자. 그리고 자네트는……, 이것이 가장 신경 쓰이는 점이었다……, 파란 눈을 크게 뜨고 요염하고 아름다운 입매에 살짝 미소를 띠며 아주 침착하게 서 있는 것이었다. 그리고 나중에야 알고 놀란 일이지만, 그녀는 마치 기수(騎手)처럼 아주 심한 안짱다리였던 것이다. 솔직히 말하자면 나는 이런 사실로 인해 완전히 기분이 상해 버렸다. 그 그림을 조용히 바라보기는커녕 이 방에 있는 것만도 견딜 수 없을 것 같은 기분이었다. 그리하여 잠시 뒤 그 방에서 나와 문을 닫아 버렸다. 이렇게 하는 것이 유일한 예의라고 생각했기 때문이었다.

다음에는 바야흐로 최후의 단계였다! 여기에 너절하게 쓰지 않았다고 해서 나의 복수에 대한 갈망이 지난 몇 달 사이 줄어들었다고 생각하면 잘못이다. 오히려 그 반대로 전보다 더 심해졌다고 할 수 있을 정도였다. 이윽고 마지막 손질을 할 단계가 되자, 솔직히 말해서 나는 도저히 마음을 가라앉힐 수가 없었다. 그날 밤에 나는 단 한숨도 잠을 이루지 못했다.

왜냐하면 초대장을 보내는 일을 나는 도저히 참고 기다릴 수 없었기 때문이다. 밤새도록 자지 않고 겉봉을 쓰는 등 초대장을 낼 준비를 했다. 편지는 모두 합해 22통이었는데 한 장 한 장 개인적인 편지로 하고 싶었기 때문이다. '오는 22일 금요일 오후 8시, 조용한 만찬회를 열까 합니다. 꼭 참석해 주시기를……. 뵙게 되면 영광이겠습니다.'

맨 첫 문장에 가장 애를 먹은 것은 자네트 데 펠라지아에게 보내는 편지였다. 나는 아주 오래 만나지 못해서 유감스럽다는 것, 외국에 가 있었다는 것, 다시 만날 기회를 갖게 되었다는 것 등을 썼다. 그런 다음 글래디스 폰슨비 부인, 그리고 해미온 거들스턴 경 부인, 그 다음에는 비체노 왕녀(王女), 캐트버드 부인, 휴버트 코올 경, 갤버리 부인, 피터 이유언 토머스, 제임스 피스커, 유스터스 파이글롬 경, 피터 반 산텐, 엘리자베스 모이니언, 믈헬린 경, 버틀램 스탤트, 필립 코넬리우스, 잭 힐, 에이크먼 경 부인, 아이슬리 부인, 햄프리 킹 하워드, 조니 오코피, 우벌리 부인, 웍스워드 백작 미망인.

세심하게 신경을 써서 만든 리스트로, 여기에 초대된 인물들은 손꼽히는 일류 신사와 상류 사교계에서도 가장 세력이 있는 명문 귀부인들이었다.

나의 저택 만찬회는 누구나 인정해 줄 만한 것이라는 사실을 나 자신도 잘 알고 있었다. 그러므로 초청을 받으면 모두들 기쁘게 참석해 줄 것이다. 나의 펜이 흐르듯 종이 위를 달리고 있는 것을 보고 있으니 이 초대장을 받은 날 아침의 부인들 모습이 눈에 선했다. 기쁜 나머지 침대의 전화기를 집어들고 째지는 목소리로, 전화를 받는 상대방의 더 째지는 목소리를 불러댄다.

"라이오넬 씨가 파티를 연대요……. 당신도 초대를 받으셨나요? 어머나, 그래요. 아이, 얼마나 멋져요……. 언제나 요리가 훌륭하잖아요……. 그리고 그분은 굉장히 좋은 신사예요. 그래요, 정말이에요……."

정말 그녀들은 이렇게 지껄여 줄까? 갑자기 전혀 그렇지 않을지도 모른다는 의심이 들었다. 아무래도 이렇게 말할 것만 같았다.

"네, 그래요. 그 사람, 질이 나쁜 노인은 아니에요……. 하지만 좀 지루하지 않을까요? 어때요, 당신은? 네? 뭐라구요? 따분해요? 그럼, 절망이군요. 네, 그래요, 그 말이 맞아요……. 전에 자네트 데 펠라지아가 그 사람보고 뭐라고 했는지 들은 일 있으세요? 그래요, 그래요, 당신 귀에도 그 말이 들어갔을 줄 알았어요……. 참을 수 없을 정도로 우스운 이야기예요. 안 그래요?…… 자네트도 견디기 힘들 거예요……. 그때까지만 해도 아주 잘 참아왔다고 봐요, 나는……."

아무튼 나는 초대장을 다 보냈다. 그리고 2주일 안으로 여행 중인 캐트버드 부인과 코올 경을 제외한 전원이 기꺼이 초대에 응하겠다는 연락이 날아왔다.

22일 밤 8시 30분, 내 저택의 넓은 응접실은 손님들로 가득찼다. 그들은 방 안에 서서 그림을 감상하고, 마티니를 마시고, 큰 소리로 이야기하고 있었다. 부인들은 향수 냄새를 풍기고 있었다. 남자 손님들은 불그레한 얼굴로 야회복을 입고 있었다. 자네트 데 펠라지아는 그 초상화와 똑같은 검은 드레스를 입고 있었다. 그녀가 나의 눈에 띌 때마다 내 머릿속에는 커다란 구름의 형태와도 같은 것——곧잘 우스개 만화에 나오는——이 떠올랐으며, 그 속으로 속옷과 검은 브래지어와 핑크빛의 탄력성 있는 벨트와 가터와 그리고 안짱다리인 그녀의 모습이 보이곤 했다.

나는 그들 사이를 골고루 돌며 상냥하게 말을 나누고, 그들의 이야기에도 귀를 기울였다. 내 뒤에서 갤버리 부인이 유스터스 파이글롬과 제임스 피스커에게 어젯밤 클라리지에서 그녀의 옆 테이블에 앉아 있던 남자의 흰 수염에 빨간 입술연지가 묻어 있었다는 이야기를 하고 있었다.

"아주 뚜렷이 묻어 있었어요. 아무리 잘 보아도 그 노인은 90살쯤 되어 보였는데."

저쪽에서는 거들스턴 경 부인이 누군가에게 송로(松露) 버섯을 브랜디로 요리한 것을 파는 가게를 가르쳐 주고 있었다.

그리고 나의 눈에 띈 것은, 아이슬리 부인이 뭔가 계속 믈헬린 경에게 속삭이고 이 각하는 그동안 내내 마치 낡은 메트로놈처럼 천천히 머리를 양쪽으로 내젓고 있는 모습이었다.

만찬의 준비가 다 되었다고 알리자 모두들 우르르 방에서 나갔다.

"어머나!" 식당에 들어가자 사람들은 소리를 질렀다.

"왜 이렇게 어둡지요? 이상하군요!"

"아무것도 안 보이는군!"

"어머나, 이 작은 초 봐!"

"라이오넬 씨, 굉장히 로맨틱하시군요!"

긴 테이블 한가운데에 2피트쯤의 간격을 두고 아주 작고 가는 초가 여섯 자루 켜져 있었다. 팔락거리는 촛불은 테이블 둘레만을 겨우 밝히고 있을 뿐, 방은 완전히 어둠에 싸여 있었다. 이것은 나의 목적을 완전히 수행하기 위해서라기보다, 아주 즐거운 취향이며 재미있는 변화를 가져다 주기 때문이었다. 손님들은 각기 정해진 자리에 앉아 식사를 하기 시작했다.

모두 촛불을 즐기고 있는 듯했으며 모든 일이 잘 진행되고 있는 것 같았다. 다만 방이 어두워서인지 여느 때보다 말소리가 조금 높기는 했지만. 특히 자네트 데 펠라지아의 목소리가 나의 귀에 울려 왔다. 그녀는 믈헬린 경 옆자리에 앉았다. 그리고 지난 주일 펠라트 곳에 갔을 때 얼마나 따분했는지 혼났다는 이야기를 그에게 들려주는 소리가 나의 귀에도 들려 왔다.

"프랑스 인밖에 없었어요. 네, 어딜 가든 프랑스 인밖에……."

나는 촛불을 바라보고 있었다. 너무 가늘어서 머지않아 다 타버린다는 것을 나는 알고 있었다. 게다가 나는 몹시 신경질적이었다. 이 사실은 나도 인정한다. 그러나 그와 동시에 마치 술에 취한 듯 마음이 들떠 있었다. 자네트의 목소리를 들을 때마다, 또 촛불에 비친 그녀의 얼굴이 눈에 띌 때마다 나의 가슴속에서는 작은 흥분의 불덩어리가 타올랐으며, 그것이 온몸의 피부 밑으로 치닫는 것을 느낄 수 있었다.

이윽고 기다리고 기다리던 때가 왔다. 내가 이렇게 마음속으로 결심했을 때, 그들은 디저트로 나온 딸기를 먹고 있었다.

나는 숨을 크게 들이마신 다음 큰 소리로 말했다.

"이제 전깃불을 켜야 할 것 같습니다. 촛불도 이제 마지막입니다. 메리!" 나는 하녀를 불렀다. "메리, 미안하지만 스위치를 넣어 줘."

모두들 한동안 조용해졌다. 하녀가 문 있는 곳까지 걸어가서 스위치를 넣는 소리가 나는 순간, 방 안은 눈부신 빛으로 가득찼다. 모두들 무의식중에 두 눈을 감았다가 곧 다시 뜨더니 사방을 휘둘러보았다. 이때 나는 의자에서 일어나 소리도 없이 방을 빠져나갔다. 그러나 나가는 그 순간 나는 일생을 두고 잊을 수 없는 광경을 목격했다. 자네트였다. 허공을 향해 두 손을 들어올린 채 얼어붙은 듯 꼼짝도 하지 않고 서서 마치 테이블 너머에 있는 누군가와 손짓으로 이야기를 하고 있는 것 같은 모습이었다. 2인치쯤 입을 멍하니 벌린 채 몹시 놀란 표정을 짓고 있었다. 뭐가 뭔지 알 수 없다는 표정, 바로 1초 전에 정통으로 심장을 맞고 죽어 넘어진 사람과 똑같은 표정이었다.

나는 홀 밖에 서서 부인들의 날카로운 외침 소리와 도저히 믿을 수 없다는 듯 웅성거리는 신사들의 술렁거림 등 그런 소란이 언제쯤 일어날까 귀를 기울이고 있었다. 이윽고 모든 사람이 한꺼번에 떠들어대는 큰 소란이 일어났다. 그리고——이것이야말로 가장 통쾌한 순간이었다——믈헬린 경의 한층 더 높은 목소리를 나는 들었다.

"물! 빨리, 빨리 저 여자에게 물을!"

찻길로 나오자 운전기사가 나를 차에 태워 주었다. 나는 런던에서 95마일밖에 떨어져 있지 않은 또 하나의 나의 집을 향해서 그레이트 노드 로드를 신나게 달리고 있었다.

그 뒤 이틀 동안 나는 아주 흡족한 마음으로 지냈다. 꿈을 꾸는 듯한 황홀한 기분으로 나는 반쯤 자기 만족에 도취된 상태였다. 그 만족감이 너무도 커서 마치 공중에 붕 떠 있는 것처럼 하루 종일 흥분된 형편이었다. 그런데 오늘 아침에야 글래디스 폰슨비 부인에게서 전화가 걸려 와 제정신으로 돌아왔으며, 내가 영웅은커녕 완전히 버림받은 무뢰한이 되었다는 사실을 알았다. 그녀의 보고에 의하면——그것도 나에게는 아주 고소하다는 어조로 들렸는데——모두들 분개한 나머지 너도 나도 옛 친구에 이르기까지 나로서는 정말 듣기 거북한 말을 했으며, 앞으로 나와는 절대로 말을 하지 않겠다고 다짐했다는 것이었다. 다만 그녀 자신만은 빼놓고——폰슨비 부인은 이 말을 몇 번이나 되풀이했다——다른 사람들은 모두 다 그렇게 말했다고, 그러므로 자기가 나를 격려하기 위해 나 있는 곳에서 2, 3일 동안 머물러도 좋겠느냐고 물어 왔다.

나는 내 정신이 아니었으므로 그 말에 대해 제대로 대답도 하지 못했던 것 같다. 나는 수화기를 놓자마자 그 자리에서 물러나와 울음을 터뜨리고 말았다.

그리고 오늘 오후의 일이었다, 결정타가 날아온 것은. 우편물이 배달되었는데, 그 속에 한 통의 편지가 들어 있었다. 너무 창피해서 나는 그것을 여기에 옮겨 쓸 수 없을 정도이다. 그것은 아주 상냥한 글귀로 위로하여 주는 짧은 편지였는데, 그것은 다름아닌 자네트 데 펠라지아가 보낸 것이었다. 그녀는 진심으로 내가 한 행동을 용서한다고 썼다. 그것은 한낱 장난에 지나지 않는다는 것을 잘 알고 있으며, 다른 사람들이 나에 대해 떠들어대고 있는 나쁜 소문에 대해서도 개의치 말라고 부탁했으며, 그녀는 지금도 변함없이 나를 사랑할 뿐만 아니라 앞으로도 죽는 날까지 사랑할 것이라고 씌어 있었다.

아아, 이 편지를 읽고서 나는 자신이 얼마나 비열한 사나이며, 짐승보다도 못한 놈인가를 뼈저리게 느꼈는지 모른다! 한층 더 그런 감정을 느낀 것은 그녀가 같은 우편으로 애정의 표시인 작은 선물을 보낸 것을 알았을 때였다. 그것은 무엇보다도 내가 좋아하는 신선한 캐비어가 반 파운드 들어 있는 항아리였다.

고급 캐비어라면 나는 정말 사죽을 못 쓰는 형편이었다. 그것이 나의 최대의 약점이 아닐까? 여느 때 같으면 오늘 같은 날 저녁 식사는 도저히 식욕이 없어 먹지 못할 텐데, 이 비참한 기분을 조금이라도 달래려고 이 캐비어를 몇 숟가락 먹었다. 하지만 얼마 먹지 않고도 과식하는 경우가 곧잘 있기 마련이다. 왜냐하면 벌써 한 시간이나 기분이 조금도 좋아지지 않는 것이다. 위층으로 올라가 소다수라도 마시는 편이 좋을지 모르겠다. 기분이 좀더 좋아진 다음에 돌아와서 이 수기를 끝맺는 것쯤은 아무것도 아닐 테니까.

The Great Automatic Grammatizator

위대한 자동 문장 제조기

"여어, 나이프, 이제 다 끝났네. 내가 자네를 부른 까닭은 자네가 참으로 훌륭한 일을 마쳤다고 말하고 싶었기 때문일세."

아돌프 나이프는 볼렌 씨의 책상 앞에 말없이 서 있었다.

"자네는 기쁘지 않은가?"

"아니, 기쁩니다. 볼렌 씨."

"오늘 아침 신문에 뭐라고 났는지 읽어 봤지?"

"아니요, 못 읽었습니다."

책상 앞에 앉아 있는 사나이는 접은 신문을 앞으로 끌어당기더니 소리내어 읽기 시작했다.

앞서 정부의 지시에 의해 시작된 자동 계산기의 제조가 이번에 완성을 보게 되었다. 이것은 현재 세계에서 가장 계산이 빠른 전자 계산기라고 할 수 있다. 이 계산기는 과학 및 공업에 초미(焦眉)의 필요성을 만족시키는 것으로, 실제로 계산이 불가능했거나 또는 문제가 풀린다 하더라도 상당한 세월이 필요했던 과거의 구식 계산기와는 구조적으로 다르다. 새 계산기가 해내는 수학 계산의 신속성에 대해서는 놀라움을 금치 못하는 바이다. 연구 일체의 책임을 맡은 전기 기사회 주임 존 볼렌 씨에 의하면, 새로운 계산기는 보통 수학자가 1개월 걸려 계산하는 문제를 불과 5초 안에 풀 수 있다고 한다. 이 계산기는 사람이 계산하면——그것이 가능하다고 보고 하는 이야기지만——50만 장의 종이를 필요로 하는 계산을 3분 동안에 쉽게 해낼 수 있는 것이다. 이 자동 계산기는 1초 동안에 1백만 진동을 일으키는 전기의 진동을 응용, 모든 계산을 가감승제(加減乘除)로 바꾸어 해답을 내놓을 수 있는 구조로 이루어져 있다. 실제적인 응용면은 무제한이며 무엇에 대해서나⋯⋯.

볼렌 씨는 얼굴이 길고 우울해 보이는 이 청년을 흘끗 올려다보았다.

"어떤가, 콧대가 높아진 것 같지 않은가, 나이프, 응, 기쁘지 않은가?"

"물론 기쁩니다, 볼렌 씨."

"나는 자네의 공헌, 특히 독창적인 플랜에 대한 자네의 공헌이 중요한 것이었다고 말하고 싶지는 않네. 솔직히 말해 자네와 자네의 아이디어가 없었다 하더라도 이 설계는 현재 도판(圖版) 위에 있는 것과 똑같은 것이 되었으리라고 장담할 수 있거든."

아돌프 나이프는 카펫 위에서 발을 움직이며 주임의 자그마한 흰 손과, 서류를 펴기도 하고 구부러진 클립을 바로잡기도 하는 신경질적인 손가락 끝을 물끄러미 보고 있었다. 그 두 손이 마음에 들지 않았다. 작은 입과 파르스름한 얇은 입술이 있는 그 얼굴도 싫었다. 그리고 이야기할 때 아랫입술만 움직이는 것도 불쾌했다.

"무슨 걱정거리라도 있나, 나이프? 마음에 들지 않는 일이라도?"

"그런 것은 없습니다, 볼렌 씨."

"이번 일주일 동안의 휴가를 어떻게 지낼 작정인가? 자네는 썩 잘 해냈네. 자네는 열심히 노력해서 휴가를 쟁취한 거야."

"글쎄요, 어떨까요."

나이가 위인 사나이는 그의 앞에 멍하니 서 있는 이 키가 크고 여윈 청년을 지켜보며 한동안 잠자코 서 있었다. '이 사나이는 까다로운 청년이다. 왜 이 녀석은 가슴을 탁 펴고 서 있지 못하는 걸까? 웃옷은 꾀죄죄하고, 머리카락은 얼굴을 덮고, 늘 멍하니 칠칠치 못하다.'

"여행을 가는 게 좋아, 나이프. 자네에겐 휴식이 필요해."

"알았습니다. 당신이 그렇게 말씀하신다면……."

"일주일을 얻게. 가능하면 2주일도 좋고, 어디 따뜻한 곳에 가는 거야. 일광욕도 하고 수영도 하고, 여유있게 쉬며 푹 자는 거야. 그리고 돌아와서 서로의 장래에 대한 일을 의논하기로 하세."

아돌프 나이프는 버스를 타고 그의 두 칸짜리 아파트로 돌아왔다. 그는 윗옷을 소파 위에 벗어던진 뒤 위스키를 한 잔 따라 가지고 테이블 위에 있는 타이프라이터 앞에 앉았다. 볼렌 씨의 말은 옳다. 물론 그는 옳은 것이다. 그렇다, 일에 대해 절반밖에 모르는 그로서는 옳은 말이다. 틀림없이 여자 때문이라고 생각하고 있으리라. 젊은 사나이가 풀이 죽어 있으면 누구나 여자 때문이라고 생각한다.

그는 몸을 앞으로 내밀고 반쯤 타이프된, 기계에 꽂혀 있는 종이를 훑어보기 시작했다. '구사일생'이라는 제목이 찍혀 있었고, 그 밑에는 이렇게 이어진다. '어둡고 비바람이 몰아치는 밤이었다. 나무들이 윙윙거리고 비는 억수같이 쏟아졌다……'

아돌프 나이프는 위스키를 한 모금 마시고 그 씁쓰레한 맛을 즐겼다. 차가운 액체의 흐름이 그의 목구멍을 간지럽히고 위장 속으로 들어가자, 처음에는 차갑다가 차츰 위 속에 퍼지며 따뜻해지기 시작하여 뱃속 어딘가에서 화끈 타오르는 것이었다. 뭐라고? 존 볼렌 같은 작자는 저리 가라고 해! 자동 계산기고 뭐고 쓸데없어, 그리고……

마침 그때 그의 눈과 입이 이상스럽게도 천천히 열리기 시작했다. 그리고 차츰 머리가 들리더니 그대로 조용해졌다. 그는 꼼짝도 하지 않고 이상한, 아니, 그보다 놀라움에 가까운 눈길을 정면 벽에 고정시키고 있었다. 눈길을 고정시킨 채 40초, 50초, 60초 동안 우두커니 앉아 있는 것이었다. 그러더니 서서히——그러나 여전히 머리는 움직이지 않고——그의 얼굴에 약간의 변화가 생겼다. 놀라움이 기쁨으로 바뀐 것이다. 처음에는 입매에서만 약간 볼 수 있었으나 차츰 고조되어 마침내 얼굴 전체에 미소가 퍼져 활짝 웃는 얼굴이 되었다. 이것은 몇 달 만에 처음 보는 아돌프 나이프의 미소였다.

"물론." 그는 큰소리를 질렀다. "그 녀석은 정말 어리석었어!" 그는 또다시 윗입술이 말려올라가며 이가 다 드러나 보이는 묘하게 관능적인 웃음을 띠었다. "훌륭한 아이디어이지만, 너무 비실용적이라 실제로는 생각할 수 없는 일이야."

그때부터 줄곧 아돌프 나이프는 다른 일에 대해서는 전혀 생각하려 들지 않았다. 왜냐하면 첫째 그것은 그의 최대의 적에 대해 가장 악마적인 방법으로 복수할 수 있다는 것——우회적인 방법이긴 하지만——을 그에게 약속해 주었기 때문이다. 이 점에 대해서만도 그는 10분 내지 15분 동안이나 생각하고 있었다. 그런 다음 문득 그 실제적인 가능성에 대해 아주 열심히 검토하고 있는 자신을 발견했다. 그는 종이를 집어들고 예비적인 메모를 만들어 보았다. 그러나 오랫동안 계속하지는 않았다. 기계가 아무리 훌륭해도 그 자체가 독특한 생각을 가질 수 없다는, 옛부터 내려오는 진리에 부딪히고 있는 자신을 금방 알아차린 것이다. 기계란 이 문제를 수학적인 기준으로 바꾸지 않는 한 해결할 수 없는 것이다. 하나의, 단 하나의 정답을 지닌 문제를.

이것은 어려운 문제였다. 어쩔 수 없는 일처럼 생각되었다. 기계는 두뇌를 가지고 있지 않다. 그러나 기억력은 있다. 그렇다, 저 자동 계산기는 이상한 기억력을 지니고 있다. 단순히 수은주를 통해 전진동(電振動)을 초음파로 바꿈으로써 임의로 그 하나의 수를 뽑아낼 수도 있는 것이다. 이런 관점에서 그 기억력을 거의 무제한의 형태로까지 연장시킬 수는 없을까?

이런 생각은 어떨까?

이때 갑자기 그는 심오하면서도 간단한 작은 진리 앞에 무릎을 꿇었다. 그것은 이런 것이었다.

'영문법이라는 것은 정확성에 있어서는 거의 수학적인 규칙에 가깝도록 규정되어 있다!' 우선 단어가 주어지고, 그리고 어떤 말을 해야 할 것인지 그 뜻이 표시되었다고 하자. 그러면 그 말이 배치될 정확한 순서는 다만 한 가지밖에 없다.

'아니, 아니지' 하고 그는 생각을 다시 했다. '그것은 반드시 정확하다고 할 수는 없다. 단어와 어구를 여러 가지 형식으로 배치하여 이루어지는 많은 문장이 있다. 그것은 어느 것이나 다 문법적으로 옳다. 어쨌든 그 이론은 근본적으로 옳은 것이다. 그러므로 전자 계산기처럼 만들어 문법의 규칙에 따라 숫자 대신 단어를 올바른 순서로 배치하도록 만들 수 있다는 이치도 성립하는 셈이다. 거기에 동사, 명사, 형용사, 대명사 등을 어휘로 기억 부문에 기억시켜 요구대로 뽑아 내어 배열하고, 그런 다음 기계에 내용을 보내어 문장을 고치게 하는 것이다.'

이제 나이프는 멈출 줄을 몰랐다. 그는 곧 일에 착수하여 2, 3일 동안 몹시 신경이 쓰이는 작업에 몰두했다. 거실은 여기저기 서류가 흩어져 있어 정신을 차릴 수가 없었다. 공식과 계산과 단어표와 수천 개의 단어, 거기다 색다른 형으로 만들어 보거나 자세히 나누어 본 이야기의 구상과 《로제 숙어 사전》 등의 방대한 인용구, 게다가 전화 번호부에 실려 있는 수백 개의 이름에서 따낸 남녀의 이름이 잔뜩 적 힌 여러 페이지의 노트, 배선, 회선, 스위치, 그리고 열 이온관의 복 잡한 도면, 작은 카드에 여러 가지 모양의 구멍을 뚫을 수 있는 기계 의 도면, 또는 1분 동안에 1만 단어를 타이프할 수 있는 낯선 전기 타이프라이터의 도면, 또 그 하나하나에 저명한 미국 월간지의 이름 이 붙어 있는 작은 단추가 죽 달린 일종의 조종판 등이 마구 널려 있 었다.

그는 정신없이 일을 계속했다. 잔뜩 흩어져 있는 종이에 파묻혀 방 안을 빙빙 돌아다니기도 하고, 두 손을 비벼 보기도 하고, 자기 자신 에게 큰 소리로 말을 하기도 했다. 그리고 때로는 그늘진 목소리로 늘 자기에게 붙어다니는 것처럼 느껴지는 '편집 책임자'라는 말을 향 해 심한 저주의 말을 늘어놓곤 했다.

이 일을 시작한 지 15일째 되는 날 그는 서류를 모아 두 개의 큰 서류철에 끼운 다음, 거의 뛰다시피하여 존 볼렌의 전기 기술자 협회 사무실로 가져갔다.

볼렌 씨는 그가 돌아온 것을 기뻐했다.

"여어, 나이프, 이게 웬일인가. 아주 백 퍼센트 멋쟁이로 보이는 데. 휴가는 어땠나? 어디 갔었나?"

'칠칠치 못하고 꾀죄죄한 것은 여전하군.' 볼렌 씨는 속으로 이렇게 생각했다. '어째서 이 사나이는 똑바로 서 있지 못할까? 마치 구부 러진 스틱 같군.'

"정말 백 퍼센트 멋쟁이로 보이는데."

'왜 그렇게 싱글벙글 웃고 있지? 내가 볼 때마다 이 녀석의 귀는

점점 커지는 것 같군.'

아돌프 나이프는 서류철을 책상 위에 놓았다.

"볼렌 씨, 보아 주십시오!" 그는 소리쳤다. "이것을 보아 주십시오!"

그리고 그는 자기 이야기를 털어놓기 시작했다. 그는 서류철을 펼쳐서, 놀라는 작은 사나이 앞에 자신의 계획을 보여주었다. 이것저것 설명하는 데 한 시간이나 걸렸다. 이윽고 이야기가 끝나자 그는 뒤로 물러서서 숨을 죽이고 얼굴을 붉히며 상대방의 말을 기다리고 있었다.

"내가 어떻게 생각하고 있는가는 알겠지, 나이프? 나는 자네를 바보라고 생각하고 있네."

'정신차려라.' 볼렌 씨는 자신에게 타일렀다. '녀석을 주의해서 다루어야겠어. 이런 일에 대해서는 어쨌든 쓸모가 있단 말이야. 만일 녀석이 말상에다 저렇게 커다란 이를 드러내 놓지만 않아도 저처럼 심하게 보이지는 않을 텐데. 게다가 녀석의 귀는 꼭 대황잎처럼 생겼거든.'

"하지만 볼렌 씨, 이것은 물건이 될 겁니다! 물건이 된다는 것을 증명해 보이겠습니다. 그것은 부정할 수 없습니다!"

"침착하게, 나이프. 침착해야 돼. 그리고 내 말도 좀 들어 보게."

아돌프 나이프는 전보다도 더 그 사나이를 혐오하며 물끄러미 쳐다보고 있었다.

"이 아이디어는……." 볼렌 씨의 아랫입술이 움직였다. "천재적이라고는 할 수 있네. 그래, 훌륭하다고 해도 지나친 말은 아닐세. 자네의 재능에 대한 나의 믿음을 보다 확고하게 해주는 것일세, 나이프. 그러나 이 일에 너무 매달리면 안 되네. 결국 이게 어디에 소용된다는 말인가? 대체 누가 이야기를 쓰는 데 기계의 신세를 진다는 건가? 그래, 돈이 어디서 들어오는 건가? 어디 한 번 말해 보게."

"앉아도 되겠습니까?"

"되고말고, 어서 앉게."

아돌프 나이프는 의자 가장자리에 걸터앉았다. 나이 든 사나이는 대체 무슨 말을 할 것인가 의아해 하는 갈색 눈으로 나이프를 쳐다보고 있었다.

"잠깐 설명할 게 있습니다, 볼렌 씨. 내가 이런 것을 생각하게 된 동기랄까요……."

"말해 보게, 나이프."

'장단을 좀 맞춰 줘야겠지.' 볼렌 씨는 스스로에게 타일렀다. '이 젊은이는 정말 쓸모가 있다. 천재일까? 협회로서도 녀석의 능력에만은 돈을 들일 가치가 있다. 자아, 이 서류를 보란 말이다. 생전 보지도 못한 터무니 없는 계획. 놀랐는걸. 물론 상업상의 가치는 한푼도 없지만. 그러나 어쨌든 녀석의 재능을 훌륭하게 입증하고 있다.'

"아무래도 너무 털어놓는 것 같습니다만, 볼렌 씨, 이것이 내가 늘 괴로워하고 있던 문제를 해결해 줄 것 같은 기분이 듭니다."

"자, 무엇이든 다 이야기하게, 나이프. 내가 의논 상대가 되어 주지."

젊은이는 무릎 위에서 두 손을 꼭 맞잡고 팔꿈치로 자기 몸을 끌어안듯 감싸고 있었다. 마치 갑자기 심한 추위를 느낀 것 같은 자세였다.

"볼렌 씨, 사실을 말해 주십시오. 나는 솔직히 말해서 자신의 일에 대해 그다지 신경쓰고 있지 않으니까요. 어느 정도 내가 이런 서류에 어울리는 성격임은 알고 있습니다. 하지만 나의 진짜 마음은 이런 일에 어울리지 않습니다. 즉, 가장 하고 싶어하는 일은 아니라는 말입니다."

마치 스프링처럼 눈썹을 치켜올리더니 볼렌 씨의 온몸이 아주 조용해졌다.

"내가 진심으로 바라고 있는 것은 작가가 되는 것입니다."

"작가라고!"

"그렇습니다, 볼렌 씨. 믿을 수 없겠지만, 나는 시간만 나면 이야기를 써 왔습니다. 지난 10년 동안에 수백 편이나 썼습니다. 수백 편의 단편을……. 그렇습니다, 정확히 말하면 5백 66편입니다. 대개 일주일에 한 편씩 쓴 셈입니다."

"아니, 대체 무엇 때문에 그런 짓을 했나?"

"글쎄요, 다만 충동에 사로잡혔다고밖에 말할 수가 없군요."

"어떤 충동인데?"

"쓰고 싶은 충동입니다, 볼렌 씨."

눈을 올려뜰 때마다 그는 볼렌 씨의 입술을 보았다. 그 입술은 점점 얇아지고 보랏빛으로 변해 갔다.

"그럼, 묻겠는데, 자네는 그 소설을 어쩔 생각인가, 나이프?"

"네, 그게 문제입니다. 아무도 사 줄 만한 사람이 없거든요. 하나씩 완성될 때마다 문학과 관계있는 곳에 보내 보았지만, 그것은 이 잡지사에서 저 잡지사로 전전할 뿐이었습니다, 볼렌 씨. 그리고는 결국 되돌아오니 정말 낙심천만이지요."

볼렌 씨는 마음이 너그러워졌다.

"자네 기분은 잘 알겠네." 그의 목소리에는 동정이 한껏 담겨 있었다. "아니, 누구나 다 그렇다네. 누구나 다 일생에 한 번쯤은 문학이라는 것에 열중하기 마련일세. 그러나 지금 자네는 증거를, 그렇지, 확실한 증거를 문학의 전문가나 편집자들로부터 얻은 셈일세. 즉 자네의 소설은……, 뭐랄까……, 쓸 만한 것이 못 되네. 이제 단념해도 될 듯싶네. 잊어 버리게. 문학 같은 건 다 잊어 버리는 걸세."

"싫습니다, 볼렌 씨. 전 싫습니다, 거짓말이에요, 그런 것은. 나는 내 작품이 좋다는 것을 잘 알고 있습니다. 여기저기 잡지에 실린 소설과 내 것을 비교해 보면……. 아시겠습니까, 볼렌 씨! 매주마다 지치지도 않고 잡지에 실리는 작품들은 참으로 적당하게 쓴 싫증나는 것들입니다. 그것이 나를 미치게 만듭니다!"

"여보게, 나이프, 잠깐만……."

"대체 당신은 문학 잡지를 읽는 일이 있습니까, 볼렌 씨?"

"이런 질문을 하는 것을 용서해 주게, 나이프. 그럼, 이 서류는 모두 기계로 소설을 쓰기 위해 만들었단 말인가?"

"네, 그렇습니다, 볼렌 씨. 틀림없이 그렇습니다! 내가 당신에게 말하고 싶은 건 바로 이런 사실입니다. 내가 여러 잡지를 조사해 본 결과, 각 잡지사는 그 게재 작품에 뭔가 한 가지 특징을 주려고 한 것 같더군요. 작가들, 뛰어난 작가들 말입니다만 그들은 이 사실을 잘 알고 있으므로 그 취지에 맞히어 쓰고 있습니다."

"잠깐만, 여보게, 좀 침착해 주게. 그런 일은 아무 데에서나 할 수 있는 게 아닌 것 같네, 내 생각에는."

"볼렌 씨, 제발 이야기를 끝까지 들어 주십시오. 모두 매우 중요한 것이니까요."

그는 숨을 돌리기 위해 잠깐 입을 다물었다. 지금 그는 완전히 흥분해 버려서 이야기하면서 두 팔을 휘둘러 대고 있었다. 큰 귀가 양쪽으로 튀어나오고, 이를 드러내 놓은 길다란 얼굴은 흥분으로 번들거렸으며, 말을 매끄럽게 하기 위해서 입술 가장자리는 온통 침투성이였다.

"그러니까 아시다시피 나의 기계에는 내용과 언어를 조절할 수 있는 장치가 있어서, 단추를 누르기만 하면 자기가 원하는 대로 이야기를 만들어 낼 수 있게 되어 있습니다."

"그래, 알고 있네, 나이프. 분명히 흥미있는 일일세. 그러나 그 포인트는 뭔가?"

"이렇습니다, 볼렌 씨. 시장은 한정되어 있습니다. 우리는 원하는 순간에 원하는 작품을 만들어 낼 수 있습니다. 그것으로 장사를 하는 겁니다. 당신의 관점에서 이 기계를 보았을 경우에는 그렇습니다. 상업상의 관점에서 볼 때는 말입니다."

"여보게, 상업상의 관점에서 말하면 도저히 수지가 맞지 않네. 아, 절대로 안 돼. 이런 기계를 만들어 내려면 얼마나 걸리는지 자네도 알고 있을 게 아닌가?"

"네, 그것은 알고 있습니다. 하지만 이렇게 말하면 뭣하지만, 당신은 잡지의 원고료를 생각지 않고 있습니다."

"대체 얼마나 지불해 주나?"

"원고에 따라서는 2천 5백 달러나 됩니다. 대개 평균 1천 달러쯤 될 겁니다."

볼렌 씨는 깜짝 놀랐다.

"사실입니다."

"도저히 생각할 수 없는 일이군, 나이프! 말도 안 되는 소리야!"

"아니, 정말입니다."

"자네는 진심으로 그런 소설에 잡지사가 그처럼 많은 돈을 지불해 줄 거라고 생각하나? 여보게, 나이프, 그렇다면 작가는 모두 백만장자가 될 걸세!"

"정말 그렇습니다, 볼렌 씨, 이 기계를 사용한다면 말입니다. 조금만 더 들어 보십시오, 좀더 이야기하고 싶습니다. 나는 충분히 기계를 가동시킬 수 있습니다. 큰 잡지사는 매호마다 대개 소설을 세 편쯤 싣습니다. 우선 열다섯 군데의 큰 잡지사를 예로 들어 봅시다. 이 잡지사들은 원고료가 가장 비싼 곳입니다. 그중 몇 개 출판사의 잡지는 월간이지만, 거의가 주간입니다. 다시 말해서 각 잡지사는 매주 40여 편의 소설에 큰 돈을 지불하고 있다는 것이 됩니다. 그렇지요, 4만 달러입니다. 그런데 나의 기계를 사용하면 이 시장을 거의 전부 차지할 수가 있습니다!"

"여보게, 자네는 흥분하고 있네!"

"아닙니다, 내가 하고 있는 말은 사실입니다. 단 한 번만으로도 다른 작가들을 완전히 압도할 수 있다는 사실을 모르십니까! 이 기계는 5천 단어의 소설을 전부 인쇄하여 발송하기까지 단 30초밖에 안 걸리니까요. 그런데 작가들이 어떻게 여기에 대항할 수 있겠습니까? 한 번 여쭤 보고 싶습니다. 어떻게 대항할 수 있을까요?"

이야기가 여기에 이르자 아돌프 나이프는 상대방 사나이의 표정에 얼마쯤 변화가 나타난 것을 알아차렸다. 눈에는 생기가 넘쳐흐르고, 콧구멍이 불룩해졌다. 얼굴 전체가 움직이지 않고, 거의 굳어져 있었다. 나이프는 계속해서 말했다.

"이제는 볼렌 씨, 수공업 제품은 도저히 가망이 없습니다. 특히 이 나라에서는 말입니다. 아시다시피 수공업으로는 대량생산과 겨룰 수 없으니까요. 카펫……, 의자……, 벽돌……, 시계……, 생각해 낼 수 있는 모든 것이 이제는 기계로 만들어져 나오니까요. 질은 얼마쯤 떨어질지도 모르지요. 그러나 그런 일은 문제가 안 됩니다. 문제는 제품의 가격입니다. 그런데 소설은……, 그래요, 소설은 카펫이나 의자 같은 것과는 다르지만, 제작물이라는 점에서는 다르지 않습니다. 당신이 제품을 배급하고 있는 한 아무도 당신이 어떻게 해서 만들어 내고 있는가에 대해서는 신경쓰지 않을 것입니다. 우리는 대규모로 작품을 팔면 됩니다, 볼렌 씨! 이 나라 작가들의 원고료를 내려 주는 겁니다! 시장을 독점하는 거예요!"

볼렌 씨는 의자 안에서 어색하게 몸을 움직였다. 그는 몸을 앞으로 내밀고 양쪽 손으로 턱을 괸 채, 깜짝 놀란 표정의 작은 갈색 눈으로 상대방을 뚫어지게 쳐다보기 시작했다.

"나로서는 아무래도 실용적으로 생각되지 않는데, 나이프."

"일주일에 4만 달러입니다!" 아돌프 나이프가 소리쳤다. "반씩 나누어도 일주일에 2만 달러입니다. 1년이면 1백만 달러가 되는 셈이지요!" 그리고 다시 그는 부드럽게 덧붙였다. "당신은 낡은 전자계산기를 만들어 1년에 1백만 달러를 번 일이 없을 겁니다. 있습니까, 볼렌 씨?"

"하지만 이건 심각한 이야기인데, 나이프. 그들이 정말로 작품을 살까?"

"아시겠습니까, 볼렌 씨? 반값으로, 그것도 색다른 작품을 살 수 있다는데 아무 가치도 없는 매너리즘에 빠진 소설을 택할 사람이 이 세상에 어디 있겠습니까? 안 그렇습니까?"

"그럼 어떻게 해서 팔 작정인가? 대체 누구 작품이라고 한단 말인가?"

"우리는 문학 알선소를 설립하는 겁니다. 그것을 통해서 작품을 배부하면 됩니다. 만일 작가의 이름이 필요하다면, 그런 건 우리가 만들어 내면 되지요."

"그런 짓은 하고 싶지 않네, 나이프. 왠지 가짜 같은 인상을 주는 듯싶어서 말일세."

"이야기가 좀 달라집니다만, 볼렌 씨, 이 일을 해보면 여러 가지 유익한 부산물이 나올 겁니다. 우선 광고를 예로 들어 볼까요? 맥주 생산업자들은 인기 작가가 자기네 제품에 이름을 빌려 준다면 상당한 금액을 지불할 겁니다. 자, 어떻습니까, 볼렌 씨! 우리가 말하고 있는 것은 아이들 장난이 아닙니다, 대규모 사업인 것입니다."

"너무 많은 것을 바라면 안 되네, 나이프."

"이야기가 또 달라집니다만 잘된 소설에 당신 이름을 써넣어도 좋습니다, 볼렌 씨, 당신이 원하신다면."

"여보게, 나이프, 어째서 내가 그런 것을 원하리라고 생각하는가?"

"글쎄요, 잘은 모르겠습니다만, 다만 작가들이란 상당한 존경을 받게 마련이거든요, 얼 스탠리 가드너라든가, 캐더린 노리스 같은 사람들을 생각해 보십시오. 우리도 이름을 하나 지어야 합니다. 그리고 나도 애를 많이 썼으므로 한두 작품에는 나의 이름을 붙일 생각입니다."

"작가?" 볼렌 씨는 아주 감개무량한 듯이 말했다. "과연 잡지에, 더구나 일류 잡지에 나의 이름이 나와 있는 것을 보면 클럽 사람들은 분명히 깜짝 놀랄 거야."

"그렇습니다, 볼렌 씨."

볼렌 씨는 잠시 동안 꿈꾸는 듯한 눈빛으로 황홀한 듯 미소를 지었다. 그러더니 갑자기 몸을 일으켜 눈앞에 있는 계획서를 뒤적거리기 시작했다.

"한 가지 아무래도 납득이 안 가는 점이 있는데, 나이프, 대체 구상은 어떻게 할 작정인가? 기계로는 구상을 하기가 힘들 텐데."

"그것은 우리가 공급합니다. 전혀 문제가 안 됩니다. 누구나 구상은 가지고 있지요. 당신의 왼손에 들려 있는 서류철 안에도 3, 4백 가지는 있습니다. 기계의 '구상 기억' 부문에 그것을 집어넣는 겁니다."

"그리고?"

"여기에는 아직 그밖에도 재미있는 일이 많이 있습니다, 볼렌 씨. 계획서를 잘 조사해 보면 모든 것을 아시게 될 겁니다. 이를테면 각 작품 속에 적어도 하나쯤 길고도 애매한 말을 삽입하는 방법도 있습니다. 대부분의 작가들이 잘 쓰는 방법이지요. 이것은 독자들에게 이 작가는 굉장히 머리가 좋다고 생각하게끔 만드는 겁니다. 이것을 위해서 나는 기계에 길고 방대한 단어를 잔뜩 비치해 두었습니다. ”

“어디에 ? ”

“‘단어 기억’ 부문에 있습니다. ” 그는 덧붙여 설명하듯 대답했다.

그날 하루 종일 두 사나이는 새로운 기계의 가능성에 대해서 논의했다. 마침내 볼렌 씨는 이 문제를 좀더 생각해 봐야겠다고 대답했다. 그는 다음날 아침에는 이미 은근한 열의를 느꼈고, 일주일이 지나기 전에 완전히 열중해 버렸다.

“우리가 해야 할 일은 말일세, 나이프, 다만 다른 수학 계산기, 새로운 타입의 계산기를 만들고 있다고만 말해야 하네. 그러는 편이 비밀을 유지할 수 있을 테니까. ”

“그렇습니다, 볼렌 씨. ”

이리하여 6개월 안에 기계가 완성되었다. 집 뒤의 따로 떨어진 벽돌 건물 안에 장치하여 금방 가동할 수 있는 단계에 이르렀다. 볼렌 씨와 아돌프 나이프 말고는 아무도 그곳에 드나들지 못하도록 했다.

두 사나이——한 사람은 작달막한 키에 다리가 짧고 굵었으며, 또 한 사람은 키가 크고 비쩍 말랐다——가 조절판을 앞에 놓고 복도에 서서 바야흐로 첫 번째 작품을 인쇄하려고 할 때는 그야말로 감격적인 순간이었다. 두 사람의 둘레에는 여러 개의 작은 복도로 이어지는 벽이 있었으며 배선과 플러그, 스위치, 그리고 거대한 유리 진공관 등이 그 벽을 뒤덮고 있었다. 두 사람 다 완전히 흥분해 있었다. 볼렌 씨는 잠시도 가만히 있을 수 없는지 앙감질을 하고 있었다.

“어느 버튼이지요 ? ” 타이프라이터의 건반과 비슷한 작은 흰 원반

줄을 쳐다보며 나이프가 물었다. "당신이 골라 주십시오, 볼렌 씨. 고를 잡지사가 이렇게 많으니까요, 새터데이 이브닝 포스트, 콜리야즈, 레이디스 홈 저널……, 아무 거라도 좋습니다."

마치 두드러기가 난 사람처럼 볼렌 씨는 안절부절못하며 말했다.

"여보게, 어떻게 하면 좋을까!"

"볼렌 씨." 아돌프 나이프는 엄숙하게 말했다. "새끼손가락 하나만 움직이면 당신은 이 대륙에서 제일가는 천재 작가가 된다는 것을 모르십니까?"

"나이프, 부탁일세, 자네가 해주게. 어쨌든 일을 시작해 주게."

"좋습니다, 볼렌 씨. 그럼, 이것으로 할까요? 그렇지, 그래, 이것으로 합시다. 자, 어떻습니까?"

그는 손가락 하나를 펴더니 작게 가로로 타이프쳐 놓은 오늘의 여성이라는 이름의 버튼을 눌렀다. 그가 손가락을 떼자 찰칵하는 날카로운 소리를 내며 버튼은 다른 것보다 아래로 처진 위치에 있었다.

"잡지사는 이것으로 되었고, 자, 시작입니다!"

그는 손을 내밀어 패널 위의 스위치를 잡아당겼다. 곧 윙 하는 요란한 소리와 빠지직 하고 전기가 마찰하는 소리, 빠른 속도로 움직이는 레버의 찌르륵거리는 무수한 소리가 온 방 안에 울려퍼지는가 했더니 사절지가 몇 장 슬롯 속에서 조종판 오른쪽으로 미끄러져 나와 그 밑에 있는 바구니 속으로 떨어졌다. 그것은 1초에 한 장의 비율로 계속 떨어져서, 약 30초 동안에 작업은 완전히 끝났다. 이제 종이는 나오지 않았다.

"바로 이것입니다!" 아돌프 나이프가 소리쳤다. "이것이야말로 당신의 작품입니다!"

두 사람은 종이를 집어들고 읽기 시작했다. 집어든 첫 장은 다음과 같이 시작됐다. '우리 논명(論明)에 계범(計範)은 이르러 홍수주가

(凶收酒伽)하여 가수(佳秀)에……'

두 사람은 서로 얼굴을 마주보았다. 그 표정은 둘 다 거의 비슷했다. 볼렌 씨는 고함을 지르기 시작했고, 젊은이는 그의 마음을 가라앉히기 위해 애쓰고 있었다.

"약간 조절이 필요한 모양입니다. 아무래도 어딘가 접촉이 나빴던 모양이군요. 다만 그것뿐입니다. 이 방에는 1백만 피트의 배선이 있다는 것을 잊어서는 안 됩니다, 볼렌 씨. 처음부터 모든것이 잘 되어 나갈 수는 없으니까요."

"움직이지도 않잖나!" 볼렌 씨는 말했다.

"참아야 합니다, 볼렌 씨. 조금만 더 참아야 합니다."

아돌프 나이프는 결점을 조사하기 시작했다. 나흘이 지나자 그는 두 번째 시동을 할 수 있는 준비가 되었다고 선언했다.

"움직여야지." 볼렌 씨가 말했다. "전혀 되지 않을 것 같네. 다 알고 있어."

나이프는 미소를 짓고 선택 버튼을 〈리더스 다이제스트〉에 맞추어 눌렀다. 그런 다음 스위치를 잡아당기자, 또다시 묘하게 윙 하는 자극적인 소리가 온 방 안에 울려퍼졌다. 타이프된 페이지가 슬롯 속에서 미끄러져 나와 바구니 속에 수북이 쌓였다.

"다른 것은 어떻게 했나?" 볼렌 씨가 소리쳤다. "여보게, 서 버렸잖아! 상태가 나빠!"

"아닙니다, 그렇지 않습니다. 이것으로 됐습니다. 어쨌든 리더스 다이제스트용 원고니까요, 모르시겠습니까?"

이번 원고는 이런 문장으로 시작되고 있었다. '혁명적새치료약발견되어그것오늘날무서운병앓는모든사람에게영원한구원가져왔다아직몇 사람만알고있는……'

"모두 한데 붙어서 무슨 소리인지 알아볼 수가 없군!"

볼렌 씨가 소리쳤다.

"아닙니다, 잘되어 가고 있습니다. 모르시겠습니까? 다만 '인' '이' '을'과 같은 조사가 빠져 있을 뿐이지요, 그런 것을 조절하는 일쯤은 간단합니다. 어쨌든 줄거리는 알 수 있지 않습니까? 보십시오, 볼렌 씨. 단어가 서로 붙어 있을 뿐, 그 줄거리는 알아볼 수 있습니다."

그것은 사실이었다. 그 다음 시동은 2, 3일 뒤에 이루어졌다. 모든 것이 완전하고 조사까지 제대로 되어 있었다. 어떤 저명한 부인 잡지용으로 두 사람이 인쇄한 처녀작은, 유복한 고용주에게 자기 자신을 돋보이게 하려는 젊은이를 그린 내용이 충실하고 변화있는 스토리였다. 이야기 줄거리는 이렇다. 주인공 젊은이는 자기 친구를 부추겨 어느 날 어두운 밤에 차를 몰고 돌아가는 고용주의 딸을 납치하게 한다. 그리고는 갑자기 나타나 친구의 손에서 총을 빼앗고 그 여자를 구출한다. 그 여자는 감사의 눈길을 보낸다. 그러나 그의 아버지는 의혹을 품고 끈질기게 그 뒤를 추궁한다. 그 결과 젊은이는 마침내 더 이상 숨기지 못하고 고백해 버린다. 그런데 고용주는 그를 집에서 쫓아 내는 대신 그의 기략에 감탄했다고 말한다. 그 여자는 청년의 정직성에 매혹되었으며, 그 용모에도 마음이 끌렸고, 고용주는 회계부장의 의자를 그에게 내주기로 약속한다. 그리고 마침내 그녀와 젊은이는 결혼하게 된다.

"이건 훌륭합니다, 볼렌 씨! 참으로 잘되었어요!"

"그러나 아무래도 좀 뭣한 데가 있는 것 같군."

"아니, 이건 팔립니다, 틀림없이 팔릴 겁니다!"

흥분에 싸인 채 나이프는 몇 분 뒤 다시 여섯 편을 인쇄했다. 그것은 모두——한 편만은 좀 야비하고 보잘것없게 나왔지만——아주 만족스러운 것이었다.

볼렌 씨는 그제야 기분이 좋아졌다. 그는 문학 알선소를 상가에 설립하기로 하고, 나이프에게 모든 것을 맡겼다. 2주일 안에 모든 일은 완성되어서, 나이프는 최초의 12편을 잡지사로 보냈다. 그는 그중 4편에 자기 이름을 쓰고, 한 편에는 볼렌 씨의 이름을, 그리고 나머지 것에는 자기가 생각해 낸 이름을 붙였다.

그 가운데 다섯 작품이 즉시 팔렸다. 볼렌 씨의 서명에 의한 작품은 다음과 같은 편집자의 편지가 첨부되어 되돌아왔다.

이 작품은 상당히 숙달된 사람이 쓴 것이긴 하지만, 우리가 보기에 완벽하다고 볼 수는 없습니다. 이 작가의 작품을 더 많이 보았으면 합니다……

아돌프 나이프는 택시를 타고 공장으로 달려가 같은 잡지사용으로 또 한 편의 작품을 인쇄해 냈다. 그것은 곧 팔렸다. 돈이 물처럼 쏟아져 들어왔다. 나이프는 서서히 생산량을 올려 6개월 동안 일주일에 30편씩 발송하고 그 반을 팔았다.

그는 문학 서클에서 사용할, 많은 작품을 낸 성공한 작가다운 필명을 지었다. 볼렌 씨도 역시 필명을 만들어 냈지만 그다지 활기있는 것은 못 되었다. 본인은 의식하지 못했지만 말이다. 나이프는 십여 명이 넘는 장래가 기대되는 가공의 신인 작가를 만들어 냈다. 모두가 순조롭게 진행되어 갔다.

이리하여 기계를 가벼운 소설뿐 아니라 보다 진지한 순수 문학용으로 개량하기로 결정을 보았다. 볼렌 씨는 바야흐로 문단에서 이름을 떨치고 싶은 갈망에 사로잡혀 있었으므로, 나이프에게 지금 당장 이 경이적인 일을 시작하라고 주장했다.

"나는 순문학을 하고 싶네." 그는 말했다. "정말 순문학을 하고 싶어. ”

“그러시겠지요, 하지만 좀더 참아 주십시오, 매우 복잡한 조절을 해야 하니까요. ”

“모두들 나보고 순문학을 하라는 거야. ” 볼렌 씨는 외치듯이 말했다. “출판사마다 밤낮없이 나를 쫓아다니며, 그런 소설을 그만두고 좀더 진지한 것을 써 보라는 걸세. ”

“머지않아 순문학을 만들 수 있습니다. ” 나이프는 그를 달랬다. “조금만 더 참으십시오, ”

“내 말 좀 들어 보게. 내가 바라고 있는 건 진지한 작품이라네. 사람들을 깜짝 놀라게 하고 관심을 모을 수 있는 작품 말일세. 요즈음 자네가 내 이름으로 써내는 그런 소설은 질색일세. 솔직히 말해서, 아무래도 자네는 날 바보 취급하고 있는 것 같네. ”

“바보 취급한다고요, 볼렌 씨? ”

“가장 좋은 작품은 자네가 차지하는 그런 짓을 하고 있지 않나! ”

“천만에요, 볼렌 씨! 그런 일은 없습니다! ”

“아무튼 이번에는 수준이 높은 작품을 쓰고 싶네, 알겠나? ”

“아시겠습니까, 볼렌 씨? 내가 저 스위치 보드를 장치하면 당신이 원하는 어떤 책이든지 써낼 수가 있습니다. ”

이 말은 거짓이 아니었다. 두 달 안에 천재 아돌프 나이프는 기계를 순문학용으로 개량했을 뿐만 아니라, 어떤 형태의 구상이나 문장 형식이든 원하는 대로 저자가 미리 선택할 수 있는 아주 훌륭한 조종 장치를 만들어 내었던 것이다. 거기에는 무수한 다이얼과 레버가 달려 있어 거대한 비행기의 계기판을 연상케 했다.

우선 버튼 하나를 누르고 저자는 최초의 결정에 착수한다. 즉 역사적인 것인가, 풍자적인 것인가, 철학적인 것인가, 정치적인 것인가, 또는 로맨틱, 에로틱, 유머러스한 것인가, 아니면 순수한 것인가. 그 다음에 그는 두 번째 줄에 있는 버튼으로 제재를 정하는 것이다. 이를테면 군대 생활, 개척 시대, 남북 전쟁, 세계 대전, 인종 문제, 자연 그대로의 서부, 전원 생활, 소년 시절의 환상, 선원 생활, 해저(海底)……. 제재는 얼마든지 있다. 세 번째 줄의 버튼은 작품 형식의 선택이 된다. 고전적인 것, 섬세한 것, 하드보일드 스타일 및 헤밍웨이, 포크너, 조이스, 여성적인 것, 그밖의 것 등. 네 번째 줄에서는 등장인물을, 다섯 번째 줄에서는 어조를, 그리고 또……. 이런 식으로 열 번째 줄까지 예비 선택 버튼을 누르는 것이다.

그러나 그것으로 끝나는 것은 아니다. 작가는 실제로 작품이 진행되는 동안——순문학 작품은 15분이 걸린다——기계를 조종해야만 한다. 그는 그동안 운전석에 앉아 각 부문마다 '스톱'이라고 씌어 있는 레버를 잡아당기든지 또는 눌러야 하는 것이다. 그렇게 하면서 다시 그는 긴박감, 경악, 유머, 애수, 그리고 미스터리 등 여러 가지 다른 종류의 감정을 조절하거나 병합할 수 있는 것이다. 계기판에 즐비한 무수한 다이얼과 계기 그 자체가 작가가 얼마만큼 이 일에 매달려 있어야 하는가를 말해 주고 있었다.

결국 그것은 '정열'의 문제였다. 과거의 베스트셀러 1위에 오른 책을 신중히 조사하여 아돌프 나이프는 이 '정열'이야말로 바로 재정적인 견지에서 볼 때 가장 중요한 요소라고 결정했다. 이것이 하찮은 소설을 터무니없는 성공으로 이끄는 불가사의한 접합제라고. 그러나 또 나이프는 그 '정열'이 강렬하고 확고하며, 더구나 적당한 시기에 적당한 정도로 가미되어야 한다는 것도 잘 알고 있었다. 이렇게 하기 위해 그는 마치 자동차의 브레이크나 밸브처럼 페달로 조종하는 두 개의 미묘한 가감 조절기를 생각해 냈다. 하나의 페달에는 주입하는 정열의 정도를 안배하고, 또 하나에는 그 강도를 일정하게 유지하도록 장치했다. 나이프가 고안한 이 기계로 작품을 만든다는 것은, 비행기를 날리고 차를 운전하고 오르간을 치는 등 일인삼역을 동시에 해치워야 한다는 것을 의미했다. 그러나 이런 일은 전혀 발명자의 두통거리가 아니었다. 모든 준비가 갖추어지자 그는 의기양양하게 볼렌 씨를 기계실로 끌고가 이 놀라운 새 조작 순서를 설명했다.

"이런 일은 난 도저히 해낼 수 없네! 차라리 손으로 쓰는 편이 편하겠네!"

"뭘요, 곧 익숙해질 겁니다, 볼렌 씨. 그것은 내가 책임지겠습니다. 한두 주일 안에 어렵지 않게 쉽게 해낼 수 있을 겁니다. 운전을 배우는 것과 같지요."

그처럼 쉬운 일은 아니었지만, 몇 시간 동안 연습하고 나니 볼렌 씨도 기계의 요령을 알게 되었다. 이윽고 어느 날 밤늦게 그는 첫 작품에 착수할 준비가 다 되었다고 나이프에게 말했다. 그것은 긴장된 순간이었다. 퉁퉁한 사나이는 겁먹은 얼굴로 운전석에 웅크리고 앉아 있고, 키 큰 말라깽이 젊은이가 그의 둘레를 흥분한 얼굴로 서성거리고 있었다.

"나는 걸작을 쓰려고 하네, 나이프."

"물론 그러시겠지요."

볼렌 씨는 손가락 하나로 조심조심 필요한 예비 선택 버튼을 눌렀다.

메인 버튼——풍자 작품
주제——인종 문제
형식——고전적인 것
등장인물——남자 6명, 여자 4명, 고아 1명
길이——15장(幕)

동시에 그는 눈길을 돌려 액션, 미스터리, 괴기 소설의 세 부문에 주의를 기울였다.

"준비는 어떻습니까?"

"좋아, 준비 완료."

나이프는 스위치를 넣었다. 큰 엔진이 돌아갔다. 5만 개나 되는 톱니바퀴와 레버가 장치된 기계에서 윙 하는 소리가 깊숙하게 울려 나오고, 쨍 하는 소리를 내며 거의 견디기 힘들 정도로 딸깍대는 급속한 전기 타이프라이터 돌아가는 소리가 울려퍼졌다. 바구니에는 타이프된 종이가 2초마다 한 장씩 떨어졌다. 그러나 소리와 흥분 속에 정지판을 누르고 장수 지시계, 속도 지시계, 그리고 정열계를 지켜보는 동안에 볼렌 씨는 차츰 당황하기 시작했다. 그는 운전 연습자가 차를 운전할 때와 똑같은 반응을 보였다. 페달을 두 발로 힘껏 밟고, 그것이 정지할 때까지 어떻게든지 조종을 했다.

"처녀작을 축하합니다!"

나이프가 바구니에서 인쇄물을 한 묶음 집어내며 말했다.

구슬 같은 땀이 볼렌 씨의 얼굴 전체에 흐르고 있었다.

"정말 대단한 일이었네."

"하지만 이제 끝났습니다. 당신은 문제없이 해냈습니다."

"어디 보여 주게, 나이프, 어떤 것인가?"

그는 곧 첫 장부터 읽기 시작하여, 읽는 대로 청년에게 넘겨 주었다.

"여보게, 나이프, 이게 대체 뭔가!"

볼렌 씨의 파르스름한 얇은 입술이 말할 때마다 살짝 움직이고 볼이 차츰 부풀어올랐다.

"이것을 보게, 나이프, 정말 언어도단이군!"

"약간의 풍미가 가미되었다고나 할까요?"

"아니, 풍미라고? 정반대일세! 나는 이런 것에 내 이름을 붙일 순 없네!"

"그렇군요, 정말 그렇습니다."

"나이프, 이것은 자네가 꾸민 못된 함정이 아닌가?"

"천만에요, 그렇지 않습니다!"

"하지만 그렇게 보이잖나!"

"볼렌 씨, 정열 조절 페달을 좀 세게 밟은 것 같지 않습니까? 그렇지요?"

"여보게, 그걸 내가 어떻게 아나."

"그럼 다시 한 번 다른 것을 시도해 보시지요."

그리하여 볼렌 씨는 두 번째 작품에 착수하여 이번에는 계획대로 이루어졌다.

원고는 일주일 안으로 검토가 끝나서 어느 열성적인 출판사에서 사기로 되었다. 나이프도 자기 이름으로 작품을 만들었다. 그는 자그마치 십여 작품을 만들어 냈다. 눈 깜짝할 사이에 아돌프 나이프의 문학 알선소는 장래가 촉망되는 신인의 아성으로 이름이 났으며, 또다시 돈이 물 쏟아지듯 들어왔다.

젊은 나이프가 사업에서 참다운 재능을 나타낸 것은 이때였다.

"이렇게 되고 보니, 볼렌 씨, 우리는 상당히 경쟁을 벌여 왔습니다. 왜 우리는 이 나라의 작가들과 병합할 생각을 하지 않았을까요?"

볼렌 씨는 이제 진한 녹색 비로드 재킷을 입고, 귀가 3분의 2쯤 가려질 만큼 머리를 길렀으며, 자기들의 현재 상태에 대해 완전히 만족하고 있었다.

"자네 말이 무슨 뜻인지 모르겠네. 자네가 어떻게 작가들을 병합할 수 있다는 건가?"

"물론 당신이 나서면 할 수 있습니다. 마치 록펠러가 자기네 석유 회사에서 한 것처럼 말입니다. 그들을 매수해 버리면 되는 겁니다. 만일 그들이 싫다고 하면 강제로 팔게 하는 것입니다. 간단합니다!"

"조심해야 해, 나이프, 신중하란 말일세."

"나에게는 이 나라에서 가장 성공한 작가 50명의 리스트가 있습니다. 나는 이들 한 사람 한 사람에게 생활 보증을 하겠다고 제의할까 합니다. 그 대신 그들은 지금부터 일체 작품을 쓰지 않는 것이지요. 물론 우리들의 제품에 그들의 이름을 사용할 수는 있습니다. 어떻습니까, 이 생각이?"

"아니, 그들은 아마 동의하지 않을 걸세."

"당신은 작가라는 이들을 모르기 때문에 그런 소리를 하는 것입니다, 볼렌 씨. 잘 생각해 보세요."

"그럼 창작욕은 어떻게 하나, 나이프?"

"그런 건 별것 아닙니다! 그들이 정말 흥미를 느끼는 건 돈입니다, 다른 모든 사람들처럼."

마침내 볼렌 씨도 마지못해 그 일을 시도하는 데 동의했다. 그리하여 나이프는 작가들의 리스트를 주머니에 꽂고 운전기사가 딸린 큰 캐딜락을 타고 그들을 찾아나섰다.

우선 리스트에 맨 첫 번째로 이름이 올라 있는 사나이, 참으로 위대하고 훌륭한 작가가 있는 곳에 들러 보았다. 나이프는 쉽게 집 안으로 들어갈 수 있었다. 그는 이야기를 하고 슈트케이스에 가득 들어 있는 작품의 견본을 보인 뒤, 그 작가가 1년 동안 여유있게 생활할 수 있도록 보장한 계약서에 서명하기를 권했다. 사나이는 예의바르게 이야기에 귀를 기울이고 있더니 이 젊은이를 미치광이로 취급하기로 결정하고, 그에게 한 잔 마시게 한 다음 단호한 태도로 그에게 문을 가리켰다.

나이프가 두 번째로 리스트에 오른 작가를 찾아갔을 때는 더 무서운 기세로 나왔다. 그 작가는 큰 물건을 집어던지고 고함을 질렀다. 그리하여 젊은 발명가는 생전 들어 보지도 못한 욕과 상스러운 말에 쫓겨 정원을 뛰어나올 수밖에 없었다.

그러나 아돌프 나이프는 이런 일쯤으로 녹초가 되지는 않았다. 실망은 했으나 낙담하지는 않았다. 그는 큰 자동차를 타고 다음 손님을 찾아나섰다. 이번에는 여자였다. 대중적인 유명한 작가였다. 그녀가 쓴 여러 권의 로맨틱한 저서는 이 나라에 1백만의 독자를 가지고 있다. 그녀는 상냥하게 나이프를 맞아들여 차를 대접하고 정중하게 그의 이야기에 귀를 기울였다.

"아주 매력적인 이야기군요." 그녀는 말했다. "그러나 좀 믿을 수 없는데."

"부인, 나와 함께 가서 직접 보시지 않겠습니까? 차를 대기시켜 두었습니다."

그리하여 두 사람은 가 보기로 했다. 그리고 이것은 당연한 일이지만, 계속 놀라기만 하고 있는 여류작가는 불가사의한 그 기계실로 안내되었다. 나이프는 열심히 기계의 성능을 설명한 뒤 그녀가 운전석에 앉아 실제로 버튼을 눌러 보도록 허락해 주기까지 했다.

"좋습니다." 그는 갑자기 말했다. "지금 책을 만들고 싶으십니까?"

"네, 만들고 싶어요!" 그녀는 소리쳤다. "어서요!"

그녀는 대단히 유능하여 자기가 원하고 있는 것을 분명히 알고 있는 것 같았다. 그녀는 예비 선택을 마친 뒤 길고 로맨틱하며 정열이 넘치는 작품을 만들었다. 그리고는 마침내 제1장을 보자, 그녀는 열광한 나머지 그 자리에서 서명했다.

"이것이 전략 제1호입니다. 더할 것도 뺄 것도 없는, 그야말로 훌륭한 작품이지요."

나중에 나이프는 볼렌 씨에게 말했다.

"자네, 참 잘했군."

"어째서 그녀가 서명을 했는지 아십니까?"

"어째서인가?"

"돈 때문이 아닙니다. 그녀는 돈을 많이 가지고 있으니까요."

"그럼, 어째서일까?"

나이프는 입을 벌리고 길다랗고 푸르스름한 잇몸을 드러내며 웃어 보였다.

"기계 제품이 자기 작품보다 잘되었기 때문입니다."

그 뒤부터 나이프는 현명하게도 평범한 작가만을 상대하기로 했다. 그 이상의 작가——극히 소수이니까 아무래도 상관없지만——를 설득하는 일은 그다지 쉬운 일이 아니었다.

결국 몇 달에 걸쳐 그는 리스트에 있는 거의 70퍼센트에 이르는 작가들을 계약서에 서명하도록 만들었다. 그는 사색 같은 것은 딱 질색으로 술만 마시고 사는 작가들을 함락하기가 가장 쉽다는 것을 알았다. 아무래도 젊은 층은 골치가 아팠다. 그 사람들은 툭하면 욕을 했고, 접근하면 이따금 폭력으로 나오기까지 했다. 몇 번이긴 했지만 나이프의 얼굴 모습은 약간 바뀌곤 했다.

어쨌든 전체적으로 볼 때 만족할 만한 출발이었다. 올 해——기계가 시동된 지 1년째——에 적어도 영어로 출판된 순문학 작품과 오락 소설의 절반은 자동 문장 제조기를 사용하여 아돌프 나이프에 의해 만들어진 것으로 볼 수 있다.

어떤가, 놀랍지 않은가?

독자 여러분은 어떻게 생각하시는지? 더구나 사태는 더욱 악화되어 가고 있다. 오늘날에는 이 비밀이 퍼지면 퍼질수록 나이프 씨와 제휴하려는 경향이 점점 커져 가는 것 같다. 그리고 그러한 풍조는 자기 이름으로 서명하기를 주저하는 작가들에게도 점점 세차게 파고 들어가고 있다.

지금 이 순간 옆방에서 굶주림으로 울고 있는 9명이나 되는 내 아이들의 울음 소리를 들으며 여기 이렇게 앉아 있노라니까, 책상 저쪽에 놓여 있는 그 황금의 계약서 쪽으로 내 손이 저절로 조금씩 조금씩 다가가는 것이 느껴진다.

우리들에게 용기를, 오오, 하느님, 우리들에게 아이들을 굶주리게 할 수 있는 용기를 주소서!

Claud's Dog

클라우드의 개

쥐 잡는 사나이

그날 오후 쥐 잡는 사나이가 주유소를 찾아왔다. 자갈 위에서도 발자국 소리 하나 내지 않고 살그머니 진입로를 걸어 들어왔다. 큰 호주머니가 달린 검정색 구식 재킷을 입은 한쪽 어깨에는 군대용 배낭이 매달려 있었고, 갈색 코르덴 바지 무릎 둘레에는 여러 가닥의 흰 끈이 감겨 있었다. 그가 누구인지 잘 알고 있으면서도 클라우드가 물었다.

"뭐요?"

"설치류(齧齒類)를 처치하는 사람이오."

"쥐 잡는 사람이오?"

"그렇소."

그 사나이는 얼굴 표정이 날카롭고 여윈 데다 볕에 그을렸으며, 위턱에서 튀어나와 있는 누런 이가 아랫입술과 부딪혀 안으로 밀어넣어져 있었다. 귀는 얇고 뾰족하며 목덜미 언저리까지 늘어져 있었다. 눈은 검은 빛깔에 가까웠으나, 물끄러미 쳐다보고 있으면 노란 불꽃이 반짝였다.

"꽤 빨리 왔군요."

"보건소에서 특별 명령이 있었기 때문이오."

"그래, 쥐를 다 잡아 버릴 작정이오?"

"그렇소."

사람 눈길을 피하는 그의 눈동자는 땅바닥의 구멍 속에 숨어 늘 조심스럽게 내려다보며 사는 동물을 연상케 하는 데가 있었다.

"어떻게 쥐를 잡을 작정이오?"

"흐음" 하고 쥐 잡는 사나이는 음울하게 말했다. "그건 그놈들이 어디 있느냐에 달렸지요."

"덫을 놓지는 않겠지요?"

"덫이라고요?" 그는 화가 치미는 듯이 소리쳤다. "그런 식으로 쥐를 많이 잡을 수 있을 것 같소! 쥐는 토끼와 다르오."

그는 머리를 높이 치켜들고 커다랗게 코를 벌름거리며 세세하게 공기를 맡아 보았다.

"그렇지 않아요." 그는 거만하게 말했다. "덫을 놓는 건 쥐를 잡는 방법이 아니오. 내가 보기에 쥐는 굉장히 영리하니까. 만일 쥐를 잡고 싶으면 그 녀석들의 일을 잘 알고 있어야 합니다. 이것은 쥐에 대한 것을 알고 있지 않으면 할 수 없는 일이지요."

나는 클라우드가 기묘하게 뜨거운 눈초리로 쥐 잡는 사나이를 쳐다보고 있다는 것을 알아차렸다.

"개보다도 더 영리합니다, 쥐란 녀석은."

"말도 안 되는 소리!"

"그럼, 그 녀석들이 어떻게 하는지 당신은 알고 있단 말이오? 놈들은 물끄러미 지켜보고 있소! 우리가 자기들을 잡으려고 그 근처를 돌아다니고 있는 동안 줄곧 어두운 곳에 숨어서 물끄러미 지켜보고 있는 거요."

사나이는 몸을 웅크리더니 힘줄이 돋은 목을 앞으로 쑥 내밀었다.

"그럼, 어떻게 하는 거요?" 클라우드가 열심히 물었다.

"아, 그거 말이오? 그것이 바로 쥐를 알리는 목적이오."

"어떻게 잡는 거요?"

"방법이 있지요." 곁눈으로 흘끗 쳐다보며 쥐 잡는 사나이는 말했다. "여러 가지 방법이 있지요."

그는 그 보기 흉한 머리를 아주 거만하게 아래위로 끄덕이며 잠깐 입을 다물었다.

"그 녀석들이⋯⋯." 그는 다시 입을 열었다. "그 녀석들이 있는 곳에 따라 다르답니다. 이곳에서의 할 일은 시궁창 일이 아니겠지요?"

"그렇소, 시궁창 일은 아니오."

"시궁창 일은 어려운 작업이오." 그는 벌름거리는 코 끝으로 왼쪽의 공기를 맡아 보았다. "시궁창 일은 말할 수 없이 어렵지요."

"그렇게만 생각할 것도 없소. 꼭 그렇게 생각할 수는 없지요."

"아니, 그렇게 생각할 수 없다고요? 생각할 수 없다니! 그래, 당신이 시궁창 일을 하는 것을 꼭 보고 싶군! 대체 어떻게 해치우는지 알고 싶단 말이오."

"뭐, 별거 아닙니다. 독을 푸는 거지요, 그뿐이오."

"그럼, 정확히 말해서 어디에 독을 푸는 건지 물어 보아도 되겠소?"

"하수도 밑이지요. 아니, 그럼, 당신은 어디에 푸는 줄 알았소!"

"하수도 밑이라!"

쥐잡이 사나이는 의기양양한 듯 소리쳤다. "그렇지! 하수도 밑! 그렇게 하면 어떻게 되는지 알고 있소? 흘러가 버리는 거요. 하수도

란 냇물 같은 거니까. "

"그것은 당신 생각이오. " 클라우드가 대답했다. "다만 당신만이 그렇게 말할 뿐이오. "

"정말이오. "

"알았소. 알았으니까 어떻게 하는지 유식한 당신이 한 번 말해 보구료. "

"아, 그렇기 때문에 시궁창 일을 하는 데 있어서 당신은 쥐에 대한 것을 모른다는 거요. "

"어서 빨리 가르쳐 주시오. "

"그럼, 가르쳐 주지요. "

쥐 잡는 사나이는 한 발자국 다가왔다. 그의 목소리는 조용하여 마치 비밀이라도 있는 듯싶었으며, 뭔가 터무니없는 일을 비밀스럽게 털어놓는 남자의 목소리 같았다.

"일을 시작함에 있어 쥐라는 녀석은 갉아먹는 동물이라는 것을 알아둬야 합니다, 알겠소? 쥐는 갉아먹는 동물이오. 우선 뭔가를 주는 거요. 그것이 무엇이든 상관없소. 어쨌든 놈들이 지금까지 본 적이 없는 것을 주는 거요. 그러면 그들이 어떻게 할 것 같소? 놈들은 갉아먹는 거요. 이제 시궁창 일의 요령을 알겠소? 그래, 이제 알았으니 당신은 어쩌겠소? "

그의 목소리에는 개굴개굴 우는 개구리 소리처럼 부드럽고 굵은 울림이 있었다. 그 목소리로 한마디 한마디를 마치 혓바닥 위에서 미묘한 맛을 맛보고 있는 것처럼 몹시 입술이 젖어 있는 느낌으로 발음하는 것이었다. 그 악센트는 클라우드의 것과 비슷했다. 버킹엄셔의 한 고장에서 들을 수 있는 폭넓고 부드러운 악센트였다. 그러나 그의 목소리는 좀더 굵었으며, 입 속에서 물기를 좀더 머금은 것 같았다.

"우선 해야 할 일은 하수도로 내려가는 거요. 흔히 있는 종이봉지를 몇 개 가지고, 그 흔한 누런 봉지만 있으면 되는 거요. 거기다가 소석고(燒石膏) 덩어리를 잔뜩 넣어 두는 거지요. 그렇게 해 두면 돼요. 그리고 그것을 하수도 위에 매달아 놓지요, 전혀 물에 닿지 않도록 말이오, 알겠소? 물에 닿지 않도록 해 두어야 하오, 특히 쥐가 닿을 수 없도록 매다는 거요.”

클라우드는 멍하니 그 말에 귀를 기울이고 있었다.

“그렇게 되면 늙은 쥐가 하수도를 헤엄쳐 와서 봉지를 발견하겠지요. 그러면 녀석은 멈추어서서 그것을 냄새맡습니다. 뭐, 나쁜 냄새는 나지 않을 테니까요. 그런 다음 녀석이 어떻게 할 것 같소?”

“그것을 갉아먹겠지요.” 클라우드가 기쁜 듯이 소리질렀다.

“그렇소! 바로 그래요. 녀석은 봉지를 갉아먹기 시작합니다. 그럼, 봉지가 찢어지지요. 그렇게 하면 녀석은 애쓴 보람이 있어 잔뜩 가루를 물게 됩니다.”

“그래서?”

“가루가 녀석을 잡는 거지요.”

“뭐라고? 죽인단 말이오?”

“그렇소, 틀림없이 녀석을 죽여 버리지요.”

“이봐요, 소석고 가루는 독이 아니오, 알고 있겠지요?”

“아, 그런 말을 하다니! 터무니없이 잘못 생각하고 있군, 이 사람은. 알겠소? 그 가루는 부풀어오른단 말이오. 그걸 적셔 보시오, 곧 부풀어오를 테니까. 쥐의 식도로 들어가면 그것이 부풀어올라 가장 빠르고 쉽게 서생원을 죽여 버리지요.”

“거짓말!”

“당신은 좀더 그 녀석들에 대해 알아야겠소.”

쥐 잡는 사나이의 얼굴에 은근히 우쭐거리는 빛이 번져 갔다. 그는 힘줄이 솟은 손가락을 문지르며 얼굴을 가까이 가져왔다. 클라우드는 열심히 그를 쳐다보고 있었다.

"그래, 서생원은 어디에 있소?"

이 '서생원'이라는 말은 부드럽고 굵게 그의 입에서 흘러 나왔다. 마치 녹은 버터로 양치질을 하고 있는 것처럼 미끈미끈한 느낌이 들었다.

"자, 그놈들을 잡으러 갑시다, 서생원들을!"

"도로 저쪽 건초더미가 있는 곳이오."

"아니, 집 안이 아니로군요?"

그는 분명히 실망한 듯한 태도로 물었다.

"아니, 건초더미 근처에만 있소. 다른 곳에는 없소."

"내 장담하지만, 집 안에도 있소. 밤이 되어 먹을 것을 갉아먹거나 유행병을 퍼뜨리거나 하지 않을 뿐이오. 여기에 병자는 없소?"

쥐 잡는 사나이는 우선 나를 쳐다본 다음, 클라우드 쪽으로 눈을 옮겼다.

"모두 건강하오."

"정말이오?"

"그렇소."

"그건 모르는 소리요. 줄곧 병에 걸려 있어도 자신은 느끼지 못하는 수가 있소. 그러다가 단번에 쓰러지는 거지! 아, 단번에 죽어 버리는 거요! 그래서 애버스노트 박사가 굉장히 성가시게 된다니까. 그 때문에 급하게 나를 이리로 보낸 거요, 병을 막기 위해서."

바야흐로 이 사나이는 보건소장의 망토를 자기가 뒤집어쓰고 있는 것이다. 이렇게 되면 그가 가장 중요한 쥐였다. 우리가 선(腺) 페스트로 괴로워하고 있지 않은 데 대해서 그는 크게 낙담하고 있는 것이다.

"나는 문제없소." 클라우드가 초조해하며 말했다.

쥐 잡는 사나이는 또 클라우드의 얼굴을 살펴보았다. 그러나 아무 말도 하지 않았다.

"그래, 어떻게 해서 건초더미 속의 쥐를 잡을 셈이오?"

쥐 잡는 사나이는 비웃었다. 이를 드러내 놓은 교활해 보이는 웃음이었다. 그는 배낭에서 커다란 깡통을 꺼내어 자기 얼굴 쪽으로 가져갔다. 그리고 곁눈으로 클라우드를 살폈다.

"독이오!" 그가 속삭였다. 그러나 그는 곧 그것을 부드럽고 어둡고 위험한 말로 고치려는 듯 '덕'이라고 발음했다. "굉장한 '덕'이오! 바로 이거요!" 그는 깡통의 무게를 가늠하듯 손에 올려놓고 아래위로 움직였다. "이것만 있으면 1백만 명의 사람이라도 쉽게 죽일 수 있지!"

"무섭군!" 클라우드가 말했다.

"물론! 만일 한 숟갈 가지고 있는 것을 들키기만 해도 6개월은 콩밥이오." 그는 입술을 혀로 적시며 말했는데, 이야기할 때마다 목을 내미는 버릇이 있었다. "본 적 있소?" 그는 주머니에서 1페니짜리 동전을 꺼내 깡통 뚜껑을 열면서 물었다. "자, 이거요!"

그는 아주 기쁜 듯, 매우 소중히 여기는 듯이 그것을 클라우드 쪽으로 살며시 내밀었다.

"옥수수요? 아니면 보리인가?"

"귀리요, 굉장히 지독한 '덕'이 들어 있소. 입 속에 한 톨만 넣어 보시오, 5분 안에 죽어 버릴 테니까!"

"정말이오?"

"그렇소, 이 깡통에서 눈을 떼지 마시오."

그가 손으로 그것을 애무하며 살짝 한 번 흔들자 그 속에서 귀리 알이 사그락거리는 소리를 내었다.

"하지만 오늘은 안 되겠소, 이곳 쥐에게 오늘은 이것을 먹일 수 없소, 아무래도 녀석들은 여태 이런 걸 구경한 일도 없을 테니까. 그래, 아마 없을 거요. 그럼, 또 당신들은 쥐에 대한 공부를 하는 거요. 서생원이란 놈은 의심이 많으니까. 터무니없이 의심이 많지요. 그래서 오늘은 새롭고 맛있는 귀리를 먹게 되지, 그놈들에게 전혀 해롭지 않은 귀리를. 그리고 내일도 역시. 이렇게 해서 놈들이 맛을 들여 놓으면 이틀 동안에 이 근방의 모든 쥐들이 다 그곳에 몰려들 거요."

"머리가 좋군."

"물론 이 일은 머리가 좋아야 합니다. 쥐보다 영리하지 않으면 못 잡거든요."

"마치 당신 자신이 쥐 같군요."

이 말은 생각할 틈도 없이 내 입에서 튀어나왔다. 더욱이 그동안 내내 나는 그 사람을 쳐다보고 있었으므로 어쩔 수가 없었다. 그러나 그 말의 효과는 정말 놀라운 것이었다.

"그렇소!" 그는 소리쳤다. "이제야 당신도 알게 되었군요! 정말 기쁜 말을 해 주었소! 쥐를 잡는 사람은 무엇보다도 먼저 서생원같이 되어야 하는 법이오, 쥐보다 더 영리해야 해. 그러나 그건 그렇게 쉬운 일이 아니오, 내가 보기엔!"

"분명히 쉬운 일은 아니겠지요."

"됐소, 알았으면 다음으로 넘어갑시다. 하루 종일 끌고만 있을 순 없으니까. 레오노라 벤슨 부인이 메이아나에서 이제나저제나 내가 오기를 기다리고 있을 거요."

"그 부인의 집에도 쥐가 있소?"

"쥐는 누구 집에나 있소." 쥐잡이 사나이는 말했다.

그는 진입로를 내려가 도로를 건너 건초더미 쪽으로 장단을 맞추며 걸어갔다. 우리는 그가 걸어가는 것을 물끄러미 지켜보고 있었다. 그의 걸음걸이도——이상한 말일지는 모르겠지만——쥐와 똑같았다. 유연한 무릎을 사용하여 천천히 미묘하게 걷는 걸음걸이……. 자갈 위에서도 발자국 소리 하나 나지 않았다. 그는 들로 가는 울타리를 껑충 뛰어넘더니 땅바닥에 한 움큼쯤의 귀리를 뿌리며 건초더미 둘레를 부지런히 돌아다녔다.

다음날 그는 되돌아와서 또 전날과 같은 일을 되풀이했다.

그 다음날도 그가 찾아왔는데, 이번에는 독이 든 귀리를 꺼내 놓았다. 그러나 마구 뿌리는 것이 아니었다. 건초 구석구석마다 조심스럽게 소복소복 쌓아 놓았다.

"개가 있소?" 그는 독을 다 뿌려 놓고 나서 길을 건너 이쪽으로 오며 물었다.

"있소."

"만일 당신 집 개가 무섭게 괴로워하며 죽어 가는 것을 보고 싶거든 저 울타리 속에 넣어 두면 좋을 거요."

"우리가 조심하겠소. 그런 건 걱정하지 않아도 되오." 클라우드가 그에게 말했다.

그 다음날에도 그는 다시 찾아왔다. 쥐 시체를 수거하기 위해서였다.

"헌 봉지 같은 것 없소? 놈들을 집어넣어야겠는데."

그는 아주 신이 나서 거드럭거리고 있었다. 그 검은 눈동자에는 으스대는 빛이 있었다.

클라우드와 나는 울타리에 기대서서 지켜보고 있었다. 쥐 잡는 사나이는 독을 넣은 귀리를 조사해 가며 몸을 굽혀 건초더미 둘레를 돌아다녔다.

"웬일인지 여기는 상태가 좋지 않은데." 그는 중얼거렸다. 그 목소리는 부드러웠으나 어딘지 모르게 화가 난 것 같았다.

그는 또 한 군데 쌓아 놓은 귀리더미 앞으로 다가가더니 쭈그리고 앉아 면밀히 조사하기 시작했다.

"왜 그러시오?"

그는 대답하지 않았다. 그러나 쥐들이 먹이를 건드리지도 않은 것만은 확실했다.

"여기 있는 쥐는 굉장히 영리하지요." 내가 말했다.

"그래서 내가 저 사람에게 말해 줬단 말일세, 고든. 그가 잡으려는 이곳의 쥐는 보통 쥐가 아니라고."

쥐잡이 사나이는 울타리 쪽으로 다가왔다. 분명히 그는 당황하고 있었다. 그것이 얼굴에도 코 언저리에도 뚜렷이 나타나 있었다. 그래도 두 개의 누런 이는 아랫입술 위로 뻗어나와 있었다.

"그런 소리 마시오." 그는 나를 쳐다보며 말했다. "누가 먹이만 주지 않았다면 이곳 쥐라도 별수없을 텐데. 놈들은 틀림없이 어딘가에서 국물이 듬뿍 있는 것을 먹어 배가 불렀던 거요. 그래, 배가 터지도록 부른 거요. 귀리를 쳐다보지도 않는 쥐란 절대로 있을 수 없소."

"이 쥐들은 아주 약다니까요." 클라우드가 말했다.

사나이는 까닭도 없이 화를 내며 얼굴을 찌푸렸다. 그러더니 다시 쭈그리고 앉아서 모종삽으로 독이 든 귀리를 긁어모아 조심스럽게 깡통 속에 담아넣었다. 그 일이 끝나자 세 사람은 한길을 건너 되돌아왔다.

쥐 잡는 사나이는 가솔린 펌프 옆에 버티고 서서 어딘가 슬퍼 보이는 표정을 띠고 있었다. 이제 그냥 하찮은 쥐잡이로 전락한 그의 얼굴에는 생각에 잠긴 듯한 표정이 떠올라 있었다. 자기 자신 속에 들어앉아서 이번의 실패를 말없이 생각하고 있는 것이리라. 그 눈은 감겨 있었으며, 작은 혀가 젖은 입술 끝 두개의 누런 이 옆으로 들여다

보였다. 입술이 번질번질 젖어 있다는 사실——이것은 꼭 없어서는
안 될 일인 듯싶었다. 그는 흘끗 나를 훔쳐 본 다음 클라우드를 쳐다
보았다. 그의 코 끝이 벌름거리며 공기 냄새를 맡고 있었다. 그는 손
가락 끝을 조용히 흔들며 몇 번 몸을 들썩거리더니 아주 부드러운 목
소리로 말했다.

"한번 보고 싶지 않소?"

분명히 그는 우리들의 신망을 되찾으려 애쓰고 있었다.

"뭐라고요?"

"재미있는 일이 보고 싶지 않으냔 말이오."

그는 오른손을 재킷 안주머니에 넣어 살아 있는 큰 쥐를 꺼내었다.

"아, 저것 봐!"

지금 그는 약간 무릎을 구부리고 목을 앞으로 내민 채 우리를 곁눈
으로 훔쳐보며 큰 갈색 쥐를 쥐고 있었다. 엄지손가락과 둘째손가락
이 그 동물의 목덜미를 꽉 쥐고 있었다. 목을 움직일 수 없도록 누르
고 있으므로 그 쥐는 목을 구부릴 수도 물어뜯을 수도 없는 것이다.

"당신은 언제나 주머니 속에 쥐를 넣고 다니오?"

"언제나 한두 마리는 어딘가에 지니고 있지요."

그는 다시 한 손을 다른 한쪽 주머니 속에 넣어 작은 흰 족제비를
꺼내더니 목덜미를 쥐었다.

"자, 흰 족제비요!"

흰 족제비는 그를 잘 알고 있는지 손바닥 위에서 가만히 있었다.

"흰 족제비만큼 쥐를 빨리 잡는 것은 없지요. 게다가 쥐도 이놈을
굉장히 무서워하거든요."

그는 자기 손을 양쪽 다 앞으로 내밀었다. 그러자 흰 족제비의 코
가 쥐의 얼굴 6인치 앞까지 육박했다. 흰 족제비의 사기 구슬 같은
분홍빛 눈이 뚫어지게 쥐를 노려보았다. 쥐도 그것에 대항하여 살의

를 품은 동물로부터 도망치려 하고 있었다.

"자! 한 번 구경해 보시오!" 그는 말했다.

그는 카키 색 셔츠를 목 있는 곳까지 올리더니 쥐를 그 속의 알몸에 닿도록 넣었다. 손이 자유롭게 되자 그는 재킷 앞단추를 열었다. 그러자 셔츠 속에 있는 쥐가 겉으로 봉긋하게 보였다. 쥐가 허리 아래로 내려갈 수 없도록 벨트가 막고 있었다.

그런 다음 그는 쥐가 있는 곳에 흰 족제비를 집어넣었다.

셔츠 속에서는 곧 큰 소동이 벌어졌다. 쥐가 사나이의 몸 둘레를 뛰어다니고 흰 족제비가 뒤쫓고 있는 것이 보였다. 예닐곱 번 쫓기고 쫓고 하더니 마침내 큰 쪽이 작은 쪽으로 육박해 들어가며 차츰 간격을 좁혔다. 이윽고 그 두 마리가 부딪혔다. 격투가 시작되고 끽끽 비명 소리가 들렸다.

이 소동이 벌어지고 있는 동안, 쥐 잡는 사나이는 다리를 벌리고 손을 축 늘어뜨린 채 꼼짝도 않고 서서 클라우드의 얼굴을 지켜보고 있었다. 잠시 뒤 그는 한쪽 손을 셔츠 속에 넣어 흰 족제비를 꺼내고, 또 한 손으로는 죽은 쥐를 꺼냈다. 흰 족제비의 흰 코 둘레에 핏자국이 여러 군데 묻어 있었다. 그는 말했다.

"이런 건 나도 그다지 좋아하지 않소."

"이제까지 한 번도 본 일이 없소. 그렇지, 장담해도 좋소."

클라우드가 말했다.

"정말 본 일이 없소?"

"당신은 요 며칠 동안 공연히 화를 내고 있구려." 클라우드가 그에게 말했다.

그러나 클라우드는 분명히 감탄하고 있는 듯했다. 쥐잡이 사나이도 다시 자부심을 되찾은 모양이었다.

"더 재미있는 것을 보고 싶지 않소?" 그는 물었다. "자신의 눈으로 자세히 보지 않고는 도저히 믿을 수 없는 그런 일을 보고 싶지 않소?"

"그게 뭐요?"

우리는 펌프 있는 곳에서 조금 떨어진 진입로에 서 있었다. 기분 좋게 따뜻한 11월 아침이었다. 가솔린을 넣기 위해 두 대의 차가 방향을 바꿔 섰으므로 클라우드는 그 옆으로 가서 가솔린을 넣어 주었다.

"당신, 보고 싶소?" 쥐 잡는 사나이가 물었다.

나는 주저하며 클라우드를 흘끗 보았다.

클라우드가 말했다. "아아! 그럼, 보러 갑시다!"

쥐 잡는 사나이는 주머니 속에 죽은 쥐와 흰 족제비를 넣었다. 그리고 배낭에 손을 넣어 놀랍게도 또 한 마리의 산 쥐를 끄집어 내었다.

"아니, 놀라운 일이로군!" 클라우드가 말했다.

"언제나 한두 마리의 쥐쯤은 어딘가에 가지고 있지요." 사나이는 조용히 말했다. "이 일을 하려면 쥐에 대해서 잘 알아야 하니까. 쥐에 대한 것을 알려면 놈들을 나의 몸에서 떼어놓으면 안 되지요. 이 놈은 시궁쥐라는 거요. 오래 묵은 시궁쥐, 닳고 닳아 교활하기 짝이 없는 놈이오. 잘 보시오. 나를 물끄러미 쳐다보고 있지 않소? 내가 무엇을 하나 보고 있는 거요. 자, 보시오!"

"기분 나쁘군."

"어쩔 생각이오?"

아까의 쥐와 같아 보였지만, 나는 웬지 이 녀석이 좋아지는 것 같았다.

"끈을 하나 갖다 주시오."

클라우드가 끈을 하나 갖다 주었다.

사나이는 왼손으로 쥐의 뒷발 하나를 끈으로 묶었다. 쥐는 마구 나대며 대체 자기를 어떻게 하려나 하고 머리를 돌리려 했으나, 그가 엄지손가락과 둘째손가락으로 목덜미를 꽉 쥐고 있기 때문에 도저히 움직일 수가 없었다.

"자아!" 둘레를 둘러보며 그는 말했다. "안에 테이블 있소?"

"쥐를 안에 넣고 싶지는 않은데."

"테이블이 필요하오, 아니면 테이블처럼 뭔가 넓적한 것이 있으면 좋겠는데."

"저, 차의 보닛이라면 어떻소?"

클라우드가 말참견을 했다.

우리는 차 쪽으로 갔다. 사나이는 보닛 위에 늙은 시궁쥐를 올려놓았다. 그가 유리를 닦는 와이퍼에 끈을 잡아맸으므로 이제 쥐는 도망칠 수가 없게 되었다.

처음에 쥐는 웅크리고 앉아서 움직이지도 않고 의심스러운 듯이 쳐다보고 있었다. 검은 눈이 반짝이는 큰 쥐였다. 비늘이 있는 꼬리가 보닛 위에서 큰 원을 그리고 있었다. 쥐는 사나이에게서 얼굴을 돌렸다. 그러나 무엇을 하려나 하고 그가 있는 쪽을 곁눈으로 흘낏흘낏 쳐다보고 있었다. 쥐 잡는 사나이는 두세 발자국 뒤로 물러났다. 그러자 쥐는 곧 긴장을 풀었다. 엉덩이를 치켜들고 허리 근처의 잿빛 털을 핥기 시작했다. 그리고 앞발로 콧등을 문질렀다. 그것은 마치 옆에 서 있는 세 사나이를 무시하고 있는 것처럼 보였다.

"우리 내기를 하지 않겠소?" 쥐 잡는 사나이가 물었다.

"내기는 하지 않소." 내가 대답했다.

"그냥 장난삼아 내기를 하면 재미있을 텐데⋯⋯."

"무엇에 걸자는 말이오?"

"내가 손을 쓰지 않고 저 쥐를 죽일 수 있다는 것에. 두 손은 주머니에 넣은 채 절대로 쓰지 않을 거요."

"발로 걷어차는 거겠지." 클라우드가 말했다.

쥐 잡는 사나이가 얼마쯤 돈을 빼앗으려고 한다는 것은 나도 알고 있었다. 그가 죽이려고 하는 쥐를 쳐다보니 나는 왠지 기분이 언짢았다. 이제 곧 죽을 것이라는 사실이 언짢은 게 아니라, 단지 흥미를 돋우기 위해서 특수한 방법으로 살해된다는 것이 몹시 싫었다.

"으음…… 발도 쓰지 않소." 쥐 잡는 사나이가 말했다.

"팔은?" 클라우드가 말했다.

"팔도, 발도, 손도……, 아무것도 쓰지 않소."

"그럼, 그 위에 깔고 앉을 참이군."

"아니, 깔고 앉으려는 게 아니오."

"대체 어떻게 하는 것인지 보여 주시오."

"우선 거시오, 1파운드를."

"바보 같은 소리 하지 마시오!" 클라우드가 말했다. "어째서 당신에게 1파운드나 줘야 한단 말이오?"

"그럼, 뭘 걸겠소?"

"아무것도."

"알았소. 그럼, 나도 하지 않겠소."

그는 와이퍼에서 끈을 풀려고 했다.

"1실링이라면 걸지." 클라우드가 말했다.

뱃속이 메스꺼운 듯한, 더욱 좋지 않은 기분이 차츰 들었지만, 이 자리에는 뭔가 발을 묶어 놓는 무서운 것이 있어 도저히 꼼짝할 수가 없었다.

"당신도?"

"나는 싫소."

"어째서지요?" 쥐 잡는 사나이가 되물었다.

"그냥 당신과 내기하기가 싫을 뿐이오, 그뿐이오."

"그럼, 뭐야, 당신은 단돈 1실링으로 나보고 이런 짓을 하라는 거요?"

"아니, 그런 짓을 하게 하고 싶지 않소."

"돈은 어디 있소?" 그는 클라우드에게 물었다.

클라우드는 보닛 위의 라디에이터 옆에 1실링을 올려놓았다. 쥐 잡는 사나이는 6펜스 동전을 두 개 꺼내어 클라우드의 돈 옆에 올려놓았다. 이윽고 시작하려고 그가 손을 내밀자 쥐는 몸을 움츠리고 머리를 뒤로 당기며 보닛 위에 착 달라붙었다.

"자, 공개합니다." 쥐 잡는 사나이가 말했다.

클라우드와 나는 두세 발자국 뒤로 물러섰다. 쥐 잡는 사나이는 앞으로 나섰다. 그는 두 손을 주머니 속에 넣고 3피트쯤 떨어져 얼굴이 쥐에게 닿을 만큼 허리를 굽혔다.

그의 눈동자는 쥐의 눈을 뚫어질 정도로 노려보았다. 쥐는 대단한 위험을 느끼고 몸이 굳어져 웅크리고 있었으나 아직 몸을 떨지는 않았다. 그 웅크리고 앉아 있는 모습에서는 사나이의 얼굴에 덤벼들 것 같은 기세가 엿보였다. 그러나 쥐 잡는 사나이의 눈에는 뭔가 그렇게 하지 못하도록 하는 힘이 있는 모양이었다. 그 힘이 쥐를 압도하여 차츰 벌벌 떨게 만들었다. 쥐는 꽁무니를 빼고 몸을 뒤로 당겨 끈이 뒷다리를 잡아당길 때까지 미적미적 뒷걸음질쳤다. 그리고 다리를 움직이려고 끈을 힘껏 잡아당기며 더욱 뒤로 물러가려고 했다. 사나이는 쥐 쪽으로 얼굴을 바싹 갖다대었다. 그 동안에도 눈은 줄곧 쥐를 노려보고 있었다. 쥐는 갑자기 공포에 쫓겨 옆으로 허공을 향해 도망치려고 했다. 끈이 팽팽하게 당겨져 쥐의 다리 관절이 빠질 것만 같았다.

쥐는 다시 보닛의 한가운데, 끈이 허락하는 한 먼 곳으로 가서 웅크리고 앉았다. 이제 쥐는 규칙적으로 몸을 떨며 수염을 곤두세우고, 긴 잿빛 몸이 공포에 얼어붙은 듯 굳어져 있었다.

이때 쥐 잡는 사나이는 다시 한 번 얼굴을 가까이 갖다대었다. 그는 천천히 얼굴을 가까이 갖다대었다. 그 움직임이 너무도 신중했으므로 볼 때마다 거리가 조금씩 좁혀진다는 것을 알아차릴 수 있을 뿐, 그 움직임은 눈에 보이지 않았다. 긴장한 나머지 나는 자신도 모르게 그만두라고 소리치고 싶은 충동에 사로잡혔다. 솟구치는 불쾌감을 견딜 수가 없어 나는 그에게 그만두라고 말리고 싶었다. 그러나 아무리 애를 써도 목소리를 낼 수가 없었다.

'뭔가 굉장히 불쾌한 일이 시작되려고 한다. 뭔가 불길하고 잔인하며 벌받을 일이…….' 나는 분명히 그렇게 생각했다. 아아, 그런 일이 생기면 정말 기분이 나빠질 것이다. 그렇지만 이제는 나도 눈을 뗄 수가 없게 되었다.

쥐 잡는 사나이의 얼굴은 쥐에서 18인치쯤 떨어진 곳에 이르렀다. 그것이 12인치가 되고 10인치가 되더니 거의 8인치가 되는 곳까지 이르렀다. 팔로 겨우 얼굴을 지탱할 수 있는 곳까지 가까이 왔다. 쥐는 몸을 보닛 위에 찰싹 붙이고 몸이 굳어져서 공포에 떨고 있었다. 쥐 잡는 사나이도 긴장하고 있었다. 뭔가 곧 터질 듯한 분위기가 감돌아 마치 금방이라도 튀어나갈 것 같은 스프링처럼 아슬아슬한 순간이었다.

이윽고 그는 쥐에게 쾅 부딪혔다.

뱀의 일격처럼 그는 공격했다. 하반신의 근육에 힘을 주고 재빨리 날카로운 움직임을 보이더니 머리를 앞으로 내밀었다. 한순간 크게 벌린 입과 두 개의 누런 이가 나의 뇌리에 아로새겨졌다. 그 얼굴은 되도록 입을 크게 벌리려고 일그러졌다.

나는 이제 더 이상 볼 생각이 없었다. 나는 눈을 감았다. 그리고 다시 내가 눈을 떴을 때 쥐는 이미 죽어 있었다. 쥐 잡는 사나이는 돈을 주머니 속에 집어넣고 입 안을 개운하게 하기 위해 부지런히 침을 뱉고 있는 참이었다.

"입맛을 돋우는 거요, 이것은." 그는 말했다. "큰 공장이나 초콜릿 제조업자가 맛을 좋게 하는 데 쥐의 피를 쓰고 있지요."

또다시 그 독특한 버릇, 즉 말을 할 때마다 입술을 적시고, 굵고 성량이 풍부하며 부드러우면서도 징그러운 목소리로 '입맛을 돋운다'는 발음을 하고 있었다.

"그렇고말고요." 그는 말을 이었다. "쥐의 피는 해로울 게 하나도 없답니다."

"여보시오, 그렇게 구역질날 것 같은 말은 좀 삼가 주시오." 클라우드가 말했다.

"하지만 사실이오. 당신도 역시 먹고 있지 않소. 사탕도 초콜릿도 다 쥐의 피로 만든 거요."

"그런 말은 듣고 싶지도 않소. 진저리가 나는군!"

"큰 가마솥에 넣고 부글부글 끓여서 직공들이 긴 막대기로 휘젓는 거요. 이것은 초콜릿 제조의 큰 비밀 가운데 하나지요. 아무도 모르는 일이오. 그곳에 쥐를 팔러 가는 쥐 잡는 사나이밖에 모르지!"

그러다가 문득 그는 이른바 구경꾼들이 자기 옆에 없다는 것을 알아차렸다. 우리들의 얼굴은 분노와 구역질나는 역겨움과 적의로 벌개져 있었다. 그는 갑자기 말을 끊더니 한마디도 하지 않고 홱 돌아서서 진입로 쪽으로 걸어내려갔다. 천천히 몸을 움직여 쥐 걸음처럼 종종거리고 꺼떡꺼떡 하는 미묘한 걸음걸이로 그는 진입로의 자갈 위에서도 발자국 소리 하나 내지 않고 걸어갔다.

라민즈 씨

태양은 언덕 위에 떠오르고 아침 안개가 완전히 걷혔다. 개를 데리고 한길을 산책하기에 더없이 좋은 아침 한때였다. 게다가 가을이었으므로 나뭇잎은 황금빛으로 물들고, 그 잎이 슬쩍 가지를 떠나 조용히 춤추듯 내려와 공중에서 빙그르르 원을 그리며 한길 옆 풀숲 속이나 그 발치 언저리에 떨어지곤 했다. 산들바람은 머리 위로 불고, 떼지어 선 사람들의 웅성거림처럼 너도밤나무 잎이 사각사각 소곤거리는 소리가 그의 귀를 간지럽히고 있었다.

클라우드 캐벳지에게는 늘 이 시간이 하루 가운데 가장 흐뭇한 때였다. 그는 자기 앞을 재빨리 지나가는 그레이하운드의, 물결치는 비로드 같은 등에 만족한 눈길을 던졌다.

"재키!" 그는 부드럽게 불렀다. "여보게, 잭슨, 기분이 어때, 응?"

개는 자기 이름을 부르는 소리에 반쯤 돌아다보고는 알았다는 표시로 재빨리 꼬리를 한번 흔들어 보였다.

재키 같은 개는 정말 다시 찾아볼 수 없을 거라고 그는 스스로에게 말했다. 날씬한 몸의 선, 번쩍 쳐든 작은 머리, 노란 눈, 쫑긋거리는 검은 코, 얼마나 멋진가! 아름답고 늘씬한 목, 깊은 가슴 근육은 곡선을 그리고 있으며, 배가 튀어나온 흔적도 전혀 없었다. 거의 땅바닥에 닿지도 않고 소리없이 발 끝으로 걸어가는 모습을 보라.

"잭슨, 귀여운 잭슨!" 그는 말했다.

잠시 뒤 클라우드의 눈에 라민즈 씨의 농가가 보였다. 조그마하고 낡은 집으로 오른쪽 담 뒤에 세워져 있었다.

이쯤에서 돌아가려고 그는 생각했다. 오늘은 이것으로 충분하다.

마당에서 통에 가득 든 우유를 나르고 있던 라민즈 씨는 그가 한길을 내려오고 있는 것을 보자 통을 천천히 내려놓고 문 있는 곳까지 오더니 울타리 위에 두 손을 걸치고 기다렸다.

"안녕하십니까, 라민즈 씨." 클라우드가 말했다. 달걀 문제가 있으므로 라민즈 씨에게는 상냥하게 해 줘야 하는 것이다.

라민즈 씨는 고개를 끄덕이며 문 위에 기대었다. 그리고는 값을 어림잡아 보는 듯한 눈초리로 개 쪽을 바라보았다.

"좋은 개 같군."

"좋은 개입니다, 정말."

"경주는 언제인가?"

"그건 아직 모릅니다, 라민즈 씨."

"알려 줘도 상관없지 않나. 언제인가?"

"이 개는 아직 10개월밖에 안 되었답니다, 라민즈 씨. 게다가 제대로 훈련을 받지도 못했지요, 정말입니다."

라민즈 씨의 작은 유리 구슬 같은 눈이 의심스러운 듯이 문 위로 넘겨다보았다.

"자네가 머지않아 어딘가 비밀스러운 곳에서 이 개를 경주에 내보낼 것이라는 데 2파운드 걸어도 좋네."

클라우드는 불쾌한 듯이 시꺼먼 땅바닥을 발로 비볐다. 그는 이가 빠진 개구리 같은 입에 수상쩍은 눈초리를 한 라민즈 씨가 싫었다. 특히 더 싫은 것은 달걀 때문에 그에게 상냥하게 대해야한다는 것이었다.

"주유소 맞은편에 있는 그 건초더미 말입니다만." 그는 자포자기하여 다른 화제를 찾기로 했다. "쥐가 잔뜩 있더군요."

"어느 건초더미에나 쥐는 있기 마련이지."

"있는 정도가 아닙니다. 솔직히 말씀드리자면, 그 때문에 좀 복잡해서 옥신각신했답니다."

라민즈 씨는 날카로운 눈길을 던졌다. 그는 복잡한 일이 일어나는 것을 싫어했다. 암시장에 달걀을 팔거나 허가 없이 돼지새끼를 죽이거나 하는 자는 누구나 그런 일에 휩쓸리게 되는 것을 피하려는 분별이 생기는 법이다.

"웬 옥신각신?"

"보건소에서 쥐 잡는 사람을 보냈답니다."

"단지 두세 마리의 쥐 때문에?"

"두세 마리라고요! 천만의 말씀입니다."

"거짓말하지 말게."

"정말입니다, 라민즈 씨, 몇백 마리나 있습니다."

"그 쥐 잡는 사람은 쥐를 못 잡았나?"

"네."

"왜?"

"쥐란 놈들이 굉장히 약아빠진 것 같더군요."

라민즈 씨는 생각에 잠겨서 한쪽 콧구멍 속에 엄지손가락 끝을 넣더니 후비기 시작했다. 그러면서 둘째손가락으로 콧잔등을 누르고 있었다.

"쥐를 잡는 자들에게는 그 누구에게라도 고맙다는 말을 할 필요가 없어." 그는 말했다. "쥐를 잡는 자들은 정부가 고용한 공무원에 지나지 않으니까 고맙다는 말을 할 필요가 없어."

"나도 그렇게 생각합니다, 라민즈 씨. 쥐잡이들은 모두 더럽고 교활한 동물이니까요."

"그렇지." 라민즈 씨는 머리를 긁기 위해 모자 밑으로 손가락을 넣으며 말했다. "그렇지 않아도 그 건초더미는 언젠가 둘러엎으려고 했었네. 다른 날로 미룰 것 없이 오늘 해버려야겠군. 정부의 관리들이 나의 소유물에 손을 대는 일은 질색이니까. 그런 건 골치 아픈 일이니 말이야."

"그렇습니다, 라민즈 씨."

"언제고 우리 손으로 해치울 걸세, 버트와 내가."

그리고 나서 라민즈 씨는 홱 돌아서서 거드럭거리는 걸음걸이로 뜰을 가로질러 갔다.

오후 3시쯤 크고 검은 말이 끄는 짐마차를 타고 한길로 천천히 다가오고 있는 라민즈 씨와 그의 아들 버트의 모습이 보였다. 주유소 앞에서 짐마차는 들 쪽으로 구부러져 건초더미 근처에 멈춰섰다.

"이거 볼 만하겠는데." 나는 말했다. "총을 들게."

클라우드가 라이플을 집어들고 탄약을 잔뜩 장전했다.

나는 한길을 어정어정 걸어서 열린 문에 기대었다. 라민즈 씨는 건초더미 위에 올라가 건초를 묶어 놓은 끈을 끊고 있었다. 버트는 마차를 타고 4피트 길이의 칼을 손가락으로 시험해 보고 있었다.

버트는 한쪽 눈의 상태가 좋지 않았다. 찐 생선 눈알처럼 전체적으로 부옇게 흐려 있었다. 눈자위 속에서 눈알이 전혀 움직이지 않는데도 사람들은 늘 그 눈이 자기를 쳐다보는 듯이 느끼고 있었다. 경기장에 있는 사람들의 눈이 선수의 옆 얼굴을 쫓고 있듯이 자기가 움직이는 대로 그 눈이 뒤쫓고 있는 듯한 느낌을 갖게 되는 것이다.

어디에 서 있든 버트는 어딘가에서 쳐다보고 있었다. 차가운 눈초리로, 이미 못쓰게 된 눈으로 곁눈질하며 뚫어지도록 노려보는 것이다. 접시 위의 생선 눈알처럼 한가운데에 작은 검은 별이 있는 부옇게 흐린 눈초리로.

키는 개구리처럼 작달막한 아버지와 정반대였다. 버트는 키가 크고 호리호리했으며 뼈대가 가늘고 나긋나긋했다. 머리마저도 그 목으로는 지탱하기가 너무 무겁고 힘겨운 듯 한쪽으로 기울어져 있었다.

"자네 이번 6월에 건초를 만들지 않았었나, 버트?" 나는 그에게 물었다. "왜 이렇게 빨리 풀지?"

"아버지가 그렇게 하라셔요."

"이상한 시기에 풀어놓는군, 11월인데."

"버트, 이리 오너라." 라민즈 씨가 불렀다.

젊은이는 건초 위로 기어올라가 풀어놓은 건초를 밟고 섰다. 그는 칼을 들어올리더니 꽁꽁 묶어 놓은 건초 다발을 향해 내리쳤다. 두 손으로 손잡이를 꼭 쥐고 몸을 날리며 마치 큰 톱으로 나무를 켜는 나무꾼과도 같은 요령으로 내리쳤다. 마른 풀 속에 칼이 박히고 우두둑 잘리는 소리가 내 귀에 들려 왔다. 그 소리는 칼이 다발 속으로 깊숙이 박힐수록 작아졌다.

"클라우드는 쥐가 나오면 쏠 작정이오!"

라민즈 씨와 젊은이는 갑자기 일하던 손을 멈추고 한길 너머로 클라우드 쪽을 쳐다보았다. 클라우드는 손에 라이플을 들고 빨간 펌프에 기대서 있었다.

"저 재수 없는 라이플을 얼른 치우라고 말해!"

라민즈 씨가 말했다.

"저 사람은 총의 명수예요, 아버지를 쏘지는 않을 거예요."

"내 옆에 쥐가 없는데 쏠 필요 없잖니, 아무리 명수라도."

"아버지는 저 사람을 깔보고 계세요."

"버트, 빨리 치우라고 해!" 라민즈 씨는 적의를 띠고 천천히 말했다. "자식, 만일 내가 총을 가지고 있다면 뭐라고 하든 바람 구멍을 내줄 텐데."

건초더미 위의 두 사람은 클라우드가 하는 것을 물끄러미 지켜보고 있다가 다시 잠자코 일하기 시작했다. 이윽고 버트는 짐마차 안으로 내려왔다. 그가 두 손을 내밀어 꽁꽁 묶어 놓은 풀다발을 잡아뽑아내자 그것이 그만 그의 바로 옆으로 굴러떨어졌다.

긴 꼬리의 짙은 잿빛 쥐가 건초더미 속에서 나타나 울타리 속으로 달려갔다.

"쥐다!" 나는 외쳤다.

"그놈을 죽여라!" 라민즈 씨도 소리쳤다. "왜 두들겨 죽이지 못해?"

놀랍게도 쥐는 1분에 두세 마리씩 쪼르르 튀어나왔다. 살찐 쥐들은 풀더미를 빠져나와 울타리 속으로 뛰어들어 땅바닥에 착 엎드려 버렸다. 쥐가 한 마리씩 보일 때마다 말은 두 귀를 털며 묘한 눈을 동그랗게 뜨고 그 뒤를 지켜보았다.

버트는 풀더미로 돌아가 다시 풀다발을 자르고 있었다. 내가 그를 쳐다보자 그는 자르던 손을 멈추고 1초쯤 머뭇거리더니 다시 손을 움직이기 시작했다. 그러나 이번에는 몹시 신중했다. 나는 울려 오는 묘한 소리, 칼날이 뭔가 단단한 것을 자르는 듯한 둔한 소리를 들었다.

버트는 칼을 뽑아 엄지손가락으로 칼날의 상태를 조사해 보았다. 그리고 칼을 다시 제자리에 꽂더니 조심조심 단단한 것이 닿을 때까지 살그머니 밀어 보니 역시 둔한 소리가 났다.

라민즈 씨가 고개를 돌려 어깨 너머로 젊은이 쪽을 쳐다보았다. 그는 풀어놓은 건초를 한아름 안아올리려고 허리를 굽혀 건초를 끌어안은 참이었다. 그런데 도중에서 우뚝 멈추고는 버트 쪽을 보았다. 버트는 칼자루를 잡은 채 우두커니 서 있었다. 그의 얼굴에 당황한 빛이 나타나 있었다. 투명할 정도로 활짝 갠 푸른 하늘을 배경으로 건초더미 위의 두 그림자는 마치 조각처럼 검게 뚜렷이 떠올랐다.

잠시 뒤 여느 때보다 큰 라민즈 씨의 목소리가 들렸다. 그것은 비명에 가까운 소리였다.

"건초 쌓아올릴 때 인부들이 큰 실수를 했군!"

그가 입을 다물자 다시 둘레가 조용해졌다. 사람들의 그림자는 움직이지 않았다. 한길 저쪽의 클라우드도 빨간 펌프에 기댄 채 꼼짝하지 않았다. 그것은 갑자기 찾아온 정적이었다. 너무 조용하여 이웃 마을에서 식사하라고 남정네를 부르는 아낙네들의 목소리가 골짜기에서 들려 올 정도였다.

소리칠 일이라고는 아무것도 없는데 잠시 뒤 라민즈 씨가 또 소리를 질렀다.

"그냥 잘라 버려, 버트! 그 칼이면 나뭇조각쯤 문제없으니까!"

어떻게 그 소동을 알아차렸는지 클라우드가 어슬렁어슬렁 한길을 건너와 나와 함께 문에 기대어섰다. 그는 아무 말도 하지 않았다. 그러나 우리는 이 두 사람이 무엇인가에 겁을 먹고 있다는 것, 주위에 감도는 정적의 뜻, 특히 라민즈 씨의 괴상한 태도의 뜻을 알고 있었다. 라민즈 씨는 떨고 있었다. 버트도 마찬가지였다. 이 두 사람을 지켜보며 나는 기억의 표면에 약간의 이미지가 흐릿하게 떠오르는 것을 느꼈다. 나는 필사적으로 떠오르는 것을 붙잡으려고 애써 보았다. 한번은 생각해 냈다고 여겨졌다. 그러나 그것은 다시 도망가 버리고 말았다. 그 뒤를 쫓고 있는 동안, 나의 의식은 몇 주일 전의 그 낟알이 익어 가던 여름날을 더듬고 있었다. 남쪽에서 골짜기로 불어오는 따뜻한 바람, 가지가 휠 정도로 잎이 무성한 너도밤나무들. 들판은 황금빛으로 변하고, 풀은 베어져 건초가 되고, 머지않아 다발로 묶여 건초다발을 이룬다. 그런 다음 건초더미가 생기는 것이다.

그러자 공포가 '경련'이 되어 위 부근을 자극해 오는 것을 나는 느꼈다.

그렇다, 건초더미다. 우리가 그것을 만든 게 언제였더라? 6월이었던가? 그렇지, 그렇다. 그것은 덥고 음울한 6월 어느 날이었다. 떼구름이 낮게 드리우고, 공기는 천둥이 칠 것처럼 잔뜩 흐려 있었다. 라민즈 씨가 이렇게 말했었지.

"자, 비가 오기 전에 빨리 해치우세."

그 말에 올 지미 노인이 이렇게 대답했다.

"비는 오지 않을 거요. 그러니까 서두를 건 없소. 천둥이 남쪽에서 우르릉거릴 때는 골짜기까지 오지 않는다는 걸 당신도 알고 있을 텐데?"

쇠스랑을 들고 짐마차 안에 서 있던 라민즈 씨는 아무 말도 하지 않았다. 그는 비가 오기 전에 건초를 쌓는 일이 끝나지 않으면 어쩌나 걱정이 되어 다른 일은 생각할 여유가 없었던 것이다.

"저녁때까지는 비가 안 올 거요."

라민즈 씨를 쳐다보며 올 지미 노인이 되뇌었다.

라민즈 씨는 그를 노려보았다. 그 눈은 일종의 분노로 번뜩이고 있었다.

그날 오전 내내 우리는 쉬지 않고 일을 계속했다. 건초를 짐마차에 싣고 들판을 가로질러 달려갔다. 그리고는 주유소 맞은쪽의 문 근처에 쌓고 있는 풀더미 속에 건초를 집어던졌다. 남쪽에서 울리는 천둥 소리가 우리 귀에 가까이, 때로는 멀리서 다시 한 번 들려왔다. 잠시 뒤 그 소리는 토막토막 끊기어 우르릉우르릉 울려 오더니 언덕 저쪽에서 딱 멈추어 버렸다. 하늘을 올려다보니 구름이 머리 위를 오락가락하고, 그 위쪽에서는 시꺼멓게 흐려지고 있는 것이 보였다. 그래도 땅 위는 여전히 무덥고 산들바람 한 점 없었다. 우리는 더위 속에서 애를 써 가며 땀 범벅이 되어 번들거리는 얼굴로 천천히 일을 하고 있었다.

클라우드와 나는 건초더미 위의 라민즈 씨 옆에 서서 건초 쌓는 일을 돕고 있었다. 그날이 얼마나 더웠는지는 지금도 확실히 기억하고 있다. 파리가 내 얼굴 여기저기에 날아와 앉고, 온몸이 땀투성이였다. 특히 뚜렷이 기억나는 것은 내 옆에서 키니네라도 씹어삼킨 듯한 표정을 짓고 있던 라민즈 씨의 존재이다. 그는 미친 듯이 일을 하면서 하늘을 쳐다보고는 인부들에게 서두르라고 재촉하고 있었다.

점심때가 되자 우리는 라민즈 씨야 뭐라고 하든 개의치 않고 쉬기로 했다.

클라우드와 나는 올 지미 노인과 또 한 사람, 휴가로 돌아와 있는 월슨이라는 군인과 함께 울타리 아래에 앉았다. 너무 더워서 입을 열고 싶지도 않았다. 월슨은 빵과 치즈와 차가운 차가 든 물통을 가지고 있었다. 올 지미 노인은 구식 가스 마스크용 가방을 가지고 있었는데, 그 안에 꽉 들어앉아 머리만 빠끔히 내밀고 있는 것은 1파인트들이 병맥주 여섯 병이었다.

"자, 들게."

우리에게 한 병씩 나누어 주며 그는 말했다.

이 노인이 그다지 돈이 넉넉지 못하다는 것을 알고 있는 클라우드가 말했다.

"한 병 사 달라고 하지요."

"괜찮네."

"하지만 값은 지불해야지요."

"쓸데없는 소리 하지 말고 어서 마시게나."

그는 아주 좋은 노인이었다. 사람이 좋은 데다 깔끔한 성격이었다. 그는 날마다 그 분홍빛 도는 깨끗한 얼굴을 말끔히 씻고 왔다. 그는 본디 목수였다. 그러나 사람들이 나이가 이미 70살이라고 일을 그만두도록 한 것이다. 그것도 벌써 몇 년 전의 일이었다. 그러나 얼마 후 그가 아직 건강한 것을 보고 동사무소에서 새로 만든 어린이 놀이터의 경비직을 맡기기로 했다. 그네와 시소를 고치고 일종의 수위 역할도 하면서, 아이들이 다치지나 않나, 나쁜 장난을 하지나 않나 하는 것까지도 보살펴 주었다.

아무튼 노인이 할 수 있는 일로서는 훌륭한 것이었다. 모두들 그 주일의 토요일 밤까지는 일이 잘되어 가고 있는 것을 기뻐했다. 그런데 그 토요일 밤 올 지미 노인은 크게 취하여 갈짓자 걸음으로 노래를 부르며 하이 스트리트 한복판을 걸어갔다. 그가 고함치는 소리에 놀란 사람들은 대체 아래에서 무슨 일이 일어났는지 보기 위해 침대에서 뛰어나오기까지 했었다. 그 다음날 아침 그는 술주정꾼으로 낙인이 찍혀 놀이터에서 어린이를 돌보는 일을 도저히 해낼 수 없다고 하여 해고되고 말았던 것이다.

그런데 그 뒤로 놀라운 일이 일어났다. 그가 그만둔 첫날. 그날은 월요일이었는데, 단 한 명의 아이도 놀이터에 놀러 가지 않았던 것이다.

다음날도 또 그 다음날도 마찬가지였다. 그 주일 내내 그네도 시소도 긴 계단이 달린 미끄럼틀도 주인 없이 비어 있었다. 한 아이도 놀이터에 갈 생각을 하지 않았던 것이다. 그 대신 아이들은 모두 올 지미 노인의 뒤를 따라 목사관 뒤에 있는 들판으로 가서, 그가 지켜보는 가운데 모두들 재미있게 놀았다. 이런 일이 있자 얼마 뒤 동사무소에서는 할 수 없이 이 노인을 다시 놀이터로 불러들이기로 결정했다.

그는 지금도 그 직장에 있으며, 여전히 취하도록 술을 퍼마시지만 이제 아무도 잔소리를 하지 않는다. 그는 1년에 2, 3일 건초 만드는 동안만 그 직장을 비워 두기로 하고 있었다. 올 지미 노인은 살아 있는 한 건초 쌓는 일에 애착을 가질 것이다. 그것이 지금까지도 여전한 것이다.

"어떤가, 한 병?"

그는 군인 윌슨에게도 한 병 권하며 말했다.

"고맙습니다만, 저는 차를 마시겠습니다."

"더운 날에는 차가 제일이라는 말이군?"

"물론이지요, 맥주를 마시면 졸려서……."

나는 올 지미 노인에게 말을 걸었다.

"괜찮다면 주유소에 가서 샌드위치를 두어 개 만들어 올까요, 어떻습니까?"

"아니, 맥주면 됐네. 맥주 한 병 속에는 샌드위치 20개 이상의 영양이 있으니까."

그는 이가 빠진 연분홍빛 도는 잇몸을 모두 드러내며 나에게 웃어 보였다. 그 미소는 기분 좋은 것이었다. 잇몸이 드러난, 그러나 아무 반발도 느껴지지 않는 미소였다.

우리는 한동안 말없이 앉아 있었다. 군인은 빵과 치즈를 다 먹은 다음, 볕을 가리기 위해 얼굴 위에 모자를 올려놓고 풀 위에 드러누웠다. 올 지미 노인은 맥주 서너 병을 다 마시고 나서 마지막 것을 나와 클라우드에게 권했다.

"아니, 괜찮습니다."

"이제 됐습니다, 한 병이면 충분합니다."

노인은 어깨를 움츠리더니 마개를 뺀 뒤 머리를 뒤로 젖히고 마시기 시작했다. 맥주는 커다랗게 벌린 그의 입 안에 가득 차서 소리도 없이 목 안으로 흘러들어갔다. 그는 아무 빛깔도 형태도 없는 모자를 쓰고 있었는데, 그것은 그가 머리를 뒤로 젖혀도 떨어지지 않았다. 올 지미 노인은 병을 기울이고 들판 저쪽의 짐마차 사이에서 콧김을 뿜고 서 있는 말을 쳐다보며 말했다.

"라민즈는 저 늙은 말에게 물 한 모금도 안 줄 작정인가?"

"그가 줄 것 같습니까?"

"그렇다고 해서 우리도 저 늙은 말에게 한 잔 주지 말라는 법은 없겠지. 안 그런가?"

"그거 좋은 생각이군요, 한 잔 줄까요?"

클라우드와 나는 일어서서 문 쪽으로 걸어가기 시작했다. 나는 노인 쪽을 돌아다보며 이렇게 말했던 것을 기억하고 있다.

"정말 맛있는 샌드위치를 잡숫고 싶지 않습니까? 만드는 데 1초도 안 걸리는데요."

그는 머리를 내저으며 우리들에게 병을 흔들어 낮잠을 좀 자야겠다는 신호를 보냈다. 우리는 문을 지나 한길을 건너 주유소로 들어갔다.

우리가 손님을 맞이하고 무엇을 좀 먹기도 하며 보낸 시간이 그럭저럭 한 시간쯤 되었다고 생각한다. 잠시 뒤 우리는 건초더미로 돌아갔다. 클라우드는 물통에 물을 가득 담아서 들고 갔다. 그때 나는 건초더미가 적어도 6피트 높이는 되게 쌓여 있는 것을 알았다.

"늙은 말에게 물을 줍시다."

클라우드가 라민즈 씨 쪽을 보며 말했다.

라민즈 씨는 짐마차 위에 올라가 건초더미 위로 건초를 던지고 있었다.

말은 물통 속에 머리를 박고 야단스럽게 소리내며 물을 마시기 시작했다.

"올 지미 노인은 어디 있지요?" 나는 물었다.

물을 준다는 것은 그의 생각이었으므로 노인에게 보여 주고 싶었던 것이다.

내가 그렇게 묻고 나서 한참 뒤였다. 라민즈 씨는 쇠스랑을 허공에 세운 채 자기 둘레를 둘러보며 머뭇거리고 있었다.

"샌드위치를 가져왔는데." 나는 덧붙여 말했다.

"그 주정뱅이는 맥주를 너무 마셔서 집으로 자러 갔어!" 라민즈 씨가 대답했다.

나는 울타리를 따라 아까 올 지미 노인과 앉아 있었던 곳까지 되돌아가 보았다. 다섯 개의 빈 맥주병이 풀 속에 뒹굴어 있었다. 가방도 있었다. 나는 그 가방을 집어 가지고 라민즈 씨가 있는 곳으로 돌아갔다.

　나는 어깨에 메는 긴 끈을 들고 가방을 들어올려 보이며 말했다.

　"올 지미 노인이 집으로 돌아간 것 같지는 않은데요, 라민즈 씨."

　라민즈 씨는 그것을 흘끗 쳐다보았으나 아무 대답도 하지 않았다. 천둥 소리가 가까워지고, 구름이 한층 더 낮게 드리워져 아까보다도 더 무더워졌으므로 그는 초조해져서 제정신이 아니었다.

　나는 가방을 들고 주유소로 돌아갔다. 손님을 상대하며 오후 내내 나는 거의 그곳에 있었다. 저녁때가 되자 비가 내리기 시작했다. 한길 너머로 보니 그들이 짚을 두르고 풀더미 위에 방수포를 씌우는 모습이 보였다.

　2, 3일 지나자 지붕 잇는 사람이 와서 방수포를 걷어 내고 그 대신 지붕을 이었다. 훌륭한 기술자였다. 그는 긴 짚으로 탄탄하게 이은 훌륭한 지붕을 만들었다. 지붕의 경사가 알맞은 각도를 이루었고 끝이 깨끗하게 말려올라가 있었다. 한길에서 보아도, 주유소에서 보아도 그것은 기분좋은 전망이었다.

　이런 일들이 모두 마치 어제 일처럼 생생히 되살아났다. 건초더미가 만들어진 것은 그 무덥고 음울한 6월의 천둥 소리가 울리던 날이었다는 것, 들판이 누렇게 되고 짚에서 달콤한 나무껍질 같은 냄새가 풍겨나던 일, 그리고 테니스화를 신은 군인 윌슨, 멍청한 눈의 버트, 올 지미 노인의 소탈한 늙은 눈과 분홍빛 잇몸, 비가 올까봐 걱정되어 하늘을 올려다보며 짐마차 속에 서 있던 땅딸막한 라민즈 씨…….

　아아, 그는 거기에 있는 것이다. 아들의 주위를 둘러보며 한쪽 팔에 짚다발을 안고 풀더미 위에 파묻혀 있는 라민즈 씨와, 그리고 역시 꼼짝도 하지 않는 키다리 버트, 이 두 사람의 모습은 하늘을 배경으로 마치 실루엣처럼 검게 보였다. 또다시 공포의 경련이 잔물결이 되어 위벽을 달리고 있는 것을 나는 느꼈다.

"자, 그것을 잘라 버려, 버트!"

라민즈 씨가 커다란 목소리로 말했다.

버트는 큰 칼을 쿡 찔러넣었다. 그러자 칼날이 뭔가 단단한 물건에 닿았는지 끽 하고 날카로운 소리를 내었다. 버트가 자신이 하고 있는 일에 혐오를 느끼고 있다는 것을 그의 표정으로 보아 알 수 있었다.

칼이 그것을 자르는 데 몇 분이나 걸렸다. 그리고 다시 칼날이 내는 소리는 굵다란 짚다발을 자르는 그 부드러운 소리로 바뀌었다. 버트는 아버지 쪽으로 얼굴을 돌려 뭔가 도움을 청하는 눈초리로 바라보며 뜻도 없이 고개를 끄덕여 보였다.

"어서 마저 잘라 버려!" 라민즈 씨가 말했다. 그러나 그 자신은 움직이려고도 하지 않았다.

버트는 처음과 비슷한 깊이까지 다시 한 번 세게 쳤다. 그런 다음 건초더미 위에서 내려오더니 한 다발의 짚을 뽑아냈다. 그러자 짚은 건초더미 속에서 케이크 덩어리처럼 뭔가 쑥 빠져 짐마차 위 그의 발치에 떨어졌다.

그 순간 젊은이는 마치 얼어붙은 것 같았다. 건초더미 속에서 나타난 가엾은 모습의 얼굴을 멍하니 쳐다보며, 이것이 지금 자기가 자른 것이라고는 도저히 믿을 수 없고, 그렇다고 믿지 않을 수도 없다는 표정이었다.

그것이 무엇인지 잘 알고 있는 라민즈 씨는 갑자기 방향을 바꾸어 반대쪽으로 허둥지둥 뛰어내렸다. 그의 움직임은 재빨랐다. 버트가 마침내 비명을 지를 무렵, 그는 벌써 문을 빠져나가 한길을 반쯤 가로지르고 있는 참이었다.

호디 씨

두 사람은 차에서 내려 호디 씨의 집 현관 쪽으로 걸어갔다.

"오늘 밤에는 아빠가 좀 심각한 일을 물을 것 같아요."

클래리스가 속삭였다.

"무슨 일인데, 클래리스?"

"뻔한 일이지요, 뭐. 일이 어떠니 하는 그런 거예요. 그리고 당신이 나에게 제대로 밥을 먹여 줄 수 있느냐 하는 문제……."

"재키가 해줄 거야." 클라우드는 말했다. "재키가 이기기만 하면 일 같은 건 하지 않아도 돼……."

"재키 이야기를 아빠에게 하면 안 돼요, 클라우드. 그런 말을 하면 모든 것이 끝장난단 말이에요. 아빠가 이 세상에서 그레이하운드만큼 싫어하는 것도 없거든요."

"이거야 원!" 클라우드는 말했다.

"뭔가 다른 말을 해야 돼요……. 뭔가……, 그래요, 뭔가 아빠를 즐겁게 해 드릴 수 있는 이야기 말예요, 알겠어요?"

그녀는 클라우드를 응접실로 안내했다.

호디 씨는 홀아비였다. 까다롭게 입을 다문 그 표정에는 비난의 표정이 역력했다. 클래리스와 마찬가지로 잇속이 쪽 고르고, 눈 언저리에 사람의 깊숙한 마음속까지 꿰뚫어 보려는 듯 의심스러워하는 표정이 떠올라 있는 것도 똑같았다. 그러나 그녀와 같은 신선함은 없었으며, 건강과 따사로움도 없었다. 그는 얼어붙은 풋사과 같은 사나이였다. 피부는 잿빛으로 늘어지고, 벗어진 머리 위에 겨우 남아 있는 십여 가닥의 검은 머리를 옆으로 살짝 붙여 빗었다. 어쨌든 호디 씨는 아주 뛰어난 사람이었다. 식료품 가게의 점원으로 일할 때는 얼룩 하나 묻어 있지 않은 새하얀 가운을 입고 막대한 양의 버터며 설탕 같은 귀중한 일용품들을 취급했으며, 더구나 온 마을 부인들을 상대로 주문받을 때에는 어김없이 상냥했다.

클라우드 캐벳지는 아무래도 이 집 안에 있기가 거북스러웠다. 이것이야말로 호디 씨가 바라는 바 그대로였던 것이다. 모두들 응접실에서 찻잔을 손에 들고 난로 둘레에 앉아 있었다. 호디 씨는 난로 오른쪽의 제일 좋은 의자에 앉았고, 클라우드와 클래리스는 얌전하게 저만큼 떨어져서 소파에 앉아 있었다. 막내딸 애더는 왼쪽 옆의 딱딱한 의자 위에 단정히 앉아 있었다. 그들은 난로를 가운데 두고 빙 둘러앉아 있었다. 긴장으로 완전히 굳어져서 예의바르게 차를 마시며 둥그렇게 앉아 있는 것이다.

"호디 씨." 클라우드가 말을 꺼냈다. "현재 고든과 제가 여러 가지 계획을 세우고 있다는 것은 사실입니다. 다만 시간을 어떻게 사용하느냐 하는 것과, 어떤 것이 가장 돈벌이가 될 수 있느냐 하는 것이 문제가 될 뿐입니다."

"어떤 계획인데?" 호디 씨는 그 비난 어린 작은 눈으로 물끄러미 쳐다보며 물었다.

"그것은 바로 이렇습니다."

클라우드는 아주 거북한 듯이 소파 위에서 머뭇거렸다. 파란 양복이 가슴을 죄고, 특히 두 다리에서 허리뼈 근처까지는 꽉 끼기까지 했다. 허리뼈 부분이 꽉 죈다는 것은 그에게 있어 대단한 고통이었다. 차라리 바지를 아래로 끌어내렸으면 하는 생각이 들었다.

"고든이라는 사람은 지금도 거기서 꽤 좋은 장사를 하고 있지 않나? 그런데 왜 장사를 바꾸려고 하지?"

"그렇습니다, 호디 씨, 그것은 훌륭한 사업입니다. 그러나 확장할 성질의 일이 아니라서……. 우리들의 새로운 아이디어는 우리를 필요로 하는 것입니다. 저 자신이 직접 그 일을 추진할 수도 있고, 또 이익 배당도 받을 수 있습니다."

"무슨 일인데?"

호디 씨는 포도과자를 한 조각 입으로 가져가 그 가장자리를 베어 물었다. 그의 작은 입이 마치 이파리 끝을 둥글게 먹어들어가는 쐐기의 입처럼 보였다.

"무슨 일인가?"

그는 다시 한 번 물었다.

"이 계획에 대해서, 호디 씨, 저와 고든이 여러 가지 경우를 고려하여 상당히 오랫동안 검토해 보았습니다."

"어떤 것을?"

그는 차갑게 되뇌었다.

클래리스는 격려하듯 곁눈으로 흘끗 클라우드 쪽을 쳐다보았다. 클라우드는 그 커다란 눈동자를 호디 씨 쪽으로 돌리고 잠자코 있었다.

'아, 호디 씨가 제발 이런 식으로 나에게 기름을 짜듯 질문을 퍼붓지 말았으면! 마치 피도 눈물도 없는 부관처럼 노려보지 말았으면' 하고 그는 생각했다.

"무슨 일인데?" 호디 씨가 다시 말했다.

이번에는 더 이상 용서치 않을 것이라고 클라우드는 생각했다. 그의 본능은 이 노인이 마지막 선고를 내리려 하고 있다는 것을 경고해 주었다.

"글쎄요……." 숨을 깊이 들이마시며 그는 말했다. "우리가 완전히 해내기 전에는 사실 일체 말하고 싶지 않습니다. 너무 자세히 털어놓았다가는 계획을 망치게 되니까요."

"내가 묻고 있는 것은." 호디 씨는 초조한 듯이 말했다. "대체 자네가 어떤 사업을 생각하고 있는가 하는 점일세. 나는 그것이 어엿한 사업이리라고 생각하고 있네."

"호디 씨, 설마 우리가 건달 같은 일을 열심히 생각하고 있다고는 보시지 않겠지요 ? ”

호디 씨는 천천히 차를 마시며 클라우드의 얼굴을 물끄러미 쳐다보았다. 그리고는 뭔가 중얼거렸다. 클래리스는 불을 쳐다보며 소파 위에서 입을 다문 채 잔뜩 겁을 먹고 있었다.

“사업을 시작한다는 말이 내게는 아무래도 좋게 들리지 않네. ” 호디 씨는 자기 사업의 실패를 변명이라도 하는 듯한 어조로 말했다.

“누구나 틀림없는 사업을 원하고 있지. 그리고 틀림없는 사업이란 틀림없는 환경에 따르는 법일세. 내가 보는 바로는, 비지니스에는 아무래도 가식적인 점이 너무 많아. ”

“저의 소원은 이렇습니다. ” 이젠 모르겠다는 심정으로 클라우드는 설명했다. “제 소원은요, 제 아내에게 그녀가 원하는 것이면 무엇이든 다 사 주는 것입니다. 집과 가구와 꽃밭, 그리고 세탁기 같은 것도 가장 좋은 제품으로 말입니다. 그것이 저의 소원입니다. 그러나 그런 일은 보통 월급으로는 도저히 불가능합니다. 안 그렇습니까 ? 사업이라도 하지 않는 한 돈을 많이 번다는 것은 무리입니다. 호디 씨, 이 점에서는 저의 의견에 찬성해 주시겠지요 ? ”

지금까지 여느 월급을 받고 일해 온 호디 씨가 보기에는 아무래도 이 의견이 신통치 않게 여겨졌다.

“그럼, 묻겠는데, 자네는 내가 우리 가족이 원하는 것을 아무것도 사 주지 않았다고 생각하나 ? ”

“처, 천만에요 ! 당신은 그 이상이지요 ! ” 클라우드는 열심히 말했다. “하지만 그것은 당신이 아주 좋은 일자리를 가지고 계시기 때문입니다, 호디 씨. 그것이 저와 큰 차이입니다. ”

“그런데 자넨 대체 어떤 사업을 생각하고 있는 건가 ? ”

호디 씨는 끈질기게 물었다.

클라우드는 좀더 시간을 벌기 위해 차를 마셨다. 그는 당황하지 않을 수 없었다. 만일 여기서 단순히 그 말에 넘어가 사실을 모두 털어놓는다면 저 가엾은 홀아비의 얼굴이 어떻게 될까? 만일 이렇게 말하면 말이다.

"우리가 하려는 일이 그렇게 알고 싶다면 말해 드리지요, 두 마리의 그레이하운드에 대한 것인데요, 그 두 마리는 오리를 반으로 나눈 것처럼 똑같답니다. 그래서 우리는 도박 세계에서도 아직 그 유례가 없는 아주 어마어마하게 큰 도박을 한 판 벌이려고 합니다. 아시겠습니까?"

하지만 그는 가엾은 홀아비의 얼굴을 물끄러미 바라보고만 있었다. 그렇게 말하면 이 노인은······.

세 사람은 그가 말을 꺼내기를 기다리고 있었다. 컵을 손에 든 채 앉아서 그를 쳐다보며 그가 어떤 멋진 말을 할까 기다리고 있었다.

"저어······." 클라우드는 생각에 잠겨 천천히 말하기 시작했다.

"저는 꽤 오랫동안 생각했습니다. 고든의 중고차며······. 아니, 그런 것 이상으로 돈을 벌 수 있는 일입니다. 실제로 거기에는 조금도 헛됨이 없습니다."

'이거 제대로 잘되는걸' 하고 그는 스스로에게 타일렀다. '이런 식으로 나가면 되겠군.'

"그래, 그게 무슨 일인가?"

"아주 색다른 일입니다, 호디 씨. 백만장자도 믿을 수 없는 그런 일입니다."

"흐음, 그래, 무슨 일인가?" 호디 씨는 컵을 조심스럽게 옆 테이블에 놓으며 이야기를 들으려고 몸을 앞으로 내밀었다. 클라우드는 그를 쳐다보며 이런 타입의 사나이는 모두 큰 적이라고 생각했다. 호디 씨 같은 사람은 소동의 근원인 것이다. 그들은 모두 똑같다. 그는 그런 사람들을 알고 있었다. 깨끗하지만 보기 흉한 손, 잿빛 피부,

불쾌한 표정의 입매, 조끼 밑으로 불룩 튀어나온 배, 위로 벌렁 들린 코, 빈약한 턱, 재빠르게 움직이는 의심이 담긴 검은 눈동자……. 이것이 호디 씨이다.

'정말 못 봐 주겠군!'

"그래, 뭔가?"

"그것은 정말 노다지입니다, 호디 씨, 거짓말이 아닙니다."

"나는 처음부터 진지하게 생각하고 있네."

"실로 간단하고도 놀라운 일입니다. 대부분의 사람들이 그것을 하려고 곰곰 생각해 봅니다만……."

그는 이야기의 실마리를 얻은 것이다. 실제로 오랫동안 진지하게 생각해 오던 것, 그가 늘 원하고 있던 것이었다. 그는 몸을 옆으로 돌려 호디 씨 옆의 테이블 위에 컵을 조심스럽게 놓았다. 그리고 자기도 모르게 무릎 위에다 손을 올려놓았다.

"자, 말해 보게. 대체 무슨 일인가?"

"뭐, 간단한 구더기입니다." 클라우드는 부드럽게 대답했다.

호디 씨는 마치 물벼락이라도 맞은 듯 재빨리 얼굴을 뒤로 했다.

"구더기라고?" 그는 어이가 없는 듯이 소리쳤다. "구더기! 아니, 구더기라니, 그게 무슨 뜻인가?"

클라우드는 이 말이 고급 식료품 가게에서는 한 번도 쓰인 적이 없다는 사실을 잊어 버리고 있었다. 애더가 소리 죽여 웃었다. 그러나 클래리스가 악의에 찬 눈초리로 그녀를 노려보자 그 웃음도 입 속에서 사라져 버렸다.

"바로 구더기 제조공장을 시작하는 것이 돈을 버는 사업입니다."

"자네, 나를 놀리려는 건가?"

"사실 호디 씨, 좀 이상하게 들릴지도 모릅니다. 그것은 당신이 지금까지 그런 말을 들어 본 일이 없기 때문입니다. 그러나 이것은 금광과도 같은 것입니다. ”

“구더기 제조공장! 여보게, 캐벳지, 정신차리게나! ”

클래리스는 자기 아버지가 그를 캐벳지라고 부르지 말았으면 좋겠다고 생각했다.

“당신은 구더기 제조공장이라는 말을 지금까지 들어 본 일이 없으십니까, 호디 씨? ”

“전혀 없네. ”

“구더기 제조공장은 벌써 가동되고 있습니다, 지배인과 감독이 모두 일체가 되어서. 아시겠습니까, 호디 씨? 여럿이서 1백만은 버는 겁니다! ”

“그런 말도 안 되는 소리……. ”

“어떻게 1백만이나 벌 수 있는지 짐작이 가십니까? ” 클라우드는 말을 끊었다. 그러나 그는 듣는 이의 얼굴이 차츰 노랗게 되어 간다는 것을 모르고 있었다. “그것은 구더기에 대한 수요가 막대하기 때문입니다, 호디 씨. ”

마침 이때 호디 씨는 머릿속으로 다른 목소리, 카운터 저쪽에서 들려 오는 손님의 목소리를 듣고 있었다. 이를테면 래비츠 부인의 경우, 그가 버터를 한 뭉치 싸고 있는 동안 갈색 수염이 난 래비츠 부인이 큰소리로 말한다.

“어머나, 어머나! 호디 씨, 댁의 클래리스가 지난 주일에 결혼을 했더군요, 정말 잘 되었어요, 안 그래요? 그래, 신랑은 뭐하는 사람인가요, 호디 씨? ”

“네, 구더기 제조공장을 가지고 있답니다, 래비츠 부인. ”

아아, 충분하다! 호디 씨는 적의가 담긴 작은 눈으로 클라우드를 물끄러미 쳐다보며 스스로에게 타일렀다. 정말 이젠 충분하다, 그런 건 필요하지도 않다.

그는 점잖게 말했다. "나는 지금까지 구더기를 사려고 생각해 본 일이 없네."

"당신은 지금 그것을 설명한 셈입니다, 호디 씨. 저도 없습니다. 또 제가 아는 사람 가운데 정말 구더기를 산 사람은 아무도 없습니다. 그러나 좀더 제가 여쭤 볼 수 있게 해주십시오. 대체 당신은 몇 번쯤이나 사시려고 했는지……, 즉 왕실용 대형차나 소형차를 몇 번이나 사려고 했는지 말입니다."

이것은 엄격한 질문이었다. 클라우드는 천천히, 아주 불쾌감을 주는 미소를 띠었다.

"구더기로 대체 무엇을 하나?"

"그건 이렇습니다. 어떤 사람들은 분명히 그 무엇을 사고 있습니다. 당신은 일생 동안 왕실용 대형차도 소형차도 산 일이 없습니다. 그러나 지금 이 순간 어느 곳에 사는 부자가 그것을 사지 않는다고 말할 수는 없을 겁니다. 아무튼 그것은 있을 수 있는 일입니다. 구더기도 마찬가지입니다!"

"아니, 그 불쾌하기 짝이 없는 인물이 누구인가? 누가 구더기를 사는지 알고 싶군."

"구더기는 낚시하는 사람들이 삽니다. 아마추어 낚시꾼들이지요. 우리나라 안에는 매주 낚시를 가는 사람이 몇만 명이나 있습니다. 그들 모두가 구더기를 원하고 있습니다. 게다가 돈을 많이 지불해도 좋다고 생각하고 있습니다. 일요일——아무 데라도 좋습니다만——맬로우 아랫쪽의 강가에 가면 낚시꾼들이 죽 앉아 있는 것을 볼 수 있지요. 여기저기 양쪽 모래톱에 줄을 지어 앉아 있으니까요."

"그런 사람들은 구더기 같은 건 사지 않네. 그들은 마당가에서 지렁이를 잡을 걸세."

"잘못 생각하신 겁니다, 호디 씨. 만일 이런 말을 해도 괜찮다면 그건 오산도 보통 오산이 아닙니다. 그들이 바라는 것은 구더기입니다. 지렁이가 아니라 구더기입니다!"

"그렇다면 그 사람들은 자기 손으로 구더기쯤은 잡을 수 있지 않은가?"

"그 사람들은 직접 구더기 잡기를 싫어합니다. 생각해 보십시오, 호디 씨. 토요일 오후에 낚시를 하러 간다고 결정되면 깨끗한 깡통에 들어 있는 구더기가 우편으로 배달됩니다. 그럼, 그 깡통을 낚시 가방 속에 넣고 가기만 하면 되는 겁니다. 1실링 남짓의 돈만 주면 현관 앞까지 미끼를 갖다 주는데 낚시꾼들이 누가 직접 지렁이를 잡고 구더기를 찾아다니겠습니까? 어떻습니까?"

"그럼, 묻겠는데, 그 구더기 제조공장이라는 것을 대체 어떻게 운영할 생각인가?"

'구더기'라는 말을 발음할 때마다 그의 입에서 불쾌한 작은 구슬이 튀어나오는 것 같았다.

"구더기 제조란 아주 쉬운 일입니다." 바야흐로 완전히 신용을 얻은 클라우드는 자기 이야기에 열중했다. "헌 드럼통 두 개만 있으면 됩니다. 그리고 썩은 고깃덩이 조금하고 양 대가리 같은 것만 있으면 됩니다. 그것을 드럼통에 집어넣으면 만사 오케이입니다. 그 다음 일은 파리가 해주니까요."

클라우드는 그대로 화석이 된 듯 물끄러미 호디 씨의 얼굴을 들여다보고 있었다.

"물론 말로 하는 것만큼 간단한 일은 아닙니다. 그 다음에 할 일은 구더기에게 특별한 먹이를 주는 일입니다. 그리고 적당히 자라서 살이 오르면 1파인트짜리 깡통에 그것을 넣어서 단골들에게 우송하는 거지요. 1파인트에 5실링으로 그 사람들은 삽니다. 1파인트에 5실링입니다!" 그는 무릎을 치며 소리쳤다. "한 번 생각해 보십시오, 호디 씨. 한 마리의 쇠파리는 적어도 20파인트쯤 알을 낳거든요!"

그는 갑자기 입을 다물었다. 그러나 그것은 자기 생각을 정리하기 위해서였다. 이제 스스로를 억누를 수가 없었던 것이다.

"이런 일도 있습니다, 호디 씨. 제대로 된 구더기 제조공장은 흔한 구더기를 키우지는 않습니다. 아시겠습니까? 낚시꾼들은 다 자기 나름의 취향을 가지고 있기 마련입니다. 구더기는 어디에나 있습니다. 그러나 그런 것은 쓸모없는 구더기입니다. 낚시꾼들 가운데에는 그런 구더기를 쓰지 않으려는 사람도 있습니다. 구더기 중에는 빛깔 있는 것이 있습니다. 보통 구더기는 흰 색이요. 그러나 특별한 먹이로 키우면 여러 가지 다른 색깔의 구더기로 키울 수 있습니다. 빨간 것, 초록빛 나는 것, 그리고 검은 것 등……. 만일 먹이만 바꾸면 파란 것도 키울 수 있습니다. 뭐니뭐니 해도 이 구더기 제조에서 가장 어려운 것은, 이 파란 구더기를 만드는 일입니다, 호디 씨."

클라우드는 한숨 돌리기 위해 다시 입을 다물었다. 그는 지금 환상을 보고 있는 것이다. 늘 그가 부(富)를 상상하는 꿈속에 나타나는 그 환상……. 금방 높은 굴뚝이 달린 제조공장이 세워지고 즐거워하는 몇백 명의 노동자들이 넓고 튼튼한 철문 안으로 흘러들어간다. 그리고 클라우드 자신은 호화로운 사무실에 앉아 조용하고 훌륭하게 자신을 가지고 여러 가지 지시를 내리는 것이다.

"머리가 좋은 사람이라면 지금 누구나 이 연구에 착수하고 있을 것입니다." 그는 계속해서 말했다. "그러므로 뒤처지고 싶지 않다면 빨리 손을 대야 합니다. 남보다 앞서 일에 착수하는 것이 대사업을 성공시키는 비결이니까요, 호디 씨."

클래리스, 애더, 그리고 그녀들의 아버지까지 말없이 앞을 쳐다본 채 입을 꼭 다물고 있었다. 아무도 움직일 생각도 말을 할 생각도 하지 않았다. 다만 클라우드 혼자서만 떠들어 대고 있는 것이었다.

"우편으로 부치더라도 구더기가 확실히 살아 있게 하려면 그놈들이 움직일 수 있도록 해줘야 합니다. 놈들은 움직여야 하니까요. 그러다가 일이 잘되어 자본이 좀 생기면 유리 집을 세워야 합니다."

여기서 다시 한 번 쉬고 나서 클라우드는 턱을 흔들었다.

"왜 구더기 제조공장 안에 유리 집을 세워야 하는지 당신들은 의아하게 생각할 겁니다. 그럼, 제가 설명해 드리지요. 즉 겨울 동안 파리를 준비해 놓기 위해서입니다. 아시겠습니까? 어쨌든 겨울 동안에 파리를 돌봐 주는 일이 가장 중요하니까요."

"아, 잘 알았네, 고마우이, 캐벳지."

갑자기 호디 씨가 입을 열었다.

클라우드는 비로소 얼굴을 들고 호디 씨의 표정을 보았다. 그것은 도저히 그에게 이야기를 계속시킬 것 같은 표정이 아니었다.

"이제 이 이야기는 사양하기로 하겠네." 호디 씨는 말했다.

"호디 씨, 제가 하려는 사업은 오로지 당신의 따님에게 원하는 것을 다 사주기 위한 겁니다. 아침부터 밤까지 나는 그 일만을 생각하고 있으니까요, 호디 씨." 클라우드는 소리쳤다.

"어쨌든 내가 할 수 있는 말은 구더기의 힘을 빌지 않고 자네가 그렇게 할 수 있게 되었으면 좋겠다는 것뿐일세."

"아빠!" 깜짝 놀라서 클래리스가 소리쳤다. "그런 말은 클라우드에게 하지 마셨으면 좋겠어요."

"아니다, 나는 내 희망을 말했을 뿐이다. 알겠니?"

"슬슬 가 봐야 할 시간입니다." 클라우드가 말했다. "그럼, 안녕히 주무십시오."

피지 씨

그날이 오자 우리는 둘 다 일찍 일어났다. 내가 수염을 깎으러 부엌으로 들어가자 클라우드는 곧 옷을 갈아입고 짚을 쌓기 위해 밖으로 달려나갔다.

부엌은 정면에 있었으므로 그 창문을 통해 골짜기 맞은편 꼭대기에 죽 늘어서 있는 나무들 뒤에서 막 떠오르는 태양이 보였다.

클라우드가 팔에 짚을 한 아름 안고 창문 밖을 지나갈 때마다 나는 거울 끝에 비치는, 그의 골똘히 생각에 잠긴 열성적인 표정을 잘 볼 수 있었다. 크고 둥근 탄환같이 생긴 머리를 앞으로 내밀고, 이마 위까지 깊은 주름을 잡고 있었다. 나는 그의 이런 표정을 언젠가 꼭 한 번 본 일이 있었다. 그것은 그가 클래리스에게 결혼을 신청했던 날 밤의 일이었다.

오늘도 그는 정말 흥분해 있는 것이다. 걸음걸이까지 이상하지 않은가! 주유소 둘레는 그늘이 진 콘크리트인데, 그는 마치 발바닥이 뜨거워서 못 견디겠다는 듯이 살금살금 발을 디뎌 가며 걷고 있었다. 그는 지금 재키의 몸을 편하게 해주기 위해 포장을 친 트럭에 열심히 짚을 날라다 쌓고 있는 참이다.

그리고 나서 그는 아침 식사를 준비하기 위해 부엌으로 들어갔다. 나는 클라우드가 수프 냄비를 난로 위에 올려놓고 그것을 젓기 시작하는 것을 바라보고 있었다. 그는 긴 금속제 스푼을 들고 있었다. 그는 수프가 끓을 때까지 지치지도 않고 휘저었다. 그리고 30초가 지나자 허리를 굽혀 불 위에 올려놓은 말고기의 향기 짙은 김에 코를 대고 냄새를 맡아 보는 것이었다. 그리고 나머지, 껍질을 벗긴 옥파 세 개, 노란 당근 조금, 쐐기풀의 머리, 발렌타인의 고기 주스 한 숟갈, 대구의 간유 열두 방울을 마치 값비싼 베니스제 제품의 섬세한 유리 조각을 다루듯 굵은 손가락 끝으로 아주 정성스럽게 집어서 냄비 속에 넣었다. 그리고는 냉장고에서 말고기 조각을 조금 꺼내더니 재키의 접시에 한 줌, 다른 두 접시에 세 줌씩 담았다. 그리고 수프가 다 되자 그것을 두 개의 접시에 담긴 말고기 위에 부었다.

이것은 최근 5개월 동안 매일 아침 빼놓지 않고 내가 보아 온 그의 일과였으나 오늘 아침처럼 열심히 정성들여 일하는 것은 처음 보았다. 그는 한마디도 하지 않았으며, 나에게는 눈길도 주지 않았다. 이쪽을 돌아보는가 싶더니 그대로 개를 데리러 나가 버렸을 때는 나에게 등을 돌린 그의 머리와 어깨 언저리가 마치 '오오, 하느님, 제발 나쁜 일이 일어나지 않도록, 오늘은 특히 나쁜 일이 일어나지 않도록 해주십시오'라고 마음속으로 빌고 있는 것 같았다.

나는 우리 속에서 그가 개들에게 가죽끈을 걸며 작은 목소리로 부드럽게 속삭이고 있는 것을 들었다. 그리고 개를 데리고 그가 부엌에 나타났을 때 개들이 일제히 뛰어올라 클라우드를 마구 끌고 앞발로 소리내어 바닥을 밟으며 커다란 꼬리를 마치 채찍처럼 양쪽으로 흔들며 아침밥을 먹으러 들어왔다.

"자아!" 클라우드는 이윽고 입을 열었다. "어느 쪽인 것 같나?"

여느 때 아침 같으면 그는 이 내기에 담배 한 갑을 거는데, 오늘은 흥하느냐 망하느냐가 달린 내기였으므로 그에게 필요한 것은 약간의 안심뿐이라는 사실을 나는 잘 알고 있었다.

그는 두 마리의 아름다운 개, 마치 비로드처럼 반지르르한 검은 털을 가진 키가 똑같은 개의 둘레를 도는 나를 바라보고 있다가 자신도 옆으로 다가와 좀더 잘 볼 수 있도록 가죽 끈을 팔의 길이만큼 끌어당겨 주었다.

"재키." 나는 불러 보았다, 언제고 효력이 없는 서투른 솜씨였지만. "여어, 재키!"

좀 구별하기 힘든 똑같은 표정의 똑같은 얼굴이 내 쪽으로 향해지자 역시 똑같은 네 개의 번쩍이는 짙은 노란빛 눈이 나의 눈으로 뛰어들었다. 한쪽 개의 눈이 다른 한 마리의 눈보다 약간 짙은 것 같이 보일 때도 있었고, 가슴이 두껍고 엉덩이의 살집이 좋아 저것이 재키가 아닐까 생각될 때도 있었다. 그러나 실제로는 그렇지 않았다.

"자, 어느 쪽이겠나?" 클라우드가 말했다. 나는 늘 틀리곤 했지만 오늘은 반드시 틀리기를 바라고 있는 것 같은 말투였다.

나는 말했다. "이쪽, 이쪽이 재키일세."

"어느 쪽?"

"왼쪽."

"그거 보게." 그는 소리 높여 웃으며 말했다. "또 틀렸네!"

"틀리긴 왜 틀려!"

"자네는 언제든지 틀린다니까. 여보게, 고든, 생각해 보게나. 요 몇 주일 동안 매일 아침 자네가 재키를 알아맞히려고 애썼지만 어떻게 되었는지 알고 있나?"

"어떻게 되다니!"

"나는 세고 있었는데, 반도 못 알아맞혔네. 차라리 동전 점이라도 쳐서 맞히는 편이 더 확률이 높을걸."

이 두 마리의 개가 매일 아침 목을 나란히 하고 있는 것을 눈에 익도록 보아 온 내가 맞히지 못한다면, 피지 씨의 눈을 두려워할 필요가 없다는 것이다. 피지 씨가 부정 경기자를 잘 적발해 내기로 유명하다는 건 클라우드도 익히 알고 있었지만, 이 꼭 닮은 두 마리의 개를 분간한다는 것은 그로서도 도저히 불가능하다는 사실을 잘 알고 있었다.

그는 마룻바닥 위에 접시를 놓았다. 오늘 뛸 터이므로 재키에게는 고기가 적은 쪽을 주었다. 그는 몸을 일으켜 개가 정신없이 먹고 있는 것을 지켜보았다. 그의 얼굴에는 또다시 걱정스러운 듯한 어두운 그림자가 감돌고 있었다. 재키를 지켜보는 그의 커다랗고 파란 눈에는 최근까지 클래리스에게만 보이던 그 황홀한 애정의 빛이 담겨 있었다.

"어떤가, 고든?" 그는 말했다. "내 말이 맞지? 요 백 년 동안 협잡 경기에는 여러 가지 방법이 있었지. 빈틈없이 완전한 것도 있었고, 실패한 것도 있었네. 그러나 개의 경주가 시작된 뒤로 이런 협잡을 생각해 낸 사람은 하나도 없다네."

"잘되면 좋겠네만……."

나의 마음은 4개월 전 그 크리스마스 직전의 얼어붙은 오후를 더듬고 있었다. 그날 클라우드는 나에게서 포장이 달린 트럭을 빌려 어디 간다는 말도 없이 아이레스버리 쪽으로 향해 차를 달렸다. 나는 클래리스를 데려다 주러 갔으려니 생각했었다. 그런데 클라우드는 오후 늦게서야 이 개를 데리고 돌아왔다. 25실링을 주고 어떤 사람한테서 샀다는 것이었다.

"빠른가?" 내가 물었다.

우리는 주유소 펌프 옆에 서 있었다. 클라우드는 가죽끈으로 그 개를 매어 놓고 난 다음, 주의깊게 바라보기 시작했다. 소록소록 눈가루가 개의 등에 내렸다. 트럭의 엔진은 아직도 걸려 있는 채로였다.

"빠르냐고?" 클라우드가 되물었다. "지금까지 자네는 본 일이 없을 만큼 아주 느려터진 개일세."

"그럼, 뭐하려 그런 개를 샀나?"

"왜냐하면." 그 크고 둔중한 클라우드의 얼굴이 아주 비밀스럽고 교활한 표정으로 바뀌었다. "재키를 닮은 것 같아서 사 왔네, 어떤가?"

"그러고 보니 과연 조금 닮은 것 같군. 어디 조사해 보세."

가죽끈을 넘겨받자 나는 개를 비교해 보기 위해 방으로 들어가고 클라우드는 재키를 끌어내리려고 우리 쪽으로 걸어갔다.

돌아와서 두 마리의 개를 나란히 앉혀 놓고 두세 발자국 뒤로 물러나서 바라보다가 클라우드는 '앗!' 하고 외쳤다. 그 다음 그가 마치 도깨비라도 본 것처럼 말없이 두 마리의 개 앞에 딱 멈춰 서 버렸던 것을 나는 지금도 뚜렷이 기억하고 있다. 잠시 뒤 그는 아무 말 없이 부지런히 움직였다. 땅바닥에 무릎을 꿇고 앉아 두 마리의 개를 세세한 점에 이르기까지 주의깊게 조사해 보기 시작했던 것이다. 그는 입을 꾹 다문 채 오랫동안 조사했다. 한 마리에 18개나 달려 있는 발톱과 뒤꿈치의 빛깔이 같은가 하는 점에 이르기까지 하나하나 비교해 가며 조사하는 동안, 차츰 고조되는 그의 흥분으로 방 안이 점점 따뜻해지는 것 같은 느낌이 들었을 정도였다.

"잠깐!" 그는 자리에서 일어서더니 나를 불렀다. "방 안을 몇 발자국 걷게 해주게."

그러더니 그는 눈을 반쯤 감은 상태로 머리를 갸웃하고 난로에 기대서서 입술을 깨물기도 하고 일그러뜨리기도 하며 5, 6분 동안이나 개의 움직임을 지켜보고 있었다. 그 일이 끝나자 그는 처음에 확인한 일이 아무래도 확실치 않았던지 다시 무릎을 꿇고 앉아 세밀하게 조사하기 시작했다. 이윽고 그는 벌떡 일어서더니 내 쪽을 쳐다보았다. 그의 얼굴은 긴장으로 굳어 버렸으며 콧구멍과 눈 언저리가 묘하게도 파래졌다.

"이거 놀라운 일인데!" 그의 목소리가 조금 떨렸다.

"우리는 어떻게 될 것 같은가? 여보게, 이겼어. 부자가 될 수 있는 걸세."

우리는 비밀리에 일을 진행시키기 시작했다. 세밀한 계획, 가장 적당한 경주 코스, 그리고 마지막으로 일주일 걸러 토요일마다 모두 8번이나 나의 주유소를 닫고 옥스퍼드로 이 가짜 개를 데리고 갔던 것이다. 그 탓에 나는 주유소를 찾아오는 오후 손님을 다 잃고 말았다. 경기장은 헤딩글리 근처에 있었다. 많은 돈이 왔다갔다하는 곳이었지만 눈에 보이는 것이라고는 경주 코스를 구별짓는 낡은 나무 표지와 줄지은 끈, 그리고 느림보 산토끼를 끄는 거꾸로 놓인 자전거와 저만큼 출발점에 있는 경주견을 막아 놓은 울타리, 그리고 발주기(發走器)가 있을 뿐이었다. 우리는 16주일 동안에 걸쳐 8번, 이 가짜 개를 데리고 피지 씨의 검사를 받아 출전시켰다. 얼어붙은 것처럼 비가 오는 추위 속에서 우리는 군중들 한구석에 섞여 백묵으로 적힌 개의 이름이 게시판에 오르기를 이제나저제나 기다리고 있었다. '블랙 팬서', 이것이 우리들이 붙인 이름이었다. 이 개가 출전할 차례가 되면 언제나 클라우드가 울타리 있는 곳까지 데리고 가고, 나는 결승선에서 기다렸다. 다른 경주견들로부터 블랙 팬서를 보호하는 역할을 했던 것이다. 집시 개들은 다른 개를 물어뜯는 일이 흔히 있기 때문이다.

그러나 여러분도 이해해 주리라 생각하지만, 이 개를 몇 번이나 출전시켜 뛰게 한 다음, 무슨 일이 있어도 꼴찌를 하도록 빈다는 것은 어쩐지 슬픈 일이었다. 물론 빌 것도 없었다. 무슨 일이 있어도 우리는 걱정할 필요가 없었다. 어쨌든 이 늙어 빠진 개는 뛸 수 없었으니까. 그리고 언제나 계획대로 잘되었다. 이 개는 정말 게처럼 뛰었다. 한 번 꼴찌가 되지 않았던 것은, 앤버 플래슈라는 큰 황갈색의 개가 구덩이에 다리가 빠져 뒷다리 관절이 부러지는 바람에 세 다리로 뛰었을 때였다. 그때도 우리 개는 가까스로 그 놈을 이길 수 있었을 정도였다. 어쨌든 우리는 블랙 팬서를 최하급 클라스에 넣는 데 성공한 것이다. 끝내는 도박업자들도 1대 20에서 30의 비율까지 이 개를 끌어내려, 이 개의 이름을 입에 담으며 블랙 팬서를 파는 일에 희희낙낙했다.

마침내 오랫동안 기다리던 따뜻한 4월이 찾아왔다. 오늘이야말로 재키가 대신 나가는 것이다. 클라우드는 이제 더 이상 그 가짜 개를 뛰게 하면 안 된다고 말했다. 그렇지 않으면 피지 씨가 눈치채고 출장 금지 처분을 내릴 테니까. 그만큼 가짜 개는 느렸던 것이다.

클라우드는 또한 도박의 심리로 볼 때도 지금이야말로 재키를 내보내야 한다고 단언했다. 게다가 재키라면 30에서 40견신(犬身. 1견신은 개 한 마리의 몸집 길이를 나타내는 단위)의 차이로 이길 수 있을 것이라고 장담했다.

클라우드는 재키를 강아지 적부터 길러 왔다. 이제 겨우 15개월밖에 안 되었지만 발이 빠른 당당한 경주견이다. 아직 한 번도 경주에 나간 경험은 없지만, 액스브리지의 작은 사립 연습장에서 재키의 타임을 재어 보았으므로 그 빠르기를 잘 알고 있었다. 클라우드는 재키가 7개월이 되었을 때부터, 종두를 놓았을 때 한 번만 제외하고 매주 일요일마다 빠지지 않고 연습장으로 데리고 갔던 것이다.

클라우드는 이렇게도 말했다. 피지 씨의 개 경주장 최상급 클라스에서 이길 만큼 빠르지 않을지는 몰라도, 최하급 클라스에서라면 한 번 쓰러졌다 다시 일어나 뛴다 하더라도 20견신, 아니 그렇게는 못 되어도 10이나 15견신의 차이로 여유있게 이길 수 있다고.

그러므로 오늘 아침 내가 해야 할 일은 마을의 은행까지 가서 나의 50파운드와 클라우드의 급료에서 50파운드를 가불해 와서 12시에 주유소 문을 닫고 급유 펌프에다 '경축일로 금일 휴업'이라는 푯말을 내거는 것이다. 그리고 클라우드가 가짜 개를 뒤쪽 우리에 넣고 재키를 트럭에 태우면 우리는 출발한다. 내가 클라우드와 똑같이 흥분했다는 것은 새삼스럽게 말하지 않아도 될 것이다. 그렇다고 해서 나는 이 경기에 중요한 모든 일, 이를테면 집을 사거나 결혼을 하거나 하는 일들을 다 걸고 있는 것은 아니었다. 게다가 클라우드처럼 그레이하운드와 함께 개집에서 태어난 것 같은 그런 사람도 아니고, 하루 종일 개 생각만 하고 다니는 사나이도 아닌 것이다. 하기야 클라우드도 저녁이 되면 클래리스를 생각하겠지만 말이다. 개인적으로 말하자면 나는 중고 자동차 매매와 주유소 경영으로 너무도 바빴기 때문이다. 그야 클라우드가 개의 일로 열중해 있다는 것은 그것으로 또 좋다. 특히 오늘 같은 일을 잘 성공시킨다면. 사실 부끄러운 일이지만, 내기에 걸 돈이며, 이겼을 때 손에 들어올 돈을 생각만 해도 내 배의 상태까지 이상해지는 것이었다.

이윽고 개들이 아침밥을 먹어치우고, 내가 옷을 갈아입은 뒤 달걀 프라이를 하고 있는 동안, 클라우드는 개를 데리고 들판으로 다리 운동을 시키러 나갔다. 그로부터 조금 있다가 나는 은행에 가서 돈을 찾아 왔다. 그리고 나서 손님들을 맞느라고 왔다갔다하다 보니 오전이 눈 깜짝할 사이에 지나가 버렸다.

12시 정각에 나는 가게를 닫고 급유 펌프에 푯말을 걸었다. 클라우드는 뒤쪽에서 재키를 데리고 나타났는데, 그의 손에는 적갈색 판지로 만든 커다란 슈트케이스가 들려져 있었다.

"웬 슈트케이스인가?"

"돈을 넣을 걸세." 클라우드가 대답했다. "언젠가 자네가 말하지 않았나, 2천 파운드나 되는 큰돈은 도저히 주머니 속에 넣을 수 없다고."

새 잎이 파랗게 돋아나는 정말로 상쾌한 봄날이었다. 담 위의 꽃망울들이 터지기 시작했고, 햇빛은 큰 너도밤나무의 황록색 새 잎 사이를 뚫고 길 위에 쏟아졌다. 재키는 정말로 멋있었다. 엉덩이의 양쪽 근육은 꼭 참외만큼 튀어나와 있었고, 털은 검은 비로드처럼 반들반들 윤이 났다. 클라우드가 슈트케이스를 트럭에 넣고 있을 때 개는 뒷다리로 일어서서 가볍게 두세 번 뛰어올랐다. 아주 자신있어 보이는 모습이었다. 그리고 나의 얼굴을 올려다보더니 히죽 웃는 것 같은 표정을 보였다. 경주에 나가 2천 파운드의 상금을 받아 오게 될 것을 환히 알고 있는 듯한 웃음이었다. 재키처럼 사람과 똑같이 웃는 개를 나는 아직 본 일이 없다. 재키는 윗입술이 말려올라갈 뿐만 아니라 입 양쪽을 크게 벌린다. 그러므로 오른쪽 어금니가 몇 개 보이면 입 안의 이가 다 드러나 보였다. 그리하여 나는 이 개가 웃는 것을 볼 때마다 이번에는 큰소리로 껄껄 웃지나 않을까 하는 생각이 드는 것 이다.

우리는 트럭을 타고 출발했다. 운전은 내가 했다. 클라우드는 내 옆에 앉고, 재키는 뒤쪽의 짚 위에 선 채 창밖을 내다보고 있었다. 클라우드는 차가 급커브를 돌 때마다 개가 나동그라지지나 않을까 염 려되어 돌아보고 드러누우라고 몇 번이나 신호를 보냈다. 그러나 개 는 몹시 흥분하여 그를 쳐다보며 히죽이 웃고는 커다란 꼬리를 마구 흔들어 댈 뿐이었다.

"돈을 찾아왔나, 고든?"

클라우드는 줄곧 새 담배에 불을 붙여 줄담배를 피워 가며 한시도 가만히 있지 못했다.

"물론."

"내 것도?"

"모두 1백 5파운드 찾아 왔네. 5파운드는 끈을 조종하는 담당자를 위해서 쓰게. 그러면 그가 토끼를 세워 경기를 중단시키는 그런 짓 은 하지 않을 거라고 말했지?"

"됐네!" 클라우드는 마치 추위 때문에 얼어붙은 듯한 모습으로 두 손을 비비며 말했다. "좋아, 좋아!"

우리는 그레이트 미센덴의 좁은 길을 빠져나갔다. 라민즈 노인이 해장술을 한잔하려고 낵그즈 헤드로 들어가는 것이 언뜻 보였다. 그 런 다음, 마을을 벗어나 왼쪽으로 구부러져 칠턴즈의 비탈길로 접어 들자 프린세스 리스보라프 쪽으로 향했다. 거기서 옥스퍼드까지는

20마일도 못 된다.

우리는 둘 다 벌써 일종의 긴박감에 쫓겨 입을 다물고 있었다. 아무 말 하지 않고 공포와 흥분과 걱정 등으로 뒤얽힌 자신의 신경을 달래기만도 힘겨웠다. 클라우드는 쉴새없이 담배에 불을 붙여 절반쯤 피우고는 창 밖으로 집어던졌다. 여느 때 같으면 창문 밖으로 머리를 내밀었다 디밀었다 하며, 지금까지 개와 함께 했던 일, 자기가 흥미를 가졌던 일, 살고 있었던 곳, 경기에서 이겨 탄 돈, 다른 사람들이 개와 한 여러 가지 이야기, 도둑질이며 잔인한 행위며 경주 트랙에서 이루어지는 개 주인들의 도저히 믿을 수 없는 트릭과 교활함에 대한 이야기들을 쉴새없이 지껄였을 것이다. 그러나 오늘은 그도 그런 이야기에 열중하지 못하는 것을 나는 알아차릴 수 있었다. 이 점에 관해서는 나도 마찬가지였다. 나는 운전석에 앉아 앞쪽 도로를 바라보며 클라우드가 이야기해 준, 그 웃기는 그레이하운드 경주에 대한 것들을 하나에서 열까지 곰곰이 되생각해 보고 있었다. 이렇게라도 하지 않으면 머지않아 시작될 경기가 걱정되어 견딜 수 없었기 때문이다.

나는 맹세코 말하지만, 그레이하운드 경기에 대해서 클라우드보다 더 상세히 아는 사람은 아마 아무도 없을 것이다. 우리가 가짜 개를 수입하여 그것으로 한 차례 일을 해보려고 꾀했을 때부터 클라우드는 그레이하운드 경주에 대한 것을 나의 머릿속에 넣어 주려고 애썼던 것이다. 이제 나도 이론상으로는 그만큼 알고 있다고 생각한다.

부엌에서 처음 일을 꾸밀 때부터 그것이 시작된 것이다. 나는 생각난다. 가짜 개가 도착했던 다음날, 우리 두 사람은 부엌에 앉아 창 너머로 손님이 오기를 기다리고 있었다. 클라우드는 앞으로 두 사람이 해야 할 여러 가지 일을 나에게 설명해 주고 있었다. 나는 열심히 그 이야기에 귀를 기울이고 있었는데, 문득 한 가지 의문이 떠올랐다.

"아무래도 알 수 없는 일이로군." 내가 물었다. "어째서 가짜 개를 쓰려고 하나? 재키를 계속 쓰는 편이 더 안전할 게 아닌가? 처음 6번쯤은 늘 꼴찌를 할 수 있도록 훈련시켜 놓고 말일세. 그랬다가 정말 경주를 할 때는 녀석을 전속력으로 달리게 하는 거야. 그렇게 하면 결과가 같지 않을까? 조정만 잘하면 그러는 편이 발각될 확률도 적다고 생각하는데."

그러자 클라우드는 나의 얼굴을 흘끗 올려다보며 "여보게, 고든, 농담하지 말게. 그런 흉내는 절대로 내지 않겠다는 것만 분명히 말해 두겠네. 자네, 머리가 어떻게 된 모양이군." 클라우드는 내 말에 굉장한 고통과 충격을 받은 것 같았다.

"왜 그렇게 못한단 말인가? 나는 도저히 이해할 수가 없군."

"내 말을 좀 들어 보게나, 고든. 좋은 개를 천천히 뛰게 한다는 것은 그 개를 죽이는 거나 다름없는 일일세. 좋은 개는 자신의 속력을 다 알고 있네. 자기 앞에 달리고 있는 다른 개를 앞질러 가선 안 된다고 하면 미치고 말 걸세. 게다가 경주 코스에서 협잡꾼들이 자기 개의 속력을 일부러 늦추기 위해 어떤 짓들을 하는지 자네가 안다면 다시는 그런 말을 할 수 없을 걸세."

"아니, 대체 어떤 짓들을 하는데?"

"개의 속력을 늦추게 하는 방법은 얼마든지 있네. 훌륭한 그레이하운드에게도 그 일이 가능하니까. 사납게 흥분한 그레이하운드는 경기를 보여 주기만 해도 목에 매단 가죽끈을 물어뜯으며 경주에 나가려고 나대지. 경주에 나가려고 나대다가 다리가 부러뜨려진 녀석을 나는 여러 차례나 이 눈으로 보았다네."

그는 말을 끊더니 그 커다랗고 푸른 눈으로 깊은 생각에 잠긴 듯한 표정을 띠고 나의 얼굴을 쳐다보았다. 아마 무언가 진지하게 생각하고 있는 모양이었다.

그는 다시 입을 열었다. "아마 이 일을 잘해 나가려면 우리가 해선 안 될 일에 대해 이야기해 두는 것도 좋겠지."

"그것을 꼭 듣고 싶네." 나는 재촉했다.

한동안 그는 말없이 창 밖을 바라보고 있다가 비밀을 털어놓는 듯한 어조로 말했다.

"우선 알아 둬야 할 중요한 일은 개를 경주에 내보내는 녀석들은 굉장히 교활하다는 것일세. 자네가 상상하는 것 이상으로 빈틈이 없어."

그는 다시 말을 끊고 뭔가 정리하려는 눈치였다. 그런 다음 입을 열었다.

"개의 속력을 늦추게 하는 방법 가운데 '목 조르기'라는 것이 있지. 이것이 가장 잘 쓰이는 방법이라네."

"목 조르기?"

"그래, 목을 죄는 걸세. 가장 잘 알려진 방법이지. 숨도 쉴 수 없을 정도로 개의 목을 목걸이로 꽉 죄는 거야. 약삭빠른 녀석들은 목걸이의 어느 구멍을 쓰면 몇 견신의 차이로 자기 개를 경주에서 지게 할 수 있는지 다 알고 있다네. 대개는 구멍 두 개만 죄면 대여섯 마리 뒤로 처지기에는 충분하네. 힘껏 죄면 꼴찌를 하게 마련이지. 더운 날 같은 때 너무 세게 죄었기 때문에 쇠약해져 죽어 버린 개를 나는 너무도 많이 알고 있네. 그것은 목을 매는 일이나 다름없어. 그야말로 목을 매는 일일세. 정말 한심한 방법이 아니고 뭔가! 참, 이런 방법도 있지. 검은 무명실로 발가락 두 개를 묶는 것. 그렇게 하면 개는 무슨 수를 써도 잘 뛸 수 없게 되네, 균형이 잡히지 않으니까."

"그것은 별로 잔인한 방법도 아니잖아."

"또 이런 것도 있지. 씹은 지 얼마 안 되는 껌을 개의 꼬리 밑에 붙여 놓는 걸세. 꼬리 바로 밑에 말이야. 언뜻 보기에는 아무렇지도 않은 듯하지." 그는 아주 화가 나는 듯이 말했다. "달리고 있는 개란 꼬리를 약간 올렸다 내렸다 하는 법인데, 그때 꼬리에 붙인 껌이 가장 보드라운 엉덩이의 털을 꽉 잡아당기는 걸세. 어떤 개든지 그렇게 되면 견디기 어렵지. 그리고 안약을 쓰는 방법도 있네. 요즈음 유행하고 있지. 의사처럼 양을 정확하게 재서 마시게 하는 거야. 그자들이 개를 얼마나 뒤처지게 할 예정인가에 따라 먹이는 양도 달라지는 걸세. 이런 것들이 바로 흔히 알려진 협잡의 본보기라네." 클라우드는 계속해서 말했다. "지금 말한 이런 것은 사실 그리 심한 방법이 아닐세. 경주에서 개의 속력을 늦추는 데는 더 심한 방법이 있네. 특히 집시들이 하는 방법인데, 그들이 취하는 속임수는 도저히 입으로 표현할 수 없을 만큼 잔인하다네. 이를테면 개를 출발점에 내놓았을 때, 자네 같으면 가장 미워하는 적에게도 도저히 할 수 없는 지독한 짓을 한다네."

이리하여 클라우드가 그 이야기를 다 마쳤을 때 그것은 정말 소름 끼치는 방법이었다. 느닷없이 개의 몸에 심한 상처를 입히는 방법이었던 것이다. 클라우드는 좀더 나아가 개를 이기게 하기 위해서 그들이 어떤 짓을 하는지에 대해 말을 계속했다.

"개의 속력을 늦추게 하려는 것과 마찬가지로 빠르게 하려는 데도 심한 방법이 있지." 그는 조용히 말했다. 그의 얼굴은 뭔가 신비스러운 그림자에 싸여 있는 것 같았다. "가장 많이 쓰이는 방법은 동록유일 걸세. 등에 털이 벗겨진 개는 동록유를 쓴 개야. 경기가 시작되기 직전에 그들은 동록유를 개의 피부에 바르는 걸세. 때로는 슬론의 바르는 약을 쓰는 경우도 있지만, 대개는 동록유를 쓰지. 그것은 굉장한 통증을 느끼게 만든다네. 어쨌든 정신없이 아파 오니까 가엾게도 개들은 미친 듯이 달리는 걸세. 아픔에서 벗어나려고 몸부림치는 셈이지. 그밖에 특효약을 주사하는 방법도 있네. 알겠나? 이것은 가장 근대적인 방법이지만, 그 협잡꾼들은 무식해서 그 사용 방법을 모른단 말이야. 경기가 있는 날 대운동 경기장의 담당 훈련원에게 뇌물을 좀 집어 주고 대형차로 런던에서 개를 데리고 오는 놈들이 있는데, 그들이 바로 주사를 사용하는 자들이라네."

부엌 테이블에 앉아 입에 담배를 축 늘어지게 물고, 그 연기를 피하듯 눈을 내리깔아 거의 감다시피한 눈에 주름을 짓고 나를 쳐다보면서 이야기하던 클라우드의 모습이 눈앞에 떠오르는 것만 같았다.

"고든, 꼭 알아 두어야 할 일은 이걸세. 개를 이기게 하기 위해서라면 그들은 무슨 일이든 해낸다는 사실, 또 그 반면 어떤 개이든 그 개의 능력 이상으로 빨리 달리게 할 수는 없다는 사실일세. 어떤 방법으로 개를 빨리 달리게 만들려고 해도 안 되는 일이야. 그러니까 우리가 재키를 최하급 클라스에 넣으면 이제 안심해도 되네. 어떤 개도 최하급 클라스에서라면 재키를 이길 수 없을 테니까. 그래, 동록유를 바르거나 주사를 놓거나 '생강'을 쓰거나 해도 말일세."

"생강?"

"생강은 많이 알려진 방법일세. 날생강을 호도만한 크기로 잘라 경기가 시작되기 5분 전에 개의 몸에 넣는 거지."

"입으로 말인가? 개가 먹나?"

"아니, 입으로 넣는 게 아닐세."

이야기는 이렇게 계속되었다. 가짜 개를 출전시켰던 8번의 긴 여행을 할 때마다 나는 이 매력있는 스포츠에 대해 자세하게 여러 가지 일을 배웠다. 특히 개의 속력을 늦추는 방법이며 빨리 달리게 하는 방법 등과 약의 사용량에 대해서까지 자세하게 배운 것이다. 나는 또

'쥐의 사용법'도 배웠다. 이것은 쫓기고 있지 않는 개에게 인공적으로 만든 토끼를 쫓도록 하는 훈련 방법이었다. 쥐를 빈 깡통에 넣어서 개의 머리에 걸어매어 두는 방법으로, 깡통 뚜껑에 쥐 머리가 나올 만한 크기의 구멍을 뚫어서 개의 턱을 깨물게 하는 것이다. 개는 쥐를 잡을 수 없기 때문에 쥐에게 물린 채 미친 듯이 달리게 된다. 그리고 개가 깡통을 흔들면 흔들수록 쥐는 개를 더 세게 무는 것이다. 마지막에 쥐를 깡통에서 꺼내 주면 지금까지 새앙쥐 한 마리 죽이지 못할 만큼 순하고 꼬리만 흔들어대던 개가 쥐에게 덤벼들어 갈기갈기 찢어 버린다고 한다. 이런 방법을 여러 차례 시켜보는 것, 이것이 바로 '쥐의 사용법'이었다. "알겠나, 나는 그런 짓은 하지 않을 걸세" 하고 클라우드는 말했었다. 그런 일을 하면 그 개는 어떤 것이든, 비록 만든 토끼를 보고도 쫓아가서 죽여 버리는 동물이 되기 때문이다.

우리는 칠턴즈의 언덕을 넘어 너도밤나무 숲을 지나 키가 작은 노송나무와 떡갈나무의 나라 옥스퍼드 남부로 들어섰다.

클라우드는 나의 옆에 우두커니 앉아서 초조해지는 신경을 달래 가며 담배를 피우고 있었다. 그리고 2, 3분마다 고개를 돌려 재키의 모습을 보았다. 개는 지금 누워 있었다. 클라우드는 돌아볼 때마다 개를 향해 뭐라고 부드럽게 말을 붙였다. 재키도 그 말을 알아들었는지 짚을 버석거리며 꼬리를 살짝 흔드는 것이었다.

그런 뒤 얼마 안 되어 우리는 테므에 이르렀다. 다시 넓은 국도로 나왔다. 장날이면 돼지, 소, 양 등의 매매가 이루어지는 곳이다. 1년에 한 번 있는 축제날이면 이 거리 한복판을 뚫고 달리는 국도에 그네가 등장하고, 회전목마가 빙빙 돌고, 자동차가 몰려들고, 집시 행렬이 모여들어 성대하게 떠들어대는 곳이었다. 클라우드는 이 테므 태생이었으므로 그의 그런 이야기를 듣지 않고 이곳을 지나갈 수는 없었다.

"자!" 첫 집이 보이기 시작하자 클라우드가 말했다. "이곳이 테므일세. 나는 여기서 태어나 여기서 자랐지. 알고 있나, 고든?"

"전에도 이미 들었네."

"어렸을 때 이 근처에서 곧잘 장난을 하곤 했었지."

그는 옛날을 그리는 듯이 말했다.

"그랬을 테지."

무엇보다도 이 경치가 클라우드의 긴장된 마음을 풀어 주는 것 같았다. 그는 다시 어렸을 때의 이야기를 하기 시작했다.

"옆집에 아이가 있었는데, 길버트 고문이라는 이름이었어. 아주 말썽꾸러기인데 절름발이였지. 우리는 언제나 함께 장난을 하곤 했었다네. 어떤 장난을 했을 것 같은가, 고든?"

"글쎄, 어떤 장난인가?"

"우리 아버지와 어머니는 토요일마다 레스토랑에 갔는데, 그때 집이 비면 부엌으로 들어가지. 그리고는 가스 파이프를 이음매에서 빼내 우유병에 넣어 가스를 넣는다네. 물을 잔뜩 담은 병에다 말일세. 그것을 앉아서 커피 잔에 따라 마시는 거지."

"맛이 있나?"

"맛이 있느냐고? 구역질이 날 것 같았지. 설탕을 잔뜩 넣으면 좀 괜찮지만."

"왜 그런 것을 마셨나?"

클라우드는 내 쪽으로 머리를 돌리더니 믿을 수 없다는 듯한 표정으로 나를 쳐다보며 말했다.

"뱀수〔蛇水〕를 마신 일 없나?"

"없네."

"어렸을 때 나는 누구나 다 그것을 마시는 줄 알았었네. 그걸 마시면 취하지. 꼭 술처럼 말일세. 거기에 넣은 가스의 양에 따라 그 정도가 다르지만. 우리는 토요일 밤이 되면 부엌에 모여서 눈이 빙빙 돌 때까지 마셨다네. 정말 재미있었어! 마침내 어느 날 아버지가 일찍 돌아오는 바람에 들키고 말았지만. 그날 밤의 일은 일생을 두고 잊을 수 없을 거야. 나는 우유병을 들고 있었지. 가스가 물속에서 쉭쉭 소리내며 한창 나오고 있었고, 길버트는 내가 신호를 보내면 곧 마개를 닫을 수 있도록 바닥에 무릎을 꿇고 있었어. 그런데 아버지가 들어온 걸세."

"뭐라고 하시던가?"

"여보게, 뭐라고 하시던가가 다 뭔가! 굉장했다네. 아무 말도 하지 않고 화가 잔뜩 나서 문 앞에 서 계셨지. 그러더니 허리띠로 손이 가시더군. 천천히 허리띠를 늦추더니 바지에서 조용히 그것을 잡아빼는 거야, 내 얼굴에서 눈길을 떼지 않고. 아버지는 몸이 바위처럼 튼튼했었지. 석탄을 깨는 망치처럼 단단한 손, 새까만 수염, 파란 혈관이 솟아나온 볼. 이윽고 아버지는 슬슬 다가오더니 나의 윗옷을 움켜쥐고 허리띠로 두들겨패기 시작했어. 힘껏, 버클이 달린 쪽으로 말일세. 고든, 정말이지 나는 그때 아버지가 나를 죽이는 게 아닌가 생각했다네. 그런데 얼마 뒤 때리던 손을 멈추고 바지에 다시 허리띠를 끼우기 시작하시더군, 천천히 조심스럽게. 그리고 버클을 꽉 죄더니 마신 맥주를 토해 버리고 말없이——정말 한마디도 하지 않네——곧장 레스토랑으로 돌아가셨다네. 그건 생전 처음 겪은 무서운 매였어."

"몇 살이었는데, 그때가?"

"분명히 8살이 되고 얼마 안 지났을 때였을 걸세." 클라우드는 말했다.

옥스퍼드가 가까워질수록 그는 차츰 입을 다물고 말았다. 다만 목을 돌린 채 재키에게 이상이 없는지 만져 보기도 하고 머리를 쓰다듬어 보기도 하며 이것저것 확인할 뿐이었다. 한번은 방향을 바꾸더니 좌석 위에 무릎을 꿇고 바람이 잘 안 통하는지 뭐라고 투덜거리며 개 둘레에 짚을 많이 긁어모아 주기도 했다.

우리는 옥스퍼드 근처까지 왔다. 그리하여 그물 코처럼 되어 있는 좁은 시골길로 접어들었다. 잠시 뒤 우리는 몹시 울퉁불퉁한 오솔길로 들어가, 그 길을 따라 걷거나 자전거를 타고 같은 방향을 향해 흐르듯이 가고 있는 사람들의 무리를 앞질러 갔다. 어떤 남자들은 그레이하운드를 끌고 갔다. 우리 앞에 대형 살롱 카가 달리고 있었는데, 뒤 창문으로 두 사람 사이에 한 마리의 개가 앉아 있는 것이 보였다.

"여러 곳에서 모여들지." 클라우드가 살며시 속삭이듯 말했다.

"저것은 분명 런던에서 왔을 거야. 대운동 경기장의 개장에서 오늘 오후에 데리고 나온 거겠지. 틀림없이 더비용 개일 걸세."

"재키와 함께 뛰지 말아야 할 텐데."

"걱정할 것 없네." 클라우드가 말했다. "새로 출전한 개는 언제든지 무조건 최상급 클라스에 들어가게 되어 있거든. 피지 씨는 특히 이 규칙에 대해 까다롭지."

경견장 입구의 문이 열려 있었다. 우리가 들어가기 전에 피지 씨의 부인이 와서 입장료를 받았다.

"부인이 힘이 세면 끈을 감는 페달쯤 돌리도록 할 걸세, 아마. 피지 노인은 다른 사람을 고용하기를 아주 싫어하니까."

우리는 경견장을 가로질러 가서 앞부분의 담을 따라 늘어서 있는 자동차 줄 맨 뒤에다 차를 세웠다.

자동차에서 나오자 클라우드는 재빨리 뒤로 돌아가 재키를 데리고 내려왔다. 나는 자동차 옆에 선 채 기다리고 있었다. 그곳은 험한 비탈이 있는 널따란 경견장이었다. 우리들은 그 비탈 꼭대기에 서서 아래쪽을 내려다보았다. 저 멀리 출발점과 경주 코스를 나타내는 나무

표지가 보였다. 경주 코스는 이 경견장 끝까지 가서 오른쪽으로 날카롭게 구부러져 언덕 위의 군중 쪽으로 올라가 그곳에서 끝나 있었다. 결승점 30야드 앞쪽에 토끼를 조종하는 거꾸로 된 자전거가 놓여 있었다. 자전거를 쓰는 것은 운반하기가 편리하기 때문이다. 산토끼 조종에는 가장 잘 쓰이는 기계였다. 그 구조는 이렇다. 지면에 8피트 높이의 네 기둥을 세우고, 그 위에 간단한 대를 올려놓는다. 대 위에는 낡은 자전거를 바퀴가 위로 올라가도록 뒤집어서 올려놓는데, 뒷바퀴를 앞쪽으로 오게 하여 경주 코스로 향하게 하고, 타이어를 벗겨내어 쇠바퀴만 남겨 둔다. 그리고 토끼를 잡아당길 끈을 이 바퀴에 잡아매둔 다음, 끈을 감는 사람은 자전거 뒷부분에 올라타고 서서 손으로 페달을 돌리면서 바퀴 둘레에 끈을 감는다. 이리하여 1시간에 최고 40마일까지 자기가 내고자 하는 속력으로 토끼를 끌어당길 수 있는 것이다. 한 경기가 끝날 때마다 출발점에 끈 달린 인공 토끼를 갖다 놓는다. 이리하여 자전거 바퀴에서 다시 끈을 풀어 새 경기에 임하는 것이다. 이 높은 대 위에서 끈을 감는 사람은 경기를 감시하며 토끼의 속도를 선두로 달리는 개 앞에 오도록 조종할 수 있다. 그리고 그는 경기에 부정 같은 것이 있을 경우 언제든 토끼를 멈추게 하여 경기를 중지시킬 수도 있었다. 갑자기 페달을 반대로 돌려 바퀴 축에 끈을 감아 버리는 것이다. 또 한 가지 방법은 갑자기 토끼의 속력을 늦추는 것이다. 그렇다, 1초쯤 그러면 앞장선 개는 자동적으로 속도가 떨어진다. 그 동안에 뒤따르던 개가 선두로 달리던 개를 따라가게 하는 방법이다. 그러므로 끈을 감는 사람은 중요한 위치에 있는 셈이다. 피지 씨의 끈감는 사람이 벌써 대 위에 서 있었다. 파란 스웨터를 입은 건장한 사나이로, 자전거에 기대서 자신의 담배 연기 사이로 군중들을 내려다보고 있었다.

영국에는 기묘한 법률이 있어, 한 운동장에서는 이런 경기를 1년에 일곱 번만 할 수 있도록 되어 있다. 그러므로 피지 씨의 대도구와 소도구는 다 운반하기 쉽게 되어 있다. 그는 아주 간단하게 다음 경견장으로 옮겨간다. 그렇게 하면 법률에 저촉되는 일이 절대로 없기 때문이다.

이미 많은 구경꾼들이 몰려들어 도박업자는 각기 한 줄로 경주 코스 오른쪽에 자리를 잡아 준비하고 있었다.

클라우드는 트럭 밖으로 재키를 내놓더니 승마 바지를 입은 작달막한 사나이——피지 씨——둘레에 몰려서 있는 군중 쪽으로 걸어갔다. 그들은 모두 가죽끈으로 잡아맨 개를 데리고 있었으며, 피지 씨는 손에 든 노트 위에 연필을 세우고 이름을 불렀다.

"미드나이트!"

검은 개를 데리고 있는 사나이가 대답했다.

피지 씨는 한 발자국 물러서더니 주의깊게 개를 살펴보았다.

"미드나이트, 됐소."

다음 사나이가 소리쳤다.

"제인!"

"어디 보여 주시오, 제인……, 제인이라, 으음, 좋소."

"솔저!"

그 개는 이〔齒〕가 길고 짙은 푸른 빛 더블 양복을 입은 아주 약해 보이는 키 큰 사나이가 데리고 있었다.

그 사나이는 '솔저'라고 대답하며 가죽끈을 잡지 않은 손으로 천천히 바지 뒤를 긁기 시작했다.

피지 씨는 그 개를 확인하기 위해 허리를 굽혔으며, 사나이는 그와 반대로 하늘을 올려다보았다.

"데리고 가시오." 피지 씨가 말했다.

사나이는 재빨리 고개를 숙이더니 엉덩이를 긁던 손길을 멈추었다.

"자, 이놈을 데리고 돌아 가시오."

"부탁입니다, 피지 씨." 그는 길다란 잇새로 나오는 혀 짧은 소리로 말했다. "그렇게 난폭하게 말하지 않아도 되지 않습니까!"

"빨리 끌고 가라지 않소. 여보시오, 래리, 나의 일을 방해하지 말아 주오. 솔저의 앞발 발가락이 두 개 희다는 것쯤은 당신도 알 텐데."

"그렇지 않습니다, 피지 씨." 사나이는 애원했다. "당신은 벌써 6개월이나 솔저를 보지 않았습니다."

"자, 자, 래리, 단념하시오, 당신과 이야기하고 있을 틈이 없소, 나는." 피지 씨는 그다지 화를 내는 기색도 보이지 않고 말했다.

"자, 그 다음!"

나는 클라우드가 재키를 데리고 앞으로 나서는 것을 보았다.

커다랗고 둔중해 보이는 그의 얼굴은 굳어져서 웃는 기색도 없었다. 그의 눈은 피지 씨의 머리 너머 1야드쯤 앞쪽을 응시한 채 움직이지 않았다. 그는 가죽끈을 꽉 쥐고 있었으므로 마치 손가락 마디에 작은 흰 양파가 한 줄로 늘어서 있는 것처럼 보였다. 그가 지금 어떤 기분으로 있는지 나는 훤히 알 수 있었다. 그 순간 나 자신도 같은 기분이었으니까. 갑자기 피지 씨가 소리내어 웃기 시작했으므로 우리의 기분은 정말 비참하기 짝이 없었다.

"아니!" 피지 씨가 외쳤다. "블랙 팬서가 또 왔군! 챔피언이 여기 계시다, 이건가?"

"그렇습니다, 피지 씨." 클라우드가 말했다.

"분명히 말해 두지만, 이놈은 태어난 곳으로 되돌려 주는 게 좋을 걸세. 나는 필요치 않으니까." 피지 씨는 웃으면서 말했다.

"잠깐만요, 피지 씨."

"자네니까 내가 이 개를 8번이나 뛰게 했네. 이제 그만하면 됐어.

왜 이 녀석을 죽여버리지 않나? 단념하게나!"

"부, 부탁입니다, 피지 씨. 한 번만 더, 앞으로 다시는 부탁하지 않을 테니까, 한 번만……."

"한 번이고 뭐고 이제 안 되네. 출전시킬 개가 여기에는 너무도 많으니까. 이런 게 같은 개는 출전시킬 수가 없네."

나는 클라우드가 금방 울음을 터뜨리나 않을까 걱정되었다.

"맹세합니다, 피지 씨, 지난 2주일 동안 매일 아침 6시에 일어나 이 개를 훈련시키고 마사지해 주고 쇠고기를 먹였습니다. 믿어 주십시오, 이 개는 전에 뛰었을 때보다 아주 다른 개가 되었습니다."

이 '다른 개'라는 말이 피지 씨를 놀라게 했다. 마치 모자에 꽂는 핀으로 찔린 듯한 모습이었다.

"아니, 뭐라고?" 그는 소리쳤다. "다른 개라고?"

정말이지 나도 그렇게 소리치고 싶었다. 그러나 그는 한 발자국도 물러나지 않았다.

"보십시오, 피지 씨. 당신은 언제나 나에게 잘못된 말을 하게 하지 않았습니다. 나는 정말 고맙게 생각하고 있습니다. 내가 그런 뜻으로 말한 게 아니라는 것쯤은 잘 알고 계실 텐데요."

"알았네, 알았어. 그러나 어쨌든 마찬가지일세. 자, 개를 데리고 돌아가게. 그처럼 느려터진 개를 뛰게 하다니, 상식 밖의 일이야. 집으로 데리고 가게. 제발 경주를 방해하지 말아 주게나."

나는 클라우드를 지켜보았다. 클라우드는 피지 씨를 바라보고 있었고, 피지 씨는 다음 개를 바라보고 있었다. 피지 씨는 갈색 트위드 재킷 밑에 노란 스웨터를 받쳐 입고 있었는데, 가슴께에 나타난 노란 줄무늬와 각반을 감은 가느다란 다리와 머리를 옆으로 크게 내젓는 모습 등이 어쩐지 난 체하는 새를 연상케 했다. 검은 방울새 같은 새를.

클라우드는 한 발자국 앞으로 나섰다. 그의 얼굴은 화가 나서 약간 불그레해졌으며, 침을 삼킬 때마다 결후가 오르내리는 것이 확실히 보였다.

"그럼, 이렇게 합시다, 피지 씨. 이제는 정말 좋아졌으니까 그것이 거짓말이라면 1파운드를 걸지요. 어떻습니까?"

피지 씨는 천천히 얼굴을 돌려 클라우드를 쳐다보았다.

"자네는 허풍선이인가?"

"1파운드를 걸겠습니다. 어떻습니까? 내가 하는 말이 사실인지 아닌지 한 번 시험해 봐 주십시오."

참으로 위험하기 짝이 없는 상태였다. 그것은 의혹을 사도 어쩔 수 없는 말이었다. 그러나 이제 클라우드는 이렇게라도 해서 떼를 쓸 수밖에 달리 도리가 없다는 것을 잘 알고 있었다. 피지 씨가 허리를 굽혀 개를 확인하고 있는 동안 우리는 입을 다물고 있었다. 그의 눈길이 개의 몸 전체에서 세밀한 부분으로 천천히 옮겨가는 것을 나는 숨을 죽인 채 보고 있었다.

그의 훌륭한 기억력에는 정말 놀라지 않을 수 없다. 어디로 보나 좀 분간하기 힘든 수많은 개들의 형태, 빛깔, 게다가 몇백 가지의 차이점을 머릿속에 넣어 두는 이 자신만만하고 만만치 않은 자에게서는 일종의 공포 비슷한 감정이 느껴지기까지 했다. 아주 약간 다른 점, 이를테면 작은 상처 자국, 편평한 발가락, 뒷다리의 관절에 나타난 약간의 차이, 거무스름한 반점 등만으로도 충분했다. 피지 씨는 늘 개의 특징을 잘 기억하고 있는 것이다.

그러므로 그가 재키 앞에 허리를 굽혔을 때 나는 자신도 모르게 숨을 죽이고 지켜보았던 것이다. 그의 얼굴빛은 생기 있는 핑크빛으로 물들고, 입은 마치 한 조각의 미소도 띨 생각이 없다는 듯 꼭 다물어져 있었다. 눈빛은 두 개의 작은 카메라처럼 날카롭게 개를 쏘아보고 있었다.

피지 씨는 허리를 펴며 말했다.

"이놈은. 어쨌든 같은 개야."

"그렇고말고요!" 클라우드가 외쳤다. "나를 어떤 사람으로 보고 그런 말씀을 하시는 겁니까, 피지 씨?"

"뭐, 허풍선이로 본 거지. 그래, 나는 그렇게 생각하고 있네. 그러니까 1파운드를 벌기는 쉬운 일일세. 앰버 플래슈가 요전번 경주에서 세 다리로 뛰었는데도 이 개와 거의 같이 들어왔다는 사실을 설마 잊어 버리지 않았겠지?"

"이제 그때와 같은 일은 없을 겁니다." 클라우드는 말했다. "이번처럼 쇠고기를 먹이고 맛사지를 해주고 연습을 시키고 한 일은 없었으니까요, 피지 씨, 설마 내기에 이기려고 이 개를 최상급 클라스에 넣지는 않겠지요? 이놈은 최하급 클라스에 들어갈 개니까요, 그것은 아시겠지요?"

피지 씨는 웃었다. 작은 단추 같은 입이 귀엽게 동그라미를 그렸다. 그는 웃으면서 자기와 함께 웃고 있는 사람들을 돌아다보았다.

"여보게." 피지 씨는 털북숭이 손을 클라우드의 어깨 위에 놓으며 말했다. "나는 개에 대한 일이라면 잘 알고 있네. 이런 내기에 이기려고 쓸데없는 짓은 하지 않아. 이 개는 최하급에 넣을 걸세."

"잘 알았습니다." 클라우드가 말했다. "그럼, 걸었습니다."

그는 재키를 데리고 그 자리를 떠났다. 나도 그의 뒤를 따랐다.

"제기랄, 정말 조마조마했어. 안 그렇던가, 고든?"

"나도 마찬가지였네."

"그러나 어쨌든 성공이야!" 클라우드는 말했다.

그리고 나서 그는 다시 긴장된 얼굴로 부지런히 걸어갔다. 이상한 모습이었다. 마치 땅바닥에 불이 붙어 자기 발이 타들어가는 것처럼 걸었다. 사람들은 아직도 계속해서 문을 통해 경견장으로 흘러들어왔다. 벌써 3백 명은 모인 것 같았다. 그러나 모두들 어엿하게 생긴 사람들이 아니었다. 뾰족한 코에 더러운 얼굴, 시꺼멓게 된 이, 사방을 두리번거리는 침착치 못한 눈초리의 남녀들뿐이었다. 그들은 깨어진 토관(土管) 사이로 스며드는 하수도 물처럼 흘러들어와 길가로 졸졸 흘러나간 다음, 문을 통해서 경견장 언덕 위에 지독한 냄새를 풍기는 물구덩이를 만들고 있었다. 그것이 그들이었다. 모든 빈민, 집시, 정보군, 큰 도시의 파열된 하수관에서 흘러나오는 인생의 오물, 찌꺼기, 기름 찌꺼기, 떠돌이 무리들인 것이다. 개를 데리고 있는 자도 있고, 그렇지 않은 자도 있었다. 끈으로 묶여 끌려온 개는 하나같이 모두 고개를 떨구고 멍하니 서 있었다. 더럽고 여윈 개, 개장 판자에 걸려 다친 개, 주사를 맞은 개, 잘 뛸 수 없도록 오트밀을 잔뜩 먹인 개, 거북스럽게 걷는 어색해 보이는 개, 그 가운데서도 한 마리의 흰 개가 특히 그러했다.

"여보게, 클라우드, 저 흰 개는 왜 저렇게 걸음걸이가 어색해 보이지?"

"어떤 것?"

"저기 있잖나!"

"어디? 아, 저 개! 당연하지, 매달려 있었으니까."

"매달려 있었다고?"

"그렇다네. 매달려 있었던 걸세. 24시간 동안 다리가 덜렁거리도록 도르래에 매달아 놓았던 걸세."

"아니, 왜?"

"빨리 뛰지 못하게 하기 위해서지. 과식시키고, 주사를 놓고, 목을 죄고 하는 대신 매달아 둔 걸세."

"그랬군!"

"또 있지." 클라우드가 말했다. "개를 껄끄러운 샌드페이퍼로 문지르는 방법일세, 개의 다리를 말이야. 거친 샌드페이퍼로 문질러 껍질을 벗겨 버리는 거라네. 그러면 뛸 때 반드시 통증이 오게 되지."

"그래?"

그리고 아주 경주견다운 기운차 보이는 개도 있었다. 비스킷과 양배추국같이 영양 없는 음식이 아니라 매일 말고기를 먹고 있는 모양이다. 모두 통통하게 살이 찌고 훌륭한 개들뿐이었다. 털도 윤기가 흐르고, 꼬리를 기운차게 흔들었으며, 따라온 사람을 끌어당기고 있었다. 이들은 주사도 과식도 하지 않은 상태였으나 그 목걸이가 네 번째 구멍까지 죄어지는 더 불쾌한 운명이 기다리고 있는 것이다.

"이봐, 하지만 숨은 쉴 수 있겠지, 조크? 숨이 막히면 안 돼. 경기 도중에 쓰러지게 해선 안 돼. 약간 숨이 차다 싶은 정도라야 해. 그렇지. 씩씩거리는 소리가 들릴 때까지 목걸이를 죄는 거야. 입을 벌리고 괴로운 듯이 숨을 쉬기 시작하면 알맞은 상태지. 눈알이 튀어나올 것 같으면 지나치게 죈 거야. 그 점을 주의해야 해, 알았지?"

"으음, 알겠네."

"이 사람들 틈을 벗어나 다른 곳으로 가세, 고든. 다른 개와 함께 있으면 재키가 흥분해서 좋지 않단 말이야."

우리는 비탈을 올라가 주차장으로 갔다. 그리고 늘어선 자동차 앞을 왔다갔다하며 재키를 계속 걸리고 있었다. 여러 대의 자동차 안에는 남자들이 개와 함께 앉아서 우리가 지나갈 때마다 창 너머로 보고 있었다.

"조심하게, 고든, 옥신각신 다투는 일은 질색이니까."

"그래, 알았네."

이 자동차 안에 있는 개들은 가장 우수한 것이었다. 자동차 안에 숨겨 두었다 등록할 때가 되면 얼른 차에서 끌어 내——이름도 가명으로 등록하지만——등록하고, 그것이 끝나면 재빨리 끌고 들어가 경기가 시작될 때까지 숨겨 두는 것이다. 그리고 곧장 출발점까지 데리고 가서 경기가 끝나면 다시 자동차로 데리고 오는 것이다. 그렇게 하면 미리 살피려는 사람들이 다가올 염려가 없다. 런던의 대운동 경기장의 훈련원은 이렇게 말할 것이다. "아시겠습니까? 좋은 개를 구하면 아무에게도 보여 주어선 안 됩니다. 이 개를 알고 있는 사람은 몇천 명이나 있으니까요. 되도록 조심해야 합니다. 그렇게 하면 당신은 50파운드는 벌 수 있습니다."

하나같이 모두 발이 빠른 개들이다. 그러나 아무리 빨라도 결국은 주사를 맞게 된다. 더 빨리 뛸 수 있도록 자동차 안에서 천천히 피하에 에테르를 맞는 것이다. 어떤 개이든 10배는 달라지게 된다. 때에 따라서는 카페인을 주사하기도 한다. 기름을 넣은 카페인, 또는 장뇌(樟腦)를 주사하는 경우도 있다. 이런 약들도 개를 빨리 뛰도록 만든다. 대형 자동차 안의 사나이들은 모두 이런 주사약을 알고 있는 것이다. 게다가 위스키를 사용하는 방법도 알고 있다. 그러나 그것은 모두 정맥 주사이다. 정맥 주사를 놓는 것은 아주 어려운 일이다. 여간해서 혈관을 찾아내기 힘들기 때문이다. 당신이 놓게 된다면 틀림없이 혈관을 찾지 못할 것이다. 그렇게 되면 개는 움직이지도 못하고……. 그 결과 어떻게 되리라고 생각하는가? 그들은 양쪽을 병용해 쓰는 수도 있으며 카페인만, 또는 장뇌만 주사하는 수도 있다.

"너무 많이 놓으면 안 돼, 조크. 몸무게가 얼마나 되나, 58파운드? 아, 알겠네. 그 사람이 일러 준 양을 알고 있겠지? 잠깐만 기다려. 내가 종이에 적어 두었으니까. 아, 저기 있군. 몸무게 10파운드에 1cc 놓으면 3백 야드에 대해 5견신쯤 빨라진다네. 내가 양을 잴 때까지 기다려 주게. 아, 그게 좋겠군. 자네가 해주게. 눈

어림으로 하면 돼. 그래도 상관없다니까. 잘될 거야. 어쨌든 말썽이 일어나지는 않을 테니까. 나는 또 다른 개들을 경기에 내보내야 하네. 피지 영감에게 10파운드 지불해 두었지. 10파운드라니, 정말 내 참 화가 나서……. 피지 영감에게 이렇게 말했지. '이것은 당신 생일 선물입니다. 나는 당신을 굉장히 좋아하거든요.' 그러자 노인은 정말 미안하다고 말하더군. 나보고 믿을 수 있는 친구라나."

그리고 개들의 속도를 늦추기 위해 대형차를 타고 있는 자들은 클로뷰탈을 사용한다. 그것은 굉장한 약이다. 어쨌든 경기 전날 밤에 주사할 수 있으니까. 특히 다른 개들에게. 페시다인도 좋다. 페시다인과 하이오신을 혼합한 것이면 무엇이든 다 좋다.

"상당한 상류 계급 사람들도 와 있는 것 같지?"

"그렇군."

"주머니 조심하게, 고든. 그 돈이 들어 있으니까."

우리는 자동차가 늘어서 있는 뒤쪽을 서성거렸다. 자동차와 담 사이를. 그런데 재키가 몸을 바짝 긴장시키더니 다리에 힘을 주고 앞으로 기어갔다. 가죽끈을 쥐고 있던 클라우드는 그 힘에 자신도 모르게 끌려갔다. 30야드쯤 저쪽에 두 사나이가 있었다. 그중 한 사람이 황갈색 커다란 그레이하운드를 데리고 있었다. 그 개도 재키처럼 몸을 바짝 긴장하고 있었다. 또 한 사람의 사나이는 손에 자루를 들고 있었다.

"저걸 보게나!" 하고 클라우드가 속삭였다. "녀석들은 개에게 죽이는 방법을 가르치고 있네."

자루에서 풀 위로 토끼 한 마리가 굴러나왔다. 유연하고 아직 몸이 작은 유순한 흰 토끼였다. 풀 위에서 자세를 갖추더니 토끼가 흔히 취하는 자세, 즉 등을 높이 울리고 땅바닥에 코를 댄 채 조용히 앉아 있었다. 토끼는 공포로 몸을 떨고 있었다. 자루 속에서 갑자기 풀 위로 내동댕이쳐졌기 때문이다. 더구나 밝은 햇빛 속으로, 개는 미친 듯이 흥분하였다. 가죽끈을 잡아당기며 펄쩍펄쩍 뛰어오르더니 바닥을 긁고 으르렁거리며 앞으로 나가려고 했다. 토끼는 개를 보았으나 머리를 약간 움츠렸을 뿐 도망치려고도 하지 않았다. 공포로 몸을 움직일 수조차 없는 것이다. 사나이는 이제 끈을 놓고 개의 목걸이를 쥐었으므로 개는 몸을 비틀어 이리저리 나대며 그것에서 벗어나려고 애쓰고 있었다. 또 한 사나이가 토끼를 걷어차 보았다. 토끼는 공포에 사로잡혀 꼼짝도 하지 않았다. 이번에는 발끝으로 마치 축구공처럼 가볍게 앞으로 걷어찼다. 토끼는 몇 번 구르더니 개에게서 멀어지려고 풀 위를 뛰기 시작했다. 개를 잡고 있던 사나이가 개를 놓아 주었다. 개는 단번에 펄쩍 뛰어오르더니 토끼를 붙잡았다. 그러자 크지는 않지만 벌벌 떨며 고통에 찬 끽끽 소리가 들려 왔다. 그 비명은 상당히 오랫동안 계속되고 있었다.

"기어코 하고 말았군."

"저것이 살해 방법이라네."

"그다지 기분좋은 방법은 아니군."

"전에도 이야기했듯이 많이 쓰이고 있는 방법이라네. 개를 경기 직전에 흥분하도록 만드는 방법이지."

"아무리 생각해도 좋지 않은 방법인 것 같네."

"나는 하고 있지 않지만, 모두들 저렇게 하고 있어. 대운동 경기장의 훈련원도 마찬가지일세. 나는 야만스러운 방법이라고 생각하네."

우리는 계속 그 근처를 걸어다녔다. 우리들 앞에 펼쳐진 경사진 언덕에는 사람들이 점점 많이 모여들었고, 그 군중 뒤에는 도박꾼들이 한 줄로 죽 늘어서 가게를 차리기 시작했다. 빨강, 파랑, 노랑 등 색

색가지로 적힌 그들의 이름이 가게 앞에 걸려 있었다. 어느 가게에나 한쪽 손에 숫자가 든 카드와 또 한쪽 손에 분필을 든 도박꾼이 연필과 종이를 든 조수를 뒤에 거느리고 가게 옆 상자 위에 서 있었다. 그때 피지 씨가 땅바닥에 세워진 기둥에 박혀 있는 칠판 쪽으로 다가갔다.

"첫 경기에 나갈 조(組)일세." 클라우드가 말했다. "가 보세, 어서 빨리."

우리는 서둘러 언덕을 내려가 사람들 뒤를 따랐다. 피지 씨는 부드러운 거죽을 씌운 노트에 적힌 출전 개의 이름을 칠판에 적었다. 그것을 지켜보는 사람들 사이에 조금 불안한 침묵이 흐르고 있었다.

1 샐리
2 드리 키드
3 스네일벅스 레디
4 블랙 팬서
5 위스키
6 로키트

"들어 있군." 클라우드가 속삭였다. "첫 번째 경기야, 제4코스, 고든, 끈을 감는 계원에게 기름을 좀 쳐야겠어. 5파운드만 줘, 빨리!"

클라우드는 완전히 흥분해서 말도 제대로 못했다. 그의 코와 눈 가장자리가 또 창백해졌다. 내가 5파운드 지폐를 꺼내 주자 그의 팔이 떨리고 있었다. 자전거의 페달을 돌리는 사나이가 경쾌한 운동복을 입고 담배를 피우며 서 있었다. 클라우드는 그곳까지 걸어가 밑에 서서 그를 올려다보았다.

"이 돈 보이나?" 그는 지폐를 작게 접어서 손바닥 위에 올려놓고 부드럽게 말을 걸었다.

사나이는 머리도 움직이지 않고 흘끗 그쪽을 내려다보았다.

"이번 경기에서 공평하게 토끼를 감아 주지 않겠나? 세우면 안 되네. 늦게 감아도 안 되고, 빨리 해주면 좋겠네. 부탁했네."

사나이는 꼼짝도 하지 않았지만, 눈에 잘 띄지 않을 만큼 살짝 눈썹을 치켜올렸다. 클라우드는 그곳을 떠났다.

"자, 고든, 돈을 조금씩 거는 거야. 전에도 말했지만 조금씩 내서 다 사 버리는 거니까. 되도록 천천히. 시간을 많이 벌 수 있도록. 알겠나?"

"알았네."

"그리고 잊어 버리면 안 되네. 경기가 끝나면 결승점에 있다가 이놈을 붙잡아야 해. 다른 개들이 토끼를 빼앗으려고 큰 싸움을 할테니까. 싸움에서 되도록 멀리 떼어놓도록 해야 하네. 내가 목걸이와 가죽끈을 가지고 갈 때까지 꼭 붙잡고 있어 주게. 특히 위스키를 조심해야 하네. 그놈은 집시 개라서 앞에 있는 것은 무엇이든 다리를 물어뜯는 버릇이 있으니까."

"알았네, 이제 착수하세."

나는 클라우드가 재키를 결승점을 표시하는 기둥이 서 있는 곳으로 데리고 가서 4라고 쓰인 노란 재킷을 입히고 재갈을 물리는 것을 보고 있었다. 다른 다섯 마리의 경주견도 그곳에 있었다. 그 주인들도 역시 각기 자기 개 옆에 서서 재킷을 입히고 재갈을 물렸다. 주최자인 피지 씨는 몸에 꼭 달라붙는 승마 바지를 입고서 바쁘게 뛰어다니고 있었다. 마치 쾌활한 새가 무슨 근심거리가 생겨서 뛰어다니는 것 같은 모습이었다. 한 번 그가 클라우드에게 무언가 이야기를 걸며 웃는 것을 나는 보았다. 그러나 클라우드는 상대도 하지 않았다. 이윽고 그들은 코스를 내려가 출발점 쪽으로 개를 데리고 갔다. 그곳까지

가는 데는 10분쯤 걸린다. 그 10분 동안에 일을 해치워야 한다. 그렇게 해야 한다고 나는 자신에게 타일렀다. 나는 도박꾼들 앞에 여섯 줄, 일곱 줄 줄지어 몰려서 있는 인파를 헤치고 앞으로 나갔다.

"1대 1, 위스키! 1대 1, 위스키! 2대 5, 샐리! 1대 1, 위스키! 1대 4, 스네일벅스! 자, 어떻소, 빨리 빨리, 어느 쪽이야!"

칠판마다 맨 뒷줄에 블랙 팬서가 1대 25로 씌어 있었다. 나는 제일 가까운 도박장으로 헤치고 들어갔다.

"블랙 팬서에 3파운드." 돈을 내면서 나는 크게 말했다.

상자 위에 서 있는 사나이는 핏발이 솟아 얼굴이 벌개진 데다 입 언저리에 뭔가 허연 것이 끼어 있는 자였다.

그는 그 돈을 짚더니 가방 속에 아무렇게나 쑤셔넣었다.

"3파운드에 대해 75파운드, 블랙 팬서!" 그는 말했다. "42번."

그는 나에게 한 장의 카드를 주고 조수가 건 돈을 기록했다.

나는 뒤로 물러나와 서둘러 그 카드에 '3대 75'라고 써넣고 돈이 들어 있는 재킷 안주머니 속에 넣었다.

이런 식으로 조금씩 현금을 걸어 가면 안전할 것이다. 그것은 클라우드가 보증해 주었으니까. 나는 가짜 개 쪽에 매회마다 몇 파운드씩 걸어 왔으므로, 이 기다리고 기다리던 날에 돈을 걸어도 전혀 의심받지는 않았다. 그리하여 나는 얼마쯤 자신을 가지고 어느 가게에나 3파운드씩 걸어 갔다. 나는 특별히 서두르려고 하지는 않았다. 그렇다고 해서 시간을 헛되이 쓰지도 않았다. 그리고 걸 때마다 받은 카드에 전액을 기록하고 주머니에 집어넣었다. 도박꾼들의 가게는 17군데나 있었다. 나는 17곳의 카드를 구하면서 돈의 비율을 일정하게 하여 51파운드를 쓴 셈이었다. 따라서 아직도 49파운드가 손에 남아 있다. 나는 언덕 밑을 재빨리 내려다보았다. 한 마리의 개와 그 주인이 이미 출발점에 들어가 있었다. 나머지 사람들도 클라우드를 제외하고는 20야드에서 30야드 가까이까지 다가가 있었다. 클라우드와 재키는 그 거리의 절반까지밖에 가 있지 않았다. 헐렁한 카키색 웃옷을 입고, 분기(奮起)해 있는 재키를 끌며 될 수 있는 대로 느릿느릿 걷고 있는 클라우드의 모습이 매우 인상적이었다. 한번은 우뚝 멈추어서서 무언가를 줍는 시늉을 해보였다. 그리하여 다시 걷기 시작했을 때에는 일부러 다리를 절름거리며 더욱 천천히 걷는 것이었다. 나는 다시 한 번 도박 카드를 사들이기 위해 첫 번째 가게 쪽으로 발을 재촉했다.

"블랙 팬서에 3파운드."

얼굴이 불그레하고 입가에 허연 것이 끼어 있는 그 도박꾼이 아까도 와서 샀던 나를 생각해냈는지 날카로운 눈길로 흘끗 보더니 재빠르고 능숙한 손놀림으로 팔을 움직여 손가락으로 칠판 위의 25라는 숫자를 짚어 보였다. 그가 짚었던 손가락을 떼자 블랙 팬서의 이름 위에 조그만 검은 자국이 남았다.

"자, 당신은 또 한 장을 3파운드 대 75파운드로 산 셈이오. 하지만 이번으로 마지막이오." 그리고 그는 커다랗게 소리쳤다. "블랙 팬서 1대 15, 블랙 팬서에 15파운드."

모든 도박꾼의 가게에서 25라는 숫자가 사라지고 15가 되어 있었다. 나는 서둘러 그것을 사모았다. 그리하여 열일곱 군데를 모두 한 바퀴 돌고 났을 때에는 충분한 양을 손에 쥘 수가 있었던 것이다. 그들은 이제 블랙 팬서를 팔지 않았다. 그들은 제각기 6파운드어치씩 팔았으므로 한 가게에서 1백 50파운드 손해보게 된 셈이었다. 한 경주에서 이만큼 손해본다면 조그마한 시골 마을 경견장의 도박꾼으로서는 충분하겠지. 아, 참으로 고마운 일이다. 나는 그 자리를 떠나면서 성공을 기뻐했다. 참으로 많이 사들였다. 나는 주머니에서 그 카드를 꺼내 세기 시작했다. 한 조의 트럼프만큼이나 되었다. 모두 34

장이었던 것이다. 자, 그러면 돈이 얼마나 들어올 것인가? 2천 파운드를 조금 넘을까! 클라우드는 30배쯤 될 것이라고 말했었는데. 아, 그런데 클라우드는 어디 있지?

언덕 저 멀리 아래쪽에 커다란 카키색 웃옷이 커다란 검은 개를 데리고 출발점 옆에 서 있는 것이 보였다. 다른 개들은 이미 출발점 안에 들어가 있었으며, 개 주인들은 멀찌감치 비켜서기 시작했다. 클라우드는 몸을 굽혀 재키를 네 번째 우리에 넣었다. 그러더니 문을 닫고 방향을 바꾸어 군중이 있는 언덕 쪽으로 큰 웃옷을 펄럭이며 달려왔다. 뛰면서 그는 줄곧 어깨 너머로 뒤를 돌아보고 있었다.

우리 옆에 출발을 신호하는 계원이 서 있었다. 그는 손을 높이 들어 손수건을 흔들고 있었다. 결승점 저쪽, 내가 서 있는 바로 옆 경주 코스 끝에 파란 운동복을 입은 사나이가 나무대 위에서 거꾸로 세워 놓은 자전거를 타고 있었는데, 그 신호를 보자 손을 흔들어 보이며 두 손으로 페달을 돌리기 시작했다. 그러자 저만큼 멀리 흰 색의 작은 점——사실은 흰 토끼 가죽을 씌운 축구공으로 만든 인공 토끼이지만——이 우리가 있는 곳에서 움직이기 시작하여 차츰 속력을 더하기 시작했다. 우리가 열리고 개들이 튀어나왔다. 그들은 검은 덩어리가 되어 일제히 출발했다. 여섯 마리라기보다 한 마리의 커다란 개처럼 보였다. 순간 재키가 줄의 맨 앞에 나서는 것을 나는 보았다. 재키가 틀림없었다. 빛깔로 알 수 있다. 경주견 가운데 재키 말고 검은 개는 없었다. 분명히 재키였다. 움직이면 안 된다. 나는 나 자신에게 말했다. 근육과 눈까풀, 발가락이며 발톱 하나 움직이면 안 된다. 조용히 그대로 서 있어야 한다. 움직이면 안 된다. 재키가 뛰는 것을 지켜보아야 한다. 자, 달려오너라, 잭슨! 안 돼, 아가야, 소리치면 안 돼! 목소리를 내면 실패한다. 20초 안에 끝내라. 이제 등을 굽혀 언덕을 오르며, 분명히 다른 개를 15에서 20견신은 앞질렀을 것이다. 20견신은 문제없다. 아니, 몇 견신이라도 상관없지 않은가. 세지 말라. 움직이지도 말아야 한다. 머리도 움직여선 안 된다. 곁눈으로 재키를 쫓아라. 자, 잭슨이 뛰는 것을 지켜보아라! 벌써 언덕 위까지 올라왔다. 아, 이겼다, 마침내 이기고 만 것이다…….

내가 재키를 잡았을 때, 이 개는 토끼 가죽과 씨름을 하고 있었다. 그리고 열심히 입으로 물어올리려 하고 있었다. 그러나 재갈이 방해가 되었다. 그러자 이윽고 다른 개들이 재키의 뒤에서 뛰어들어와 일제히 앞으로 나오더니 토끼를 향해 덤벼들었다. 나는 재키의 목을 누르고 클라우드가 일러 준 대로 그를 싸움에서 끌어내 풀 위에 무릎을 꿇고 앉아 재키의 몸을 두 손으로 꽉 눌렀다. 다른 사람들도 자기 개를 붙잡기에 상당한 시간이 걸렸다.

클라우드가 내 옆으로 다가왔다. 그는 흥분으로 숨이 차서 거의 말을 할 수도 없을 정도였다. 재키의 재갈을 빼고 목걸이와 가죽끈을 매기 시작했다. 피지 씨도 찾아왔다. 그는 두 손을 엉덩이에 대고 마치 단추처럼 생긴 입을 굳게 다물고 서서 두 개의 작은 눈으로 재키의 몸 전체를 바라보고 있었다.

"크게 당했군!" 그는 말했다.

클라우드는 목걸이를 만지작거리고 있었다.

우리 뒤에서 누군가가 말했다.

"이번에는 피지 영감도 저 납작한 얼굴을 찡그린 녀석에게 당하고 말았는데."

또 다른 사람이 웃었다. 피지 씨는 그곳을 떠났다. 클라우드는 몸을 꼿꼿이 세우더니 파란 운동복을 입은 토끼 조종계원이 있는 쪽으로 걸어갔다. 사나이는 대 위에서 내려왔다.

"담배 여기 있네." 클라우드는 담뱃갑을 내밀며 말했다.

사나이는 담배를 한 개비 뽑아들며 클라우드의 손가락 사이에 있는 작게 접은 5파운드 지폐를 받았다.

"고맙네." 클라우드가 말했다. "정말 고맙네."

"천만에." 사나이는 말했다.

"잘했나, 고든?" 클라우드는 내 쪽을 돌아보면서 말했다.

그는 껑충 뛰며 손을 비비더니 재키를 두드렸다. 그의 입술이 지껄일 때마다 떨리고 있었다.

"잘되었네. 반은 25파운드이고, 나머지 반은 15파운드일세."

"그거 대단하군, 고든, 정말 굉장한데. 여기서 기다리고 있게, 슈트케이스를 가지고 올 테니."

"여보게, 재키를 부탁하네." 나는 말했다. "데리고 차 안에 가서 앉아 있게. 나중에 자네를 만나기로 하지."

이제 도박꾼 둘레에는 아무도 없었다. 마음대로 행동할 수 있는 것은 나 혼자뿐이었다. 나는 뛰어오를 듯한 발걸음으로, 터질 것처럼 두근거리는 가슴을 안고 천천히 추녀를 나란히 하고 늘어서 있는 가게 안으로 들어갔다. 얼굴이 불그레하고 입가에 허연 것이 끼어 있는 사나이였다. 나는 사나이 앞에 서서 천천히 카드 다발에서 그의 가게 것을 두 장 찾아냈다. 이름은 시드 플라체트. 칠판에 커다랗게 진홍빛 바탕에 금빛 글씨로 아무렇게나 씌어 있었다. '시드 플라체트, 잉글랜드 중부 지방에서 가장 좋은 비율. 지불은 신속히.'

나는 사나이에게 첫 번째 카드를 내주며 말했다.

"78파운드를 지불해 주시오." 너무도 기분이 좋았으므로 나는 노래를 부르듯 다시 한 번 말해 보았다. "이 한 장으로 78파운드를 지불해 주시오."

나는 플라체트 씨를 우습게 보고 그런 말을 한 것은 아니었다. 솔직히 말해서 그와 반대로 이 사나이가 차츰 좋아지고 있었다. 게다가 이 사나이에게 많은 돈을 내게 하는 일이 가엾은 생각마저 들었을 정도였다. 이 사람의 부인과 아이들이 제발 괴로워하지 말기를 나는 빌었다.

"42번!" 큰 장부를 든 조수 쪽을 돌아보며 사나이는 말했다. "42번, 78파운드 지불 청구."

조수의 손가락이 돈의 숫자를 기록한 줄을 아래로 더듬어 내려갔다. 그는 그것을 두 번이나 되풀이했다. 그리고 주인을 올려다보며 머리를 흔들었다.

"안 됩니다. 이것은 지불할 수 없습니다. 그 카드는 스네일벅스 레디에게 건 것입니다."

상자 위에 서 있던 플라체트 씨는 몸을 웅크리고 장부를 들여다보았다. 그의 얼굴은 조수의 말뜻을 전혀 납득할 수 없다는 듯 난처한 표정이었다. 커다란 붉은 얼굴에 진지한 표정이 엿보였다. 참 어리석은 조수라고 나는 생각했다. 플라체트 씨도 그렇게 소리칠 것이다.

그런데 플라체트 씨는 내 쪽을 돌아보더니 적의에 찬 실눈으로 노려보았다.

"자, 보란 말이오." 그는 부드럽게 말했다. "이런 건 두 번 다시 가지고 오지 말아요. 자신이 스네일벅스에게 걸었다는 것쯤은 알고 있을 텐데. 대체 어떻게 된 거요?"

"나는 블랙 팬서에게 걸었소." 나는 말했다. "1대 25의 비율로 3파운드씩 두 번 걸었소."

사나이는 이제 도박 장부를 들여다보려고도 하지 않았다.

"아니, 당신은 스네이벅스에게 걸었소." 사나이는 말했다. "당신이 두 번 왔던 것은 기억하고 있소."

그리고 나서 사나이는 나로부터 얼굴을 돌리고 젖은 천으로 칠판에 써 놓았던 경기에 출전한 개의 이름을 지워 버렸다. 사나이의 뒤에서 조수가 장부를 탁 닫고 담배에 불을 붙였다. 나는 멍하니 선 채 두 사람을 번갈아 보고 있었다. 온몸에서 땀이 왈칵 솟아나는 것을 느꼈다.

"나에게 그 도박 장부를 보여 주시오."

플라체트 씨는 젖은 천으로 코를 닦고 그것을 땅바닥에 휙 집어던졌다.

"뭐가 어쨌다는 거요! 왜 저리로 가버리지 않느냔 말이오! 왜 내 일을 방해하는 거요!"

사실은, 개 경주 도박꾼의 카드에는 경마의 마권(馬券)과 달리 개에 대해서는 일절 기입하지 않는 것이었다. 이것은 아주 당연한 일로서 이곳 군의 어느 경견장에서나, 뉴마켓의 실버링, 아스코트의 로열 엔클로저, 그리고 옥스퍼드 옆의 시골 경견장 등 다 똑같았다. 손님이 받는 카드에는 다만 도박꾼의 이름과 번호가 적혀 있을 뿐이었다. 그 금액은 도박꾼의 조수가 카드 번호와 나란히 장부에 기입할 뿐, 그 외에는 어떤 개에 얼마 걸었는지 그 증거가 될 만한 게 전혀 없는 것이다.

"자, 가 주시오." 플라체트 씨가 말했다. "빨리 가 달란 말이오!"

나는 한 발자국 물러서서, 도박꾼들의 가게 앞에 늘어서 있는 긴 줄을 내려다보았다. 아무도 내 쪽을 보는 사람은 없었다. 모두 나무로 만든 플래카드 옆의 작은 나무 상자 위에 활기 없는 모습으로 서서 앞에 있는 군중들을 바라보고 있었다. 나는 옆 가게에 가서 카드 한 장을 내놓았다.

"1대 25의 블랙 팬서, 3파운드를 내고 샀는데……." 나는 긴장하여 말했다. "78파운드 지불해 주시오."

불그레한 얼굴의 그 사나이도 역시 플라체트 씨와 같은 방법으로, 즉 조수에게 물어보고 난 다음 장부를 들여다보더니 나에게 같은 대답을 하는 것이었다.

"아니, 어떻게 된 거요!" 그는 나를 일깨워 주듯, 마치 8살 먹은 아이에게 타이르는 것 같은 투로 말했다. "이런 바보 같은 짓을 하다니……."

이번에는 나도 기세 있게 뒤로 물러서며 소리쳤다.

"이 날도둑 같은 놈들! 하나같이 다 도둑놈만 모였잖아!"

그렇다, 완전히 기계적으로, 마치 꼭두각시의 머리를 일제히 이쪽으로 돌려 놓은 것처럼 모두들 내 쪽을 돌아다보았다. 그러나 표정은 조금도 변하지 않았다. 움직인 것은 머리뿐이었다. 17개의 머리, 17쌍의 움직이지 않는 차가운 눈이 나를 내려다보았다. 어느 눈에도 아무 흥미가 나타나 있지 않았다.

'어느 개가 짖나' 하고 말하는 것 같았다. '하지만 우리 귀에는 들리지 않았어. 정말 오늘은 좋은 날일세.'

뭔가 흥분을 느낀 군중들이 나의 주위로 몰려들었다. 나는 플라체트 씨 앞으로 되돌아 가서 그의 배를 손가락으로 콱 찔렀다.

"야, 이 도둑놈, 썩어 빠진 놈!" 나는 소리쳤다.

그러나 놀랍게도 플라체트 씨는 조금도 화를 내는 기색이 없었다.

"대체 누가 지껄이는지 통 알 수가 없군."

그러더니 갑자기 그 큰 얼굴이 옆으로 퍼지며 개구리처럼 킬킬 웃기 시작했다. 그리고 군중을 향해 소리쳤다.

"지껄이는 얼굴이나 보고 싶군."

모든 사람이 일제히 웃었다. 한 줄로 서 있던 도박꾼들도 갑자기 활기를 되찾은 것 같았다. 서로 얼굴을 마주보고 웃으며 나를 가리켜 소리쳤다.

"지껄이고 있는 녀석이 누군지 얼굴을 보고 싶군. 정말 지껄이고 있는 녀석이 누군지 얼굴이 보고 싶은데."

군중들도 거기에 맞춰 소리쳤다. 나는 트럼프 한 조쯤 되는 두께의 카드를 손에 든 채 떠들어대는 소리를 들으며 초조한 마음으로 플라체트 씨와 나란히 풀숲에 서 있었다. 군중의 머리 위에서 피지 씨가 칠판 옆에 서서 다음 경기에 출전할 개의 이름을 쓰고 있었다. 그리고 그 뒤쪽 경견장 꼭대기에서는 클라우드가 트럭 옆에 서서 슈트케이스를 든 채 나를 기다리고 있는 모습이 눈에 띄었다.

이제 집으로 돌아가는 편이 좋을 것 같았다.

로얼드 달이 만든 특별요리를 드세요

콜린 윌슨이 쓴 〈술에 대한 찬가(A Book of Booze)〉라는 에세이를 읽어 보면 프랑스 포도원의 에피소드와 함께 눈과 혀와 코로 포도주를 맛보고 포도원의 이름과 숙성 연도를 알아맞히는 이야기가 나온다.

"……포도주에 대하여 쓴 아주 훌륭한 책이 생각난다. 내가 해마다 즐겨 읽는 로얼드 달의 〈맛〉이라는 단편인데, 이 소설을 설명하는 것으로 끝을 맺는 것이 '프랑스의 포도원'이라는 이 장(章)의 결론으로 적당할 것 같다. 그것은 참으로 질이 나쁜 포도주 감정가에 대한 이야기이다. 어느 날 그 사나이는 자기 집 포도주 저장소를 자랑하는 돈 많은 친구와 식사를 하게 된다. 플래트라는 포도주 감정가는 돈 많은 친구의 허영심을 자극해서 포도주 알아맞히기 내기에 그를 끌어들인다. 그리하여 그 친구에게는 딸을 걸게 하고 자기는 집을 두 채 건다는 설정……."

그리고는 《당신을 닮은 사람》을 펼치면 가장 먼저 눈에 들어오는 걸작 단편 〈맛〉을 그대로 인용하는 것이다.

로얼드 달은 1916년 영국의 사우스웨일스에서 태어났다. 그의 부모는 노르웨이 인으로, 아버지가 일찍 세상을 떠나고 어머니 혼자 그를 길렀다. 그에게는 네 명의 여자형제와 한 명의 남자형제가 있다. 그가 18살이 되자 어머니는 옥스퍼드 대학으로 진학하기를 희망했으나, 그는 어머니의 희망을 어기고 쉘 석유회사에 입사했다. 그리고 아프리카의 탕가니카로 전근하여 그 고장에서 스와힐리어를 익혔으며, 제2차 세계대전이 일어나자 영국 공군에 지원하여 전투기를 타고 나치스 독일을 상대로 북아프리카의 리비아, 그리스, 하이파 등지로 다니며 용감하게 싸웠다. 그리하여 1942년 미합중국 대사관 전속 무관이 되어 워싱턴으로 전근했다.

흔히 '아프리카 토착어며 스와힐리어에 능숙하며 노르웨이를 영어처럼 자유롭게 구사하고, 〈뉴요커〉지에 도박에 열중하는 사나이들의 이야기를 기고했고, 비행기라면 모르는 게 없는 꺽다리 영국인'이라 불리는 로얼드 달이 단편소설을 쓰기 시작한 것은 워싱턴의 대사관 전속 무관이 된 뒤이며, 대전이 끝난 뒤인 1946년에 처음으로 단편집 《Over to you》를 간행했다. 거기에 실린 12편의 단편은 모두 프롭 전투기 파일럿으로 참전하며 자신이 직접 겪은 전투와 동료 파일럿들에 관한 이야기가 주된 소재가 되고 있다.

그 뒤 미국에 살면서 단편을 써서 1953년에 여기 소개한 《당신을 닮은 사람(Someone Like You)》을 간행했다. 이 책으로 그는 미국 미스터리작가 클럽상을 받았다.

이 단편집의 제목은 수록된 작품 가운데에서 따온 게 아니라 당신을 닮은 사람들의 이야기를 모은 책이라는 뜻이다. 이 작품 속에 등장하는 인물들은 아주 이상한 것처럼 보이지만, 여러분 중에도 이런 점을 지닌 사람이 있지 않느냐 하는 빈정거림이 어려 있는 것이다. 로얼드 달의 주제는 크게 두 가지이다. 도박에 쏟는 인간의 열정, 그리고 인간의 무서운 상상력. 실제로는 아무 현상도 일어나지 않는 곳에서 그 상상력으로 인해 무서운 일이 일어날 수 있다는 두려움이 바로 그것이다. 〈남쪽에서 온 사나이〉는 도박을 주제로 다룬 작품으로, 이 단편집 속에서도 첫손꼽히는 걸작이다. 아니, 기묘한 맛을 느끼게 해주는 세계의 단편 베스트 5 속에도 들어갈 수 있는 걸작이다.

남에서 올라온 한 남자와 미국인 사관후보생 사이에 기묘한 도박이 벌어졌다. 한번의 실수도 없이 라이터로 10번 모두 불을 켤 수 있느냐는 것이었다. 남쪽에서 올라온 사나이는 캐딜락, 사관후보생은 새끼손가락을 걸었다. 사관후보생은 라이터를 켠다. '한 번!' '두 번!' '세 번!'……'여덟번!' 여기까지 헤아렸을 때였다…….

이처럼 도박에 빠려드는 인간의 심리, 마음에 깃든 공포, 그리고 인간의 상상력 속에서 발효하여 자라나는 환상과 공포. 이런 것들을 기묘한 유머로 버무린 달의 단편소설들은 그 하나하나가 날카로운 화살이 되어 독자들의 마음 깊은 곳으로 파고들 것이며, 작지만 깊은 상처를 남길 것이다.

참고로 내가 생각하는 기묘한 맛의 단편 베스트 5는 다음과 같다.

〈열린 창〉──서키
〈꿈의 판단〉──존 콜리아
〈죽은 가브리엘〉──앨투르 슈니츨러
〈뱀〉──존 스타인벡
〈남쪽에서 온 사나이〉──로얼드 달

그 밖에도 여기 수록된 단편 가운데서 인간의 무서운 상상력을 주제로 다룬 것으로는 〈목〉과 〈독〉 같은 작품들이 있다.

또 하나 달에 대해 말해 둘 것은 남자를 묘사하는 작가라는 사실이다. 여자를 묘사하는 경우에도 늘 남자 측에 서서 잔혹하게 쓰는 편이다. 미국인답지 않게 그는 페미니스트가 아닌 것이다. 이를테면 〈고별〉 같은 것도 뛰어난 단편이지만, 여자가 읽으면 화를 낼지도 모르겠다.

내가 좋아하는 달.

그는 단편 하나를 쓰는 데도 풍부한 자료로 정성들여 신선한 요리를 만든다. 그러기에 그는 할리우드에서 영화 시나리오도 쓰고 TV에서도 일했다. 할리우드에서 그는 지적이고 상냥한 마음을 지닌 여자와 알게 되어 결혼했다.

그의 아내 패트리시아 닐은 영국의 유명한 여배우이다. 이들 사이에는 네 아이들이 태어났는데, 그들을 밤에 재우기 위해 달은 즉흥적으로 동화를 만들어 들려 주곤 했다. 그가 쓴 동화로는 〈도깨비 복숭아의 모험〉, 〈초콜릿 공장의 비밀〉, 〈큰 유리 엘리베이터〉, 〈아빠 여우 만세〉 등이 있다.

내가 좋아하는 달, 그리고 그가 사랑한 아내 패트리시아 닐. 이 여배우가 나오는 영화라면 게리 쿠퍼와 공연한 〈마천루〉가 생각난다.

어떻습니까, 여러분?

로얼드 달이 솜씨부려 만든 요리의 맛은?

그 맛을 충분히 음미할 수 있었다면,

당신은 15개의 단편에 등장하는 주인공들과 꼭 닮은 것입니다.